神田龍身〈著〉

鎌倉幕府の文学論は成立可能か!?

真名本『曽我物語』テクスト論

勉誠社

本書の問題設定と方法論

不可解な問題設定

私は平安時代の文学を研究対象としている。しかし人がなぜ文学という余剰なるものを必要とするのか、そもそもいかなる現象をして文学と評し得るのか、というのが窮極の関心事であり、したがってある特定の時代や文学への拘りは私にとって本質的ではない。実際に平安時代文学以外にも興味ある対象は多々あり、しかもそれはいわゆる文学テクストと称されているものに限った話でもない。文学なるものを考えるうえで対象の如何《いかん》は問わないというのが私の立場である。

本書は「鎌倉幕府の文学論は成立可能か!?――真名本『曽我物語』テクスト論」と銘打っている。このような問題設定に対していかなる印象をもたれるであろうか。鎌倉時代も鎌倉幕府も誰しも知る歴史用語であるが、鎌倉幕府の文学などというものはついぞ聞いたことがない。嵯峨《さが》朝《ちょう》と勅撰《ちょくせん》漢詩文集、醍醐《だいご》朝と『古今和歌集《こきんわかしゅう》』、受領《ずりょう》階級と女流日記文学、摂関《せっかん》政治と仮名文学、後宮《こうきゅう》文学としての『枕草子』、一条朝と『源氏物語』、院政期と『今昔物語集《こんじゃくものがたりしゅう》』、後鳥羽院《ごとばいん》歌壇と『新古今《しんこきん》和歌集』、中世隠者文学……というように時代とクロスさせた文学テーマが次々と浮かんでくるが、鎌倉幕府の文学論などというのはどうみても一般的でない。理由は何か、そもそものような問題設定は成立可能なのであろうか。

都市鎌倉の度重なる罹災《りさい》、なんといっても元弘《げんこう》三年（一三三三）五月の新田義貞《にったよしさだ》による鎌倉攻めが決定的であり、鎌倉に蓄積されていた文書類のあらかたは消失したのである。鎌倉からいささか離れた金沢文庫《かねさわぶんこ》（北条実時《ほうじょうさねとき》（一二二四〜七六）が武蔵国久良岐郡六浦荘金沢（横浜市金沢区内）の邸内に造った文庫。鎌倉幕府滅亡後、文庫は隣接する菩提寺の称名寺によって管理され現代に至る）が残るも、文庫というからには収蔵品はしかるべき文献に限られていたわけだし、そもそもこの文庫が実際にどのようなものであったかも詳らかにし得ない。幕府滅亡後も足利氏や徳川家康等の時の権力者によってその蔵書の多くが持ち出されており、都市鎌倉の文学・文化活動の実態を知るための生《なま》資料の大半は失われたというほかないのである。有名な鎌倉三代将軍　源　実朝《みなもとのさねとも》『金槐《きんかい》和歌集』にしても、京都に贈られたがゆえに亡失を免れたのである。

もちろん残存するテクスト各々についてそれなりの研究の蓄積はある。しかしそのあらかたがいまだ単発的・孤立的研究にとどまっていることは否定し難い。唯一例外は京と鎌倉の文化交流論であり、とくに和歌文学研究のそれが着実な成果を上げており、今後のさらなる展開が期待される。しかし鎌倉幕府の文学論なるものをトータルに捉える研究はいまだ緒についたばかりではなかろうか。

このような問題意識から、私は『吾妻鏡《あづまかがみ》』・『御成敗式目《ごせいばいしきもく》（貞永《じょうえい》式目）』という鎌倉幕府の公的テクストを要に据えつつ、『信生法師《しんしょうほうし》日記』・『海道記《かいどうき》』・『十六夜《いざよい》日記』・『東関紀行《とうかんきこう》』・『都の別れ』・『春《はる》の深山路《みやまじ》』・『とはずがたり』、そして『金槐和歌集』・将軍宗尊《むねたか》親王歌集・『東撰和歌《とうせんわか》六帖《ろくじょう》』・『新和歌集』・『柳風《りゅうふう》和歌抄』、さらに『沙石集《しゃせきしゅう》』・真名本《まなほん》『曽我物語《そがものがたり》』・『神道集《しんとうしゅう》』・『太平記《たいへいき》』・『義経記《ぎけいき》』・仮名本《かなほん》『曽我物語』まで読み進めてきた。そうしたところ徐々にではあるが、ここに鎌倉幕府の文学論を考えるうえで、いくつかの視座があることがみえてきたのである。

確かにこれら現存するテクストは各々成立事情も言語形式も異なり、単体としてあるほかないようにもみえる。しかしそれらが異質ながらも反響し合って、自ずと連動していくようなシステムがそこに認められるのではなかろうか。とくに『吾妻鏡』や『御成敗式目』という幕府の公的テクストと接続させることで、自身の何たるかを位置づけていくという動きが確実にあるものと思われた。例えば『吾妻鏡』を軸として真名本『曽我物語』との関係や、源実朝『金槐和歌集』との関係という問題設定が可能ではあるまいか。さらには『吾妻鏡』と『とはずがたり』、また『義経記』との関係論もあり得よう。それらは公的年代記たる『吾妻鏡』との接続をはかりつつ、かつまた『吾妻鏡』の方もそれらを己の内に取り込むことで、より広範な言語空間が構築されているのではなかろうか。通常これは引用論の範疇の問題であるのだが、テクストというより大きな単位間での引用関係であることを強調すべく、私はこのような物言いをしている。

T字型構成の本書

本書では以上の見通しのもとに『吾妻鏡』と『金槐和歌集』、『吾妻鏡』と真名本『曽我物語』という二つの関係論を組上にのせて、とくに後者の問題について考えていきたい。

建久《けんきゅう》四年（一一九三）五月二十八日深夜、源頼朝《みなもとのよりとも》の富士野《ふじの》の巻狩《まきがり》の陣営にて、曽我十郎助成《すけなり》・五郎時宗《ときむね》兄弟による父の敵《かたき》宮藤助経《くどうすけつね》（通常『吾妻鏡』等に依拠して「工藤祐経」と表記されるが、本書の人名表記は真名本『曽我物語』による）殺害事件が発生する。遡ること一八年、兄弟の父河津助通《かわづすけみち》（『吾妻鏡』では「祐泰」）は領地相続の諍《いさか》いから助経に殺害されたのであった。兄弟は敵討《かたきうち》に成功するも、十郎は討死し五郎も頼朝により罰せられる。真名本『曽我物語』がこの事件を正面から取り上げ、『吾妻鏡』にも記録があり、のみならず両テクストは無関係に成立したのではなく、明らかに相互補完的関係にあるものと思われる。そのメカニズムを考えることで鎌倉幕府の文学論なるものの成立の可能性を問いたい。

周知のように『曽我物語』には擬漢文体で記されたこの真名本とは別に上方《かみがた》成立の仮名本もあるが、真名本が鎌倉時代末期の東国で成立したという古態を有している点で、鎌倉幕府の文学論を立ち上げる本書の目論見《もくろみ》からしてもこの選択は必然であった。とはいえ、それだけで私は真名本を選択したのではない。真名本『曽我物語』については粗野にして荒削りなローカルテクストという評価が一般にある。これは必ずしも否定的評価ではないにしても、そう評したのでは済まない問題が真名本には孕まれていると思われるからである。結論的な物言いになるが、真名本はたんに土臭い東国文学であるにとどまらず、中世東国の何たるかを如実に体現した範例的・普遍的テクストたり得ているのではあるまいか。それは曽我兄弟敵討事件の顚末を語ることで鎌倉幕府創世神話を立ち上げ、さらには数多の証拠資料を駆使した歴史テクストとして自らを定位させているのではないのか。東国の信仰圏や武士団の世界観にも目配りを利かせ、東国ならではの恋物語をも取り込み、さらには縁起や唱導の言葉の引用のみならず、巻狩現場や巻狩の屋形配置をさながら現前させるイリュージョンの言葉、頼朝と五郎との熾烈な言葉の応酬等の様々な言語的実験までもがそこでは試みられている。まさに東国の粋を集めた間然するところのないテクスト、それが真名本『曽我物語』なのではなかろうか。

それに対して上方成立といわれる仮名本『曽我物語』の記述は多量の故実・故事の引用によって末端肥大症的に膨らみ過ぎており、かつまた真名本にみられる骨太な物語構造をいたく損ねてしまってもいる。もちろん仮名本にはそれ独自の論理があるのだが、たとえそうでも真名本とは別テクストと評さざるを得ない。また能《のう》や幸若舞《こうわかまい》や江戸歌舞伎《かぶき》、そして近世小説へと至る「曽我物」と称される一大ジャンルの成立過程も魅力的な文学論的問題であるが、本書では割愛する。ただし仮名本『曽我物語』については最終第9章で今後の仮名本論はどうあるべきかの研究展望を試みる。また『曽我物語』といえば「曽我語り」からはじめるのが一般であり、とくに真名本『曽我物語』の解読に際してかかる観点からする優れた民俗学的研究の蓄積がある。しかし本書ではそのような方法はとらない。文字テクストとしてある『曽我物語』と「曽我語り」との関係が自明なものとは思われないからである。どういう意味でそうなのか、これについても第8章で私の考えを述べるとして、ひとまず曽我語りの問題を除外したところで真名本テクスト論を試みる。

また本書では鎌倉幕府の文学論のためのアプローチが、この兄弟敵討事件をめぐるテクスト以外にもあり得ることを同時に展望しておきたい。そうすることで研究の間口を可能な限り広げておきたいのである。よって「序章」では鎌倉幕府の文学論という問題設定の有効性を問うべく、問題点を多岐にわたって紹介することにする。『吾妻鏡』と『金槐和歌集』というもう一つの関係論を取り上げることにしたのも、そのような事情からである。ただしこちらについては論の導入部の紹介にとどめる。

かくして本書は「T型」というかなり変則的な形態の書物になってしまうであろう。奥行の方は第1章から第9章までの真名本『曽我物語』を中心に据えての論だが、序章である間口がかなり広くなるのでこのような形態となる。仮に序章の大風呂敷をまるごと引き受けて本論を展開させたならば、かなりの大著になってしまうことであろう。しかし『金槐和歌集』論も導入部の紹介にとどまり、また序章で幾つか紹介する他のアプローチにしても、それらを本論で十全に引き受けないので結局のところ切り口の提示だけで終ってしまうであろう。そして奥行の方は可能性として幾つかあったテーマのなかで、真名本『曽我物語』をめぐる問題だけを特化して論じる。「鎌倉幕府の文学論は成立可能か!?」と大見得《おおみえ》を切ったにもかかわらず、本論は『曽我物語』一本ということであり、なんとも貧弱な体裁になることは否定し難いものがある。しかしたとえ中途半端なものであっても、まずは問題提起したいという思いから本書を仕上げてみることにした。

史実の問題

本書は副題に「テクスト論」なるものを掲げている。それは「史実」をどう考えるのかという問題と連動しており、先のテクスト間の相互関連性の議論とともに、これは本書におけるもう一つの売りであり、いささか説明しておきたい。

そもそも私は『吾妻鏡』と『金槐和歌集』『曽我物語』等との関係を論ずるとしたが、これはこの限りで特異な問題設定ではない。たとえば『吾妻鏡』「将軍源実朝伝」は『金槐和歌集』がその有力な資料源の一つとされていて、我々は『金槐和歌集』の歌を鑑賞する際に、『吾妻鏡』の実朝関連記事を必ずのように参照している。二所詣《にしょもうで》（箱根権現《はこねごんげん》と伊豆山権現《いずさんごんげん》へ将軍が参詣する祭祀《さいし》。三嶋大明神《みしまだいみょうじん》を加える場合もある）の歌があると、『吾妻鏡』の該当記事を調べて将軍実朝の何年何月の二所詣かを特定している。我々は『金槐和歌集』の歌の何たるかを、鎌倉幕府の公的記録書『吾妻鏡』に記された史実によって裏をとっているわけであり、多くの『金槐和歌集』の注釈書・研究評論書がこのような研究手法を自明のこととしている。そして双方のテクストを比定しつつ統合することで、実朝年譜なるものも作成されている。このような手続きは真名本『曽我物語』を読む場合も同様であり、『吾妻鏡』の兄弟敵討事件の記事を参照することなくして真名本論は立ちゆかない。

しかし本書では「史実」の復元と確定に目的があるのではない。いわゆる史料としての真名本『曽我物語』ではなく、「テクスト」としての真名本にすべての批評的根拠を置くものとする。また編年体の記録書『吾妻鏡』についても史実を確認するために時に利用することがあろうとも、基本的にはテクスト論の対象として扱うことにする。テクスト論なるもの、それはテクスト内に配置された様々な水準の記号が、接触・衝突・反発・反転・交錯・交換・交差・照応・対応・連動・暗合する関係の網目を解きほぐすことを意味する。

真名本『曽我物語』研究では、最近のもので歴史家坂井孝一による『吾妻鏡』等との関係を精力的に検証した一連の著作がある。これまで真名本の史料的価値は低く見積もられてきたが、そのことを批判検討したうえで、真名本と『吾妻鏡』の言葉の問題にまで迫った労作であり、いろいろと勉強させていただいた。しかし最後は史実なるものに還元して、そこからすべてを照射して位置づけている点に問題があるものと思われた。そのために肝心の『吾妻鏡』や真名本というテクスト固有の構造がみえにくくなっているのではなかろうか。また歴史家の五味文彦が『吾妻鏡』と真名本をともに「幕府の成立を扱った作品」としたうえで、前者が「勃興期の幕府の歴史を事実に即しながら語るスタイルをとるのに対して」、後者を「幕府を形成した武士たちの英雄物語」と位置づけて、「二つは相補う性格を有していた」と捉えている。あくまで示唆的な言及であるためここでの論評は控えたいが、ここには双方をテクスト論的に捉える視座が明らかに示されており、本書を執筆するうえで大いに励みになったことだけは一言記しておきたい、もちろん史実の問題は重要であり、史実は存在しないなどと私は暴論を吐いているのではない。しかし史実はいかにして史実として認定されるのであろうか。ここで私が専門とする平安時代の文学のなかから一例あげてこの問題を考えてみる。『源氏物語』「若菜《わかな》 上」巻（『源氏物語』全五十四帖の三十四帖目）に四度にわたって、主人公光源氏《ひかるげんじ》の四十賀《しじゅうのが》（現在でいえば還暦）の儀式次第を記した長大な仮名の記録文が挿入されている。玉鬘《たまかづら》主催の四十賀がまずあり、紫の上《むらさきのうえ》・秋好中宮《あきこのむちゅうぐう》・夕霧《ゆうぎり》主催の賀と続き、それぞれの儀式が主催者の個性を活かした形で執行される。物語はその一々を実に詳細に報告しており、『源氏物語』のなかでも飛び抜けて異質な「記録文体」としてこれはある。そして問題なのは、この言葉を読む限りでは、実在した一世源氏の算賀の儀式次第を正確に写しとった記録文としか思えないという点である（拙著『平安朝物語文学とは何か――『竹取』『源氏』『狭衣』とエクリチュール』）。しかし一方で我々はそういう解釈を絶対にしない。なぜならそれが、「つくり物語（フィクション）」というジャンルに属する『源氏物語』と命名されたテクストの言葉であることを知っているからである。

ここから幾つかの問題点がみえてくる。『源氏物語』は一見して不必要とも思われるこの冗長な記録文をあえて披露することで、記録の言葉とは何か、史実とは何かという言語論的問題を我々に突きつけているのではなかろうか。そもそもなぜ架空のものでしかない物語文学の言葉が、通常の記録文以上の実在性を醸《かも》し出しているのであろうか。

記録の言葉といった時に、まず出来事が先行し、次にそれを記録する言葉が定位されるというのが常の順序であろう。しかし我々は逆に、「エクリチュール（文字・記録・遺物・形見・証拠・痕跡等々）」を手掛かりとして、「事後」「事後的」にその向こう側に「史実」を透視せざるを得ないという立ち位置にいる。換言すれば、史実はアプリオリにあるのでなく、文字等を介して初めてその存在が事後に認定されてくるという類のものである。しかもその史実に辿りつくための媒介が言葉である場合には、なおさら複雑な事情が絡んでくる。

言葉の向こう側に現実の「指示対象（史実）」があるということは自明ではない。史実はエクリチュールを介して事後的にしか現象しないと述べたが、さらにここには言葉自体が「意味するもの（シニフィアン）」と「意味されるもの（シニフィエ）」とからなり、この「意味されるもの」が現実の指示対象とは一致しないという厄介な問題が一枚加わることになる。とどのつまり言葉は現実の指示対象に即還元されないどころか、指示対象は言葉の外の問題というほかない。つまるところそれが記録の言葉であろうとなかろうと、言葉は史実という外部とは関わりなく、まずはそれ自体として自己完結しており、言葉のシステムそれ自体がリアリティーなるものを保証していることになる。だからこそ『源氏物語』のようなフィクションの言葉であろうとも、迫真性を有する世界がそこに現前することもあり得るのである。

そしてもう一つ、『源氏物語』の言葉がいかにリアリティーに溢《あふ》れていたとしても、それが物語文学の言葉であるゆえに事実の記録として我々は理解しないとしたが、となると「書名」とか

「ジャンル」というテクストの「周縁」といわれる部分が意外にも我々の解釈作業に決定的な影響を及ぼしていることが解る。いや場合によっては「紙」や「筆跡」等の問題もさらにその周縁部に加わることもあるだろう。そしてテクストの周縁と思われるこのような部位が内部を決定している以上、周縁ははたして周縁なのか、さらにどこからどこまでがテクストなのかという問題までもが浮上してくる——ジェラール・ジュネットのいう「パラテクスト」、ジャック・デリダのいう「パレルゴン」という問題域——。また一方でそのような部位に我々の解釈作業が規定されていることの意味を反省的に捉える必要もあるだろう。

たとえば『吾妻鏡』は幕府の公的年代記であり、一方の真名本『曽我物語』は物語であるというだけで、我々のテクスト解釈には既にして一定の枠が嵌められている。しかしはたしてそれでよいのか。そもそも史実という点でいえば、一般に『吾妻鏡』に比べて真名本の史料的価値は低く見積もられているが、単にそれが物語だからというに過ぎないのであり、それにさほどの根拠があるのでもない。『吾妻鏡』の敵討事件の記述は、現存する真名本『曽我物語』の元テクストに依拠していることはほぼ確実だが、それだけでも『吾妻鏡』の史料としての優位性は疑わしいではないか。『吾妻鏡』は幕府編纂の編年の記録書ということから史料として認定されているが、当然のことながらそのことには懐疑的であるべきである。

繰り返すが本書では史実の確定・復元を目的としないし、何々の記述は史実でないとか、どちらの記述が史実に近い等という議論はしない。真名本の世界が史実とどう重なり、またズレているのかという類の議論も一切しないのである。しかし史実の有無を問わないとしても、史実なり歴史なりを現前させる言葉の問題については再三言及することになるであろう。歴史の言葉とはいかなるものか、その構造を分析対象とすることはある。本書第Ⅱ部第6・7章では、実は真名本『曽我物語』は自らが『吾妻鏡』以上に信憑性のある歴史テクストたることを標榜しており、一方『吾妻鏡』は物語性を隠蔽した偽装の年代記とでも評すべき水準のテクストであることを論証する。

目次

第Ⅲ部　真名本『曽我物語』とその周縁

序章……鎌倉幕府の文学論は成立可能か!?

1――『吾妻鏡』と『金槐和歌集』とはリンクする

建暦三年十二月十八日／十九日・二十日

この序章では「鎌倉幕府の文学論は成立可能か!?」という表題のもとに、とくに『吾妻鏡』と『金槐和歌集』との関係論を取り上げることによって、このような問題設定が『吾妻鏡』と真名本『曽我物語』という関係論以外にも様々可能性があることを示しておく。

鎌倉三代将軍源実朝（一一九二～一二一九。源頼朝次男、二代将軍源頼家《みなもとのよりいえ》弟）の『金槐和歌集』というテクストがある。「金」は「鎌倉」の偏、「槐」は「槐門《かいもん》」であり大臣を意味し、鎌倉右大臣の集を意味しており第三者による命名である。かつては柳営亜槐本《りゅうえいあかいぼん》『金槐和歌集』という系統本文が有名だったが、定家所伝本《ていかしょでんぼん》『金槐和歌集』が昭和になって発見されたことで実朝研究は一新した。これは実朝自撰自筆歌集を藤原定家（一一六二～一二四一）とその家人とで書写した一級本文である。

実朝は『新古今和歌集』の撰者《せんじゃ》定家を歌詠《うたよ》みの師として尊崇し、『吾妻鏡』『明月記《めいげつき》』には二人の交流の跡を多くとどめている。そしてこの本も実朝から定家に献上されたものかもしれないが、しかし真の宛先は、東の将軍源実朝の後鳥羽院（一一八〇～一二三九）への絶対的忠誠を誓うというその内容からして、院であることは間違いない。定家を介して後鳥羽院に献上されるよう配慮されたものか、もしくは一挙に後鳥羽院に献上されたのかもしれない。そして定家が後鳥羽院に献ずる際にあらかじめ一本写し置いたか、あるいは後鳥羽院が定家に写すよう預け置いたのかもしれない。

奥書《おくがき》に「建暦《けんりやく》三年十二月十八日」とあり、『金槐和歌集』の成立年時が明らかになったことの意味は大きい——建暦三年（一二一三）十二月六日に改元《かいげん》があり、正確には「建保《けんぽう》」である——。実朝は承久《じょうきゅう》元年（一二一九）正月二十七日、鶴岡八幡宮《つるがおかはちまんぐう》で右大臣拝賀《はいが》の儀にて公暁《くぎょう》（実朝兄の二代将軍源頼家息）により暗殺されるのであり、この自撰本『金槐和歌集』は実朝二十二歳時（年齢は数えどし）には成立していたことになる。晩年の五年分の詠歌は収録されていない。春・夏・秋・冬・賀・恋・旅・雑《ぞう》に部類されていて、六六三首からなる。

一方流布本たる先の柳営亜槐本は、この定家所伝本系の本文を基とし、とくに雑歌の部立を大幅に組み替え、さらに五十六首を増補して成立したものであり、「柳営亜槐」なる人物による増補改編本である。どの資料を基に増補したのかという問題とともに、それら増補された歌がすべて晩年五年分のものであるか否かもはっきりしない。「柳営亜槐」とは征夷大将軍《せいいだいしょうぐん》にして権《ごん》大納言《だいなごん》という意味であり、誰がそれに該当するのか諸説あるが、室町幕府九代将軍足利義尚《よしひさ》（一四六五〜一四八九。足利義政《よしまさ》と日野富子《ひのとみこ》の子、歌集『常徳院集《じょうとくいんしゅう》』があり、『新百人一首』を撰する）とする小川剛生の説で結着がついたとすべきであろう。

建暦三年といえば実朝が全幅の信頼を寄せていた和田一族の滅亡事件（和田合戦《わだかっせん》）があり、なぜこの年に『金槐和歌集』が編まれたのか、頗《すこぶ》る興味深いものがある。しかしそれを問う前に確認したいのは、歌集成立の「十二月十八日」に続く形で、『吾妻鏡』に次のような十九日、二十日の記事がある点である。

十九日乙巳《きのとみ》。雪降ル。将軍家山家《さんか》ノ景趣ヲ御覧ズルタメニ、民部大夫行光《みんぶのたゆうゆきみつ》ノ宅ニ入《い》リオハシマス。此《こ》ノ次《つ》イデヲ以テ、行光盃酒《はいしゅ》ヲ献ズ。山城判官行村《やましろほうがんゆきむら》等群参ス。和歌管弦等ノ御遊宴有リ。夜ニ入リテ還御《かんぎょ》ス。行光龍蹄《りゅうてい》（黒）ヲ進《まい》ルト云々《しかじか》。

二十日丙午《ひのえうま》。今朝将軍家去夕《さるゆふべ》行光ノ進ラルル所ノ馬ヲ御覧ズ。而《しか》シテ紙ヲ其ノ立髪《たてがみ》ニ結付《ゆひつ》ケタリ。之《これ》ヲ召シ寄セテ披覧ノ所、

　この雪をわけて心の君にあれば主《ぬし》知る駒《こま》のためしをぞ引く

此《かく》ノ如キ之ヲ載ス。将軍家数反詠吟《えいぎん》オハシマス。行光ノ所為《しょい》優美ノ由、再三御感《ぎょかん》ニ及ブ。賢慮ニ相叶《あひかな》フノ故ナリ。即チ自筆ヲ染メテ、御返歌ヲ遣《つか》ハサル。好士ヲ撰《えら》ビ、内藤馬允知親《ないとううまのじょうともちか》ヲ以テ御使トナス。

主知れと引きける駒の雪を分けば賢き跡に帰れとぞ思ふ

（『新訂増補　国史大系　吾妻鏡』、私に訓み下した）

実朝は建暦三年（建保元年）十二月十九日に山家の雪をみるために民部大夫二階堂行光邸を訪れ、山城判官行村（行光弟）等も交えて和歌・管弦の遊びに興じ、夜に帰還している。帰り際に行光が実朝に黒馬を献上し、翌二十日朝に実朝はその馬のたてがみに結びつけてあった行光の歌をみて、その粋なはからいに感動する。早速に返歌をしたため、使者に内藤知親をあてる。

行光の歌は、「この雪をわけて心の君にあれば主知る駒のためしをぞ引く（私の心服いたします将軍様が、この雪をかき分けてわざわざおいでくださったのですから、そのみ心を汲んで主人を本国へと導いた馬の故事に準《なぞら》えて、この黒馬を引出物として献上いたします、この馬がこの雪道でも将軍様を先導することでありましょう、私に代わって）」というものである。紀元前七世紀、斉《せい》の桓公《かんこう》が春に孤竹《こちく》国に出征したものの、引き揚げ時には冬となり、帰途に雪で迷った際に、管仲《かんちゅう》が馬に先導させることを進言して無事に帰国できたという故事を踏まえる（『韓非子《かんぴし》』説林《せつりん》上）。

それを受けての実朝の歌は、「主知れと引きける駒の雪を分けば賢き跡に帰れとぞ思ふ（主人を導くようにと貰ったこの馬が、雪をかきわけて私を無事に送り届けてくれたので、管仲の故事にならって、今度は賢い行光のもとに帰ってほしい）」というものであった。すぐれて高雅な贈答歌が成立しており、将軍実朝と行光、さらには知親をも含めた麗しい主従関係がここにある。

この贈答歌は『金槐和歌集』成立直後のものゆえに当然同集には収録されるべくもない。しかし家集成立の十二月十八日直後の十九日と二十日の歌が『吾妻鏡』に載せられている点がいかにも意味ありげであり、偶然とは思えない。『吾妻鏡』には『金槐和歌集』の世界に自らを接続させんとする方法意識を認め得るのではなかろうか。

そもそも『吾妻鏡』の将軍実朝伝では、元久《げんきゅう》二年（一二〇五）四月十二日に十四歳で初めて和歌十二首を詠んで以来、その歌詠みとしての実朝像を再三強調しているにもかかわらず、その詠歌そのものは今回の記事に至るまで一首たりとも載せられていないのであり、これをどう考えるべきか。そしてこれ以降は、建保五年（一二一七）十二月二十六日、建保六年（一二一八）十一月二十七日、建保七年（一二一九、四月に承久に改元）正月二十七日の詠歌を収録している。建保五年のものは、その前日に方違《かたがえ》で永福寺《ようふくじ》の僧坊に渡った実朝が、そのお礼として「御衣《ぎょい》二領」をそっと残しおいた際の歌であり、実朝の心優しさが溢れている。六年のものは東重胤《とうのしげたね》の子息胤行《たねゆき》が下総《しもうさ》に下向して久しく帰参しなかったので、早く帰るよう実朝が促したという近臣への愛情こもった歌である。最後は死の当日に庭の梅を見て詠んだ、「出《い》でていなば主なき宿となりぬとも軒端《のきば》の梅よ春を忘るな（私が出て行ったならば、主人のいない宿となろうとも、軒端の梅よ春を忘れず咲いておくれ）」という有名な「禁忌《きんき》ノ和歌」である。鶴岡八幡宮での右大臣拝賀の儀式という栄光の絶頂にあって惨殺されることを、自ら予知したような辞世の歌である。

いずれも実朝の人となりを彷彿させる重要な歌であり、これらを採択した『吾妻鏡』の見識を評価するとともに、『吾妻鏡』は『金槐和歌集』には収録されていない歌を補っているのではないのか。『吾妻鏡』は『金槐和歌集』成立の建暦三年十二月十八日までの実朝歌については歌集にすべてを任せ、歌集以降の歌は自らの責任において採録したのではあるまいか。

また先の柳営亜槐本『金槐和歌集』には、この建暦三年、建保五年、同六年の歌が収録されているが、それは『吾妻鏡』から採録したものと思われるのであり、その詞書が『吾妻鏡』とほぼ同文である。ただし惨殺される日に詠んだとされる建保七年の「禁忌ノ和歌」は柳営亜槐本にはとられていない。あまりに出来すぎた辞世の歌であるがゆえに収録されなかったものか。

『吾妻鏡』と『金槐和歌集』そして『新古今和歌集』

もちろん以上のことは、たんに『金槐和歌集』にない歌を『吾妻鏡』が形式的に拾ったというだけの話ではない。先の『吾妻鏡』十二月十九日と二十日の記事をみると、そこにはなにか重荷から解放された、ふっ切れたような晴々とした実朝像があることに留意したい。実朝はこの二日間を心ゆくまで楽しみ満喫しているのであり、全体に暗鬱な実朝像を記すことが多い『吾妻鏡』建暦三年記事にあってなんとも異質である。

この問題を考えるべく『金槐和歌集』の方に目を転じてみたい。『金槐和歌集』には異様なまでの熱気と緊張感が漲《みなぎ》っていることは誰しもが感じ得るところであり、その最大の理由とは、この歌集が後鳥羽院への忠誠を誓った絶唱三首を以て閉じられている点にある。

太上天皇《だじょうてんのう》ノ御書下《ごしょくだ》シ預《あづか》リシ時ノ歌（後鳥羽院のお手紙をかたじけなくも頂戴した時の歌）

大君の勅《ちょく》をかしこみちちわくに心はわくとも人にいはめやも（上皇様のお言葉はまことに畏れおおく、あれこれと心は沸《わ》きたち乱れましても、けっしてこのことを人にいおうとは思いません）

東《ひむがし》の国にわがをれば朝日さす藐姑射《はこや》の山の陰となりにき（私は東の国におりますので、朝日まぶしく輝く藐姑射の山の陰に入らせていただきます）

山は裂《さ》け海は浅《あ》せなむ世なりとも君にふた心わがあらめやも（山が裂け、海が干《ひ》あがってしまう世になったとしても、私には上皇様を裏切る気持ちなぞあろうはずもありません）

建暦三年十二月十八日

（歌番号六六一〜六六三、『私家集大成　中世Ⅰ』明治書院）

これら三首は後鳥羽院から「御書」を戴いた時の感動を詠んだものであり、しかるべき実朝からの返書が院に贈られていただろうが、具体的にいかなる御書・返書であるのか明らかでない。一般には和田合戦との関わりがいわれている。『吾妻鏡』建暦三年五月九日、西国に潜む和田残党が治安を乱す恐れがあり、実朝は後鳥羽院御所を警護するよう自身の花押《かおう》を記した御教書《みぎょうしょ》を京に送っている。五月二十二日には飛脚が京の状況を報告しており、京では流言飛語が飛び交い、後鳥羽院が禁制を下して在京御家人に洛中を警護させているという。この時に実朝の安否を問う院の御書が鎌倉にもたらされたのかもしれない。また藤原定家『明月記』八月十一日によると関東謀叛の輩が将軍御所を襲撃し、将軍実朝が落命したとの噂が京では流れており、実朝の身を案ずる御書が贈られていた可能性もある。また三月六日に閑院内裏《かんいんだいり》造営の恩賞として実朝は正二位《しょうにい》に叙されており、その際に院からのお礼の言葉を賜っていたのかもしれない。

いずれにしても和田合戦の前後に実朝を労るような内容の御書だったのであろう。実朝は後鳥羽院の有り難いお言葉にふれて感動し、その思いを独りじっと噛みしめている。畏れ多くも「勅」を戴き、あれやこれやと心は沸き立ち乱れても、決してこの心を人にいおうとは思わないとし、また山が裂け、海が干あがるような世になろうとも、上皇様を裏切るような心を絶対にもちませんとして、後鳥羽院に対する絶対的忠誠の姿勢を示している。それにしてもなんと力強い誓いの言葉であろうか。「人に言はめやも」「わがあらめやも」というくぐもったような万葉語調も効果的であるし、「山は裂け海は浅せなむ世なりとも」という表現についてはいうまでもない。

このように熱くうたいあげることの裡には、院に不信感をもたれているやもしれぬとする畏れが実朝にあろう。また和田合戦後の幕府内にあって実朝が孤立感を深めていくなかで、私のことだけは信じていただきたいとして、院にこそすべてを委ねたいとする切なる思いの表明としてこれらはある。「東の国にわがをれば朝日さす藐姑射の山の陰となりにき」という二首目も、解釈の定まらないところがあるが、後鳥羽院の威勢盛んな様を朝日まぶしく輝く「藐姑射の山（上皇御所）」に喩えて、東の将軍たる自らはその庇護のもとにいますと恭順の意を真摯に表している。そしてこの後に例の「建暦三年十二月十八日」という日付が記されているのである。

となるとこの三首は院の「御書」への実朝の「返書」であり、その時の歌が『金槐和歌集』に収録されたという話では済まなくなってくる。そう、これらが『金槐和歌集』の掉尾《とうび》を飾る三首であることで、そのような現場の詠歌事情をも越えて、『金槐和歌集』というテクストの何たるかを同時に表明しているのではないのか。結論をいえば、後鳥羽院への絶対的忠誠を誓う証として、この『金槐和歌集』まるごとが後鳥羽院への「返書」だったのではあるまいか。またその意味でこの「御書」を何年何月のそれと特定することには意味がないことにもなる。

末尾三首だけの話ではない。『金槐和歌集』の冒頭部が次の三首ではじまる点も意味深長である。一首目は、「正月一日よめる　けさ見れば山もかすみてひさかたの天《あま》の原《はら》より春は来《き》にけり（元日の今朝みると山も霞んでいて、天の原から春はやってきたのだなあ）」であり、「立春の心をよめる　九重《ここのへ》の雲居《くもゐ》に春ぞ立ちぬらし大内山《おほうちやま》に霞たなびく（幾重にもなった雲居に確かに春がきたらしい、大内山には霞がたなびいているよ）」、「故郷の立春　朝霞立てるを見ればみづのえの吉野の宮に春は来にけり（朝霞がたっているのをみると、旧都の吉野宮にも春がきたのだなあ）」と続く。

詳しい注釈は省略するとして、これが『新古今和歌集』（一二〇五年成立）の冒頭二首の、「春たつ心をよみ侍りける　み吉野は山もかすみて白雪のふりにし里に春はきにけり（吉野では山も霞んでいて、雪の降っていたこの古里にも春がきたことだよ）」（摂政太政大臣藤原良経《りょうけい》）、「春のはじめの歌　ほのぼのと春こそ空にきにけらし天《あま》の香久山《かぐやま》かすみたなびく（ほのぼのと春が空にきたらしい、天の香久山には霞がたなびいているよ）」（後鳥羽院）を踏襲したものであるのは明らかである。『金槐和歌集』は自らの巻頭をはじめるにあたって、後鳥羽院勅撰『新古今和歌集』に敬意を払っているわけだが、のみならず『新古今和歌集』という勅撰集以上に天皇制絶対の姿勢を打ち出しているのではないのか。

『新古今和歌集』の冒頭歌が、天武・持統朝の旧都「み吉野」から、藤原京の「天の香久山」という流れであるのに対して、『金槐和歌集』では「天の原」から春が降りてきたとし、さらに「九重」「雲居」「大内山」というように京の皇居の新春を詠んでいる。そしてその次の三首目に至って「みづのえの吉野の宮」の歌となる――この「みづのえ」については不審な点もあるが省略――。ここでの三首が鎌倉での新春の歌ではないことに留意したい。東国の将軍実朝がその歌集の冒頭を飾るにあたって、新春鎌倉の嘱目の景ではなく、「天の原（『万葉集』巻三・三七九「ひさかたの天の原より生れ来る神の命」という天孫降臨《てんそんこうりん》の神話に基づく語）」というように高天原《たかまがはら》の神話時代から始めて、都の宮中という流れで新春を寿いでいるのはかなり異様である。天皇制イデオロギー絶対の姿勢をあからさまに標榜している。

そもそも一首目初句「けさ見れば」は、後鳥羽院の国見《くにみ》を思わせる帝王振りの歌句（『建保四年二月御百首』『詠五百首和歌』等）を踏まえたものである。また二首目の下の句「大内山に霞たなびく」から上の句「九重の雲居に春ぞ立ちぬらし」へと返ってくる構文は、『新古今和歌集』二首目の後鳥羽院歌の下の句「天の香久山かすみたなびく」から上の句「空にきにけらし」へという流れとの対照をねらったものである。

さらには『金槐和歌集』末尾三首の直前には、「御裳濯川《みもすそがわ》（伊勢神宮内宮《ないくう》に流れる五十鈴川《いすずがわ》）」の歌（六五六）、「天の岩戸（高天原の岩屋の戸）」の歌（六五七）、「朝日の宮（伊勢内宮）」の歌（六五九）、「君が代」の歌（六六〇）というように天皇制神話に因んだ歌がズラリと並んでいる。秀歌一首を挙げれば、「八百万四方《やほよろづよも》の神たち集まれり高天の原に聞き高くして（多くの神々たちが方々から集うた高天の原から遥かにその神々しい声々が聞こえてくることよ）」（六五八。「聞き」の解釈にはぶれがあるが省略。『万葉集』巻二の人麻呂歌を踏まえる）という歌があり、実朝は高天原に騒《ざわめ》き集う神々の遙かなる天上の声を聞きとっているのであった。

実朝と後鳥羽院

それにしてもなぜかくも後鳥羽院への絶対的賛仰の姿勢を『金槐和歌集』は直情的に打ち出しているのであろうか。ここで再び『吾妻鏡』の記述に戻る。この建暦三年の五月二日に勃発した和田合戦の顚末と、この事件に対する実朝の立ち位置を確認しておく。同年二月のこと、信濃国《しなののくに》泉《いずみ》親衡《ちかひら》による二代将軍源頼家遺児の千手丸《せんじゅまる》を擁しての北条義時《よしとき》追討の謀叛計画が発覚し、逮捕者のなかに和田義盛《よしもり》の子息義直《よしなお》と義重《よししげ》と甥胤長《たねなが》がいたことに端を発する。義盛が将軍実朝に愁訴して義直と義重は赦免されるも、胤長は首謀者の一人とされて、北条氏に辱《はずかし》めを受けた挙句に陸奥国《むつのくに》に配流される。その屋敷も和田一族に帰することなくして北条義時に没収される。

そもそも義盛には、承元《じょうげん》三年（一二〇九）五月十二日に上総国司《かずさのこくし》への任官を望んだ際も北条政子《まさこ》のために不可にされたという苦い過去があり、その後も義時から再三にわたる挑発を受けて挙兵することを余儀なくされたのである。和田義盛軍と将軍実朝を擁する北条義時率いる幕府軍とが鎌倉内で二日間にわたって激突するが、同族の三浦義村《よしむら》に裏切られたことが決定的原因で和田一族は壊滅する。和田義盛と言えば侍所《さむらいどころ》別当《べっとう》の要職にあり、梶原景時《かげとき》や畠山重忠《しげただ》失脚後の数少ない源頼朝時代の功臣だったが、北条氏の仕掛けた罠にまんまと嵌められたのであり、侍所別当職も政所《まんどころ》別当義時が兼務するに至る。

問題はこの和田合戦に対する実朝のスタンスの取り方であり、この事件の顚末は実朝のその後の人生に暗い影を投げかけている。実朝は和田義盛が上総国司を所望した際も前向きな姿勢を示し、義直・義重の赦免にもみるようにこの一族に終始好意的であった。義盛の子常盛《つねもり》はもちろん、とくに孫朝盛《あさもり》は実朝の寵臣でもあった。にもかかわらず実朝は自らが信を寄せていた和田一族の滅亡を傍観することしかできなかったのである。乱後の彼は一族の亡霊に悩まされるようにもなる（建保三年（一二一五）十一月二十五日）。和田合戦とは尽きるところ義盛と義時との覇権争いであり、和田義盛には将軍実朝を廃する意図は微塵もなかったし、また実朝も立場上北条側についたまでのことであった。『吾妻鏡』はこの乱を境にして一人孤独に佇《たたず》む実朝像を象るようになる。

そもそも実朝の人生史において、建久十年（一一九九）の父頼朝の早すぎる死という問題があった。さらに建仁《けんにん》三年（一二〇三）に兄の二代将軍頼家が比企《ひき》の乱によって失脚したことで、実朝は北条氏に担がれて十二歳で征夷大将軍となる。元久二年（一二〇五）の北条時政《ときまさ》による平賀朝雅《ひらがともまさ》将軍擁立事件を経て、今回の和田合戦に至るわけだが、このように事件が出来するごとに、実朝は自らの存在がいかに脆弱《ぜいじゃく》なものでしかないかの認識を深めたものと思われる。北条氏の後見のもとに将軍たり得ているとしても、一歩間違えば舅比企能員《ひきよしかず》に与《くみ》したために粛清された兄頼家のような運命を辿るだけのことである。とどのつまり将軍職は制度上必要でも、それが実朝である必然性はまったくないことになる。北条氏そして母政子に対して実朝が徐々に違和感を抱くようになったのも必定であり、兄頼家の死のもつ意味も自ずと理解されたことであろう。

孤立感を深める実朝にとって唯一の心の拠りどころは、自らが源氏将軍たることの貴種性にあり、またこの矜持こそが逆に東国の荒夷《あらえびす》のなかに身を置くことの違和感を益々高じさせたものと思われる。実朝と京との繋がりは早くから認められる。元久二年（一二〇五）十四歳実朝の初詠歌は紹介済みだが、同年九月二日には実朝の所望によって、同年三月成立の後鳥羽院勅撰『新古今和歌集』が鎌倉に届けられる。実朝の名にしても建久三年（一二〇三）に後鳥羽院より授かったものであり、元久元年（一二〇四）十二月には坊門《ぼうもんさきの》前大納言信清《のぶきよ》の息女（後鳥羽院の従姉妹）と結婚している。十代前半におけるこのような京との繋がりに実朝がいかほど自覚的であったかは解らない。しかし長ずるに及んで東国での自らの孤独な立ち位置を実感すればするほど、京なるものへの憧憬を抱き、後鳥羽院との精神的紐帯を渇望するようになり、またそのことで源氏の貴種としての誇りはますます高じたものと思われる。

『金槐和歌集』は鎌倉幕府内で絶対的孤独を託《かこ》つ実朝が、東の将軍と自らを卑下しつつ、後鳥羽院への絶対的忠誠の姿勢を以てして院に献上したものである。『金槐和歌集』の編集とは、和田合戦を一つの画期として自らの人生を清算せんとする試みであるとともに、今後どう身を処していくかの新たなる決意表明でもあった。

2──『吾妻鏡』と『金槐和歌集』という相互補助的テクスト

従来の両テクスト関係論

これまでの『金槐和歌集』研究にあっても、史実の確認のために『吾妻鏡』を参照するのは常の手続きであったし、また『吾妻鏡』編纂の際の一資料として『金槐和歌集』は確かに利用されてもいた。しかし私がいいたいのは、両テクストはがっぷり四つの相互依存・補助的関係にあり、そのことでより大きなテクストが編成されていることをである。『吾妻鏡』には将軍実朝の事跡が記され、『金槐和歌集』は実朝歌集であるというだけでなく、双方のテクストの言葉があまりに接近し過ぎており、そのことをいかに読みの問題へと生産的に還元させ得るかという点が問われているのではなかろうか。

建暦三年十二月十八日成立の『金槐和歌集』を受けて『吾妻鏡』の十九、二十日の記事があり、さらにその日付を境に両テクスト間で実朝詠歌が綺麗に住み分けされていたことを再確認したい。『吾妻鏡』は『金槐和歌集』を踏まえ、そこにはない歌だけを丁寧に拾っており、両テクストはまさに一対一対応で向き合っている。逆説すればまさに収録歌が重ならないことこそが、双方のテクストの近接性を物語っている。

しかも『吾妻鏡』は『金槐和歌集』の成立事情を深く理解している。建暦三年というのは和田合戦の勃発とその戦後処理という将軍実朝にとって最も難しい年であり、その状況を克服すべく後鳥羽院への献上歌集をまとめることで自身の立ち位置を確認し、今後の歩むべき方向を見定めんとしていたのである。そして『吾妻鏡』の十九、二十日の記事は、かかる大事業を成し遂げた直後のすがすがしい気分の実朝像をしっかりと定着させている。実朝がこのような心楽しい日を迎え得たのも『金槐和歌集』を纏め上げたこととの達成感だったのではなかろうか。というより十九、二十日の記事は、そのように解釈されるべきものとしてそこに配されている。それはたんなる雪山賞翫《しょうがん》のための物見遊山の記事ではない。『吾妻鏡』編者は『金槐和歌集』にみる将軍実朝像に限りないシンパシーを抱いており、『金槐和歌集』がいかなる歌集であり、実朝の人生にとってどのような意味をもつのかを対象化している。『吾妻鏡』はこのような形で『金槐和歌集』を取り込むことで、建暦三年が実朝の人生にとっていかに重要なエポックたり得ているかを立体化させている。

そもそも実朝の訪問先が二階堂行光邸であることが意味深長である。実朝は出来立ての『金槐和歌集』を持参していたのではあるまいか。この行光を介して後鳥羽院へ歌集を献上してもらうための訪問だったのかもしれない。実朝暗殺直後の承久元年（一二一九）二月に北条政子ら幕府幹部が、将軍後継として後鳥羽院皇子の雅成《まさなり》親王か頼仁《よりひと》親王のいずれかを鎌倉に下向させていただきたき旨を京に言上《ごんじょう》した際に、その重要な使者を務めたのがこの行光だったのである。二十日の記事には内藤知親の姿もあり、彼に託して定家に届けた可能性もあるが、『金槐和歌集』の献上先はどうみても後鳥羽院であり、その役を行光に託したと考える方が妥当であろう。

以上のような議論を、『吾妻鏡』の将軍実朝伝まるごとが、『金槐和歌集』を踏まえて成立したというように敷衍することもできる。『吾妻鏡』は歌道に入れ込み、後鳥羽院に心酔する実朝像を押し出しているが、実朝の実際がそうだったというだけでなく、『金槐和歌集』という歌集を残した将軍実朝という観点から、このような記事がことさら選びとられたとも考えられる。『吾妻鏡』は『金槐和歌集』成立までの実朝詠歌は同集に任せたとしたが、その世界に寄り添う形で自らの将軍実朝像を構築し、また歌集以降については独自に実朝歌の採録に乗りだすとともに建暦三年までの実朝像を前提としつつ、それをふまえて晩年実朝像を提示しているのではあるまいか。『吾妻鏡』は『金槐和歌集』なるものをかくも内在化させているのであった。

もちろん両テクストの相互関連といっても『吾妻鏡』の成立が後である以上、『吾妻鏡』によって『金槐和歌集』の世界は吸収されたという一方通行しかないのであり、成立論的に両テクスト間に相互交流があったことにならない。しかしたとえそうでも『金槐和歌集』は『吾妻鏡』によって位置づけられることで、『吾妻鏡』との密な関係が成立したことは確かであり、そのことで『金槐和歌集』の何たるかがより鮮明となるのである。両テクストはぴったり向き合い並走し、双方相俟って一つの世界を構築している。

もちろん以上のように述べてしまうと、『吾妻鏡』には『金槐和歌集』についての直接的言及がないではないかという疑問が生じる。『金槐和歌集』というのは定家による命名だろうが、『吾妻鏡』にはそれらしき実朝歌集の影すら見当たらない。しかしだからこそ問題ではなかろうか。先に『吾妻鏡』と『金槐和歌集』の収録歌が重ならないことが双方のテクストの近接性を逆説的に証していると述べたが、それと同じ事情がここにもある。『吾妻鏡』が将軍実朝伝を記すうえで最も参考にした『金槐和歌集』に対しては、まさにそれが一対一対応で向き合う重要テクストだからこそ、その存在を暗示するにとどめたのではなかろうか。実朝自撰歌集への敬意がここには込められており、そのテクスト名を軽々と引用してしまうことを憚ったものと思われる。

この日付以外にも両テクストがリンクしていることを示す記《しるし》が多々あり、その一つ二つを紹介しておく。『金槐和歌集』に、「相模川《さがみがわ》といふ川あり。月さし出《い》でてのち、舟に乗りて渡るとてよめる」という詞書のもとに、「夕月夜《ゆふづくよ》さすや川瀬の水馴《みな》れ棹《ざを》なれてもうとき波の音かな（夕月のさす川瀬を水に馴染んだ棹で漕いでいくのだが、聞き馴れているはずでも疎ましい波の音だよ）」（六三五）という歌がある。なぜ相模川を船で渡っているのか、なぜその波音を実朝が疎ましく感じているのかいささか不可解である。『吾妻鏡』によると、これが建暦二年（一二一二）二月八日の二所詣の帰途の歌であると知れるとともに、さらに二十八日の記事によってこの歌の背後事情が明らかとなる。

相模川の橋が破損しているので修理すべきとの三浦義村からの申し出を受けて、北条義時以下が衆議したところ、建久九年（一一九八）にこの橋を重成法師（稲毛重成《いなげしげなり》）が新造し供養した際に、将軍頼朝公は結縁のために出席したその帰途に落馬して亡くなり、また重成法師も災いにあったのであり、不吉なことゆえにこの橋を無理に再興する必要もないというのが一同の意見であった。

その旨を実朝に申し上げたところ、将軍頼朝の死も重成法師の災いも橋を建立したこととは無関係であり、この橋を称して不吉などと評すべきでなく、この橋があるからこそ二所詣をする庶民の往来の煩いがないのであり、即刻修理せよとのことであったという。

この記事は一般に頼朝の死の事情を記したものとして有名である。『吾妻鏡』では建久七（一一九六）、八、九年の全文と、十年一月の記事とが欠文となっていて、九年十二月の頼朝の落馬と翌十年一月十三日の死についての記録がない。このことの意味は様々論じられているが、『吾妻鏡』の現存本文をみる限り頼朝の死から十年以上たったところで、やっとその死の事情が明かされたことになる。

この問題は頗る興味深いが、ここでは先の歌が詠まれた事情が、この『吾妻鏡』の記述により明らかになっていることに注目する。相模川の橋が壊れていたので実朝一行は仕方なく船で渡ったことになる。また二所詣の帰途にこのような不自由な思いをしたからこそ、二所詣をする庶民のためにも橋の修復が必要であるとの先の発言がなされたのであろう。橋をただちに修復せよとする発言の実感的根拠が、『金槐和歌集』の歌で明かされているのだ。しかも実朝はこの夕月夜の相模川に棹さす水音になにか不気味なものを感じているが、船で渡ることが不快でもあったろうが、やはりここが父頼朝の死に因む場所であることが影響しているのではなかろうか。実朝が父頼朝を突然襲った死を心の奥深くでどのように捉えているかが一瞬仄見える歌である。

このように『吾妻鏡』の実朝関連記事の裏には、『金槐和歌集』にみるような生々しい歌世界が広がっているし、また歌の背後にはこのような複雑な詠歌事情があったことも解る。『吾妻鏡』の記述は実朝歌の注釈のためにあるがごときであり、両テクストはガッチリと嚙み合っていて、この密着度は偶然の産物ではない。

また『吾妻鏡』には次のような記述もある。和田合戦直後の建暦三年五月二十一日の記事として、「午《うま》ノ刻ニ大地震アリ、音有リテ舎屋破レ壊レ、山ハ崩レ地ハ裂カレ、此ノ境ニテハ近代カクノ如キ大動ナシト云々」というのがある。いうまでもなく同じく和田合戦後の建暦三年末成立の『金槐和歌集』の掉尾を飾る「山は裂け海は浅せなむ世なりとも君にふた心わがあらめやも」という先の絶唱歌をふまえた表現である。実朝は「山は裂け海は浅せなむ世」の到来を仮定の話としたうえで、それでも後鳥羽院への忠誠心に変わりがあるはずもないとうたっている。それに対して『吾妻鏡』では、実朝歌が「仮定」の話とした事態が、「山ハ……」というように本当に出現してしまったことがいわれている。かくして「君にふた心わがあらめやも」という歌の言葉が仮定に基づく後鳥羽院への誓いであるどころか、まさに実朝が「君にふた心」なき心境に今あることが強調されることになっている。これなどは『吾妻鏡』が『金槐和歌集』をカバーするテクストであることを露骨に示した箇所ではなかろうか。

二所詣の歌・東国将軍の歌

両テクスト間の相互補助的関係についてもう一例挙げる。『吾妻鏡』では実朝が二所詣のために精進潔斎に入った日付、そして出発日と帰還日を律儀に記す。ただしその言葉は実朝に随伴して箱根権現や伊豆山権現へ移動することはなく、将軍不在の鎌倉の方に焦点を当てたままである。二所詣の実際は『金槐和歌集』の方に任せたと思われる。もちろん実朝に限らず、『吾妻鏡』は将軍二所詣の実態をそもそも記さない。頼朝の上洛や奥州征伐、さらには巻狩については頼朝とともに移動するのが『吾妻鏡』の記述だが、二所詣には付き合わない。鎌倉の鶴岡八幡宮を祭祀の要に据える『吾妻鏡』の世界観からして、箱根権現や伊豆山権現さらに三嶋大明神等の東国在地の信仰圏には立ち入らないということであろうか。

　しかしたとえそうだとしても『吾妻鏡』が二所詣の実際を記さないことと、『金槐和歌集』のなかで二所詣における秀歌が多いこととは、密かに暗合しているものと思われる。たとえば実朝の名歌といわれる、「たまくしげ箱根のみうみけけれあれや二国《ふたくに》かけてなかにたゆたふ（箱根のみ海はみ心があるからなのか、二国の間に跨《またが》って、その間にゆったりと揺らぎ漂っていることよ）」（六三八）、「箱根路をわれ越えくれば伊豆の海や沖の小島に波の寄る見ゆ（箱根路を私が越えてくると、伊豆（出《い》づ）の海がにわかに視界に現れ出て、沖の小島に波のうち寄せているのがみえることだよ）」（六三九）、「大海の磯もとどろに寄する波破《わ》れて砕《くだ》けて裂《さ》けて散るかも（大海の磯も轟《とどろ》くばかりにうち寄せる波は、割れて砕けて裂けて飛び散っていることだよ）」（六四一）、「わたつみの中に向かひていづる湯の伊豆のお山とむべも言ひけり（海の中に向かって湯が走りでる、なるほどだから伊豆（出づ）のお山と名づけたのだなあ）」（六四二）等はすべて二所詣の際の歌であることをどうみるか（『吾妻鏡』によると建暦三年正月の二所詣）。

初島の遠望（十国峠より）

第一首目は「たまくしげ箱根のみうみ」という畏まった表現で始まり、芦ノ湖をみての感動をうたう。それは相模国と駿河国に跨った山頂に横たわる巨大な海であり、たっぷりと水をたたえて揺らいでいる。箱根権現の造形による神聖にして雄大な自然の景がここにある。二首目は詞書《ことばがき》に、「箱根の山をうち出でてみれば、波の寄る小島あり。「供の者、この海の名は知るや」と尋ねしかば、「伊豆の海となむ申す」とこたへ侍りしを聞きて」とある。既に渡部泰明の指摘があるように、馬上の実朝は海の名をわざわざ供の者に聞いており、いかにも将軍らしい堂々とした振舞いである。箱根より十国峠《じゅっこくとうげ》越えをしたところ、視界が一挙に開けて、「出《い》づ」として「伊豆の海」が目に飛び込んできたというのである。遥か彼方では「沖の小島（熱海の初島）」に白波が寄っているのがみえるではないか。晴れ渡った伊豆の沖合を遠望しながら詠みつつも、なんとなく物悲しげな気分が揺曳する歌であり、またそのような歌の効果を詞書が引き出している。

三首目もスケールの大きい迫力ある自然をうたう。すさまじ

伊豆山の走り湯（横穴式源泉）

いばかりに轟き砕け散る大波、そしてその後の空しい余韻と余白、なにかそこには実朝自身の存在が暗喩されているかのようである。四首目は「走湯山《はしりゆさん》に参詣の時」という詞書をもち、大地の底から大海めがけて噴出する温泉を詠んでいて、三首目と同様にピュシスの力が表現されている。走湯山とは伊豆山権現のことであり、かつて源頼朝が治承《じしょう》四年（一一八〇）七月の挙兵に際して戦勝祈願した所として有名である。「わたつうみ」は「海（わた）つ霊（み）＝海神」であり、先の「たまくしげ箱根のみうみ」と同様に神聖な自然を敬っての表現である。海辺の洞窟から熱い湯が滔々《とうとう》と湧出し、海に目掛けて噴き出しているところに感動し、語源に溯り、「出づのお山」とはうまいことをいったものだとしている。地名の語源に思いを馳せるのは珍しくないが、大地から溢れる圧倒的な熱量を感じとっての力強い表現となっている。

このように二所詣の歌をみると、『吾妻鏡』と『金槐和歌集』との位相差が際立つ。『吾妻鏡』の将軍実朝は鎌倉に縛りつけられた逼塞《ひっそく》した生活を余儀なくされている。難しい人間関係のなかで緊張感を強いられ、病気がちにして神経過敏で鬱々《うつうつ》と楽しまぬ日々を送っている。一方『金槐和歌集』の二所詣の歌群をみると、『吾妻鏡』の実朝像の向こう側に、もう一人の溌剌とした実朝像が自ずから立ち現れてくる。『吾妻鏡』は二所詣の実朝というもう一つの実朝像をすべて『金槐和歌集』の方に託したということではないのか。自然の力を全身全霊を以て体感している実朝がここにあり、これは鎌倉ではついぞみせたことがない実朝の姿であることを『吾妻鏡』は十二分に熟知していたものと思われる。先に私は建暦三年十二月十八日と十九日・二十日という日付を境として『金塊和歌集』と『吾妻鏡』「実朝将軍記」とが住み分けされていることを確認したが、のみならずここでは鶴岡八幡と在地の神々というように、信仰の場を以てして両テクストの差異化がはかられている。かくして欠けたるものを補うという形で、異質な両テクストが映発し合って新たな世界が立ち上がらんとしている。

そもそもここには実朝にとっての歌とは何か、さらには武士が歌を詠むことの意味とは何かという問題がある。武将が歌を詠むことは平家の歌人たちをはじめとしてなにも珍しいことではない。問題なのは彼らが歌を詠むことがどれだけ彼らの存在にとって本質的な営みだったかという点に尽きるのであり、その意味でも実朝歌は評価されてしかるべきである。そう、「将軍の歌」という問題域がここにはある。颯爽とした身のこなしの馬上の実朝歌、躍動する雄大な自然をまるごと感受する実朝歌、語源に溯って重々しく歌い上げる土地褒めの歌……、これらはたんに鎌倉とは異なる自然に触れて詠んだ歌というにとどまらず、自身が東国の将軍たることの自覚のもとに詠出されたものであろう。というより、二所詣の旅路が将軍の歌とはどうあるべきかという問題意識を先鋭化させたものと思われる。箱根権現と伊豆山権現という東国信仰の聖地に詣でることは、実朝にとって最も重要な祭祀行為であり、この二所詣に着目することで歌人将軍実朝誕生の秘密を解き明かすことができるかもしれない。

もちろんこのことは厳密には二所詣の歌に限らない。「建暦元年七月、洪水《こうずい》天に漫《はびこ》り、土民愁歎《しゅうたん》せむことを思ひて、一人本尊に向かひ奉り、聊《いささ》か祈念を致して曰《いは》く（建暦元年（一二一一）七月、洪水が天地をおおい、民が愁え嘆くことを思いやって、独り本尊に向かい奉って、わずかばかり祈念して詠んだ歌）」（「洪水」について『吾妻鏡』で裏をとれないが、同年七月四日から十一月二十日にかけて実朝が『貞観政要《じょうがんせいよう》』（唐の太宗と群臣との政治問答集）の読み合わせをしたとの記事があり、その反映としてこの歌を解釈する説が既にある。また定家所伝本『金槐和歌集』は詠歌年時を記さないが、先の奥書とここだけに年時があり興味深い問題だが省略）という詞書をもつ有名歌、「時により過ぐれば民の嘆きなり八大龍王《はちだいりゅうおう》雨やめたまへ（時によっては度を越すとかえって民の嘆きとなってしまいます、八大龍王よ、雨をとめてくだされ）」（六一九）を想起してみれば歴然たるものがある。独り本尊に向かって民のために雨を止めてくだされと心の奥底から一心に祈る実朝の孤高の姿があり、為政者たる自らを悲壮に押しだしたパワフルな歌である。

臣下の者たちへの労りの歌はもちろんのこと、さらには子供・老人・炭焼・病人・海人・動物等の社会的弱者への限りないシンパシーをうたいあげた歌も多くあり、これらにしても将軍たるもののあるべき姿が歌というツールを媒介に摸索されているのではなかろうか。そしてこのような問題の所在に実朝が想到し得たことの直接の契機は、やはり後鳥羽院の帝王振りの歌に刺激を受けたことにあったのであろう。

さらにまた既に五味文彦も述べているように、聖徳太子も実朝の模擬すべき先達《せんだつ》の一人であった。「道のほとりに、幼き童の、母を尋ねていたく泣くを、そのあたりの人に尋ねしかば、「父母なむ身罷《みまか》りにし」と答へ侍りしを聞きてよめる」という詞書をもつ、「いとほしや見るに涙もとどまらず親もなき子の母を尋ぬる（可愛そうなことだ、みていると涙がとめどもなく流れてしまうよ、親を失った子が母を捜し求めているではないか）」（六〇八）という実朝歌がある。実朝の念頭には、聖徳太子が片岡山にて飢え臥せる人をみて、食を与え衣を脱いでかけてやり、「その旅人あはれ」とうたったという故事があったことは間違いない（『日本書紀』巻二十二推古天皇《すいこてんのう》二十年等）。そして太子のこの「あはれ」云々という言葉を踏襲した「あはれ」の歌が実朝には数多くあり、さらにはまた『吾妻鏡』にも実朝と聖徳太子との関連記事は多くみられる（承元四年十月十五日、十一月二十二日、建暦二年六月二十二日等）。

征夷大将軍源実朝というと武門の棟梁であるにもかかわらず、政治の統括者としての役割一切を北条氏に委ねて、自らは和歌や蹴鞠《けまり》という京文化の世界に逃避していたという評価が根強くある。また吉本隆明がいうように実朝には祭祀権しか任されていなかったという現実もある。しかしこのような実朝論にはなにほどかの修正を要する。まず実朝にとって和歌はたんなる現実逃避の手段というにとどまらず、大将軍たることの自覚を深める重要な文学的ツールであったし、そのための一途なまでの歌道精進だったのである。なるほど若年時の実朝にとって和歌とはたんなる京文化へ憧れ以外ではなかったかもしれないが、歌なるものの錬磨によって徐々に将軍の歌という問題の所在に彼は気づいていったものと思われる。彼は政治的には北条氏の傀儡でしかないし、祭祀権しか己の自由にはならなかったというのが現実であったろう。しかしそのような限界があろうとも、彼は彼なりの方法で自らが東国の源氏将軍たることの自覚をもち、精一杯それを生きんとしていたのであった。

実朝にとっての先達とは後鳥羽院や聖徳太子だけではなく、事あるごとに征夷大将軍にして父である頼朝の遺品を収集したり、古老からその話を伝え聞いたりして、その生涯を我が物にせんとしている。また『将門合戦絵』『奥州十二年合戦絵』『和漢将軍影』『本朝四大師伝絵』等を賞玩し、過去の将軍や武将や賢人たちの事跡に盛んに思いを馳せて、そこから何かを学びとろうとしている。もちろんその意味で彼にとっての将軍や武将とは、和歌・物語・絵巻によって培われたものでしかなく、多分に観念的なものであることは否めない。しかし観念としての将軍を生きる以外に彼に何が許されるというのであろうか。いずれ実朝はあるべき将軍像をさながら生きんと欲して将軍親裁による政治を積極的に押し進めるようにもなる。しかしそのような姿勢は一見して実践的であるようにみえつつも、すぐれて観念的であるがゆえに彼をして絶望的なところまで追い込む結果にしかならなかったのである。

3――その他のアプローチ

法の文学・街道の文学

源実朝の全体論については別の機会に譲るとして、ここでは最低限『吾妻鏡』と『金槐和歌集』とが相互補助的関係にあり、またそのことでより大きなテクストが編成されていることを確認させていただいた。本書の本論である「真名本『曽我物語』テクスト論」においても『吾妻鏡』との関りにおいて同様のシステムがあることを問題にすることになろう。

ところで鎌倉幕府の文学論ということで、一つのテーマ設定のもとに各テクストを横断的に捉えるというアプローチも可能である。たとえば「二所詣」の話をしたが、『金槐和歌集』や『吾妻鏡』のみならず、真名本『曽我物語』でも目立たぬながらそれは重要な役割を果たしており（巻三・四）、二所詣の文学なるものを構想することも可能であろう。さらには「法の文学」「街道の文学」「政治・軍事都市鎌倉」等というテーマ設定も可能であり、真名本と関わる範囲でこれらについて少し紹介しておく。

『十六夜日記』（一二七九～八〇成立）の作者阿仏尼《あぶつに》（藤原為家《ためいえ》の後妻、為相《ためすけ》・為守《ためもり》の母）の鎌倉下向の目的が、なんといっても「訴訟」のためである点は注意されてよい。「深き契《ちぎり》を結びおかれし細川の流れも、故なく堰《せ》きとめられしかば（深い契約を結んでおかれた細川の流れも、理由なく遮られてしまったので）」とあるように、それは播磨国細川荘《はりまのくに》をめぐる二条為氏《ためうじ》（為家嫡妻腹の長男）との長きにわたる争いに端を発する。阿仏尼は、「また賢王（朝廷）の人を捨て給はぬ政にももれ、忠臣（六波羅《ろくはら》）の世を思ふ情けにも捨てらるるものは、かずならぬ身一つなりけり」といっていることからも、まずは朝廷や六波羅へ訴え出たが、認められなかったという。かくして「東のかめの鏡に映さば、曇らぬ影もや現はるると、せめて思ひあまりて、万の憚りを忘れ、身をえうなきものになしはて、ゆくりもなく、十六夜月に誘はれ出でなむとぞ思ひなりぬる（鎌倉幕府の正しい裁判にかけたならば、本当のことも明らかになるのではと切羽詰った思いに堪えかねて、万の遠慮も忘れて、この身を不要の者と思いなして、突然に十六夜の月に誘われるようにして出発しようと思うようになった）」というよう、鎌倉での正しい裁きに望みを託して、居ても立ってもいられぬ思いで旅立ったというのである。

北条泰時《やすとき》編纂『御成敗式目』の成立は貞永《じょうえい》元年（一二三二）であり、鎌倉がこのように「法」を体現する都市国家としての権威を確立したことが、文学の世界でどういう意味をもつのかという問題がここにある。『十六夜日記』はこのような論脈のもとにどう位置づけられるのか。一方この『御成敗式目』との関わりから、真名本『曽我物語』を「法」という観点から解釈しようとする深沢徹の論が最近発表されているし、そもそも新編日本古典文学全集『曽我物語』の解説・注がこのテクストに孕まれている「法」問題を徹底的に摘出している。確かにこの点についての真名本の主張は際立ったものがあり、多くの登場人物たちが、兄弟と父敵助経とのトラブルの淵源が土地をめぐるものであることから、兄弟に訴訟に打って出るよう頻りに勧めている。また頼朝も兄弟の敵討の心情に共感しつつも、結局は「法」を以て彼らを裁くに至っている。となると真名本『曽我物語』とは、いずれ成文化されることになる法典『御成敗式目』を向こうに回して、東国武家政権成立時の「法」の誕生物語を定位させているとも思われてくる（第3章）。

ここに「法」をめぐっての鎌倉幕府の文学論を展望することができる。『御成敗式目』は鎌倉編纂の法テクストとして東国に君臨している。『十六夜日記』になると鎌倉のかかる権威は既に自明のものとしてあり、だからこそ阿仏尼は鎌倉での正しい裁きに期待して下ってきたのである。京（朝廷・六波羅）を否定し鎌倉にすべてを託すという決意表明がなされている点が重要である。一方それらに対して真名本『曽我物語』は「法」の誕生を鋭く説くテクストであるのはもとより、それが幕府という政治機構の中からでなく、富士野の草深い狩場を背景に、武門の棟梁源頼朝と御家人というローカルな人間関係を基に生成された「法」である点に特徴があるのではなかろうか（第4章第1節）。

また「街道の文学」というテーマ設定も可能であろう。今紹介した『十六夜日記』以外にも『海道記』『東関紀行』『春の深山路』『とはずがたり』『義経記』等と枚挙に遑がない。京と鎌倉間のみならず全国の街道筋がここでの問題であり、このような切り口からこの時代の文学を通覧することもできる。この問題についても本書では体系的に論ずる余裕はないが、やはり真名本『曽我物語』が街道論として斬新な方法を打ち出していることを紹介することになるであろう。真名本は街道を往来する人々の動きに焦点を当てるテクストであり、とくに偶然の出会いと擦れ違いによって物語を駆動させるという方法が駆使されている（第5章第4節）。

因みに真名本『曽我物語』は全国を巡礼する大磯《おおいそ》の虎《とら》（曽我十郎恋人）の姿に焦点を当てて閉じられており、この虎像に物語の語り手の姿を重ねる解釈が一般的にある。ただしこのことは虎の問題に限らない。というのはこの虎の姿が、意外にも『とはずがたり』作者の後深草院二条《ごふかくさいんにじょう》の修行の旅姿や（巻四、五）、『海道記』にみる承久の乱の敗者たちへの作者の鎮魂《ちんごん》の旅姿とも重なってくるからである。鎮魂の旅、巡礼の旅、修行の旅等というテーマが確認できるが、ここでも旅する彼らと語り手との関係が問われているのではないのか。『とはずがたり』の作者二条が久我《こが》大納言源雅忠《まさただ》の娘であるのがなんとも気になる。村上源氏である久我家が当道座《とうどうざ》（盲目琵琶法師たちの同業者団体）の本所であることが二条像の造形になんらかの形で影響しているのではなかろうか――もちろん久我家が当道座を支配下においたのはいつかという問題があり、天文《てんぶん》三年（一五三四）十一月の後奈良天皇《ごならてんのう》綸旨には「後白河院御宇《ぎょう》以来管領云々」とある（『特別展観　中世の貴族』）――。そして『義経記』にも源義経の奥州落ちに際して「久我大将殿の姫君」を稚児に変装させて同道させており、ここでもなぜ久我家の姫君なのか興味は尽きない。このような観点から真名本『曽我物語』『とはずがたり』『義経記』を束ねることによって確実にみえてくる問題域があるのではないのか。

政治軍事都市鎌倉の二つのショット

「鎌倉幕府の文学論は成立可能か!?」と銘打つも、本書が主として取り上げる真名本『曽我物語』は、実は東国の中心たる鎌倉不在のテクストである。ゆえにここでは逆に、都市鎌倉を堂々と正面に据えたテクストがあるので紹介しておきたい。新旧将軍の交代劇、そして鎌倉幕府の崩壊という政治的大事件に取材した二つのショットがそれである。

後深草院二条（父は大納言源雅忠、母は四条大納言藤原隆親《たかちか》女）作『とはずがたり』（一三〇六年以後遠からず成立）は、作者が鎌倉下向の際に遭遇した七代将軍惟康《これやす》親王（六代将軍宗尊皇子）と新八代将軍久明《ひさあきら》親王（後深草院皇子）との将軍交代事件を記している（正応《しょうおう》二年（一二八九）九月～十月）。「鎌倉に事出《い》で来《く》べし」、「将軍（惟康）都へのぼり給ふべし」（巻四）等という噂がまずは飛び交う。そして「ただ今御所を出で給ふ」ということから作者は大急ぎでその様子をみに行く。御所には「相模守（執権北条貞時《さだとき》）」の使いの、「平左衛門《へいさえもん》入道（平頼綱《よりつな》）」の子「平二郎左衛門（宗綱《むねつな》か助宗《すけむね》か）」なるものが乗り込んできていて、将軍の「張輿《はりごし》（略式の輿）」を「逆様《さかさま》（罪人を護送する時の仕様）」に寄すべし」などといかにも偉そうに指示している。しかも将軍がまだ輿にも乗らないうちから下人が寝殿に土足のまま上り込んで調度類を破壊している。女房たちも御所を追い出されて途方に暮れる。将軍はその後に「佐介《さすけ》の谷《やつ》」という所に一旦移されて、そこからの上洛となるが、作者はその場所が「推手《おして》の聖天《しょうてん》と申す霊物」に近いとのことで、そこにも出向いて将軍出発の様子を見聞する。雨風激しい不気味な「丑《うし》の時（午前二時頃）」に、将軍は「筵《むしろ》」に包まれた輿での旅立ちである。まさに流罪の体であり、「御鼻かみ給ふ。いと忍びたるものから、たびたび聞こゆるにぞ、御袖の涙も推し量られ侍りし」というように、ひっそりと将軍が鼻をかむ音まで作者は捉えている。

代わって新将軍の鎌倉入城である。「後深草院の皇子、将軍に下り給ふべしとて、御所作り改め、ことさら花やかに世の中……」、「御下り近くなるとて、世の中ひしめくさま、事あり顔なるに……」、「既に将軍御着きの日になりぬれば、若宮小路は所もなく立ち重なりたり」等とあるように、将軍の鎌倉入りが近づくにつれて鎌倉中が沸き立つ。作者は鎌倉で世話になっていた「小町殿（作者の又従兄弟である土御門定実《つちみかどさだざね》の「ゆかり」という。将軍に仕える）」より、平左衛門入道頼綱の奥方の用事を頼まれる。後深草院中宮より下賜された「五つ衣《ぎぬ》」を、どう仕立ててよいか解らないので相談にのって欲しいとのことであった。作者は一度は辞退したが執権貞時の依頼状まで添えてあるので、重い腰を上げて執権邸の一角を占める平頼綱の宿所に赴く。将軍御所の作りはいたって質素だったのに対して、こちらは金銀をちりばめた御殿であり人々は綾羅錦繍《りょうらきんしゅう》を身に纏い、調度類も光り輝くほどの羽振りの良さである。豪華な唐織物を召した堂々たる風格の奥方を目にして「かくいみじ」と作者は感嘆するが、平頼綱については、「入道あなたより走り来て、袖短かなる白き直垂《ひたたれ》姿にて、なれ顔に添ひゐたりしぞ、やつるる心地し侍りし（頼綱入道が向こうから走ってきて、袖が短い直垂姿で、奥方に馴れなれしくも寄り添って座ったのは、興醒めする気分がしました）」と記している。この貧弱な男があの権力者の頼綱かと嘲っているのであろうか。

さらに作者は平頼綱の奥方の用事を済ませただけでは解放されずに、執権貞時からさらに使者を遣わされて新将軍御所の飾りつけの点検をするよう注文を受ける。面倒なことよと思いつつも渋々応じてなにくれと指図する。そして将軍到着の日には若宮大路でその華やかな行列を作者は近くで見物し、さらに当日の御所の様子もみている。

将軍交替劇のもつ政治的意味が、ここでは前将軍の退場と新将軍の登場という対比構造のもとにくっきりと可視化されている。もう用無しとみるや手の平を返したかのように足蹴にされ、石もて追われる流人同然の前将軍と、入念な受入れ準備期間を経て丁重にもてなされ、鎌倉の人々に大歓迎される新将軍というようにである。噂の言葉も飛び交い、下級役人の蛮行や武士たちの横暴も見事に表現されている。

将軍はもとより時の幕府の権力者の姿も優れて印象的である。もちろんそれは平頼綱入道一家のことであり、頼綱当人と奥方とその子が登場している。平頼綱といえば、執権貞時の乳母《めのと》親であることを縁に得宗《とくそう》（北条嫡流）の御内人《みうちびと》（家臣）の筆頭内管領《うちかんれい》として権力を恣《ほしいまま》にし、弘安八年（一二八五）十一月には有力御家人の安達泰盛《あだちやすもり》一族とその与党を壊滅させた張本人である（霜月《しもつき》騒動）。またその専横振りが危険視されて、いずれ貞時によって正応六年（一二九三）四月には粛清されることになる（平禅門《へいぜんもん》の乱）。この将軍交代事件は正応二年のことであり――この事件も頼綱の策謀によるか――、となるとまさに執権貞時をも圧倒せんとしている全盛期の頼綱一族の姿を『とはずがたり』は鋭くキャッチしていることになる。下品なまでに豪華絢爛なその屋形、体軀のいい奥方とそれとちぐはぐな平頼綱、またいかにも虎の威を借るその子供というようにである。この子をして、「将軍の侍所の所司とて参りし有様などは、物にくらべば関白などの御振舞と見えき。ゆゆしかりし事なり」などと憤っている箇所も『とはずがたり』にはある。

とともにここで留意したいのは、このように新旧将軍の交代や内管領頼綱一族の振舞いを記す作者の位置が逐一記してある点である。御所を追い出される前将軍の姿を作者は確かに間近なところからみている。佐介が谷へ前将軍が移動した際にも、その鼻かむ微かな音まで聞き取る位置に作者はいる。そして新将軍鎌倉入りの際に、そのごく近くに作者が控えることになった理由がこれまた丁寧に記されており、将軍御所の飾りつけまで請け負っている。かくして作者は新将軍の鎌倉入りを目の当たりにすることになる。いわば自らの居場所を明記することで、この将軍交替劇を側近く見聞し得たことの根拠を示しているのであろう。それは想像や伝聞さらには何らかの文献に依拠した記事ではなく、まさしく正真正銘の見聞談であるこしの強調であり、それは『とはずがたり』という記録に信憑性を付与するための自己言及的記述としてある。作者がいかにこの記事を書くことにナーバスになっているかが解るのであり、それはどまでに慎重に記し配された重要記事としてこれはある。

しかも作者が現場に居合わせたのが「偶然」に過ぎないことを何度も強調している点が味噌である。作者が鎌倉に到着したのが正応二年三月末であり、そのまま善光寺参りの予定だったが、病気のために鎌倉を動けなかったという。そしてそのことで九月から十月にかけての将軍交代事件にはからずも遭遇し得たことになる。それにしても作者はなぜ前将軍が罪人同様の扱いで鎌倉から放逐される様子を、かくも近くでみることができたのか。文脈では成り行きでそうなったとされているが、そんなことがはたしてあるのだろうか。なにかと作者の面倒をみる「小町殿」は作者の鎌倉訪問を思いがけないこととし、さらに丁度良いところにいらしたとばかりに作者に色々と用事を頼んでいた。かくして作者は平頼綱入道の館に出向くことになり、さらには執権貞時からの直々の注文もあって新将軍御所にまで赴く。これらは作者が偶々京から来た人ということから頼み込まれた用事とされており、以上のように偶然が重畳することで将軍交代劇の現場に居合わせることになったという。

このような偶然の強調はそうではないことをうかがわせるに足る。しかるべき理由でその場にいたことを朧化しているのではないのか。偶然性の強調は不自然であり、執権貞時や平頼綱やその奥方までもが登場し、作者の能力を評価して重要な仕事を頼んでいること自体が、偶々の厚遇ではないものと思わせる。松本寧至は二条の東国下向は、持明院系後深草院の皇子である久明親王を迎える準備という秘命を帯びたものではないかとしている。確かにそのような裏事情がなければ、作者が廃位された前将軍や新将軍の近くに控えていることの説明がつかないのではないのか。

現場に偶々居合わたのではなく、こうなることは最初から織り込み済みだったものと思われる。作者は新親王将軍を鎌倉側がどう迎え入れるべきかを指示し確認するために当地に来ていたのかもしれない。執権貞時も小町殿や平頼綱等も、そのような彼女の秘命を知り、かつその背後には後深草院がいるからこそ彼女を丁重にもてなしたともいえる。そしてこのような作者からすれば、その使命は鎌倉で新将軍が実際どう待遇されたかを記録にとどめることで果たされたのではなかろうか。かくして将軍交替劇という政治的大事件の、現場からする唯一の記録として『とはずがたり』は定位されたのである。

ところで『増鏡《ますかがみ》』（永和《えいわ》二年（一三七六）までに成立）がこの『とはずがたり』を踏まえて、七代将軍の帰洛と八代将軍の鎌倉下向とを記しているのは有名である（巻十一）。しかもこの『増鏡』の引用方法が『とはずがたり』の表現を見事に換骨奪胎させており、大変興味深いものがある。『とはずがたり』が見聞者の位置を強調していたのに対して、ここでは徹底的にそれを削除して、世界をそれ自体として客観的に呈示せんと腐心している。そして恐らくそれと関わるが、『増鏡』にとってなぜ『とはずがたり』なのかという問題もあり、これまた偶々の引用というのではあるまい。『とはずがたり』というと女流の私日記という評価が一般的にあり、とくに巻四・五の後半については女西行《さいぎょう》（出家した作者）による諸国遍歴修行の日記という位置づけまでもがある。しかし少なくとも『増鏡』は『とはずがたり』をそのようなテクストと認定していない。『増鏡』作者が二条の鎌倉での秘命を知っていたか否かはもちろん不明だが――二条の母方伯父四条隆顕《たかあき》の孫隆資《たかすえ》は『増鏡』作者の可能性がある――、京で編纂された『増鏡』の立場からすれば、将軍交代劇を現地鎌倉で取材した『とはずがたり』の記事は珍重すべきものだったことは間違いなく、まさにそれゆえの『とはずがたり』引用なのではあるまいか。

そしてそのことと関わって気になるのは、この『とはずがたり』の記述が奇しくも『吾妻鏡』に繰り返される将軍交代劇の表現方法を思い起こさせる点である。『吾妻鏡』には、四代将軍藤原頼経《よりつね》（九条道家子《くじょうみちいえ》）と五代将軍頼嗣《よりつぐ》（頼経子）の交替劇（寛元《かんげん》二年（一二四四））、この頼嗣と六代将軍宗尊（後嵯峨院《ごさがいん》皇子）の交替劇（建長《けんちょう》四年（一二五二））、同じく宗尊と七代将軍惟康王（宗尊皇子）の交替劇が記されている。いずれも将軍が廃されて京へ送還され、それと入れ替わっての新将軍の鎌倉入城となっている。そして将軍が無慈悲にも廃された理由はどれもこれもが曖昧なままである。

例えば『吾妻鏡』の六代宗尊と七代惟康との交代劇をみてみる。文永《ぶんえい》三年（一二六六）六月二十三日の記事に、「御息所《みやすどころ》並ニ姫宮俄《にはか》ニ以テ山内殿《やまのうち》ニ入リオハシマス。仍《すなは》チ人々多ク彼ノ所ニ馳セ参ル。凡《おほよ》ソ鎌倉中騒動ス。其ノ故ヲ知ラズト云々（六代将軍宗尊の御息所藤原宰子と姫宮とが北条時宗《ときむね》の山内の山荘にはいられた。よって人々が多くそこに駆けつけた。おおよそ鎌倉中が騒々しい。その理由は不明であるという）」とある。若宮モ相州亭ニ入リオハシマス（また若宮（後に七代将軍惟康）も時宗邸にはいられた。）」とある。六代宗尊の妻と姫宮が時宗の山内の山荘に、また皇子惟康が時宗邸ににわかに迎えとられ、それが何を意味するのか不明なままに鎌倉中に不穏な空気が流れていたという。七月四日になると、「将軍家ガ越後《えちご》入道勝円ノ佐介ノ亭ニ入リオハシマス。女房輿ヲ用キラル。御帰洛有ルベクノ御出門ト云々（将軍家宗尊親王が越後入道勝円（北条時盛《ときもり》）の佐介谷の邸に入られた。女房輿を用いられた。帰洛されるための門出ということである）」とあるように、宗尊は妻子と引き裂かれるように、密かに「女房輿」に乗って「佐介谷」の北条時盛邸に迎えとられ、帰洛の準備に入ったという。さらに七月二十日、「前将軍家御入洛。左近大夫将監《しょうげん》時茂《ときもち》朝臣《あそん》ノ六波羅ノ亭ニ着キオハシマス（前将軍家宗尊親王が京都におはいりになられた。左近将監北条時茂朝臣の六波羅邸に到着された）」とあり、将軍宗尊の鎌倉追放と京六波羅入りとを記して『吾妻鏡』は擱筆される。

　鎌倉中をかけめぐる噂と不穏な空気、「女房輿」による前将軍の「佐介谷」への移送等というように、『とはずがたり』にみる歴史の切り取り方と『吾妻鏡』のそれとが相同であることは注意されてよい。となると七代と八代との将軍交代劇を記す『とはずがたり』は、この『吾妻鏡』の記述とまったく同様の方法で次の時代の交代劇を補遺的に記していることになる。また逆に『吾妻鏡』が将軍宗尊の帰京で終らずに書き継がれたならば、その時に依拠する一等級資料は『増鏡』の場合と同様に『とはずがたり』ではあるまいか。さらにはまた『とはずがたり』は『吾妻鏡』の後の時代について記しているが、しかし成立論的には『とはずがたり』は『吾妻鏡』に先行するという問題もある。

　粗雑な見通しでしかないが、『吾妻鏡』『とはずがたり』『増鏡』とが互いに映発し合うかのように、新旧将軍の交代という大事件をめぐっての表現が、各々のテクストに相応しい形で熟成されている点を確認したかったのである。そしてもう一つ重要なのは『とはずがたり』というテクストの表現論的達成が抜群である点である。鎌倉での記録のみならず、当時の朝廷の政治動向の記録として『とはずがたり』を評価する論がもっとあってしかるべきである。

もう一つ鎌倉というと、三方を山々に囲まれ南は海に面しているという要害都市たる構造が必ずのようにいわれており、『太平記』がその文学空間化に唯一成功しているので紹介しておこう。注目すべき箇所はいくつかあるが、なんといっても冒頭で紹介した新田義貞の鎌倉攻めの巻十の場面が出色である。『太平記』は「極楽寺《ごくらくじ》」「巨福呂坂《こぶくろざか》」「化粧坂《けはひざか》」等の切通《きりとおし》（山を切り開いた道）各々に焦点を当ててそこでの攻防を記すことからはじめている。

とくに極楽寺の切通は新田側から、「北は切通しにて、山高く路嶮《けわ》しきに、城戸《きど》を結ひ、垣楯《かいだて》を掻き、数万騎の兵、陣を並べて並み居たり。南は稲村崎《いなむらがさき》にて、道狭きに、波打際まで逆木《さかもぎ》を繁く引っ懸け、澳四、五町の程に、大船を並べ、矢倉《やぐら》を掻き、横矢を射させんと支度せり（北は切通まで急勾配で道も険しく、さらには城門を構え、楯を垣根のごとくに並べ、数万人の陣をズラッと整えている。南は稲村崎で道は狭く、さらには波打ち際まで逆木をびっしりと立てかけ、沖の四、五町には大船どもを浮かべ、物見櫓を建てて横矢を射ようと構えている）」というように、難攻不落の要塞として鎧《よろ》われている。いくら攻めても埒《らち》が明かないということで、義貞が黄金の太刀を龍神に奉納したところ稲村崎が干あがり、かくして「真一文字に懸け通りて、鎌倉中へ乱れ入る」ことになるのであった。切通しを横に避けての、この稲村崎からの奇襲作戦が功を奏し、それを突破口として鎌倉は一挙に崩落して、追いつめられた北条高時《たかとき》一門二百八十三人は、北条氏の菩提寺東勝寺《とうしょうじ》で集団自決するのであった。

鎌倉の形状を生かしたこのドラマティカルな作劇法は見事である。軍事都市鎌倉の表現化に成功したのは、その陥落の時というのは一つのパラドックスであるが、しかし落ちるはずもないものが落ちたからこそ、その要害都市たる所以が鮮やかに顕現し得たともいえる。凡そ『太平記』というテクストは、吉野山を舞台とした攻防場面といい（巻七の「出羽入道吉野を攻むる事」「村上義光《よしてる》大塔宮に代はり自害の事」）、碁盤上のごとき平安京の俯瞰図を基に発想されたとおぼしき戦闘場面といい（巻八・九）、刻々と変容する戦況を立体的に捉えることに長《た》けており、この意味での『太平記』論があってしかるべきであろう。

将軍交代劇にしても鎌倉幕府の崩壊にしても、これらは確かに現実の出来事には違いない。しかしここですべてを史実に還元して事済ませるわけにはいかないのである。たとえば鎌倉が義貞の鎌倉攻めによって崩落したことを記す際に、たった一行の文で終らせることも可能だからである。時空間をいかに構築し、焦点をどこに合わせてクライマックスへと盛り上げていくのかはすべて筆の仕事というほかない。

第Ⅰ部　「法」と自爆テロ

第1章……真名本『曽我物語』入門

1――真名本テクスト論のガイドライン

はじめに

全九章にわたる「真名本『曽我物語』テクスト論」のガイドラインを示しておく。主筋は第2章「曽我御霊神の誕生」、第3章「大将軍源頼朝の誕生」、第4章「鎌倉幕府創世神話」と、それを受けての第6章「真名本『曽我物語』という歴史テクスト」、第7章「『吾妻鏡』／真名本『曽我物語』」である。第2章と第3章では、この真名本が曽我兄弟物語と源頼朝物語とが並立する構造を有し、双方が接近することで物語が生成されているというシステムを論じ、第4章はそのような世界が語りの遠近法のもとに遥かなる昔の物語として定位されていることを確認する。その世界をして「鎌倉幕府創世神話」と命名する。これら三章を前提として第6章では真名本が自らの物語世界を歴史テクストたらしめている方法について、第7章ではこのような真名本と『吾妻鏡』とが問題意識を共有しつつも双方向的関係性にあるテクストであることを論ずる。この第6章と第7章が本書「真名本『曽我物語』テクスト論」の結論部である。

さてこの第1章では、真名本『曽我物語』と『吾妻鏡』についての必要最小限の「解題」と真名本十巻の「梗概（ストーリー）」とを記す。梗概は一つの読み物たり得るよう心掛けて書いたつもりである。これをお読みいただければ、真名本に直接当たらずともその概要は把握し得るはずだが、はたしてどうであろうか。真名本について熟知されている方はもちろん、まったく知らない方でも、本書では第2章以下の論述において物語についての基本的説明を適宜施していくので、この梗概を読み飛ばされても差し支えない。さらにいえば先掲の第2・3・4・6・7章の五章と第9章「仮名本『曽我物語』という「物語」」だけを読むという選択も可能である。

ただし梗概とはいえ私なりの読みの成果としてあり、無色透明な客観的記述ではない。しかもこれは第2章以下の論述の基礎となるものであり、読み飛ばされるにしても適宜参照していただく必要があろう。とくにこの梗概では、物語世界内に次々と登場する夥《おびただ》しいばかりの兄弟の「形見（遺品）」を、あらかじめ□で囲っておいた。真名本が歴史テクストを標榜していることについては第6・7章で詳論するとしたが、この物語は敵討事件を語るのはもとより、兄弟没後の「形見」の生成とその帰趨を語ることに最大限のエネルギーを費やしており、実はこのことが歴史テクスト生成の問題と密接に関わる。

また真名本『曽我物語』は物語ではあるが、ことあるごとに歴史的年時が打たれている。とくに巻二以降には、各巻冒頭部に本文より一字さげた序形式の小文が置かれ、そこには両巻を繋げる内容が年時とともに併記されている。この梗概はそれら年時を取り込んで作成してある。また人名呼称については、一般に『吾妻鏡』等を基準に表記されるが、本書ではすべてを真名本のそれに倣うことにした。「工藤」は「宮藤」、「伊東」は「伊藤」、「祐親」「祐経」「祐泰」等も「助親」「助経」「助通」等と表記する。ただし『吾妻鏡』等の本文引用の際にはその限りで当該テクストの表記の方を尊重してある。またこの人名の読みについては、この梗概欄で可能な限りルビをふしておいた。

真名本・訓読本・仮名本と『吾妻鏡』の解題

『曽我物語』の本文系統については諸説あるが、「真名本」「訓読本《くんどくぼん》（以前この系統本文は大石寺《たいせきじ》本（静岡県富士宮市大石寺）という固有名を以て呼称されていた）」「仮名本」の三系統説という形態的分類が解りやすい（新編日本古典文学全集『曽我物語』解説）。本書では真名本（全十巻）を俎上《そじょう》に載せることにする。というのも擬漢文体で記されたこの真名本は、鎌倉時代末期に東国で成立した古態の本文と判断されるからである。

鎌倉幕府編纂の記録書『吾妻鏡』（一三〇〇年頃成立）には、この真名本『曽我物語』に依拠したと思われる記事がある。建久四年（一一九三）五月二十八日深夜の兄弟討入記事、二十九日の頼朝が五郎を裁く記事、さらにその前後の記事もそれに依拠したらしいことから、真名本の成立は

『吾妻鏡』以前ということになる。ただしそれが現存の真名本と同一本文かとなるとはなはだ覚束ない。しかし依拠した資料がたとえ現存本と同じでなくとも、それをして真名本と認定して差支えないものと思われるが、いかがであろうか。『吾妻鏡』が踏まえたこの本文を「原曽我物語」とか「中間的真名本」と称する説もあるが、このような呼称は現存する真名本とは別体系のテクストが実際にあったがごときなので本書では使用しない。また『曽我記』を想定する説もあるが、「記」なる別形式のテクストを想定しなくてはならない理由も弱いと思われた。

真名本が東国成立たり得る理由としては、本書をお読みいただければ自ずと了解されると思うが、一般には仮名本に比して東国の地名に明るい点や、その擬漢文体という特殊な表記を根拠にいわれることが多い。真名本が『神道集』（各巻に「安居院《あぐい》作」とある。全十巻五十話。日本の神々の垂迹《すいじゃく》の物語集。文和《ぶんな》・延文《えんぶん》（北朝の年号、一三五二〜六一）年間頃に東国（上野国か）で成立か）や、四部合戦状本《しぶかっせんじょうぼん》『平家物語』（文安《ぶんあん》三、四年（一四四六、七）書写だが、その成立は一三〇〇年頃にまで遡り得る）等とはなはだ近い本文を有していることからも、これらはまとめて同一文化圏の産物ともいわれている。とくに真名本と『神道集』とは深い関係にあり、本書でもこの問題を取り上げる。

「真名本」の成立後にそれを読み下した「訓読本」が、さらにそれらを踏まえて上方で漢字仮名交り表記の「仮名本」が成立する。最も流通した本文は仮名本であるが、結局のところ仮名本は真名本とは別テクストというほかない。私自身仮名本を系統だてて読んだわけではなく、自信をもっていうことはできないが、十行古活字本《じゅうぎょうこかつじぼん》（慶長《けいちょう》年間（一五九六〜一六一五）刊行の版本）を底本とした、市古貞次・大島建彦校注『日本古典文学大系　曽我物語』を読むと、その記述は場面を核としつつ様々な和漢の故実や故事を多量に引用することで末端肥大症的に膨張し過ぎている。またそのことで真名本ならではの首尾一貫した物語構造をいたく損ねてしまっているとも思われる。

実のところ仮名本については解らないことが多い。いったいどの本文をして仮名本の代表格と考えればよいのか、それすらはっきりしない。また仮名本は上方成立の十二巻本であると一般にいわれるが、仮名本のなかで最も古態を残す「太山寺本《たいさんじぼん》」（神戸市太山寺。天文《てんぶん》八年（一五三九）十一月二日に太山寺に寄進されたという）は全十巻であり、その祖本は十四世紀後半の東国で成立していたともいわれている。これをどう考えればよいのか。仮名本を扱う際には、とりあえずこの太山寺本を括弧に入れておいた方がよいということなのか。本書ではこの仮名本を正面から扱わないが、第9章で真名本と関る限りで仮名本研究の将来的展望を試みる。

また訓読本なるものは真名本をベースにした本文には違いなく、その意味で大局的にはこれも真名本の一種と考えられなくもない。しかし真名本をそのまま訓読したのでなく、箱根権現縁起・伊豆山権現縁起・三嶋大明神縁起等の言葉や、巻狩での二十番勝負の記述等の真名本の特徴をなす重要な部位を縮小もしくは削除してしまっている。さらに真名本の文意の通りよくするために安易な本文改訂が施されていて、それは真名本を簡略化・平易化・平板化させただけの本文としか思えないのだが、いかがであろうか（第6章第2節）。真名本の改作といっても仮名本には

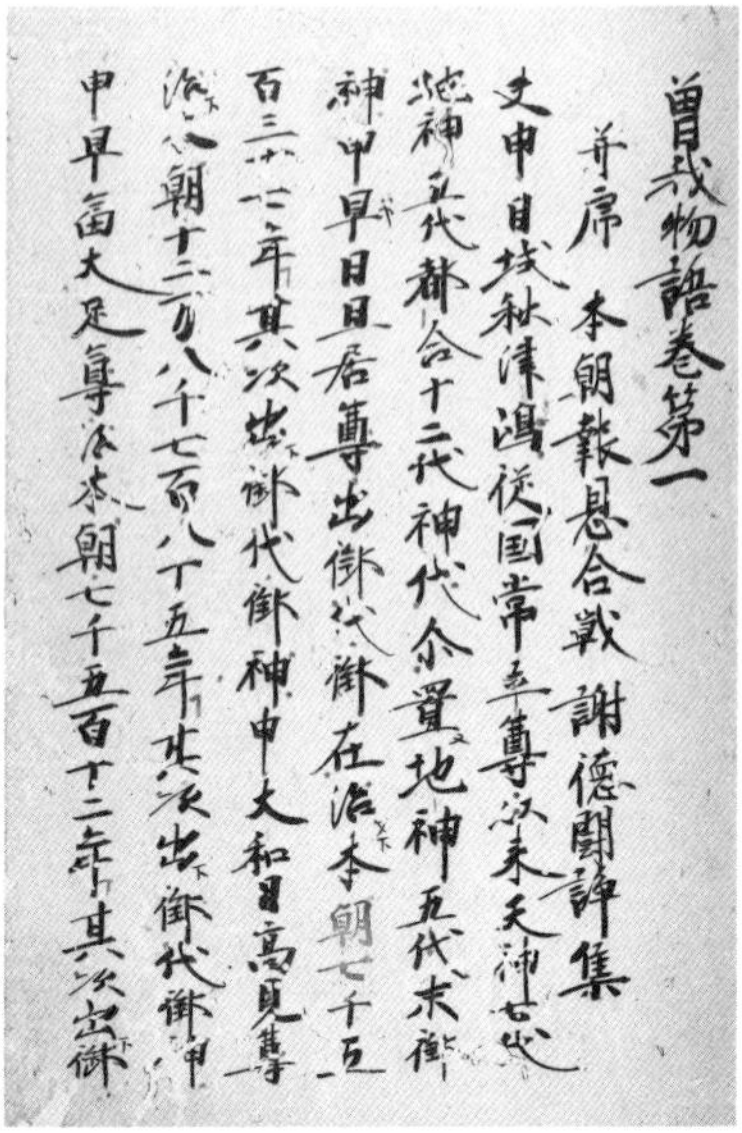
曽我物語巻第一
并序 本朝報恩合戦 謝徳闘諍集

妙本寺『曽我物語』

それ独自の世界観が認められるのに対して、この訓読本を積極的に評価することはできず、真名本・仮名本と並立させる価値がはたしてあるのだろうか。確かに形態的分類としてこの三系統説は解り易いのだが、訓読本の本文的価値は評価し難いのである。梶原正昭・大津雄一・野中哲照による解説・注・訳『新編日本古典文学全集 曽我物語』から多大な学恩を得たが、この本が訓読本の限界性を承知しつつも底本（日本大学蔵本）に採用している点に疑問を持った。

真名本『曽我物語』の最善本は「妙本寺本《みょうほんじぼん》」（伊東祐淳所蔵、東京国立博物館寄託）である。日向国《ひゅうがのくに》の日蓮宗僧侶日助《にちじょ》が、天文十五年（一五四六）の四月二十五日から八月十五日にかけて書写した十巻本であり、天文二十二年（一五五三）六月二十一日に安房国《あわのくに》日蓮宗妙本寺の貫主日我《にちが》のもとに寄進した本文である。この妙本寺本を僧日義《にちぎ》が天文二十三（一五五四）年に書写したのが「本門寺本《ほんもんじぼん》」（静岡県富士宮市本門寺所蔵）である。最古の真名本は巻一のみ伝わる大永《だいえい》八年（一五二八）書写の「大永本」であり、巻十のみの天文二十年（一五五一）書写の「栄堯本《えいぎょうぼん》」もある。

本書の真名本引用本文を確定しておく。妙本寺本は角川源義『貴重古典籍叢刊3　妙本寺本曽我物語』に本門寺本等を校訂資料として翻刻されている。この妙本寺本の影印が山岸徳平・中田祝夫解題『真名本曽我物語』であり、さらにそれを訓み下した本文と注釈が東洋文庫『真名本曽我物語　1・2』である。当文庫本の本文は妙本寺本を基に本門寺本・大永本をも参看したうえで整定されており、真名本の本当の意味での訓読本である。

真名本の引用本文は角川著に拠るべしと思われたが、利便性という点からこの東洋文庫本を使用することにした。また引用に際して私による訳文を適宜つけた。また仮名本『曽我物語』の使用本文は先掲の日本古典文学大系『曽我物語』とする。因みに真名本を底本にした注釈書がもう一冊あってもよいとも思われた。東洋文庫本は史実との対応や他文献の引用、さらには民俗学的知見をも盛り込んだ大変有益な注釈書だが、その擬漢文体についての国語学的知見からする注釈書があってもよいのではなかろうか。

『吾妻鏡』については序章で取り上げた。鎌倉幕府編纂の編年体による公的記録書であり、将軍単位で構成されている。源頼朝・源頼家・源実朝・藤原頼経・藤原頼嗣・宗尊親王の六代の将軍記からなる。北条氏による編集であり将軍ごとに編纂グループが異なり、また将軍に対する態度もそれぞれで異なる。たとえば源頼家伝の記述には頼家への悪意しか感じられないが、源実朝に対して編者は限りないシンパシーを抱いている。

治承四年（一一八〇）四月九日、東国武士に挙兵を促す以仁王《もちひとおう》の令旨《りょうじ》が発行された記事に始まり、文永三年（一二六六）七月二十日、鎌倉を追放された六代将軍宗尊が京都に帰還した記事で終る。頼朝死去の年時をも含めて途中の十二年分の記事が欠落しており、そのことの意味が様々論じられている。また鎌倉時代全体をフォローしているのでもない。将軍はその後も七代惟明親王・八代久明親王・九代守邦《もりくに》親王と続き、また鎌倉幕府の滅亡は元弘三年（一三三三）であるが、これらについては『吾妻鏡』の記述外ということになる。

金沢文庫本系「北条本（徳川家康の所持していた本文と、小田原後北条《ごほうじょう》氏旧蔵本文とを合わせて作成されたもの。慶長十年には版本として刊行される）」では全五十二巻・五十一冊となっている。成立についても諸説あるが、『現代語訳　吾妻鏡』の解説を紹介すると、後深草院のことが第四十二巻「宗尊親王記」袖書《そでがき》に「院」と記されており、となると出家した正応《しょうおう》三年（一二九〇）二月以後、亡くなる嘉元《かげん》二年（一三〇四）七月以前の成立になるという。本書の引用本文は『新訂増補国史大系　吾妻鏡』による。これは先の「北条本」を底本とし、関西伝来系の「吉川本《きっかわぼん》」「島津本」により校訂した本文であり、引用にあたっては私に訓読し必要に応じて現代語訳をつけた。

なお『吾妻鏡』の記録性について一言注記すれば、その成立事情からも明らかなように、これが文字通りの日録ではなく、事後に整えられた偽装の編年体でしかない点が要注意である。もちろん日並の日記といえども――例えば京貴族の漢文日記――、適宜整理をされることはあるのだが、『吾妻鏡』の場合、収集した様々な資料を駆使して、一挙にそれらしき体裁の記録書が仮構されているのであり、このことが如何なる問題を惹起することになるかはいずれ論ずることになるであろう（第7章第2・3節）。

2――真名本の梗概

巻一――源頼朝物語と曽我兄弟物語の発端

真名本『曽我物語』は日本国の天地開闢《かいびゃく》を語ることからはじまる。国常立尊《くにとこたちのみこと》がまず現れ、そして人代百王の祖たる神武《じんむ》天皇が登場し、また代々の帝は文武二道をもって国を治め源平両氏を置いて謀叛人たちを鎮めたという。桓武《かんむ》天皇の流れを汲む平氏は太政大臣平清盛《だじょうだいじんたいらのきよもり》の時代に全盛となるも、元暦《げんりゃく》二年（一一八五）三月二十四日に一門は長門《ながと》の壇《だん》ノ浦《うら》にて滅亡する。一方の源氏は惟《これ》喬《たか》との位争いを制した惟仁《これひと》親王（後に清和《せいわ》天皇）の筋であり、その子々孫々の源頼朝は「鎌倉殿」として「日本国の大将軍」となり、国は平穏に治まって頼朝に帰伏しない者はいないという。

にもかかわらずこのような大将軍頼朝主催の富士野の巻狩において、その陣内を憚ることなく、伊豆国伊藤助親《すけちか》の孫曽我十郎助成《すけなり》と五郎時宗《ときむね》の兄弟が親の敵宮藤左衛門尉助経《くどうさえもんのじょうすけつね》を討つという事件が出来する。かくも前口上したうえで、この事件が発生するに至る経緯が時間を遡って語られる。

すべての淵源は伊豆国伊藤一族の内紛にある。大見《おおみ》（現在の伊東市の西方）・宇佐美《うさみ》（伊東市の北方）・伊藤の三荘の主人楠美入道寂心《くすみにゅうどうじゃくしん》（在俗時は宮藤助隆《すけたか》）は、伊藤荘を後妻の連れ子に産ませた

伊藤・曽我関係図

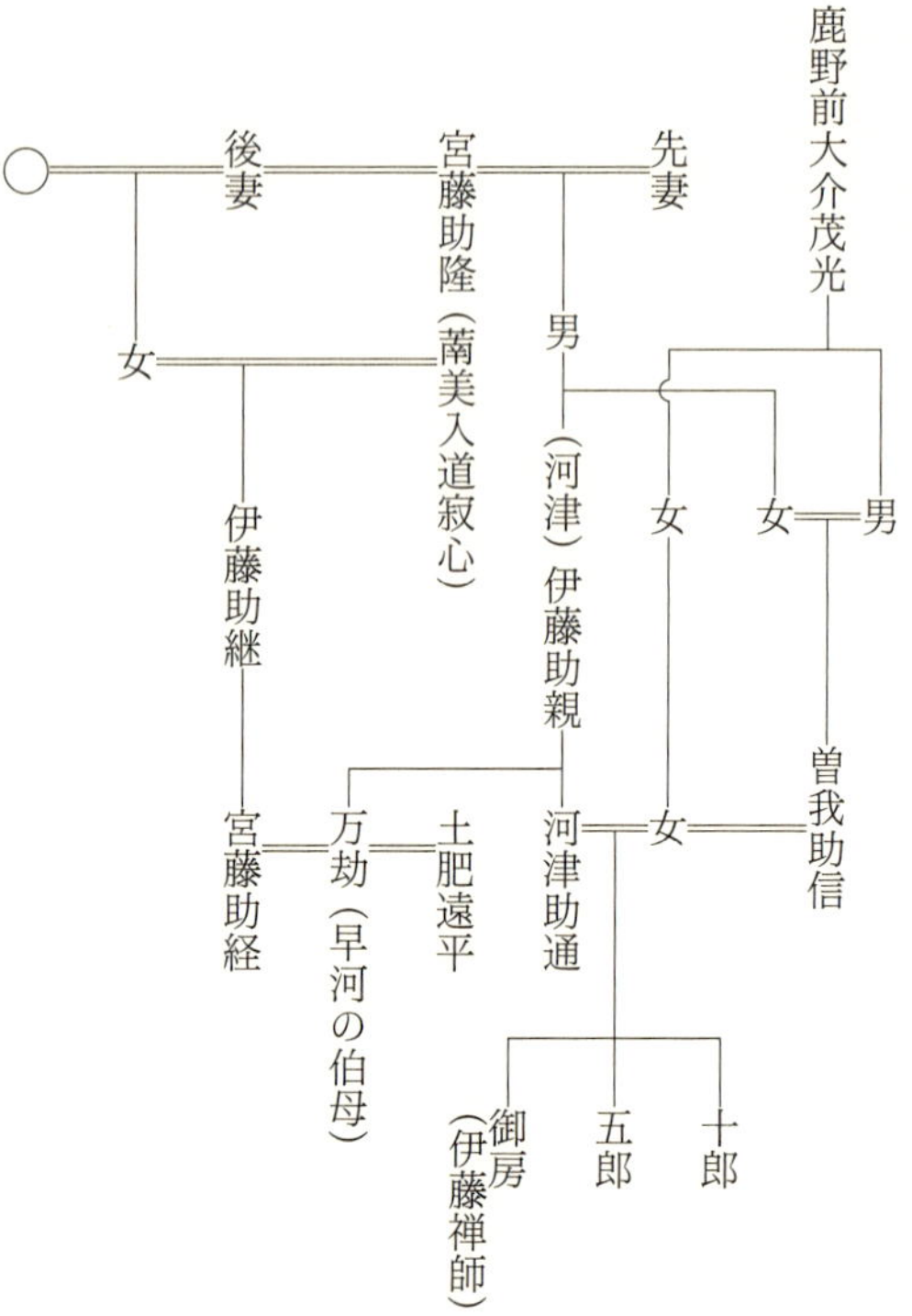

助継《すけつぐ》（伊藤助継）に、河津《かわつ》荘（伊豆半島南方の賀茂郡河津町）を早世した嫡男の子助親《すけちか》（河津助親）に譲り与えていた。しかし助親はこのような処遇に不満を募らせ、とくに入道没後は自身こそ嫡子であり伊藤荘の主に相応しいと任じていた。そのような折り助継が狩場で体調を崩して死の床に伏すと、助親は助継にその嫡子金石《かないし》（後の助経）の将来は私に任せていただきたいと申し出る。それを喜んだ助継は金石を助親に預けて助親娘の万劫《まんごう》御前《ごぜん》に嫁がせ、いずれ上洛させて領家の平重盛《しげもり》に見参のうえ、本家の大宮（皇太后宮）に伺候させ、伊藤・河津の両荘をこの夫婦に継がせるようにと遺言する。かくして助継が没すると助親は河津から伊藤荘へ移って伊藤次郎助親と名を改め、子息助通《すけみち》に河津を譲って河津三郎助通と名乗らせる。また兄助継の菩提を弔い、その

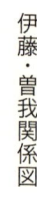

遺言に違うことなく金石十三歳の時に元服させて宇佐美の宮藤助経と名乗らせて娘万劫と結婚させ、さらに平重盛に見参させて本家大宮に仕えさせる。

しかし助親は助経の帰国を認めることなく、伊藤・河津両荘を一人独専する。分別ついた京の助経は大宮大進遠頼《おおみやだいしんとおより》を介して「訴詔（訴訟）」に出るも、助親は賄賂を贈ってすべてを捻じ伏せる。在京の助経はその後も何度も訴訟をおこし、所領を折半すべきとする本家本宮の令旨と領家の御《み》教書《ぎょうしょ》を賜って帰国するが、その道中にて折半では納得できない、我こそが伊藤・河津の両荘を相承すべきとして助親・助通親子殺害を謀るようになる。それを未然に知った助親は助経を二度と帰国させてはならないこと、そして伊藤・河津の年貢等において自身の責任で懈怠《けたい》なく納める由を京へ申し上げ、さらに助経に嫁がせていた娘をも奪い返してしまう。恨み骨髄に達した助経は本国伊豆の大見の荘に隠れ潜んで、大見小藤太《おおみことうた》と八幡三郎《やはたさぶろう》に助親・助通親子の暗殺を依頼する。

そのような折り、武蔵《むさし》・相模・伊豆・駿河《するが》の大名たちが伊豆の奥野《おくの》（一般名詞か）で七日間にわたる巻狩を行うこととなり、伊藤助親はそれを大いにもてなす。巻狩の果てた後は相撲に興じることとなり、俣野五郎影久《またのごろうかげひさ》が圧倒的な強さをみせるが、助親息の河津助通がそれをなんなく打ち負かす。恥を晒《さら》した俣野が一戦構えようとしたのを契機に、武士たちも左右に別れて大事にならんかとする危機的状況に陥るが、懐島景義《ふところじまかげよし》と土肥実平《といさねひら》が私の戦いをすることの不毛性を説いてからくもその場を治める。折りしもその相撲の場には流人源頼朝が控えていた。彼は自分の存在を無視して無法に振る舞う武士たちの姿をみて怒りに震え、八幡大菩薩《はちまんだいぼさつ》に再起を祈念する。

大見と八幡は巻狩の間も助親・助通親子をつけ狙うも機会がなかったが、彼らの帰途を襲って八幡は助通を背後から射、また大見の矢で助親も左手指二本を射落とされる。下手人二人は大見の荘へと逃げ帰る。

巻二——頼朝雌伏の時代と兄弟幼年時代

瀕死の助通は父助親と土肥実平に、宮藤助経郎等の大見と八幡の姿を目にしたことをいい残して亡くなる。安元《あんげん》二年（一一七六）十月十日のことであった。夫助通の遺体を前にして、兄弟母は五歳の十郎（一万《いちまん》）と三歳の五郎（筥王《はこおう》）に、二十歳にならぬうちに親の敵の首を取るよう命ずる。十郎は箱根権現（現在の箱根神社）・伊豆山権現（走湯権現《そうとうごんげん》とも称する。現在の伊豆山神社）・三嶋大明神（現在の三嶋大社）・足柄明神《あしがらみょうじん》・富士浅間大菩薩《ふじせんげんだいぼさつ》（現在の富士山本宮浅間大社）に敵討の力添えを祈る。一方幼い五郎は父の死を理解できない。十郎は父が使用していた蟇目《ひきめ》と鞭《ぶち》を手にするも敵討が叶うはずもなく、また助通供養の卒塔婆《そとば》に父の姿を求めても、それが父たり得ないことに絶望する。

折りしも助通の子を身籠っていた女房は夫の四十九日の翌日に男子を産み落とす。女房はその子を捨てようとするが、助通弟の伊藤九郎助長《すけなが》がその子を御房殿《おんぼうどの》と称して引き取る。その後も助通女房は出家しようとするも義父助親にとめられ、のみならず助親のはからいで、子供を連れて相模国の曽我助信《すけのぶ》（鹿野前大介《かのさきのだいすけ》の男子と助親姉との子、また女房の従兄にあたる。曽我は神奈川県小田原市下曽《しも》我）のもとに強引に再嫁させられる。助通女房は夫の墓参りをしてその後世を弔い、曽我へと旅立つ。十郎は敵助経を討つ決意を新たにする。ところで助通を討った大見小藤太と八幡三郎が鹿野という所に隠れ潜んでいることが知れて、伊藤助長が急襲する。八幡は自決し大見は逃げ失せる。

話し変わって永暦《えいりやく》元年（一一六〇）に伊豆国蛭ヶ小島《ひるがこじま》（静岡県田方郡韮山《にらやま》町）に流された頼朝の物語である。頼朝は伊豆の豪族たる伊藤と北条を頼みとして、東国の武士団を結集させて一旗揚げる覚悟でいる。にもかかわらず北条が栄えて、伊藤の末は絶えたというのが現実であり、その所以を以下語るという。流人頼朝は密かに伊藤助親の三女のもとに通うようになり千鶴御前《せんづるごぜん》が誕生する。しかし平家全盛時代にあって助親は頼朝と娘の仲を認めず、千鶴御前を殺し娘をも奪い返し、さらには頼朝の殺害をも企てる。それを未然に知った伊藤助長は頼朝にこの場を去って北条を頼るよう勧める。時は治承元年（一一七七）八月下旬のこと、頼朝は北条への道中、伊豆国を将来支配すること、そして息子の敵助親を討つことを八幡大菩薩に祈る。頼朝が身を寄せた北条の館には、頼朝側近の藤九郎盛長《とうくろうもりなが》や佐々木盛綱《ささきもりつな》等も参集してくる。北条時政・義時父子は頼朝を暖かく迎え入れ、時政が大番役《おおばんやく》で京に上っていた留守に頼朝はその娘政子のもとに通うようになる。

巻三――頼朝と政子そして頼朝の挙兵

北条時政在京時に留守を預かっていた義時は頼朝と姉政子との仲を知るも、家の名誉かもしれぬとして知らぬ顔で通す。一方北条時政は伊豆国目代《もくだい》の山木判官《やまきはんがん》平兼隆《たいらのかねたか》とともに京から伊豆への途次、流人頼朝が娘政子のもとに通っていることを、後妻の牧の方《まきのかた》からの手紙で知り判断に窮する。彼は京で兼隆に政子を嫁がせる約束をしていた。時政は源氏を婿に迎えることの意味を積極的に捉えつつも、結局は兼隆との婚姻を優先させて政子を伊豆国府に送り届けるよう後妻に伝える。頼朝には政子でなく自分の娘をと目論んでいた後妻牧の方は喜んで政子を送り出す。政子は頼朝との別れに臨んで将来の再会を約束したうえで、ひとまず伊豆国府に向かうが、その夜のうちに女房二人と伊豆山権現密厳院《みつごんいん》の卿《きょう》の律師《りっし》のところに逃げ込む。そして政子からの報せを受けた頼朝は伊豆山へ登り二人はめでたく再会する。

北条時政は頼朝と政子との関係を見て見ぬ振りをしていたが、事情を知った山木兼隆は伊豆山を攻めようとし、伊藤助親もそれに加勢しようとする。卿の律師は大衆たちを集めて、伊豆山権現がいかに歴代源氏や八幡信仰との関りが深いかを力説し、大衆の同意を得て合戦の準備に入る。兼隆も助親も伊豆山攻撃を諦めざるを得ない。頼朝と政子は伊豆山権現に将来を祈り、とくに政子の言葉に権現が感応して示現する。時に治承二年（一一七八）十一月のことであった。また側近の藤九郎盛長が夢をみたといい、頼朝も政子も夢をみたという。懐島景義が盛長の夢を解いて、頼朝が近く日本国を支配することを占う。また語り手は頼朝没後の承久の乱（一二二一）で京方を滅ぼした北条政子について、日本国は小国ではあるがこのような賢女がいたとして、将来唐人に称賛されるようになったことをいう。

治承四年（一一八〇）四月二十八日に、以仁王の平家追討の令旨が北条御所に住まう頼朝のもとに届き、さらに文覚上人《もんがくしょうにん》が後白河院《ごしらかわいん》の院宣《いんぜん》を頼朝にもたらす。同年八月十七日に頼朝は挙兵して山木兼隆を討つが、相模国の石橋山《いしばしやま》では大庭景親《おおばかげちか》の勢に破れて山中に逃げ込み、真鶴《まなづる》から船で安房《あわ》へとからくも脱出して三浦一族と合流する。その後は東国武士団が次々と頼朝のもとに参集し、安房から下総《しもうさ》の国府、そして相模国の鎌倉へと入る。大庭景親を降伏させ、さらに足柄山を越えて黄瀬川《きせがわ》につくと、その軍勢は二十万騎に膨れあがり東国で頼朝に帰伏しないものはいないという。頼朝は伊豆山にいる政子を迎える。富士川の合戦では平維盛《これもり》率いる平家軍を追い払う。また頼朝に召喚された伊藤助親は自決する。頼朝はこれまで惜しみなく助力してくれた伊藤助長を召し使おうとするも、助長はそれを断わって平家方に身を投じ、その後に北陸篠原《しのはら》の合戦で討死したという。頼朝は鎌倉に居館を構え八幡大菩薩を鶴岡に勧請《かんじょう》する。

巻四——十郎の元服と稚児五郎

源頼朝は盛長と景義に夢・夢解きの褒美《ほうび》を与える。建久元年（一一九〇）十一月七日に頼朝は上洛し、同十四日には大納言、十二月には右近衛大将《うこんえのだいしょう》に任じられる。さらに後白河院は御家人《ごけにん》二十余人を靫負尉《ゆげいのじょう》に、頼朝に「日本将軍」たるべき勅命を下す。頼朝は御家人の任官を十人とし、自らも大納言と右大将とを辞したうえで鎌倉に帰る。宮藤助経も左衛門尉になり、伊藤荘を安堵されたうえにいくつかの荘園を賜り、頼朝の側近として重用される。

物語は曾我助信に引き取られた兄弟の話に転ずる（巻二の中途を受ける）。安徳天皇《あんとくてんのう》の養和《ようわ》元年（一一八二）、十郎は九歳、五郎は七歳である。五郎は父が宮藤助経に殺されたという話を兄から聞いてそれを母に確かめるが、周囲は何もこたえてくれない。九月十三夜の雁行《がんこう》をみるにつけて、兄弟は父がないことを悲しみ、また竹の小弓と薄《すすき》の矢で遊びながら、将来は敵助経を射殺したうえで自害しようと誓い合う。兄弟の宿意を知った母は兄弟に敵討など許されるはずもないと戒める。兄弟の祖父助親の死は頼朝の子千鶴御前を殺したためであり、兄弟が謀叛人の孫にあたること、さらに石橋山の合戦で頼朝を助けた養父曾我助信の嘆願により兄弟の首が繋がったことを話す。兄弟はそれより敵討の宿意を隠すようになる。

十郎十三歳、五郎十一歳の年、曾我母は兄弟が相変わらず敵討を諦めていないことを知って、平家の残党がその後に辿った悲惨な運命を引き合いに出して戒める。母は兄十郎を曾我十郎助成として元服させるが、それにつけても河津姓を名乗らせ得ないことを密かに嘆く。また故夫助通が箱根権現信仰に因んで筥王と名づけていた五郎を、将来は法師となすべく箱根別当に稚児《ちご》として預ける。五郎は元暦《げんりゃく》二年（一一八五）十一月に登山する。

時は文治《ぶんち》二年（一一八六）十二月下旬、同宿の稚児たちが年の暮れには両親からの手紙を受け取り喜び騒いでいるのをみて、五郎は自分に亡父の「形見」としての文《ふみ》（手紙）がないことを悲しみ、これにつけても父の敵助経を恨めしく思う。五郎は箱根三所権現の本宮に詣で、父の敵討と父の成仏とを祈願したところ権現がその言葉に感応して示現する。

文治三年（一一八七）正月に頼朝の二所詣（箱根権現と伊豆山権現への参詣、時に三嶋大明神への参詣も加わる）があり、五郎は敵助経の何たるかをはじめて眼の当りにする。五郎は同宿の僧から助経がどれかを聞きだし、また助経が父助通と似ているか否かを確認する。従兄弟同士の二人だがまったく似ていないとのことであり、それにより面影をも知らぬ父助通の偉丈夫《いじょうぶ》さが確認される。そしてこの場で五郎は一挙に助経を討とうとするが、故助通似の稚児がいることを不審とした助経により五郎の素姓がわれてしまい、助経にいいようにあしらわれる。助経は五郎に赤木の柄《つか》に銀《しろがね》にて銅金《どうがね》したる差刀《さすが》（小刀）を与え、将来は箱根の別当となるよう後援するという。その後も五郎は助経殺害の機会をうかがうが、頼朝一行は旅立ってしまう。建久元年（一一九〇）九月、十七歳の五郎は敵討の本意が念頭から離れることなく、いよいよ明日は出家して法師になる日に箱根山を出奔して曽我の里の十郎に会いに行く。十郎は五郎を北条時政の館へ連れて行く。

巻五——十郎の結婚と五郎の元服

建久元年十月中頃、五郎は北条時政の館で元服して北条五郎時宗と名乗る。時政は故先女房（義時・政子の母）が助通妹である縁から烏帽子《えぼし》親の役を買って出る。時政は引出物《ひきでもの》として鹿毛《かげ》なる馬と白伏輪《しろぶくりん》の鞍《くら》を贈る。その後に兄弟は曽我の里に行くが、母は五郎を故助通の後世を弔うことなく僧侶とならずに勝手に元服したとして勘当する。

十郎は伊豆から相模にかけての親戚筋にあたる多くの武将のもとへと五郎を案内して慰める。

三浦義澄《よしずみ》（父方の伯母聟）、和田義盛（母方の伯母聟）、渋谷重国《しぶやしげくに》（母方の伯母聟）、本間権守《ほんまごんのかみ》（曽我母とは腹違いの伯母聟）、海老名《えびな》（母方の縁）、渋美二宮朝忠《しぶみのにのみやともただ》（兄弟の異父姉聟）、早河（土肥）遠平《とおひら》（父方の伯母聟）、秦野《はたの》権守（父方従姉聟）等々である。そして北条・早河・鹿野・田代・土肥・岡崎・本間・渋谷・海老名・渋美・松田・河村・秦野・中村・三浦・横山人々、さらに畠山も梶原も、便宜あらは「訴詔（訴訟）」を勧めて兄弟を助けようと思っていた矢先に、富士野の狩場で兄弟が討死したことを知り悲しんだという。

兄弟には一腹兄の京《きょう》の小次郎《こじろう》（曽我母は、助通に嫁ぐ前に源三位頼政《げんざんみよりまさ》の嫡子伊豆守仲綱《なかつな》の乳母子左衛門尉《めのとごさえもんのじょう》仲成《なかなり》との間に男女を設けていた）というものがいた。十郎は五郎の反対を押しきって、この小次郎に敵討に同心するよう誘う。しかし小次郎はこの鎌倉殿頼朝の時代にあっては、たとえ親の敵であっても討とうとするものはおらず、それは馬鹿者のすることであり、訴訟を起こすよう勧める。上京して本所の蔵人所《くろうどどころ》（蕑美荘の本所の蔵人所）に仕えて上皇や帝に拝謁し、院宣・宣旨を頂戴し、鎌倉殿に願い出て、敵を京の記録所（頼朝が後白河に奏して文治三年（一一八七）に源平争乱後の紛争処理機関として設置される）に出頭させて訴訟にかけるべきことをいう。それにしても鎌倉殿の寵臣助経相手では難しいことになるという。小次郎の発言を聞いた五郎は謀議が発覚するのを恐れて殺そうとするが、十郎は小次郎に口固めするにとどめる。しかし小次郎は曽我母に兄弟の企みを洩らしてしまう。

小次郎から事情を聞いた母は早速十郎を呼び出して説教する。夫助通が殺害された当初は悲しみのあまりに兄弟に敵の首をとるよう説いたが、今は平家時代とは異なる鎌倉殿の時代であり、どこに逃げてもお咎《とが》めを受けるのは避けられないという。そして兄弟に妻帯して身を固めるよう諭《さと》す。十郎から母の言葉を聞いた五郎は、自分は妻子を持たない覚悟であるとしつつも、十郎には結婚するよう勧める。ただし相手が傾城《けいせい》（遊女）ならば男の身に何があろうとも咎められないし、また伊豆と鎌倉を往還する助経を狙うに良い便宜になるかともいう。

そして建久二年（一一九一）十一月上旬頃、二十歳の十郎は大磯《おおいそ》の宿《しゅく》の虎《とら》という十七歳遊女のもとに通うようになる。虎の素姓は、平治《へいじ》の乱（一一五九）で奥州平泉《ひらいずみ》に流された藤原基成《もとしげ》（藤原信頼《のぶより》卿の舎兄）の乳母子《めのとご》家長《いえなが》が、平塚の宿の夜叉王《やしゃおう》という傾城に産ませた娘であり、容貌がよいので大磯の傾城菊鶴《きくづる》の養女になっていた。十郎は家に虎を迎えたいとも思ったが、五郎の反対でそれはならない。

建久四年（一一九三）四月中旬頃、大磯の宿で和田義盛一行が熱海から三浦への帰途に休憩し、虎を呼び寄せる。その場に十郎と五郎も居合わせて酒宴となるが、今しがたまで鎌倉に上る敵助経一行がこの大磯で休息していたことを知り、兄弟は急ぎ戸上原《とがみがはら》（藤沢市片瀬川の西）まで追いかける。しかし相手は多勢であり、なす術もなくして三浦の伯母（三浦義澄妻、伊藤助親娘、助通姉）のところへ行く。

源頼朝は諸国の武士たちを引き連れての「巻狩」の開催を提案したところ、鷹狩《たかがり》は罪業《ざいごう》であるとする梶原景時の発言があり、それを畠山重忠が論破する。頼朝は噂に聞く信濃国浅間《しなののくにあさま》の山裾の離山《はなれやま》や三原野《みはらの》の狩場をみたいとして、同年四月下旬に大武士団を率いて鎌倉を出発する。三浦に潜伏していた兄弟も敵討の絶好の機会とばかりに出発する。十郎は馬が足りないなどと後ろ向きの発言をするが、五郎はそれを諫め、兄弟は身を窶《やつ》して旅立つ。

頼朝一行は、武蔵野国の関戸《せきど》の宿・入間川《いるまがわ》の宿・大倉の宿・児玉の宿、上野国《こうずけのくに》の山名の宿・板鼻《いたはな》の宿・松井田の宿、上野と信濃の境の碓氷峠《うすいとうげ》を越えての沓懸《くつかけ》の宿、そして三原野の狩場に至る。三原野や長倉等での狩も終わり、再び上野国に出て、大戸《おおど》・岩氷《いわごおり》・三倉《さんのくら》・室田・長野で狩り巡りをし、隅田川（利根川）を越えて大渡《おおわたり》へ、そして赤城山《あかぎやま》にて多くの狩場をみる。その間に兄弟は敵討の機会をうかがうも徒に時間だけが過ぎ去る。

頼朝は宇都宮（朝綱《ともつな》か）を御前に召して、この機会に下野国《しもつけのくに》那須野《なすの》の狩場をみたいとし、宇都宮明神（二荒山神社《ふたらさん》）に参拝したい旨を話す。宇都宮はこのことを女房に至急知らせ、女房は頼朝一行を迎えるべく一夜にして屋形を新造配備する。曽我兄弟も敵討の機会が潰《つい》えたわけではないと宇都宮へ向かう。

巻六――頼朝の巻狩一行を追跡する兄弟

建久四年（一一九三）五月上旬に源頼朝の巻狩一行は宇都宮入りし、兄弟はそれを追う。兄弟は宿の女主人からその身の上話を聞く。夫と息子を殺された彼女は敵の首をみた時には天にものぼる喜びだったが、今となるとそう思ったのも罪深いことだと話す。兄弟と女主人とその娘は語り明かして歌を詠み合い、出発の際には上《うえ》の小袖《こそで》を宿に預け置き、狩場から帰るまでの保証とする。

頼朝は巻狩一行を迎える準備を瞬く間に整えた宇都宮女房を、北条政子以上の賢女と激賞し、宇都宮と女房に褒美をとらせる。そして那須野で狩が盛大に催され、法皇の宿、品川の宿を通って鎌倉に帰る。兄弟はこの間も始終助経を狙うが機会がなく、三浦の伯母のところに身を寄せる。

頼朝は富士野（富士山の南西、静岡県富士宮市の北部の原野）の巻狩を計画する。これを聞いた五郎は十郎に、これまでは好機があるかとうかがっていたからこそ本意を遂げ得なかったのであり、これからは身を憚ることなく、死を恐れることなく断固たる決意で敵助経を討とうと話し、さらに命を捨てて「悪霊《あくりょう》・死霊《しりょう》」ともなり、はては御霊《ごりょう》の宮《みや》として人々に崇《あが》められるようになろうと豪語する。

兄弟は三浦の伯母にそれとなく暇乞いをする。十郎は従兄の三浦余一《よいち》（三浦の伯母の連れ子）に敵討に与《くみ》するよう誘うも、余一は今は敵討の時代ではないとし、この度は思いとどまって助経が私用の時を狙えという。十郎は今の発言は冗談だと笑って誤魔化《ごまか》すも、二人の会話を陰で聞いていた五郎が余一を馬鹿者と罵ったために、余一は立腹して兄弟の企みを頼朝に通報しようと馬を駆る。しかし道中で出会った和田義盛と畠山重忠に説得されて思いとどまる。

富士野へ向かう途中、十郎は大磯の虎のところへ、五郎は早河の伯母のところへいく。五郎は鎌倉殿の富士野の巻狩の供をするために着替えの衣装を戴きたいといい、土肥遠平は小袖、直垂《ひたたれ》さらには鞍もあるといって五郎を歓待する。

大磯の虎を訪ねた十郎はともに曽我の里へと行く。十郎は直垂や小袖を虎に洗い張りさせて縫わせる。十郎は思いに沈んでいることを虎に気づかれたため、出家しようと思っていると偽りをいう。虎は大事を明かしてくれないと恨み、ならば自らも十郎を追って出家するという。虎の真情にふれた十郎は虎を思慮分別ある女だとして、母にいうではないと口固めしたうえで、年来の敵討の本意をはたす覚悟であることを仄めかす。そして「形見」として鬢《びん》の髪を切り、虎はそれを小袖の懐に入れ、この今宵最後の共寝にあって互いの歌を交換する。

また虎は大磯に帰るにあたって、上着の綾《あや》の小袖を自身の「形見」として十郎に与え、十郎は日来《ひごろ》着馴れし目結《めゆひ》の小袖を脱いでそれと交換する。そして十郎は虎を馬にのせて送り、別れ際に馬、鞍を自らの「形見」として虎に与える。そして人目につかないように大磯に帰る道を教える。建久五年五月下旬のことである。

十郎と五郎は曽我の里で落ち合う。十郎は敵討することを母に知らせておくべきかといい、五郎は母が賛成するはずもなく、それより勘当が解かれずして死ぬことの方が無念であるという。十郎は五郎を連れて母のもとに行き、五郎の勘当を解くよう説得する。母はなかなか納得しなかったが、最後は五郎を許して久方ぶりの対面となる。十郎よりも老けた五郎の姿をみて母は勘当したことを後悔する。

母親と兄弟とは互いの「形見」ということで、十郎は白き小袖を脱いで母からの連銭《れんせん》付たる浅黄《あさぎ》の小袖を受け取り、五郎は練絹《ねりぎぬ》の小袖を脱いで、白き唐綾《からあや》の小袖を母から頂く。ただし母はこれらは曽我殿のもののゆえに、狩場から帰ったら直ぐ返すようにと注文をつける。その後兄弟は、「後の世まで朽《く》ちせぬ形見」「なからむ跡の形見」として、母宛にそれぞれが歌を詠み、その水茎《みずくき》の筆の跡を玉手箱《たまてばこ》の懸子《かけご》に入れ、かつそれが母にすぐみつけられるようにと蓋《ふた》をしないで置いておく。

巻七——兄弟の死への道行

建久四年（一一九三）五月下旬、兄弟は母に暇乞いをして曽我の屋形を出発しようとしたところ、母に呼び戻されて門出の盃を交わす。母は兄弟に対して、人と争ってはいけない、裕福な者と関わってはいけない、三浦・鎌倉・和田・畠山・本間・渋谷・曽我・中村・松田・河村・渋美・早河の人々には気兼ねなく何でも相談するように、鎌倉殿に拝謁することがないのだから弓矢を持つ必要もないし、弓矢を持っていると謀叛人の子孫が許可なく狩場の伴をしているとお叱りを受けるかもしれない、とにかく絶対に面倒を起こしてはいけない、育ての親曽我助信殿に恨まれることをしてはならない、兄弟互いに助け合って行いを慎むように、という。そして五郎と母は扇を交換する。兄弟は丹三郎《たんざぶろう》と鬼王丸《おにおうまる》、若党三人を連れて出発し、母は子供たちの後姿をみるにつけても夫助通が存命ならばと涙を流し、二人が脱ぎおいた温《ぬく》もりのある小袖を身にまとう。

頼朝の巻狩一行は田村大道（鎌倉から秦野を経由して小田原に至る道）より、足柄峠を越えて合沢《あいざわ》（富士山の東南）の狩場に到着したとの情報が入るが、五郎の意見により足柄路で頼朝を直ちに追うのでなく、あえて迂回して箱根路を通って箱根権現別当に別れを告げに行く。濁った鞠児川《まりこがわ》（酒匂《さかわ》川《がわ》）を渡るにつけて三途《さんず》の川に託して兄弟は歌を詠み、また湯坂《ゆさか》の峠（湯本の西）では、大磯や曽我の景色を遥かにみやって望郷の念に咽《むせ》ぶ十郎に対して、五郎はいささかの感慨も禁物であると諌めるも、結局は二人ともども詠歌し涙する。

大崩《おおくずれ》では異父姉夫の二宮太郎朝忠と出会う。十郎はここでも二宮に敵討の与力を頼もうとするが、五郎はそれに腹を立て、姉に暇を告げずに旅立つことの方がよほど気になるという。二宮は狩場があまりに混雑しているため帰ってきたといい、狩場へ行っても面白くもなく、渋美の拙宅で遊ぼうと兄弟を誘う。十郎は狩場へ行くのは話の種を仕入れるためだとして、結局は二宮と世間話で終始する。五郎は狩場からの帰途には立ち寄りたいとする姉へ伝言を二宮に託す。後に二宮も姉もこれが兄弟の最期であったことを知って涙する。

兄弟は矢立《やたて》の杉に矢を射、箱根権現では敵討成就を祈願する。箱根別当（箱根権現十九世別当行《ぎょう》実《じつ》のことか。『筥根山縁起』編者）は十郎に黒鞘巻《くろさやまき》の差刀《さすが》、五郎に兵庫鎖《ひょうごくさり》の太刀《たち》を与え、この太刀は源義経が木曽義仲《きそよしなか》追罰のために権現に寄進したものであり、頼朝公の目にとまったならば、京の町で購入したというよう注文をつける。別当は兄弟の覚悟の程をみて敵調伏《かたきちょうぶく》の祈禱《きとう》をし、兄弟の後世を弔うことを約束する。その後兄弟は葦河《あしかわ》（芦ノ湖の南の宿）を通り、巓《たけ》七里《くれ》・山《やま》七里《くれ》と過ぎて野《の》七里《くれ》に出て、周囲を遥かに見渡しては感慨に耽り、とくに富士の煙に因んだ歌を詠む。そして伊豆国府にて三嶋大明神に参って本願成就を祈る。

そして富士山を前にして十郎は五郎に向かって「姨捨《おばすて》伝説」を語り、さらに五郎がそれを受けて「赫屋姫《かくやひめ》伝説」を語る。そして五郎は「この山は仙人所在の明山なれば、その麓において命を捨つるものならば……多くの余業《よごう》この世に残りたりとも、仙人値遇《ちぐ》の結縁に依て富士の郡《こほり》の御霊神《ごりょうじん》とならざらむ」とし、さらに「命をば富士浅間《ふじせんげん》の大菩薩に奉り、名をば後代に留めて、和漢の両朝までも伝へん事こそ喜《うれ》しけれ」と結ぶ。

一方頼朝一行は駿河国浮嶋が原（静岡県原町付近の海沿いの低湿地）を通り、小林の里（富士市）日逼《ひせめ》の狩場を経て、目的地である伊出《いで》（静岡県富士宮市上井出）の屋形に到着し、兄弟もそれに追いついて敵討の機会をうかがう。兄弟の所在に気づいた頼朝は梶原景季《かげすえ》（景時長子）を呼んで注意を与える。浮嶋が原で遅れがちに後からついてくる曽我の若者たちがみえたが、彼らに巻狩の供を許したつもりはなく、助経を狙っているに相違ないし、また彼らをみるにつけて我が子を殺した伊藤助親の昔が思い出されて不快である、よって兄弟に鎌倉将軍家の屋形の留守役を命じて、そのまま由比ヶ浜《ゆいがはま》（鎌倉の南海岸、処刑場）で斬るように、また助経にもこのことを伝えておけ、というものであった。景季は兄弟に鎌倉の留守役を果たせば頼朝公より褒美が与えられるであろうという。しかし頼朝に計画が洩れていることを察した五郎は、景季の誘いに乗ることなく十郎とともに一足先に狩場へと向かう。

巻八――巻狩二十番勝負と頼朝巻狩屋形

富士野の巻狩がはじまり、兄弟は敵助経の姿を追い求める。十郎は母から賜った連銭付たる浅黄の小袖を、五郎も同じく母からの白唐綾の小袖と、早河の伯母からの神無月《かんなづき》の木本《このもと》に鹿の妻恋《つまごい》の躰《てい》に蔦《もみぢ》の落葉を付たる直垂を身に着けている。助経が鹿を追って十郎の前に現れるも、十郎は躑躅《つつじ》の根に馬の脚を引っ掛け転倒して機会を逃す。

翌日より三日連続の巻狩である。武士たちが左右番《つが》えられて狩を競い合う。左の指揮官は和田義盛、右は畠山重忠である。頼朝の子息頼家と畠山重忠の嫡子重泰《しげやす》とが競うことからはじまって、以下四十人による二十番勝負が組まれる。

一番が相模国の愛敬《あいぎょう》三郎と本間次郎、二番が相模国の渋谷重助と中村小太郎、三番が駿河国の洋津《おきつ》小次郎と萱品《かやしな》三郎、四番が駿河国の神原《かんばら》弥五郎と髙橋大九郎、五番が伊豆国の鹿野小次良と蕳美五郎、六番が伊豆国の南条小太郎と深堀弥次郎、七番が相模国の早良《さわら》十郎と土谷三郎、八番が武蔵国の稲毛三郎と江戸小太郎、九番が武蔵国の河越小太郎と榛谷《はんがや》四郎、十番が武蔵国の笠井三郎と豊嶋《てしま》小太郎、十一番が安房国の安西《あんざい》小次郎と洲崎《すのさき》五郎、十二番が上総国の菊間小次郎と曳《ひき》田《た》小太郎、十三番が下総国の相馬小次郎と長沼五郎、十四番が下総国の結城《ゆうき》七郎と船橋三郎、十五番が常陸国の八田《はった》四郎と中宮《ちゅうぐう》三郎、十六番が下野国の小山田四郎と那須与次、十七番が下野国の宇都宮弥三郎と佐野小次郎、十八番が上野国の大胡《おおこ》太郎と深栖《ふかす》五郎、十九番が信濃国の海野《うんの》小太郎と小室《こむろ》与次、二十番が信濃国の望月余一と桃台《ももだい》三郎となる。

この巻狩場面では以上のように各武将たちの出自が明記され、さらにその華麗な衣装や武具そしてその勝敗が逐一詳細に記されている。三日目の夕方、兄弟の前にも大鹿二頭が現れるも、敵討の前に殺生《せっしょう》は無用としてあえてそれを外す。また頼朝の御前に向かって大猪が突進してきたところを、新田《にった》四郎《しろう》忠経《ただつね》がその猪に飛び乗り腰刀で仕留める。

翌日に頼朝一行が鎌倉へ帰還することを知った兄弟は、今日が最後ということで、十郎が辺りの様子を探りに出る。宮藤助経の屋形前を通ったところをみつけられて呼び込まれる。そこには助経と吉備津宮《きびつのみや》（備前国《びぜんのくに》の一宮）の往藤内《おうとうない》、そして遊女の手越《てごし》（静岡市安倍川西岸の宿）の少将《しょうしょう》、黄瀬《きせ》川《がわ》（沼津市黄瀬川東岸の宿）の亀鶴《かめづる》がいた。助経は兄弟父助通を殺したというのは濡《ぬ》れ衣《ぎぬ》であり、今後は頼り甲斐のある親類として俺が兄弟の面倒をみるという。十郎はそれを聞いて怒りにふるえるも自制する。屋形を出て立聞きしたところ、助経は往藤内相手に助通殺しは自分の仕業であるとし、またあの兄弟にいったい何ができるものかと嘲っている。十郎はこの場で直ちに斬り込まんと思ったが自制する。

五郎のもとに戻った十郎は頼朝の陣営について詳細に報告する。頼朝を要にして、その周囲を何重にも屋形群が囲んでいるという堂々たるその布陣が十郎により明かされるも、五郎は我ら兄弟にかかったらそんなものは物の数でないと高笑いする。折りしも土肥実平と鹿《か》野《の》介《のすけ》宗茂《むねもち》（鹿野前大介茂光の子か。「伊藤・曽我関係図」参照）より酒肴が届けられていた。五月二十八日の夜のことであった。

巻九――兄弟討死と頼朝の裁定

討入を今晩に控えたところで、兄弟は和田義盛そして畠山重忠の陣で供応される。十郎は食が進まなかったが、五郎はそれでは彼ら兄弟は敵討ちを控えて臆していたなどと後にいわれかねないので、水をかけてでも食べるよう勧める。義盛も重忠も兄弟が今夜敵討を決行するであろうことを薄々承知している。

兄弟は敵討を決意してから今晩に至るまでの詳細を母宛の文に記し、その量たるや太《もう》なる巻物二巻にまでなる。十郎の文の末尾には、膚の守りを母に、膚の小袖を乳母讃岐《めのとさぬき》に、鬢の髪一結《ひとゆい》を二宮の姉に、同じく一結を三浦の伯母に、同じく一結を早河の伯母へ、恩義のはかりしれぬ乳母讃岐の「守護神」になること、さらに曽我助信には馬、鞍をという旨が記される。また五郎の文の末尾には、乳母伊予《いよ》御前の「守護神」となること、鬢の髪一結を母に、一結を早河の伯母に、一結を三浦の伯母に、一結を二宮の姉御前に、そして曽我殿には馬、鞍を贈るとある。

兄弟はお供の丹三郎と鬼王丸に、これらの文や「形見」と、母に返すよういわれた小袖、曽我殿への二疋の馬、二口の鞍を渡し、さらに彼らに弓矢、沓《くつ》、行縢《むかばき》を己らの「形見」としてとらせる。従者二人は兄弟と死をともにできないならば自害したいという。兄弟はそれをとどめ、十郎がなぜ敵討をすることになったかの詳細を母に知らせるべく文を届ける必要があること、討死する我らの後生を弔うことこそが我らへの奉公になると説得する。

建久四年（一一九三）五月二十八日夜、兄弟は助経の屋形へ向かう。十郎は虎と交換した綾の小袖を身につけ、赤銅作《しゃくどうづくり》の太刀と箱根の別当から賜った黒鞘巻を差す。五郎も別当から頂戴した兵庫鎖の太刀と助経からの赤木の柄に胴金した差刀を差している。しかし屋形に助経はおらず、鎌倉殿の侍所で宿直をしているのではないかと捜したところ、はたしてそこに助経と遊女手越、往藤内と遊女黄瀬川が寝ていた。十郎が助経の肩を刺し、起き上がろうとする助経を再び刺し、五郎も踊りかかって刺す。目を覚ました往藤内をも討つ。さらに引き返して助経に止めを刺す。

そして親の敵助経を討ったと名乗りを上げるも一切反応がない。十郎はこの場はひとまず切り上げて母のもとに行き、その後は山野で念仏を唱えて自害しようともちかける。五郎は逃げることに意味はなく、母に要らぬ嫌疑をかけるだけのこと、この際は将軍家の陣内でしかるべき武将たちと戦って屍《かばね》を晒し、名を後代に残すのが本意ではないかと説く。そして兄弟は再び大音声《だいおんじょう》で名乗りを上げる。武蔵野国の大楽弥平《たいらくやへい》に十郎が斬りかかったことを手始めとして、辺りがにわかに騒然とする。しかし和田義盛と畠山重忠の二人は、この騒動は兄弟の助経討ちのものとしつつも、一方で鎌倉殿には危害が及ぶことがないことを確認し合って静かに控えている。

横山党の愛敬三郎、駿河国の岡部五郎、遠江《とおとうみ》国の原三郎、御所の黒矢五《くろやご》、信濃国の海野行氏《ゆきうじ》、伊勢国の加藤太郎、駿河国の橘河《きっかわ》小次郎、鎮西《ちんぜい》の宇田五郎、同国の臼杵《うすき》八郎……彼らは兄弟により次々と斬られて退散し、なかには首を取られる者もいる。雨降る闇夜のこと、松明が次々と灯されて昼よりも明るくなる。用樹《もてぎ》三郎、甲斐国《かいのくに》の一河《いちかわ》次郎宗光《むねみつ》がさらに登場してくるが、兄弟はそれをも打ち取る。しかし十郎は伊豆国の新田四郎忠経と戦っているところを、横に控えていた原三郎に斬られ、さらに太刀打ちが乱れたところを忠経に仕留められる。十郎最後の言葉は、「具《つぶさ》に（頼朝公の）見参に入《い》るべし」であり、その声を五郎はかろうじて聞きとる。

五郎は頼朝屋形に逃げ込もうとする堀藤次《ほりとうじ》を追いかけたところを五郎丸《ごろうまる》に抑えられ、さらに加胡《かこ》太郎、厩《うまや》の小平次等により捕えられる。頼朝は身の近くまで危険が迫っているのを知って、家来たちの不甲斐なさに腹を立てながら自らも戦わんとするが、大伴左近将監義直《おおとものさこんのしょうげんよしなお》がこのような小事に将軍が関わってはなりませぬとしてとどめる。十郎が討たれ五郎が搦めとられたとする報告が、小平次より頼朝のもとにもたらされ、五郎は馬屋の惣追補使国光《そうついぶしくにみつ》預かりとなる。

翌二十九日五郎は縄をつけられるという不名誉な姿で、頼朝御前に引き出される。伊豆国尾河《おがわ》小次郎や新貝《しんかい》荒次郎は五郎の縄つきが免じられるよう頼朝に訴えるも、五郎は父の敵を討ったことによる縄目は恥ではないと強弁し、かつ鎌倉殿への取次は不要という。そこにいる新貝に退くよう迫り、退いたのをみて高笑いする。

頼朝は今回の事件は年来の計画か否かを確認したところ、五郎は助経討ちは我ら兄弟の年来の宿意であるとし、さらに太刀は京の四辻町《よつつじちょう》で購入したこと、遺恨とすべきは寝惚《ねぼ》けた助経を討ったこと、そしてどう処分されようと構わないことをいう。頼朝は助経が伊豆と鎌倉の間を往来していたにもかかわらず、なぜよりによって今回なのかを問う。五郎はこれまで機会がなかったたまでとこたえる。頼朝は助経はともかく、さしたる罪もない多くの武士たちをなぜ殺傷したのかを問う。五郎は鎌倉殿の御前でこのような事件を起こす以上、すべての侍を討つ覚悟でいたが、臼杵八郎を除いて皆逃げ回るのみであり、こんな臆病者ばかりを鎌倉殿ともあろうお方が召し使われているとはと嘲る。

頼朝はそれほど豪勇なおまえがなぜ五郎丸に組まれたかを問う。運が尽きたというほかない、と五郎。頼朝はなぜ自分の陣近くまで押し寄せたかを問う。逃げまわる堀藤次を追いかけたところ、自ずとそうなったまでと答える。頼朝はさらに頼朝への恨みがそもそもあったか否かを問う。五郎は祖父助親が鎌倉殿の勘気《かんき》を蒙って誅され、親の敵助経は鎌倉殿の寵を得ている、かつ兄十郎の最後の言葉が鎌倉殿の見参に入るようにというものであった、そして鎌倉殿をお討ち申し上げて後代に名を残さんと思ったのだという。しかし鎌倉殿の果報めでたく、自身の冥加《みょうが》が尽きてこのような結果になったという。

これを聞いた頼朝は五郎を男子の手本と絶賛する。頼朝に恨みなど抱いていないにもかかわらず、命に未練があるような臆病な態度をみせまいとしてあえてそういったと解釈し、五郎を許そうとする。しかし梶原景時が、助経の嫡子犬房《いぬぼう》やその弟の金法師《かなほうし》が成人後に同じように敵討をすることになりかねず、向後《こうご》のためにも五郎を処分すべきという。頼朝は敵討の助太刀を他にも頼んだか否かを確認する。異父兄の京の小次郎や、従兄の三浦余一に相談したが頼む甲斐もない彼らであったし、ましてや他人に相談するはずもないと五郎は答える。頼朝はさらに母親は事前に知っていたかを尋ねると、五郎は頼朝の発言を「大将軍」とも思えぬものとし、息子が謀叛を起こすことを認める母なんぞはいないと抗弁するが、一方で母を思って涙する。助経嫡子の犬房が踊り出てきて五郎の顔を松の木で強《したた》かに討つ、そして兄十郎の首実検も行われる。頼朝は五郎の言行が理に適っており、死罪を免じて召し仕えさせたいと思ったが、そうすると梶原のいう通り、頼朝が敵討を認めたとして今後狼藉が絶えることがないので処罰することにする。五郎は辞世の詩と和歌を記す。五郎は犬房に渡され、筑紫仲太《つくしちゅうた》が鈍刀《どんとう》でその首をかく。そのことが頼朝の怒りをかうこととなり、仲太は筑紫へ逃亡するも道中にて五郎に祟られて狂死する。

巻十——虎の兄弟鎮魂の旅

丹三郎と鬼王丸は兄弟の「形見」をもって曽我の里に行き、兄弟の討死について報告する。曽我母と乳母讃岐と乳母伊予等が出迎える。母は兄弟が返してきた小袖を抱いて悶え焦がれ、兄弟の二つの文を読もうとしても読み得ず、小袖を返すよう兄弟に注文をつけたことを後悔する。死ぬことは許されぬと夫曽我助信に諌められ、助信との間の子供たちも泣き騒ぐ。二宮の女房や早河の伯母、さらに三浦の伯母もこの場にかけつけ、三浦の伯母が兄弟の二つの文を読み上げるにつけても、母は五郎を勘当したことを、そして曽我助信も鎌倉殿に憚って兄弟の世話を十分してこなかったことを悔む。一方助経の遺体は伊豆国伊藤荘に送られ、助経女房の嘆きはこれまた曽我の嘆きに劣らないものであったという。

頼朝は兄弟の首を伊豆国の尾河三郎をして曽我の里に届けさせる。母は悲しみのあまり出家しようとするもこれまた夫助信に止められる。首が火葬され二人の乳母も出家する。折りしも兄弟の従兄の宇佐美禅師《うさみぜんじ》が火葬された兄弟の骨を曽我の里に持参し、首と骨とがここに揃う。一方往藤内の骨も備前国に届けられ、所領安堵の喜びも束の間、悲しみのあまり女房は出家する。また大磯の虎のもとには曽我母より、十郎が曽我の屋形を出る際に書き置いた文がその「形見」として送られてくる。それをみるにつけ虎は出家が急がれるのであった。

頼朝は土肥遠平を介して曽我助信を召して、曽我荘の年貢を免除し、その分を兄弟の供養にあてるよう公役御免《くやくごめん》の御教書を与える。そして曽我母は亡き兄弟のための大御堂《おおみどう》を造立する。兄弟の弟の御房殿は伊藤禅師として越後国の山寺にいるが、頼朝から召されるにつけても、兄たちと討死し得なかったことを悔み自害を図る。瀕死のままに頼朝の御前に突き出されるも、生き延びる意味はないとして亡くなる。頼朝は曽我一門の豪勇たることにあらためて感嘆し、この者たちをしかるべく処遇しておれば、こんな結果にはならなかったと悔む。彼らが一腹の兄の京小次郎は、敵討に合力しなかったものの他人の敵討に巻き込まれて命を落とし、また頼朝の怒りをかった三浦余一は出家して高野山に逃げ込む。

虎は大磯での兄弟の供養を考えたが、箱根で百ヶ日供養があると知り、これを機縁に箱根で出家する心づもりで曽我母を訪ねる。母は虎を十郎の部屋へ案内する。虎は十郎の「形見」の馬と鞍を法要のお布施にしたいという。母はこれまでの苦労を語り、十郎が富士野から送ってきた[文]を虎にみせる。そして二人は丹三郎や鬼王丸とともに箱根を目差す。鞠児川・湯坂の峠・大崩の下の手向・矢立の杉というように兄弟の足跡を辿りつつ箱根別当の坊に入る。別当を導師として法要が行われ、兄弟が曽我の里に残した[文]の紙で開題供養の経典の裏地が作られる。母と虎は箱根に残る筥王時代の五郎の部屋に案内され、下長押《しもなげし》に書きつけられた五郎の[歌]を確認する。

建久四年九月八日に虎は齢《よわい》十九歳にして別当を戒師として出家して禅修比丘尼《ぜんしゅうびくに》と称す。母は曽我里に帰り、虎は富士野の伊出を九月十三夜に訪れ、それより西国修行の旅に出る。熊野《くまの》、叡《えい》福寺《ふくじ》、当麻寺《たいまでら》、笠置寺《かさぎでら》、吉野金峯山寺《よしのきんぷせんじ》、粉河寺《こかわでら》と巡り、四天王寺《してんのうじ》では故往藤内の妻と出会う。虎は往藤内妻を夫の死に場所である富士野へと案内し、さらに建久五年の一、二月には二人で駿河国の寺々を巡る。その後は往藤内妻の方は都へと上り、虎は三嶋社から伊東の釈迦堂《しゃかどう》へ、さらに三月十五日には箱根権現に参って別当と会い、そのまま四月下旬まで参籠し五月十八日に曽我の里へ入る。

五月二十八日に箱根の別当を導師として曽我の里にて一周忌法要が行われ、丹三郎も鬼王丸も髻《もとどり》を切って兄弟の墓に納めて出家し修行の旅にでる。源頼朝は虎の出家と二人の下人の出家を聞いてあらためて兄弟のことを思う。

その後の虎は六月十三日に武蔵国関戸の宿に、そして久迷野《くめの》の入野《いるの》・大蔵・児玉・山名・板鼻・松井田の宿・碓氷峠・踏懸《ふみかけ》の宿を通って善光寺に参り兄弟の骨を納める。そして帰途の松井田の宿にて京の故小次郎の妻と出会う。小次郎妻も夫の遺骨を善光寺に納めての帰りに、当宿の家主の誘いがありそこに住んでいた。虎はしばしここに逗留し小次郎妻とともに昔を偲んで涙する。

虎は板坂の宿を越えて伊香保《いかほ》の嶽《たけ》、角田川《すみだがわ》を越えて世良田《せらだ》の安養寺《あんようじ》、そして下野国に入って宇都宮二荒山神社、武呂《むろ》の八嶋《やしま》、中禅寺《ちゅうぜんじ》、さらに千葉の妙見寺《みょうけんじ》、武蔵野国の慈光寺《じこうじ》、浅草寺《せんそうじ》、比企《ひき》の岩戸《いわと》、最後に三周忌の法要のために曽我の里へと帰る。兄弟母も曽我助信も出家し、曽我の大御堂に虎とともに籠る。頼朝は二人の出家を聞いて大御堂に念仏田を寄進する。そして正治《しょうじ》元年（一一九九）五月二十八日に曽我母は大往生を遂げる。

虎はその後に伊出の屋形跡を再びみようと駿河国小林郷（富士市）に入ると、そこには兄弟を祀る社があり、兄弟が富士郡六十六郷の御霊神となって、富士浅間の大菩薩の客人《まらうと》の宮（富士山麓に兄弟を祀る社は多くあり、これがそのどれに当るのか確定できない）として崇められていることを知る。虎はそこにて七日七夜不断念仏し、立ち去り際に歌を詠むと十郎霊が歌を返してくる。さらに七日七夜にわたり念仏して二人の成仏を祈る。そして曽我の里に帰って曽我入道の往生を確認する。

また虎は大磯の母を出家させ、昔懇意にしていた遊女たちにも法を説いて聞かせる。虎を長老とした十二人の尼集団が結成され、また虎に帰依する檀家も多い。その後に虎の母も往生し、また諸国修行の旅に出ていた丹三郎・鬼王丸も曽我に帰って兄弟十三回忌の折りに往生する。虎はある夕暮に庭の桜の小枝を十郎と錯覚して抱きつき、それ以降病づいて六十四歳にして大往生を遂げる。そして十二人の尼たちも往生する。

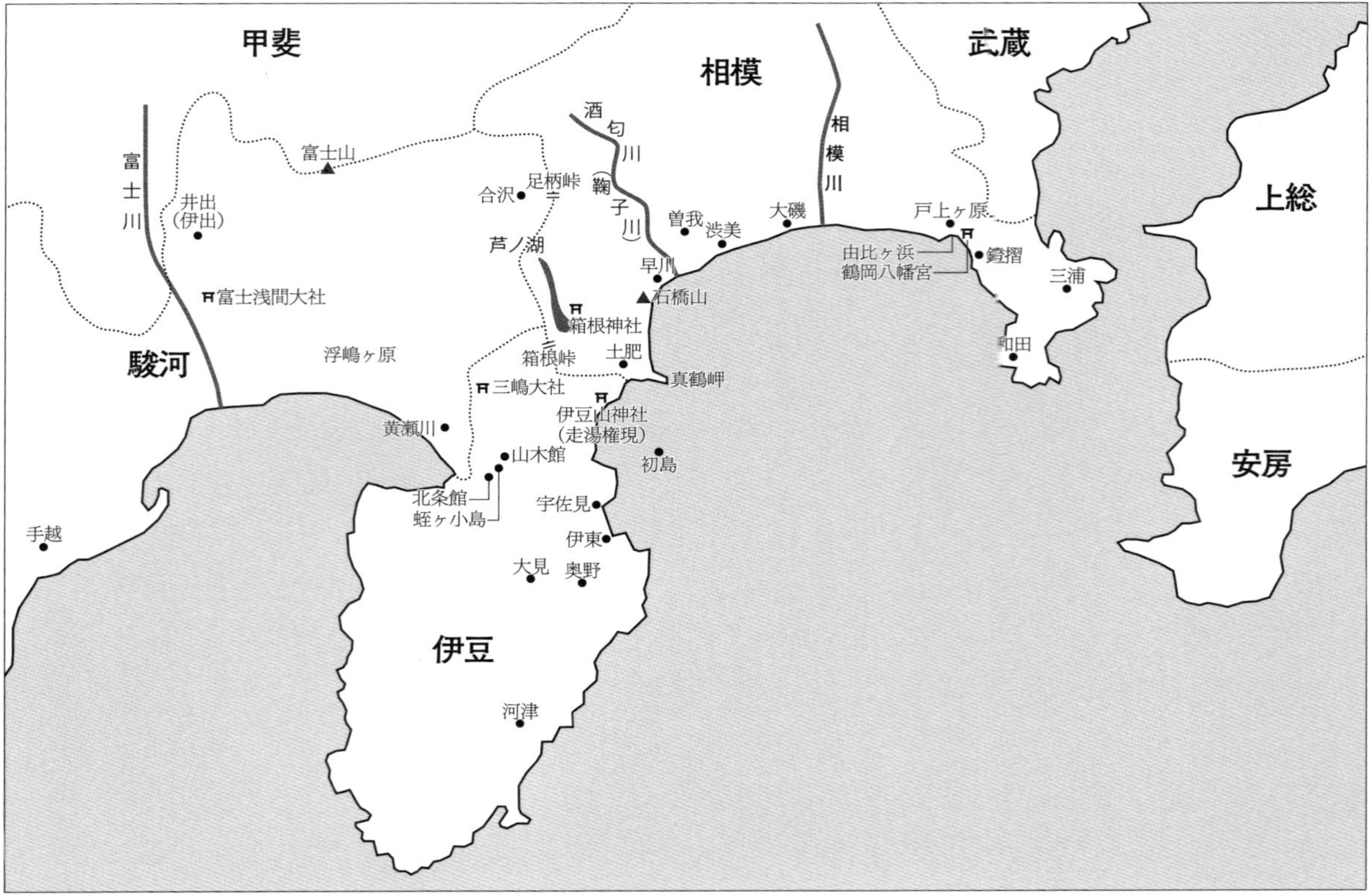
甲斐
相模
武蔵
上総
安房
駿河
伊豆
富士川
井出(伊出)
富士山
富士浅間大社
浮嶋ヶ原
足柄峠
合沢
芦ノ湖
箱根神社
箱根峠
三嶋大社
酒匂川
(鞠子川)
早川
石橋山
土肥
真鶴岬
曽我
渋美
大磯
相模川
戸上ヶ原
由比ヶ浜
鶴岡八幡宮
鎌倉
三浦
和田
伊豆山神社
(走湯権現)
初島
黄瀬川
山木館
北条館
蛭ヶ小島
宇佐見
伊東
大見
奥野
河津
手越

全体略地図

第2章……曽我御霊神の誕生

1——源頼朝物語と曽我兄弟物語

巻一と巻九の巻狩

真名本『曽我物語』は梗概からも明らかなように、曽我兄弟の敵討物語でありつつ、兄弟の祖父伊藤助親に我が子千鶴御前を殺された源頼朝の物語でもある。双方の物語はまずは別個の物語としてありつつも徐々に接近していき、富士野の巻狩にて源頼朝と、父河津助通の敵宮藤助経を討った曽我五郎との対決場面を以てして最大限接近してクライマックスを迎える（巻九）。兄弟による敵討は、富士野の巻狩という、東国武士団を率いる頼朝主催の大デモンストレーションの場を血で汚したことを意味する。この第2章と第3章では物語の核心部たるこの場面に一挙に焦点を当てる。敵討は兄弟の人生を完結させるとともに、頼朝にとっても大きな人生の節目をなし、鎌倉幕府黎明期における最大の事件として物語はそれを位置づける。

この第2章の表題「曽我御霊神の誕生」は曽我兄弟物語の結論であり、分析の鍵語は「自爆テロ」である。第3章表題「大将軍源頼朝の誕生」が頼朝物語の方の結論であり、そこでは頼朝における「法」の導入問題を問う。両物語をこのような表題のもとに展望する先行研究として阿部美香の論がある。しかし阿部論はそれを、箱根権現・伊豆山権現・三嶋大明神という東国の宗教的環境からダイレクトに説明している点に無理があるものと思われた。本書では物語の構造に即して、源頼朝や曽我兄弟という登場人物たちの存在構造に焦点を当てることからこの問題への接近を試みたい。

頼朝物語と兄弟物語とがどのように相対しているのかをまず確認する。物語は日本国の悠久たる神話的起源から語り起こされ、桓武平氏と清和源氏の擡頭、平家滅亡から大将軍源頼朝の誕生という歴史の流れを辿っており、それはあたかも源頼朝物語であるかのような相貌を呈している。

巻一において、頼朝が兄弟の父河津助通殺害の現場に居合わせている点が物語構成上とくに重要である。武蔵・相模・伊豆・駿河の武士たちが伊豆の奥野で巻狩をすることになり、地元の伊藤助親が彼らをもてなす。巻狩については、「勢籠《せこ》の者共《ども》を太多《あまた》山に入れて、上の嶽《たけ》より鹿を追ひ下して麓の野辺に巻き籠めつつ、思ひ思ひに射て取るを云ふなり（人夫たちをたくさん山に入れて、上の嶽から鹿を追い落とし、麓の野辺にそれを取り込めて、思う存分射とめることをいうのである）」（巻八）と説明されている。人夫たちにより山から追い落とされた鹿を、馬上から射ることを競う武士団ならではの戦闘訓練・軍事演習である。巻狩果てて酒宴となり、さらに相撲に興じることになるが、圧倒的強力《ごうりき》を誇る俣野五郎影久を河津助通がなんなく打ち負かしたことから一挙に不穏な空気が流れる。恥を晒した俣野が一戦構えようとしたのに刺激されて、武士たちも左右に別れていがみ合うという危機的状況になるが、懐島景義と土肥次郎実平が私の戦いをすることの不毛性を説いてからくもこの場を治める。

そしてなんとこの場に流人《るにん》源頼朝がいて、「哀れなる世の習ひかな。奴原《やつばら》が心のままに伇《ふるま》ふこそ安からね。帰命頂礼八幡大菩薩《きみょうちょうらいはちまんだいぼさつ》、願はくは頼朝が思ふ本意《ほい》を遂げしめ給へ（実にくだらない世の習いというものであるな。奴らが心のままに振舞っているのはなんともいまいましい限りだ。帰命頂礼（祈りの際の決まり文句）八幡大菩薩、願わくば頼朝の本願を叶えてくだされ）」と激烈な言葉を密かに吐いていたのである。彼は自分の存在を無視して、無法に振る舞う武士たちをみて怒りに震え、八幡大菩薩に再起を祈念していた。しかし彼はこの屈辱的な体験を発条《ばね》に将来の決起を固く誓うことになったのであり、これは彼の人生を好転させる一大転機になった場面ということになる。そしてここで頼朝に課されたものが、かかる無法な武士団の統率と東国世界の秩序の確立であることは既にして明らかである。一方の河津助通はこの相撲の場ではからくも難を逃れたものの、帰途にて所領争いをしていた宮藤助経が雇う殺し屋に討たれてしまうのであった。頼朝は狩場が無法地帯になったことを嘆いていたが、まさに巻狩による暴力の余韻さめやらぬままに助通殺害事件が発生したのである。

それにしても源頼朝のかかる決意表明の言葉の重要性はそれとして、この伊豆奥野の巻狩の場に頼朝が居合わせているのはかなり不自然である。おそらく物語は無理をしてまでも頼朝をこの場に置きたかったのではあるまいか。頼朝物語と兄弟物語の始発を同時同場所に設定すべく、兄弟の父助通殺害事件の発生現場に頼朝をも同席させることにしたのであろう。物語はかくしてこの巻一の場面と向き合う形で、巻九の頼朝と兄弟の対決場面を置くことでその大枠を構成しているのであった。

頼朝物語と兄弟物語の接近過程

巻一の巻狩から巻九の頼朝と兄弟との対決場面へと至る過程にあって、双方の緊張感を孕んだ接近場面が繰り返し語られる。頼朝が将軍二所詣で箱根権現に参詣した際に五郎は助経なるものを初めて目にするが、その時に助経の背後には顔を出さないまでも当然頼朝が控えていたはずである（巻四）。しかしなんといっても頼朝が巻狩のために東国武士団を率いて鎌倉を出発するあたりから（建久四年四月下旬、巻五巻末）、双方の物語は加速度的に接近する。巻狩と聞いて兄弟は敵討の決意を新たにし、頼朝の巻狩一行を追跡する。そして富士野での助経討と五郎の頼朝との対決（五月二十八日、二十九日）というフィナーレ目掛けて物語は驀進していく。しかもその間に語られている物語世界の時間は一月《ひとつき》あまりに過ぎないが、物語る時間の方ははなはだ濃密であり、なんと四巻もの筆量が費やされている。

まず巻五から巻六にかけて上野・信濃・下野国那須野で巻狩が行われ、兄弟はそれを敵討に絶好の場とするもその機会がない。しかし富士野で巻狩が行われると聞いて今度こそはと勇み立つ。一方頼朝も行列の最後尾に兄弟が遅れがちについてきていることに目敏く気づき、彼らを殺すよう梶原景季に命じる（巻七）。頼朝の視界にとうとう兄弟の姿が入ってきたのであり、頼朝は彼ら兄弟をみると我が子を殺した伊藤助親の昔が思い出されてならないとし、しかも彼らはこの度は助経を狙っているに相違なく不愉快極まりないとまでいう。

頼朝と兄弟とは互いにいかなる意趣を抱いていたのか。兄弟の宮藤助経に対する恨みは父を殺されたことによるが、その背後には伊豆国伊藤一族の土地所有をめぐっての長きにわたる怨念のドラマがあった。梗概を参照願いたい。兄弟祖父の助親（助隆の早世した嫡男の子）が河津荘を、助継（助隆が後妻の連れ子に産ませた子）が伊藤荘をそれぞれ助隆から分与されていたことに端を発する。助親はこの処遇に不満だったが、助継臨終の場にあって和解し、自分の娘を助継嫡男の助経に嫁がせて伊藤・河津の二荘をこの夫婦に継がせると約束する。しかし助継が亡くなると助親は結局のところ助経を伊豆国から追い出して、伊藤・河津両荘を独占し河津を嫡子助通に管理させる。それを恨んだ助経が今度は両荘を我が物とすべく助親・助通父子殺害を計画し助通を討ったのであった。

では兄弟にとって源頼朝とは何か。物語は北条政子との関係に先行するものとして、頼朝と伊藤助親娘との馴れ初めを語っている。平家全盛時代にあって、助親は流人頼朝と娘三の姫との仲を認めず、彼らの子の千鶴御前を殺し、娘を奪い返して頼朝の殺害を謀る（巻二）。さらには伊豆山権現に逃げ込んだ頼朝を山木兼隆とともに攻める（巻三）。そのために東国の覇者となった頼朝に召喚された際には彼は自決することを余儀なくされたのである（巻三）。一方兄弟にとって頼朝は祖父助親を死にいたらしめた張本人であり、そのために謀叛人の孫として生き恥を晒している。しかも助親没後にすべての所領を強奪した父敵助経は、なんと頼朝の寵臣というではないか。兄弟は助経への恨みはもちろんのこと、頼朝への恨みを確実に抱いている。頼朝からしても兄弟は我が子を殺めた助親の孫であり、それゆえの拘りがないはずもなく、また自らが彼らの祖父助親を死に追い遣っている以上、兄弟に対する警戒を怠ることもない。だからこそ巻狩一行のしんがりに兄弟がついてきているのを知った時、彼らを始末することになんの躊躇もなかったのである。

頼朝と五郎の対決

以上を踏まえて、巻九の裁きの場に引き出された曽我五郎と源頼朝との言葉の応酬を分析してみよう。頼朝と兄弟各々が抱える過去の因縁がこの場において一挙に噴出することになる。

頼朝は、「この事は年来《としごろ》の存知《ぞんち》か。また今、俄《にはか》に思ひ出《いだ》したる事か」というように、今回の企ては年来の計画か否かを問い質すことからはじめている。五郎は父の敵助経を討つことは我ら兄弟の幼少時からの宿意であること、頼朝上洛時にその機会をうかがうも果たせずに京の四辻町で太刀を購入したこと、そして遺恨とすべきは寝惚《ねぼ》けた助経を討ったことであり、またかくも本意をとげた以上首を召されるのも覚悟のうえという。もちろん兄弟が頼朝上洛の際に助経の命を狙ったとする事実はないが、凶器となった太刀が箱根別当からの賜り物であることを隠すためにかかる嘘をついている（巻七）。

次に頼朝は、「助経は伊豆より鎌倉へ通る事は差賀《さすが》に一月に四、五度、十度もありつらむ。などか今まで躵《ねら》はざりけるぞ」と問う。助経が伊豆と鎌倉の間を何度も往還していたにもかかわらず、なぜよりによって今回なのかを問う。五郎はこれまで機会がなかったまでのことと答える。

頼朝は、「助経こそ限りある敵なれば子細に及ばず。さしたる咎もなき多くの侍共《ども》をば誤りたるぞ」として、助経はともかく、さしたる罪もない多くの武士になぜ傷を負わせたかを問う。五郎は御前でかくも謀叛を起こす以上、すべての侍を討つ覚悟でいたが、臼杵八郎以外は皆逃げ回るのみであり、鎌倉殿ともあろうものがこんな臆病者ばかりを召し抱えているようではと嘲る。頼朝の質問はなぜ敵討とは無関係な武士たちを巻添えにしたかを質《ただ》したものだが、五郎はそれに正面から答えず、将軍の陣営がいかに頼りないものであるかを突いて頼朝の神経を逆撫でする。それが頼朝の癇《かん》に障《さわ》ったのか、「いかにして五郎丸には懐《いだ》かれたりけるとぞ」として、それほど豪勇のおまえがなんで五郎丸ごときに捕まったのかと皮肉る。五郎は運が尽きただけであると抗弁して相変わらずの強面である。

兄弟の目的とは？　頼朝の心の揺れとは？

かくして頼朝と五郎との問答は核心に迫る。「そもそも何事を存じ、御前近くは参りける（そもそも何を思って、御前近くにまで参ったのか）」として頼朝はなぜ自分の陣近くまで押し寄せたかを重ねて問う。五郎は逃げまわる堀藤次忠家を追いかけたところ、自ずとそうなったまでと答える。さらに頼朝は、「実にこの事は、忠家が返す返す奇悔《きかい》なり。そもそも頼朝においては、別の意趣をば存ぜざりけるか（まことにこのことについて、忠家はどうみてもけしからんとしかいいようがない。そもそもおまえは頼朝に対して格別の恨みを持っていなかったのか）」として、自身への格別の恨みがあったのではと問うており、まさにこれこそが頼朝が最も聞きたかったことであり、これまでの問いはこの一点を確認するためのものであったと知れる。

そうではなかろうか。敵討は宿意か否か、助経殺しが巻狩の場であることの理由は何か、なぜかくも多くの武士に傷を負わせたのか、なにゆえ頼朝御前に乱入したのか、これらはすべて「そもそも頼朝においては、別の意趣をば存ぜざりけるか」という問いを導く前提としてあったのである。五郎の返答を全文引用しておこう。

「争《いかで》かその義はなくて候ふべき。その故をいかにと思《おぼ》し食《め》せ。祖父の伊藤入道は君より御勘当を蒙《かうぶり》て、既に誅せられ進《まゐら》せ候ひぬ。敵の助経はまた御気色吉《みけしきよ》き大名に成て召し仕はれ候ひしには、方々《かたがた》以て意根《いこん》深く候ひし上に、助成が最後の詞には、便宜吉くは御前近く打上て具《つぶさ》に見参《げんざん》に入るべしと申し候ひしかば、現《げ》にと千万人の侍共を討て候はむよりは、君一人を汚《けが》し進せつつ後代に名をば留め候はむと存じ候ひしかば、忠家に付て参り候ふ程に、君の御果報や䀇《めでた》く御在《おはしま》しけん、また時宗が冥加《みょうが》や尽き候ひぬらむ、云ふに甲斐なく召し取られ候ひぬ」とぞ申しける。

（「どうして恨みがないことがございましょう。その理由をどうお思いでしょうか。祖父の伊藤入道助親は鎌倉殿よりご勘気を蒙って、既に誅殺されました。しかも敵助経はお気に入りの大名となって召し使われていましたので、どちらにしても遺恨深くありましたうえに、兄助成の最後の言葉に、機会あらば鎌倉殿の御前近くまで上って、はっきりとご拝謁つかまつれと申していましたので、なるほど千万人の侍を討ちますよりは、鎌倉殿お一人を汚し申し上げて名を後代にとどめようと思いましたので、忠家について参りましたところ、鎌倉殿のご果報が素晴らしくいらっしゃったのでしょうか、あるいは私時宗の冥加が尽きたのでしょうか、不甲斐なくも召し取られてしまいました」と五郎は頼朝に申し上げたのであった）

富士野の巻狩跡（井出）

五郎は祖父助親が頼朝に誅され、また親の敵助経は頼朝の寵臣たり得ている、かつ兄十郎が頼朝の見参に入るよう死の間際にいったこともあり、頼朝を討って名を後代に残さんと思ったのだという。しかし頼朝の果報めでたく、自身の冥加も尽きてこのような結果になったのだともいう。ここで五郎は祖父助親の死にも敵助経の問題にもことごとく頼朝が絡んでおり、頼朝を討つことこそが目的だったにもかかわらず失敗したとはっきりいっている。この恐れを知らぬ堂々たる五郎の発言に頼朝はいたく感動する。

「これ聞き候へや、各々。哀れ男子の手本や。これ程の男子は末代にもあるべしとも覚えず。実に頼朝においてはこれ程の意趣をば存ぜざるらめども、只今《ただいま》召し問はれつつ陋臆《わるびれ》たる色を見せじとて申したる詞なるべし。種姓《すじょう》高貴にして心武き者なれども、運尽きて敵のために執《と》られて後は、心も替り諂《へつら》ふ詞もあり。この者は少しも陋臆たる事もなし。これを聞かむ輩はこれを手本と為すべし。陋臆たる者千人よりかやうの者一人をこそ召し仕はめ。助けばや」と仰せらるれば、梶原これを承て、「御定《ごじょう》はさる御事にて候へども、これを宥《なだ》め候はむには……」。

（「この言葉を聞いたか、各々方。なんと男子たるものの手本であることよ。これほどの男子がこの末代にいようとは思わなかったことよ。本当のところこの頼朝に対してそれほどの恨みを持ってはいないのだろうが、ただ今召し出されて尋問されているところで、みっともなくも未練がましい様子をみせまいとして申した言葉であるに違いなかろう。氏素姓がしっかりとして勇猛な者であっても、運が尽きて敵に捕らわれた後は、心変わりして媚び諂う言葉をいったりする。この者には少しも未練がましくみっともないところがない。この者の言葉を聞いた者は、これこそ手本とするようにせよ。みっともない臆病者を千人よりもこのような者一人を召し使うようにしたいものだ。助けることにしたい」と鎌倉殿はおっしゃったところ、梶原景時がその言葉を承って、「お言葉はもっとものことでございますが、このものをお許しになられますと……」）

頼朝は五郎が自分に対する特段の恨みなどないにもかかわらず、心醜く臆したところをみせないために、頼朝殺しが目的だったなどと不敵な発言をあえてしたと解釈し、五郎を勇者の手本と称賛して許そうとする。しかしこれに対して、梶原景時の発言を受けて頼朝はこの判断を撤回して処分に同意する。梶原は以下に助経嫡子の犬房やその弟金法師が将来成人した時に、必ずや狼藉が出来するに相違なく、それを防ぐためにも処分の必要を説いている。

兄弟の真なる目的とははたして頼朝殺しだったのか。また頼朝は兄弟に対して否定的な感情しか抱いていなかったにもかかわらず、なんとここでは頼朝の暗殺のみならず助経殺しまでをも帳消しにせんとしているではないか。しかもいったんは許すとしながらも最後は梶原景時の言を受け入れて処分してもいる。このような紆余曲折する物語の展開をどう考えるか。

2――五郎の自爆テロ

「後代に名をば留め候はむ」＝「御霊神」

曽我兄弟にとって宮藤助経殺しが目的なのはもちろんだが、しかしそれが本当ならば助経を討った時点でその場から即退散すればよいだけのことである。実際十郎は助経を討ち果たした直後に、この場を立ち去り母のもとに行こうと五郎に提案していた。確かに東国武士たちを叩き起こして派手な立ち回りをして、頼朝の統率する富士野の狩場を血で汚す必要もなかったはずである。とはいえ五郎の先の発言通りに、彼らの真の目的を頼朝殺害としてよいのか。確かに兄弟には頼朝に対して含むところあったのだが、しかしそう解釈してしまうことには躊躇されるものがあり、そのあたりをどう整理すればよいのか。

先の裁きの場において、五郎が、「君一人（頼朝）を汚し進せつつ後代に名をば留め候はむと存じ候ひしかば」と頼朝にいった言葉を再確認したい。「君一人を汚し進せつつ」という箇所はもちろんとして、「後代に名をば留め候はむ」という言葉にも注目したい。名を後代に残すという言葉は五郎がこれまでしばしば口にしてきたものであり、どのような箇所でいわれてきたかを確認する。関係箇所は次の四つであり、すべて頼朝の富士野の巻狩の話が出て以降のものである点に留意したい。

①曽我五郎またこれを聞きつつ大きに喜びで十郎に合ひて申しけるは、「今度は我ら馬一疋《ぴき》づつだにも乗たらば、顕れて御友を仕るべし。富士野の御狩と承る。倩《つらつら》事の情を案ずるに、隙《ひま》を伺ひ便宜を躵へばこそ、今まで本意をば遂げざりつれ。今度は不通《ふつ》と思ひ切て狩庭の習ひなれば御前をも恐るべからず、旅宿の事なれば御屋形の口、陣内の御侍も憚るべからず。遠くは射殺し、近くは討死をもすべし。身を全うせずこそは便宜をも伺はめ。命をも惜しまずこそは睹《しょ》をも置かめ。今度出でぬるものならば、また再び曽我の里へ返るべからず。敵を我らが手に懸けずは、我らが身をも我らが命をも敵のため捨ててこそ、悪霊・死霊とも成て御霊の宮とも崇められめ。命を生きて朝夕思ひ居たるも、痛く罪深し。只一肋《ひとすぢ》に思ひ切り給へ」と云ひければ……　（巻六）

（曽我五郎はこれを聞きながら大いに喜んで十郎に向かって申したことは、「今度は我ら各々が馬一匹に乗ることさえできたら、姿を現し堂々と鎌倉殿のお供をいたそう。富士野の巻狩というではないか。よくよくこれまでの事情を考えてみるに、隙をうかがい良い機会を狙っていたからこそ、今まで敵討の本意を遂げることができなかったのだ。この度はきっぱり思い切って、狩場の習慣なのだから鎌倉殿の御前であろうと恐れるべきではないし、旅宿のことなのでお屋形であろうと、陣内の詰所であろうと遠慮することはない。遠ければ射殺し、近ければ討死しようではないか。身を全うしようなどと考えないことで良い機会をうかがうことができるのだ。命を惜しまないからこそ良い便宜を得ることができるのだ。この度は出陣したからには再び曽我の里へは帰るまい。敵を我々の手で討ち取り得なかったならば、我らが身をも命をも敵のために捨ててこそ悪霊・死霊ともなって御霊の宮ともなって敬われよう。命を生きついで朝夕に悶々と敵のことを思っているのもはなはだ罪深いというものだ。ただ一途に覚悟をお決めなされ」といったので……)

②「されば、この山は仙人所在の明山なれば、その麓において命を捨つるものならば、などか我らも仙人の眷属《けんぞく》と成て、修羅闘諍《しゅらとうじょう》の苦患《くげん》をば免れざらむ。多く余業《よごう》この世に残りたりとも、仙人値偶《ちぐ》の結縁に依て富士の郡の御霊神とならざらむ。また我らが本意なれば、もとより報恩の合戦、謝徳の闘諍なれば、山神もなどか納受なかるべき。中にも富士浅間の大菩薩は本地千手《せんじゅ》観音にて在《まします》せば、六観音の中には地獄の道を官《つかさど》り給ふ仏なれば、我らまでも結縁《けちえん》の衆生なれば、などか一百三十六の地獄の苦患をば救ひ給はざらん。……かかる昢き明山の麓において屍を曝《さら》しつつ、命をば富士浅間の大菩薩に奉り、名をば後代に留めて、和漢の両朝までも伝へん事こそ喜《うれ》しけれ」。　（巻七）

（「そういうことでこの富士山は仙人所住の名山なので、その麓で命を捨てることになったならば、どうして我らも仙人の眷属となって、修羅道におちて戦いに明け暮れする苦しみから免れ得ないことがあろうか。多くの罪をこの世に残したとしても、仙人にお会いした縁によって富士の郡の御霊神とならないわけがなかろう。また我らが目的はもとより親の恩に報い、親の徳に感謝する戦いなので、どうして山神も納受しないことがあろう。なかでも富士浅間の大菩薩の本地は千手観音であって、六観音の中では地獄道を司られる仏なのだから、罪深い我らといえど仏と結縁を結んだ衆生であるので、どうして百三十六ある地獄の苦しみからお救いになられないことがあろうか。……このような素晴らしい名山の麓で屍を晒して、命を富士浅間大菩薩に奉り、名を後代に残し、和漢の両朝にまで伝えることができたらなんと喜ばしいことであろう」）

③「恐れ入て候へども、いかにかやうに常に云ふ甲斐なき御計《はかりごと》のみ候ふやらむ。先ず御還《きょう》迹《じゃく》あるべく候。遁《のが》るればとていづくまで延《の》がすべき。……たとひまた万に一つもこれらの難を遁れたりとも、いづくの山野の奥に籠てか一日片時《へんし》をも過ごし候ふべき。……甲斐なく辺土の路次辻《ろしつじ》の冠者原《かんじゃばら》が手に懸て鏑矢《さびや》のために命を捨てむ事こそ悲しけれ。……されば、我らも早き奴原の手に懸らむよりは、この次《ついで》に尋常ならん国々の侍共に打合て、名を後代に留め屍をば将軍家の陣内に暴《さら》してこそ年来日来《としごろひごろ》の本意にては候へ。また、今一度母を見奉らむ事も中々由なかるべし……」（巻九）

（「兄上のお言葉ではございますが、どうしていつもこのような不甲斐ないことばかりおっしゃるのでしょうか。まずよくよくお考えになってください。ここから逃げたからといって、いったいどこまで逃げ延びることができましょう。……たとえ万が一にこれらの困難から逃れることができたとしても、いったいどこの山野の奥に籠ってわずかな時間たりとも過ごすことができましょうか。……不甲斐なくも田舎の無頼の若者たちの手にかかって、錆びた矢で命を落とすことこそ悲しいではありませんか。……ですから私たちもすばしこい奴らの手にかかるよりも、これを機会に並々ならぬ国々の侍たちと戦って、名を後代に残し屍を将軍家の陣内に晒すことこそが年来の本願というものです。また今一度母上にお会い申し上げるというのも、かえってよろしくないことでしょう……」）

④その後、虎は今一度伊出の屋形の跡を見むとて、駿河の国小林の郷に入にけり。ある森の中に社あり。前に鳥居を立てたり。里の者に合て、「この社をば何の社とか申す。またいかなる神をか祝ひ奉る」と問ひければ、「これは曽我十郎殿と五郎殿と富士の郡六十六郷の内の御霊神とならせ給ひて候ふ間、富士浅間の大菩薩の客人の宮と崇め奉る御神」と申しければ……　（巻十）

（その後、虎は今一度兄弟が討死した富士野の伊出の屋形跡をみようと思って、駿河国の小林郷に入った。とある森の中に社があり、その前に鳥居が立ててある。里の者に会って、「この社を何の社と申すのですか。またいかなる神をお祀り申し上げているのですか」と尋ねたところ、「これは曽我十郎殿と五郎殿とが富士郡六十六郡の御霊神とおなりでいらっしゃることから、富士浅間の大菩薩の客人宮と崇め申し上げている御神です」と申したので……）

①の引用は頼朝の富士野での巻狩計画を知った五郎が十郎にいい放った言葉である。これまで上野・信濃・下野の頼朝巻狩で助経討ちの機会をうかがってきた兄弟だが、五郎がここで自己批

判しているようにそれは手緩《てぬる》いものであったという。敵討する機会があらばという姿勢は所詮命惜しさゆえのことであるという。これからはきっぱり思い切って、鎌倉殿の「御前」を恐れず、「屋形」でも「陣内」でも憚ることなく「討死」する覚悟であるという。死を覚悟してこそ人間はオールマイティーたり得るというのである。そして「敵」を我らが手で討ち取り得なかったならば、「敵」のために「我らが身」「我らが命」を捨てて、「悪霊・死霊」ともなり、はては「御霊の宮」として人々に崇められたいものだと豪語している。御霊神というのは、非業の死を遂げた者の魂は悪霊・死霊となり祟りをなすので、それを神に祀り上げることで逆に共同体の安寧を図るシステムであり、そのような御霊神となって人々に崇められんことを五郎は渇望している。

②は富士野への道中、富士山を前に兄弟が互いに「姨捨伝説」と「赫屋姫伝説」を語り合った際の締めの言葉である。富士山は「仙人所在の明山」であり、この名山の麓で命を絶つならば、仙人値偶の結縁によって富士の郡の「御霊神」にならないことがあろうかという。そしてその麓に屍を晒して「名を後代に留め」、我らが名を「和漢の両朝」にまで伝えんとまでいっている。また敵討をして「報恩の合戦」「謝徳の闘諍」というように親孝行のための戦いとしている点にも留意しておきたい。

③は先にも紹介した箇所である。助経討ちを果たした直後に十郎はこの場を逃れて母のもとに行き、その後に山奥で自害しようと提案し、それに対する五郎の反論がこれである。「御霊神」のことはいわれてないが、国々の侍どもと一戦を交え、「屍」を「将軍家の陣内」に晒して「名

を後代に留め」ることこそが年来の本意であることを再確認している。

④は十郎妻の大磯の虎が駿河国小林郷の社について里の者に尋ねたところ、兄弟が討死後に「御霊神」になったことを確認する箇所である。虎は生き証人であり、すべては兄弟の目的どおりに実現したというのである。ここではさしあたり①②③の引用箇所を問題とする。

頼朝殺害計画＝失敗のための失敗

兄弟の窮極の目標は、とくに①にあるように死して「名を後代に留め」、「悪霊・死霊」となり「御霊の宮」として祀られることにある。富士野の巻狩の話が出るやいなや、これからは討死も覚悟であるとして、五郎の姿勢はよりラディカルな相を帯びてくる。しかも死ぬことそれ自体が目的化されており、助経討が本来の目的だったはずだが、そんな話はどこかに吹き飛んでしまっている。名を残して御霊神になることを最終目標とする以上、助経殺害など所詮ケチな話でしかない。

そうではなかろうか、①③にあるように鎌倉殿の屋形や陣内をも憚ることなく敵のために討死するというのでは、助経殺しの舞台としては派手すぎる。実際助経は泥酔しているところをあえなく兄弟に討たれていたではないか。「これ程に安かりける事を、年来日来心を尽しける事よ（こんなにも簡単なことなのに、長年にわたり気を揉んできたことだよ）」（巻九）というのが助経を討った直後の五郎の感慨であり、実に呆気なくも敵討に成功したのである。確かにこんな助経ごときを殺害したところでたいしたことではなかろう。ましてやそれに失敗したのではとんでもない恥晒しでしかない。それでは後代に名を留めて御霊神に祀られるどころの話ではない。

では頼朝殺しが目的か。①ではあくまで相手を「敵」としかいっていない。曖昧な物言いであり、これでは肝心要の敵の何たるかが具体的に解らない。しかし鎌倉殿の御前で討死し、名を後代に留めて御霊神云々としている以上、その条件に匹敵する窮極の敵はやはり頼朝以外にはあり得ない。

思えば兄弟の言動は当初は助経一人に照準が合わせられていたが、徐々に頼朝へとスライドしている。巻五に和田義盛一行が大磯の宿で休憩した時に、兄弟もそこに居合わせ、虎も呼び寄せて酒盛りするという場面がある。その時に鎌倉に上る助経一行が今しがたまでこの大磯で休息していたことを兄弟は知って、急遽追いかけるも相手が多勢でなんともならなかったという箇所があり、兄弟と助経とがあわや鉢合わせするような際どい場面としてこれはあった。

しかしこのような兄弟と助経とが直接衝突するような事態は可能性のまま閉じられ、巻狩のような頼朝主催の場での助経討ちが摸索されるようになる。とはいえ助経一人がいるところを狙う方がはるかに容易であるに相違なく、だからこそその不自然さゆえに、十郎に同心するよう誘われた三浦余一などは、「今度は思ひ留て後々に私行《わたくしありき》の便宜を伺ひ給へ（今回は思いとどまって、後々に助経が私用で動いている機会をうかがいなさい）」（巻六）と兄弟にアドバイスするほどだったのである。また頼朝も先の五郎尋問のなかで、助経を討つに鎌倉と伊豆とを往来している時をなぜ狙わなかったのかと問うていた。頼朝も余一も確かに兄弟が助経殺し以上の何かを企んでいることを鋭く嗅ぎとっていたのである。

では頼朝殺しが目的ということになるのか。確かにそうだが、そういい切ってしまうことにも問題がある。頼朝陣営を荒らして「御霊神」にならんと喝破《かっぱ》している以上、頼朝を討つことよりも、そのための大立ち回りをして、挙句の果ては討死して御霊神になることの方を目的としているのではないのか。頼朝を本当に殺してしまうのではなく、頼朝殺しに失敗して憤死したとすることの方が兄弟の真の目的だったのではないのか。討死のための討死、自爆のための自爆を可能にさせる舞台を彼らは求めていたのであり、それは頼朝主催の巻狩以上に格好の場があるだろうか。

ここにして富士野の巻狩という最高の舞台で、助経討ちを手始めとして王藤内をも殺め、多くの御家人たちをも殺傷して頼朝陣内を散々荒しまわるというパフォーマンスが展開され、そのうえで最終目標たる頼朝殺害まであと一歩のところで失敗したとする「自爆テロ」が見事に演出されるに至ったのである。彼らは暴力を全面開放した挙句、頼朝殺しに失敗したという怨念を根拠に「御霊神」たり得る資格を得ることができたのである。それは憤死でもあり横死でもあり、彼らは亡くなったところでその暴力はいまだ矛《ほこ》を収めてはいない。もう一度先の五郎の頼朝への捨て台詞《ぜりふ》を確認しておく。

……千万人の侍共を討て候はむよりは、君一人を汚し進せつつ後代に名をば留め候はむと存じ候ひしかば、忠家に付て参り候ふ程に、君の御果報や目出く御在しけん、また時宗が冥加や尽き候ひぬらむ、云ふに甲斐なく召し取られ候ひぬ。

ここで五郎は頼朝殺害こそが真の目的だったとし、それが果たせなかったことの無念さをいう。しかし論理は逆であり、死して「悪霊・死霊」にならんと欲望している以上、五郎は頼朝殺しが目的であるとはっきりいわなくてはならなかったのである。それを公言してこそ、暗殺に失敗したために頼朝により処罰されるという自虐のドラマが完結するのであり、かくして後代に名を留めて御霊神たり得る資格を得るのであった。将軍殺しという最高の犯罪行為を企てて失敗したのではなく、自滅のドラマを荘厳化すべく最高の犯罪行為に失敗したと振舞わなくてはならない。そもそも頼朝を本当に殺害したならば、彼ら兄弟の豪勇を称賛する社会的権威そのものが無くなってしまうのであり、それでは後に茫漠とした虚無の地平しか残らないではないか。

以上の意味で頼朝の、「実に頼朝においてはこれ程の意趣をば存ぜざるらめども、只今召し問はれつつ陋臆たる色を見せじとて申したる詞なるべし」という先の発言は、五郎が頼朝殺害を本気で考えていたわけではないとする点で確かに当たってはいる。しかし五郎の真意とは決定的にずれてもいる。頼朝は極刑を恐れず怯《ひる》むところがない五郎の態度を褒《ほ》め讃えているのだが、五郎は極刑を恐れるどころか、さらに一歩突き抜けて極刑に処せられることを心底望んでいるのである。だからこそこの裁きの場にあって、五郎は頼朝を挑発して死を賜るべく、ことさらふてぶてしい傲然たる態度をとり、憎まれ口をたたいているのであり、それはまさに有罪たらんことを目差した確信犯的行為なのであった。もし仮に頼朝が五郎を赦免したならば、五郎にとってこんな間の抜けた結論はなく、彼が最も恐れていたのは無罪放免されてしまうことであった。

3——五郎の純粋敵討

十郎と五郎という分身関係

五郎の自爆テロ、それは敵討のための敵討、討死のための討死という「純粋敵討」とでも評すべき水準のものであり、このことは強調してもし過ぎることはない——私の議論とは微妙にずれるが、森山重雄が「復讐によって報いられるものが何もないこと……復讐の理念の形而上化」としてこの事件を捉えている——。

この富士野の巻場で五郎は捕縛されるが、十郎は討死したのであり、頼朝は兄弟をまとめて尋問したのではない。十郎の存在はこの場面では不要である。そもそも互いに「身に副《そ》ふ影の如く」（巻五）とも、「同じ兄弟と申しながら、上より内の心まで是思《かく》ひ合ひける不思議さよ」（巻八）とも評されている兄弟各々には役割分担があり、いわば二人は相互補助的分身関係にある。

曽我母は十郎を曽我助成として元服させるが、五郎については故夫河津助通の菩提を弔うべく、将来は僧侶となるよう箱根別当に稚児として預けていた（巻四）。故助通が信仰する箱根権現に因んで五郎を「筥王《はこ》」と名づけていたこととの縁からである。しかし五郎は敵討の本意が念頭から離れることなく、出家して法師になる前日に箱根山から出奔する（巻四）。十郎は五郎を北条時政のもとに連れていき、五郎は北条五郎時宗として十七歳で元服する（巻五）。母は僧侶にならずに勝手に元服した五郎を勘当し、十郎はそのような五郎を慰めるために親戚筋の武将のもとに案内する（巻五）。また母に勘当された五郎を許すよう母を説得したのも十郎であった（巻六）。

十郎は明らかに社会と繋がった存在として、隅々に張り巡らされた地縁・血縁関係をさながら背負って生きており、このような世俗を担う十郎によって五郎はしばしば助けられてきたのである。十郎が妻帯している点も重要である。母は兄弟が敵討を忘れて地道に生きるようにと妻《めと》を娶《め》ることを勧める。五郎は自らは、「妻子と云ふ事をば叶ふまじ」とし、兄上こそ「妻子と云ふ者をば持つべき」（巻五）といって結婚を勧める。かくして大磯の遊女虎の登場となる。

十郎が富士野の巻狩に出発するにあたって、虎に永久《とわ》の別れを告げる場面がある（巻六）。十郎は思いに沈んでいることを虎に気づかれたため、出家する覚悟であると偽りをいう。虎は大事を明かしてくれないと十郎を恨み、自らも十郎を追って出家するとまでいう。虎の真情に触れた十郎は虎を思慮分別ある女だと見直し、母にいうなと口固めしたうえで年来の敵討の本意を果たす決意であることを仄めかす。真名本『曽我物語』のなかで男女の別れを綿々と語っている場面であり、逆にこういう場面を物語内に取りこみ得たのも十郎という存在があったればこそのことである。

しかし十郎はこと敵討という点に関しては不向きな人となりである。彼は京の小次郎や三浦余一に敵討の助太刀を頼み（巻五・巻六）、二宮太郎朝忠を仲間に引き入れようと考えないわけではなかった（巻七）。このような十郎の臆した態度は五郎に再三にわたって批判され、こと敵討に関しては五郎ペースで事が運ばれていく。先の③にもあったように、助経討ちを果たした直後の発言もあまりに十郎らしい。彼はとりあえずこの場を去ることを提案していたのであり、この期に及んでこんな不甲斐ないことをいうと五郎に呆れられているのであった。

換言すれば五郎の何たるかは、兄との対比により鮮やかに造形されているということである。五郎は母との関係修復や元服とかで十郎の助けを借りることもあるが、ともすると世俗の掟に足を掬われてしまう十郎を叱咤激励《しったげきれい》して、敵討の何たるかをとことん突きつめてぶれることがない。十郎に結婚を勧めるも、自分には女は不要とするその悲壮な決意の程も印象深い。「童貞」という世俗を峻拒《しゅんきょ》する潔癖症にこそ五郎の何たるかが端的に表われている。敵討のための敵討に邁進《まいしん》する五郎なるものを純粋培養するために、十郎という社会化された存在が要請されている。

自壊する抽象的情熱

五郎は絶対の孤独である。五郎にはそもそも父の敵討を動機づけるはずの父なるものが当初より不在であり、これは五郎を考えるうえで決定的な事柄である。父助通が亡くなった当時、父の遺体を前にした兄弟は、「三歳になりける筥王は少《をさな》ければ、これ（母の嘆きの言葉）をば聞きも知らで、ただ母の膝の上に手遊《てすさ》びして楽しみ居たりける。五歳になる一万は、父が空しき死屍を嗜々《つくづく》と守《まぼ》らへて両眼に涙を雑《ざつ》とぞ浮べける」（巻二）というようにそれぞれ語り分けられていた。五歳の十郎は父の骸《むくろ》に縋《すが》りついてその死を全身で受けとめ悲しんでいるのだが、三歳の五郎は無邪気にして幼い。彼には父の記憶が一切なく、父を失った悲しみをも体験していないことになる。にもかかわらず敵討にかける情熱たるや、十郎以上のものがあり、このことは十分注意しておいてよい。

五郎には「父の形見だにもせめて世にあらばなどか見ても呼《なぐさ》まざらむ（せめて父を偲ぶ形見だけでもあったならば、どうしてそれをみて心慰められないことなどあろうぞ）」（巻四）といっているように、故父を偲ぶ一切の「形見」がないとされる――十郎には一応父を偲ぶよすがとして父使用の「蟇目」「鞭」、その墓である「卒塔婆」があったが（巻二）――。箱根山に稚児として預けられていた五郎は、同宿の稚児たちには年の暮れには両親からの手紙が届き、皆が欣喜雀躍《きんきじゃくやく》しているなかで、自らには父の「形見」や、父を偲ぶ「文（手紙）」すら残されていないことに気づいて絶望する。父の筆跡から亡父を想像することすらできず、それにつけても助経が恨めしいというのだ（巻四）。

ここにあるのは絶望的なまでの虚無的論理である。愛しい父親を無惨に殺されたがために恨みが発動したとするのが十郎の論理であり、これが常の論理であろう。しかし五郎の場合は人生のスタートをきった時点で既に父なるものは不在だったのであり、したがって愛する父を奪われたがために恨みが発動したのではない。父なるものは最初から「不在」であり、またそうである以上その穴を埋めるべく、父の手紙等の「形見」を以てして可能な限り父の面影を手繰り寄せることしかできないのである。そうしてこそ「事後的」にではあるが、父の何たるかをかろうじて感じ取り、そのような父を失ったことの悲しみを遅まきながら追体験することができる。

しかしここでは父の遺品すらもがなく、五郎は父の姿を想像裡に再現することもかなわず、ましてや父を懐かしむことすらできないのであった。五郎にとってどう足掻いても父なるものは最初から最後まで不在であるほかなく、かくも自分を追い込んだ者として父の敵助経を恨んでいるのであった。助経憎しの情念は助経による父殺しという現実の事件から直接に発生したのではない。

源頼朝の二所詣一行が箱根権現に到着した際に、稚児五郎が初めて父の敵宮藤助経と対面するという場面がある（巻四）。この場面の作りはまことに見事というほかない。五郎は助経の面貌を知らず、どの人物なのかを特定するべく、供の僧にそれとなく参列する武士たちの名前を問う。僧は「……こなたに向きて居給へる人こそ和上﨟《わじょうろう》たちの御一門、当時の伊藤の庄の地頭、宮藤左衛門尉殿よ。故河津殿には正しく御従父《いとこ》なり（こちらに向いてすわっていらっしゃる方こそあなた方のご一門、今の伊藤荘の地頭宮藤左衛門尉助経殿よ、故河津助通殿にはまさしく従兄弟にあたられる）」というように、助経を指示する際に故助通の「従父」として紹介したことから、これを契機に五郎の思いが堰《せき》をきったように溢れ出る。

五郎は、「この人（助経）は故河津殿（故助通）に似たる所やある」とそれとなく尋ねる。僧は、「少しも似させ給はず。……当時この殿（助経）の御齢こそ同じく故河津殿の失せ給ひしころにて候へ。それ（故助通）も今までこの世に御在《おはしま》さば四十四、五にぞならせ給ふべき」といい、助経と助通は従兄同士であるがまったく似ていないとし、故助通殿が生きていたら四十四、五歳になっていたであろうという。そして「故河津殿（助通）の御事は、この殿（助経）よりも遥かに長《たけ》も高く大きさも倍《まさ》つて御在し候ひき」として、貧弱な助経に比べて故助通がいかに偉丈夫の男だったかを延々と語り続ける。さらに伊豆の狩場の相撲での助通の大活躍まで話して聞かせる。

　このように五郎は眼前の助経を介して、この助経とは似ても似つかぬ故父助通の面影を手繰り寄せようとしている。そして一方の助経も、「この児は勇《ゆゆ》しく故河津三郎に似たる者かな。この御山に故伊藤入道の孫子《まごこ》のありと聞きしはこれやあらむ」として五郎の存在に気づくようになる。助経も五郎の容貌を知るよしもないが、故助通似の子供がいることから五郎なるものを認める。この一連の問答の意味するものは明らかである。五郎にとって父も敵もなんら掴みどころのない存在でしかなかったが、この会話を通じてこの二人の何たるかをまがりなりにも把握することができている。五郎はここで助経なるものを特定し得たわけだが、通常の敵討ならばそれで十分である。しかしここではその助経を介して、なんと父助通の姿形までもが同時に確認されている。

　このように五郎には父を偲ぶ便《よすが》がないからこそ、事あるごとに父なるものを渇望してやまないのだが、それにしてもよりによって父の敵を媒介に父の面影を手繰り寄せており、助経と助通が従兄弟同士であるとしてもこの論理は妙である。しかも五郎にとって亡父を偲ぶ回路はこの助経一本しかないとされている。おそらく五郎のなかでは、父とその敵とが二人一組のものとして束ねられ、殺す側と殺される側が一つのカタマリとなって組んずほぐれつ交換・交錯しているのでないのか。二人の相貌がまったく異なるというのが意味深長であり、そのことが逆に二人が相即関係にあることをうかがわせる。

その意味からも、助経が五郎を前に今後は自分を頼りにするようにと父親らしき物言いをしているのも気になるし、助経は十郎にも同様の発言をしている（巻八）――仮名本『曽我物語』の助経にいたっては十郎に「今は親ともおもふべし」（巻八）とまでいっている――。父とは似ても似つかぬ父の敵が父もどきの振舞いをしているのであり、かかる「偽父」に嫌悪感を抱けば抱くほど理想の父なるものが観念的に定位されるとともに、いかにも安っぽく父を真似る偽父への憎悪がいやましに募るのであった。そして最後は助経側から駄目押し的に五郎と故父助通との相似がいわれている。なるほど巻一の相撲場面で河津助通は、「その長《たけ》七尺ばかりの大男の白く清気《きよげ》なる」として颯爽と登場していたのであり、かくして今は稚児姿の五郎であり、また母が五郎のことを「老顔《くまみ》て見ゆるものかな。十郎よりも老《をとな》しく見ゆる」（巻六）などといっている箇所があるとしても、五郎の本来のあるべき体軀が父助通似の堂々たるものであることが知れる。

兄弟という分身関係、父子という分身関係、従兄弟同士という分身関係、殺害者（偽父）と被害者（父）という分身関係、さらに頼朝にいたっては自分の子供を殺めた助親の容貌を兄弟に重ねていたのである（巻七）。そうではなかろうか、物語世界を生きる人々からすれば、似ている／似ていない、という差異化の束をもってして、手探りで個別的・具体的人間関係を構築していくしかないであろう。人々が暗中模索しつつ人間関係を築いていくうえで、物語としてかなり高度な方法がここに駆使されている。

以上のように五郎の人生は恨みのための恨み、敵討のための敵討という「純粋敵討」を生きるべく入念に象られたものであった。五郎にとって父助通も敵助経も現実的な存在たり得ず、敵討のための敵討という抽象的な情熱だけが確実に発動している。それは父を偲ぶものが何もないことや、自分たちが理由も解らぬままに苦しい状況に捨て置かれていることなどから、「事後」に観念的に培養された恨みの情念であり、自然発生的なものではない。そしてあのものが元凶だとして助経がそこにピン留めされて、かろうじて恨みの対象が固定されるとともに、それを否定媒介しつつ亡き父の存在がその向こう側に絶対的なものとし幻視されている。さらには頼朝に対する恨みもこれまた観念的であり、恨みの情念それ自体が先行してあり、頼朝を初めて眼にすることで、五郎は自己の恨みをぶつける具体的対象を得ることができたのである。

それにしてもこの純粋培養された五郎の情念はあまりに抽象的であり、ファナティックな相貌を益々帯びて、その自転運動のはてに必然的に自壊していくことを余儀なくされている。そう、五郎は敵討一本にすべてをかけて、富士野での討死という自己完結的な生を見事に演じきっているではないか。繰り返すが五郎の目的は、頼朝を実際に殺すことでもなく、ましてや助経殺しでもなく、自爆テロ以外ではない。五郎の頼朝陣内での大奮闘、これこそが暴力のための暴力という抽象的情念の窮まった形であった。現実上の効果を度外視したところで情念は空転し、結局は自決という形においてすべては自らに回帰してくるのであった。そしてさらには「御霊神」なる窮極の目標も目標がそれとしてあったのではなく、自爆に至る抽象的な情念の軌跡に具体性を付与すべくかろうじて呼び込まれたものであろう。

偽父と継父

因みに養父・継父の曽我助信の影が薄いことがいわれるが、この点も偽父助経との関りで説明され得る。助信の登場箇所は兄弟母の再婚相手として（巻二）、そして兄弟討死を知り涙する場面である（巻十）。曽我母は息子たちに、かつて兄弟が頼朝に斬られようとした時も、助信殿の嘆願があったからこそ助かったのだとして養父の恩を忘れるなと教訓していたのだが、それは曽我母の回想内での出来事であり、助信当人の登場は先の二箇所のみである。この継父と兄弟たちとが曽我家にあって、いかなる関係を築いていたかという肝心要の問題について物語は触れない。

助信には故前妻との間に子があり、またこの曽我母との間にも何人かの子を設けており、この兄弟をも含めるとまさに大家族をなしていたのであり、当然ここには複雑な問題があったに違いないが、物語はそれについて一切触れない。助信は兄弟の討死を知って、実の子に劣らず気にかけていたが十分な領地があるのでもなく、また彼らが鎌倉殿の勘当を受けた助親孫ということもあって、何もしてあげられなかったと泣き叫んでいた。しかしこれはあくまで事件後の発言でしかなく、どうみても真名本『曽我物語』は兄弟と継父との関係を正面から扱うことを避けているものと思われる。

おそらくこの問題に拘ることは、この物語のテーマを徒に拡散させてしまうとする判断が働いているのではなかろうか。ここで兄弟と敵助経との関係を再確認されたい。助経は父の敵でありつつ父でもあった。助経は助通亡き後は兄弟の世話は俺に任せろと盛んに親分風を吹かせていたのであり、このように助経一人に父の敵と父という二役を負わせることで、継父のテーマは既にそこに盛り込み済みではなかろうか。兄弟の助経討ちとは同時に偽父殺しでもあり、さらにそこに継父助信物語までをも絡める余地はなかったものと思われる。

仮に養父助信と兄弟の関係を物語が問うたならば、どういうことになるのか。曽我助信が兄弟にとって慈悲深い父だったならば、兄弟の敵討にかける決意は日常性のなかに埋没して解消されるに違いない。逆に苛酷な継父だったならば、継父憎しの物語が成立することになるが、しかしそれでは助経討ちという偽父殺しの物語の反復以外ではない。継父殺しと偽父殺しの物語とが併存し、徒にバッティングしてしまうだけのことである。物語は曽我家内部における継父・継子物語の可能性を一度は考えたに違いないが、慎重な判断のもとに偽父助経物語一本にすべてを片寄せして、助信物語の方はまるごと葬り去ったと思われる。またこのように助経討ちが同時に偽父殺しの物語であるならば、この敵討物語には継父物語の原型が密かに孕まれていることになり、その意味からする物語論も可能ということになる。

「本朝報恩合戦謝徳闘諍集」という表看板

さらにもう一つ、先掲①②の引用文がともに「御霊神」を問題としつつも、その間に微妙な差異があることを確認されたい。①では兄弟は「悪霊」「死霊」ともなって「御霊の宮」云々とされており、これが御霊信仰の常の形であり、私も専らこの筋で論を進めてきた。しかし②になると同じく「御霊神」がいわれるも、死に場所たる富士山を仰ぎみた兄弟が「姨捨伝説」と「赫屋姫伝説」を語り合った末に、敵討を「報恩の合戦（親の恩に報いる戦い）」「謝徳の闘諍（親の徳に感謝する戦い）」と位置づけるようになる。そして「富士浅間の大菩薩」の本地は「千手観音」であり、かかる大菩薩に命を掲げ、かかる名山のもとに屍を晒すならば、「修羅闘諍の苦患」「地獄の苦患」から救われないことがあろうかとまでいっている。

富士浅間大社

②においていったい何が問題となってきているのか。つきるところそれは敵討に本来的に孕まれている「殺《せっ》生《しょう》」問題に結着をつけようとしているのではないのか。①では敵討は殺生の罪に当るがゆえに、修羅道・地獄道に堕ちるとする一般的な仏教的認識を示しているが、

②ではそれを反転させて親孝行のための敵討は殺生には当らないことが突然いわれ出している。明らかに異質な論理がここに導入されてきており、これについてなにほどかの説明を要する。兄弟がこのような敵討観を唱える契機となった「赫屋姫伝説」を紹介する。

富士郡に管竹《つつだけ》の翁と賀笋媼《かそうば》という子供のない老夫婦がいた。この老夫婦のもとに、「過去の宿縁あるが故に、その恩を報ぜむがために」、富士山より降りてきたのが「赫屋姫」であり、姫は「一人の孝子なき事を歎き給ふ間、その報恩のために来れり」とその謂《いわ》れをいう。姫は十五歳で成人し駿河国司と結婚し、翁も官吏に取り立てられる。そしてこの老夫婦は「一期《いちご》の程は不足の念《おも》ひなくして」めでたく大往生を遂げる。その後に姫はこの世の縁も尽きたとして、夫国司に地上に降りてきた事情を、「管竹の翁夫婦に過去の宿縁あるが故に、その恩を報ぜむがために且《しばら》く仙宮より来れり」、「また御辺のためにも先世の夫婦の情を残せし故に、今また来りて夫婦となるなり」と明かして、富士山頂の仙宮へと帰っていく。そして自分を恋しく思う時にはこれをみるようにと、「返魂香《はんごんこう》（焚くと死者が姿を現すとされている香）」の籠る「筥」を残す。国司は妻恋しさから富士山に登り、山頂の池に筥もろともに身を投じる。この筥から漏れ出る「返魂香の煙」を世の人は富士の煙と称するようになったという。そして二人はそもそも「富士浅間大菩薩」が衆生済度《しゆじようさいど》のために人間の姿で「応迹示現《おうじやくじげん》（仮の姿でこの世に現れること）」したものであることが最後に明かされる。

富士浅間大菩薩が「赫屋姫」「国司」として人間世界に示現し、子のない老夫婦を済度したというのが「赫屋姫伝説」の大筋である。また十郎が語った「姨捨伝説」も昔駿河国は老人を捨てる風習のある「棄老国」だったが、それが「養老国」に改められた由縁を説いており、これまた親孝行の物語である。これらを受けて兄弟は敵討をして「報恩の合戦」「謝徳の闘諍」なのだと高らかに宣言するに至っている。

ここで真名本全十巻各々の冒頭に、「幷序《ならびにじょ》　本朝報恩合戦謝徳闘諍集《ほんちょうほうおんかっせんしゃとくとうじょうしゅう》（本朝の親の恩に報い、親の徳に感謝する戦いの物語集）」という内題が必ず付されていたことが想起される。敵討が親への報恩供養たることを真名本はかくも金科玉条《きんかぎょくじょう》のごとくに掲げており、先の②の兄弟の発言もこれを受けてのものである。このことは兄弟の敵討が源頼朝により「法」を以て裁かれることと対応させているものと思われる（次章「大将軍源頼朝の誕生」）。真名本は兄弟敵討を「法」と「仏教」という大枠からも位置づけんとしており、「法」とは激しくバッティングするも、「仏教」では決して罪業たり得ないことを強調しているのか。しかし敵討が「法」と抵触する問題はさておき、はたして仏教とはバッティングしないなどといえるのであろうか。

さらにもう一つこの真名本の掲げる「本朝報恩合戦謝徳闘諍集」という文言が、東国唱導テクストといわれる『神道集』（全十巻五十話、各巻に「安居院作」とある。南北朝時代中期頃成立）の殺生観に近いという問題もある。そもそも先の「赫屋姫伝説」にしても、『神道集』巻八「富士浅間大菩薩事」と近似した物語であり、『神道集』でも子のない老夫婦の極楽往生を、「赫野姫」「国司」夫婦（富士浅間大菩薩）が助けるという親孝行物語としてあり、両テクストの直接の影響関係がいわれている――他にも真名本の北条政子物語が『神道集』巻二「二所権現事」と著しく近似している――。

そしてとくに注目したいのは、角川源義や桜井好朗が狩猟民の信仰問題として論じているように、『神道集』が「殺生」を罪業視しない姿勢を強く打ち出している点である。巻四「信濃鎮守《しなののちんじゅ》諏訪《すわ》大明神秋山祭事」では、諏訪大明神（本地は千手観音・普賢《ふげん》菩薩）は将軍田村丸《たむらまろ》のなぜ殺生を好むのかという質問に対して、それは殺生する者を利益《りやく》し、多くの畜生を救済するための「善根ノ中ノ善根」なのだと答えている。それより将軍田村丸も狩をするようになったという。また巻十「諏訪縁起事」でも、甲賀三郎《こうがさぶろう》（諏訪大明神の前生）は地底世界遍歴の際には鹿の生肝《いきぎも》でできた餅《もち》を食し、鹿狩に明け暮れしている。そして諏訪大明神と顕われてからも狩を好み、それは畜生を仏縁に結ばせるためなのだとしている。人間に代わって殺生の罪を積極的に引き受ける点に神の神たる所以があり、そのことで殺生を業とする人間の負荷を軽減させ得るということか。また贄《にえ》として奉られた肉を食することで畜生をも成仏せしめる機縁にしようというのか。

以上を踏まえて①から②への転換をどう説明すればよいのか。村上學の著名な真名本『曽我物語』論はこの「報恩合戦謝徳闘諍」という敵討観を重視し、ここからテクストの隅々に至るまで徹底的に論じ尽くした卓論である。しかしはたしてこの敵討観をそこまで重視することができるのであろうか。縁起テクスト『神道集』の殺生観と重なりつつも、それとは決定的に袂を分かって、真名本にあっては孝行のための敵討というのはあくまで「表看板」でしかないものと私には思われる。

真名本巻五に源頼朝の、「狩庭の遊びをせばやと思し食すは、いかがあるべき。狩庭廻りは罪業とは聞けども、男の一の栄花は狩庭には過ぎじと覚えたり。いかがあるべき（狩場遊びをしたいと思うが、どうであろうか。狩場廻りは罪作りな行いと聞いているが、男の最大の楽しみは狩場遊びにかなうわないと思われる。どう考えたらよいのであろうか）」という発言を契機に、梶原景時と畠山重忠とが論戦するという場面がある。頼朝は大巻狩を開催するにあたって、それが「罪業」に当るか否かに結着をつけておきたかったのである。ここで梶原・畠山論争の詳細を紹介することはしないが、敵討を兄弟が「報恩の合戦」「謝徳の闘諍」と位置づけていたことと平仄《ひょうそく》を合わせるように、「巻狩」「鷹狩」ともども「天竺」「震旦」「我朝」のしかるべき時代に、しかるべき「王臣武将」たちが行ってきた「由緒」あるものだから、それは罪業に当らないとするのがそこでの結論であった。かくして頼朝の、「男の一の栄花は狩庭には過ぎじと覚えたり」という言揚げはその大義を得ることになる。

しかしその理由が理由たり得ていないのではなかろうか。様々な例があげられており、『神道集』と同様に諏訪大明神の話も引用されているのだが、しかし結局のところ真名本にあっては殺生問題は実質解決されておらず、殺生を罪業視する仏教の教理を正面から論難しているのではない。先の理屈では将軍たる頼朝が狩場遊びをするなら身分上問題がないとされているだけのことであり、それでは誰が狩りをするかによって罪業が問われる場合もあることになる。

巻狩の主催者頼朝と同様に、狩場を敵討の場とみる兄弟も殺生に対して実は大変デリケートである。富士野の狩場にて突如出現した大鹿を彼らは射損《いそこ》ねて周囲から笑われる。その際に「是偏《ひと》へに罪を造らざりしが料なり。幾程も生きざるもの故に、我ら鹿に用事はあらずこそ。助経を躵はんが料なり」（巻八）と兄弟は内心密かに思っていたという。敵討を控えて無益な罪作りをしないために故意に外したというのであり、換言すれば敵討が最大の殺生に当ることに彼らは十二分に自覚的だったことになる。殺生の罪に当ることを重々承知のうえで彼らは助経討ちを決行したのである。

そしてもっとも注目したいのは、五郎が頼朝裁定の場に「縄」に繋がれて引き出される場面である（巻九）。かくも屈辱的な扱いを五郎がされていることに同情する向きもあるなかで、五郎は彼らを睨《にら》みつけて、「何条、和殿の全《せん》なき謎《さかしら》をする者かな。……千肋の縄は、着かば付け、何の苦かあるべき。父のために付たる縄なれば孝養報恩謝徳闘諍の名聞《みょうもん》にてこそあらめ（なんということだ、要らぬお節介をする者であるなあ。……千筋の縄を付けたければ付けるがよい、どうして苦しいことがあるものか。亡父のために付けられた縄なので、親の追善供養をし、親の恩に報い、親の徳に感謝する戦いをしたことの名誉ではないか）」、「由なき和殿の申状かな。……この縄をば善の縄とは思ひ給はぬか。……夕部敵の助経を討ち勝《すま》して着いたる所の縄なれば、全く恥とも思はぬものをや。会稽《かいけい》の恥を雪《きよ》めて父の孝養を至しぬる上は子細に及ばず（詰まらないお主のいいようであるなあ。……この縄を善の縄とは思われないのか。……夕べ敵の助経を討ち果たしたために付けられた縄なので、まったく恥とも思っていないというのに。宿敵を討って亡父の供養を果たしたうえは、これ以上あれやこれやいうに及ばない）」などと罵声を浴びせかけているのだ。五郎の言葉はもちろん敵討を親の追善供養のためのものとする先の言葉を踏まえているが、このような状況下でこのような発言がなされている点が問題であろう。

五郎は縄目も構わぬ、そんなものは恥とも思わぬ、いやいやこれは殺生どころか親孝行を果たした証の「善の縄」なのだと嘯《うそぶ》き、なんともふてぶてしい態度をとっている。同情など余計なお世話だ、どんな辱めでも喜んで受けてやる、俺は恥ずかしいことなどしておらぬと周囲を怒鳴り散らしている。死を覚悟した五郎は並み居る武将たちを挑発し、彼らを心底怒らせることに全エネルギーを注いでいる。頼朝はそれに即反応して、「咹程《あれほど》の猛き乞癩《かったい》の様なる者に悪口せられて全《せん》なし（ろくでなしにあれ程までにいいように悪し様にいわれて、まったくもって不愉快だ）」と激怒する。なにが「善の縄」であるものか、「孝養報恩謝徳闘諍」とはよくも戯言《たわごと》をいったものだと頼朝は怒り心頭である。

かくして死罪が決まり、縄で繋がれ引き出される際にも五郎は、「四方を見廻して嗚借《をかし》くもなき咲《わらひ》を磬々《からから》として申しけるは（周囲を見回しておかしくもない笑いを声高らかにしていうことには）」として、さらに「これを見て、人々のいかに嗚借く思ふらむ。されどもこれは父のために捨つる命なれば、定めて天衆地類《てんじゅちるい》も影向《ようごう》し給ふらむ。……伊豆・筥根・三嶋の大明神、足柄・富士浅間の大菩薩も定めて首の座に影向を垂れて時宗を待ち給ふらむものを。されば時宗が身に付くところの縄は善の縄なるべし。仍《よっ》て各々、善の縄に手を懸けよや（この俺の姿をみて、おまえらはさぞかしおかしく思うであろう。しかし父のために捨てる命なのだから、きっと天人も神々も影向を垂れなさるであろう。……伊豆・箱根・三嶋の大明神、足柄・富士浅間の大菩薩もさだめし俺の首が置かれる場に影向を垂れなされて、私時宗のことをお待ちになられるであろうものを。ゆえにこの時宗の身につけられた縄は善の縄に違いないのである。よって皆様方、この善の縄に手をかけなされ）」などとほざいている。この「磬々」とした高笑いがなんとも虚無的である。伊豆・箱根・三嶋の大明神、足柄・富士浅間の大菩薩までもが自分のために影向するに違いあるまいとし、さらにここでも「善の縄」を持ち出して、それが大明神や大菩薩と五郎を結ぶ縄であるのはもとより、「善の縄に手を懸けよや」と呼びかけているように、そこに居並ぶ武将たちをも五郎は結縁させせんとしているのだ。五郎の言葉の暴走には歯止めがかからず、なんとここでは大袈裟なことに「伊豆・箱根・三嶋の大明神」「足柄・富士浅間の大菩薩」がことごとしくも揃い踏みする光景までもが幻想されており、五郎はもはや狂気の世界に入っているものとおぼしい。

ここで五郎が頼朝に向かって首を刎《は》ねたければ刎ねたらよろしい、頼朝殺害こそが真の目的だったと臆面もなくいってのけていたことが想起される。それと同質の情念がここでも蠢いており、悪霊・死霊にならばなれ、修羅道・地獄道に堕ちるなら堕ちよと凄《すご》むこともあれば、それを反転させてこのように敵討は親の追善法要のためであり恥ずべきものではないなどと嘯くこともある。それを聞かされる側からすれば、五郎の言動は狂気の沙汰としか思えなかったことであろう。とどのつまりここにあるのは自爆を目指して突っ走る暴力の自転運動だけであり、そのような運動上に様々な言葉が捨て台詞的に乗せられて空転しているのである。このような周囲を刺激するために弄される言葉をして、真摯な信仰心の賜物などとはとても評し得ないのである。すべての言葉は周囲の武将たちの神経を逆撫でし、彼らを愚弄し、そしてそうすることで自らの劇場的な死を彩るためにこそ繰り出されている。

真名本テクストの言葉を以上のように検証してくると、それと「本朝報恩合戦謝徳闘諍集」という内題の言葉との間に齟齬があることは否み難いし、それどころかこのような理念を裏切っているとさえ思われるのである。もちろんこの内題の言葉は、登場人物たる兄弟にも「報恩の合戦」「謝徳の闘諍」等というように内在化されていたわけであり、単なるキャッチフレーズというのではない。しかし私のいいたいのは、看板に掲げているのはいわば理想の敵討論とでも評すべき水準のものであり、テクストの言葉とはずれているということをである。

そもそも「赫屋姫伝説」「姨捨伝説」という孝養物語をスプリングボードとして、敵討を一挙に「報恩の合戦」「謝徳の闘諍」へと反転させるという兄弟の論法には所詮無理がある。そうではなかろうか。これらの伝説のどこをみても殺生問題は語られておらず、である以上それは敵討を孝養物語へと転ずる根拠たり得ないのである。あるいはまた真名本テクストのどこをみても殺生は重要な問題でありつつも、結局その問題はスルーされて先送りされているのである。殺生の罪はそれとして居座り続けており、親孝行のための敵討などというものはそれを度外視することで成立し得た極論でしかなかろう。一方の『神道集』がなぜ殺生が罪業に当らないのかという問題に対して、あくまで仏教の問題として真摯に受けとめて、正面から答えを出していたのであり、ここにある違いは決定的である。

しかしそれでも「本朝報恩合戦謝徳闘諍集」という表看板に拘るならば、それは無理を承知で強調されたゾルレンとしての敵討論とでも評すべきものであり、かつそれはテクストの彼方にかろうじてみえてくるような世界ではなかろうか。兄弟が「悪霊」「死霊」となって「地獄道」「修羅道」の堕ちたとしても、最終的にはそこから救済されるであろう地平が渇望されているのではないのか。かくして「本朝報恩合戦謝徳闘諍集」という看板が、真名本テクストの言葉の実態からかけ離れたものであろうとも、あえて掲げられたものと思われる。物語は最終巻十に兄弟鎮魂の旅に出た虎が、「富士浅間大菩薩」の「客人の宮」として「御霊神」に兄弟が祀られているのを確認し、かつ十郎霊に遭遇したところで「聖霊成仏得道《しょうりょうじょうぶつとくどう》」と祈りつつ立ち去るという場面を設けている。具体的にはそれ以上何も語られていないが、いずれ兄弟がめでたく成仏し、彼らの敵討によって親の追善供養が果たされるという、そのようなあるべきゴールが彼方に幻視されているのであろう。

第3章……大将軍源頼朝の誕生

1——頼朝と「法」

私怨を生きる頼朝

議論を頼朝物語と兄弟物語の併存・併走という問題に引き戻す。かかる兄弟物語に対して一方の源頼朝物語はそれとどう向きあっているのか。既述したように頼朝は寵臣助経を殺され、得意の絶頂だったはずの狩場を血で汚され、自身の命までもが危険に晒されたにもかかわらず、五郎の豪胆に惚れこんで許そうとしていた。しかし最後は梶原景時のアドバイスもあって五郎を斬首しており、結論に至るまでのこの二転三転は何を意味しているのか。

ここで「私怨」を生きる頼朝像なるものを、頼朝を考えるうえでの大前提として確認しておく。頼朝が巻狩一行のしんがりに兄弟がついてきていることに鋭く気づき、彼らを即座に始末せんとしていたことは紹介ずみだが、梶原景季（景時長子）を召しての頼朝の言葉を紹介しておく。

それは誰が免《ゆる》しに参りたるぞ。召し具したりとこそ覚えね。いかさまにも助経を躬ふと覚えたり。また奴原《やつばら》が有様を見つるに、我が子を失はれし昔の伊藤の入道が彼の事が思ひ出でられて、遥かに忘れたりつる我が子の事が思ひ出でられて、安からず覚ゆるなり。顔魂《かほだましい》・言柄《ことがら》勇《ゆゆ》し気《げ》なる奴原かなと見つるぞ。尋ね合ひて云はむずる様は、「いづれも同じ宮仕へなれば、御屋形に大事の物の具あり。思《おぼ》し食《め》し計らはせ給ふ事もあるべし。御留守の役を仕りつつ用心禁《きび》しくせよ」と云ひ含むべし。かやうに誑《すか》し置きて後、鎌倉へ引き具して、由井の浜にて切るべし。また助経にもこの由を触れよ。尾籠《びろう》あらすな。　（巻七）

（いったい誰の許しがあって奴らは参っているのか。召し連れると指示した覚えはないぞ。なんとしてでも助経のことを狙っているものと思える。また奴らをみていると、我が子を殺した伊藤入道助親の昔の振舞いが思い出されて不快なのだ。面構えや風体が人並外れて優れた奴らだとみえる。兄弟を探して、「どちらも同じ宮仕えであるから、鎌倉殿の屋形に大切な道具がある、お前たちの今後についてお目をかけてくださることもあるかもしれぬ、鎌倉にて留守役を勤めて厳重に用心せよ」といい含むように。そう騙《だま》したあとで、鎌倉に連れて行き由比ガ浜で切るように。また助経にも兄弟がつけてきていることを教えてやれ。手抜かりないように）

頼朝にとって兄弟は我が子の千鶴御前を殺した憎き伊藤助親の孫であり、また自身がその当の助親を死に追い遣ったこともあり、彼ら兄弟が側近くにいるだけでも不愉快窮まりないという。そして頼朝は伊藤家の内紛にも通じていて、彼らがこの度は助経殺害を企んでいることをも見抜いている。そして梶原景季に兄弟を殺めるよう密かに命じる。

頼朝の怨念は助親が死んだ現在でも解消されてないことが解る。頼朝は助親に命を狙われて北条時政のもとに逃げ込んだ際に、「愛子の敵伊藤入道が首を取て我が子の後生の身代りに手向けむ」(巻二)といっていたのであり、その恨みは助親自決の時に結着済みだったはずではないのか。しかしここでは助親孫の兄弟をみるだけで、その無残な過去がさながら蘇ってくるとまでいっているのだ。兄弟の面貌をなぜ頼朝が知っていたのかいささか不審だが、彼らが助親似であることからその筋のものだと鋭く感知したと思われ、頼朝の心底には故助親への憎悪がいまだ蜷局《とぐろ》を巻いていたことが解る。そして彼ら兄弟を騙して殺してしまえといい放つのであり、なんとも猜疑心あふれた執念深い頼朝像がここにあるではないか。

このように私怨を生きる頼朝像がまず設定されていることは、五郎裁断の場における頼朝を考えるうえで重要である。頼朝からすれば五郎への尋問をまつまでもなく、斬首に処すことははじめから決まっていたともいえる。五郎が命惜しさに頼朝に危害を加えるつもりは毛頭なかったと弁じようとも、あるいはいかに命乞いをしようとも結論は既に決まっていたのだ。しかし豈《あに》はからんや、命乞いするどころか五郎からは、「君一人を汚し進せつつ後代に名をば留め候はむと存じ候ひしかば……」という他ならぬ頼朝殺しが目的であったという想定外の言葉が返ってきたのである。この命を惜しまぬ五郎の豪胆さに頼朝は度肝を抜かれ、動顛したあまりに許すと咄嗟《とっさ》にいったものと思われる。

梶原景時の役割

頼朝は頼朝殺害が目的であると五郎が明言しているにもかかわらず、それは臆病風が吹いたとみせないための強がりだとあえて曲解している。かくして頼朝暗殺計画はもとより、助経殺しの事実までもが免罪されんとしている。この頼朝の解釈が自爆テロを目論む五郎の真意とは決定的にずれていることは述べたが、しかし五郎が頼朝の命を本当に狙ったのではない点、さらには死ぬことを恐れていない点では当っている。私怨をさながら生きる頼朝には、人はいざとなると涙ながらに命乞いするのが常だという暗い人生観があり、五郎の態度はかかる頼朝の意表を突いたのであり、頼朝の経験知をはるかに越え出たものだったのである。

さてこのようなタイミングで梶原景時から、「御定《ごじょう》はさる御事にて候へども、これを御宥《なだ》め候はむには左衛門尉の嫡子に犬房とてこれに候ふ。その弟に金法師とて伊豆の国伊藤の荘に候ふなり。彼ら成人仕り候ひなば、自今以後も狼藉出来《しゅつらい》し候ひなん。されば向後《きょうこう》のために御計ひあるべし（お言葉はもっともでございますが、この者をお許しなられるということですと、左衛門尉（助経）の嫡子に犬房という者がここにおります。またその弟に金法師という者が伊豆国の伊藤荘におります。彼らが成人しましたならば、今後狼藉が必ず出来しましょう。ですから今後を考えたうえでご裁定なさってください）」（巻九）という、いかにも梶原らしい発言が放たれたのである。

梶原は頼朝暗殺の件については一言も触れていない。助経殺害の件だけを俎上に載せて、かくのごとくいっている。鎌倉殿が何をいわれようとも助経殺しを見逃すわけにはいかない、この敵討を認めたならば、将来に助経息犬房や犬房弟金法師による敵討がさらに発生するに違いなく、敵討が敵討を惹起するという暴力の無限連鎖の世界を招くことの危険性を指摘し、それを断ち切るためにも処分の必要性を説いている。頼朝は結局のところこの梶原の言葉を引き受けて五郎を裁いており、これが最終決定である。

梶原は一時の感情に任せての裁定に疑義をなげかけ、秩序維持のためのルールこそが重要であると主張しており、ここに「法」なるものが確かに導入されている。また梶原が五郎の目的が頼朝殺しであったか否かの問題にまったく触れない理由もみえてくる。事の裁定をスッキリ整えるためにも、助経討ちの一件だけを問題にしたのであり、そのためにも頼朝暗殺という厄介な問題の方をあえて無視したものと思われる。頼朝の件を問わなくとも、どのみち五郎は処刑されるのであるからして。

かくして頼朝はこれまで助親等への私怨を燻《くすぶ》らせて生きていたが、この「法」の導入によって、自らの過去の生き方を清算し、暴力の無限連鎖の世界から脱却するに成功したことになる。私の裁定ではなく、「法」に照らしてすべてを裁く「大将軍」へと昇格し得たことになる。五郎が執拗に質問を浴びせかける頼朝を嘲笑うかのように、「さばかりの大将軍の仰せとも候はぬものかな」と挑発していたことも思い合わせられる。この五郎の発言は、曽我母が敵討計画を未然に知っていたのかを確認する頼朝の言葉に対して放たれたものだが、そのような文脈を越えてこの言葉はこの裁き場にあって終始鳴り響いている。「大将軍」とも思われないという五郎の挑発を受けて、頼朝は見事に「大将軍」なるものに成長したのである。もちろん頼朝はここで自発的に「法」なるものを招来したのでなく、梶原景時のアドバイスがあってのことである。しかしたとえそうでも彼は梶原の言に最後は納得したのであり、頼朝が潜在的に望んでいたものを梶原がまずは代弁してくれたものとも思えてくる。

2――「法」なるものの現前

一旦は許すとしたことの意味、ならびに「法」の執行問題

以上のようにみてくると「法」による最終裁定の前に、五郎を許すとするワンクッションが入っていることの意外にも大きな意味が明らかとなる。このワンクッションがあることで「法」の導入問題が鮮やかに顕現し得たのではなかろうか。

たとえばここでいくつかのケースを想定してみる。頼朝が五郎の挑発的発言に怒りを爆発させて、当初の思惑通り五郎を斬首したとしよう。もちろんそれでは暴力には暴力を、私怨には私怨を以てするたんなる報復行為でしかないことになる。では頼朝が感動したあまりに五郎を無罪放免にしたならばどうなのか。五郎にとってそれが拍子抜けの結論でしかないことは述べたが、それは頼朝にとっても同様である。許すとしたからには頼朝の積年の恨みは一応散じ得たのであろうが、それにしてもそれでは「私情」を以て事を処した私の裁定というほかない。頼朝は相変わ

らず私情を生きる人であり続ける。もちろんこの場合、人は恨みを糧《かて》に生きるだけが能ではなく、時には感動することもあるのだといういささか明るい人生観を頼朝が抱くようになったであろうが。

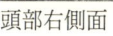

では許すとするワンクッションがなく、頼朝が一挙に「法」を以て五郎を斬首したならばどうなのか。はたしてこれをして「法」の導入と評し得るであろうか。それでは事態はより陰湿にして複雑怪奇なものになるだけのことではあるまいか。兄弟への「私怨」でしかないものを、頼朝は「法」を隠れ蓑にして五郎を葬ったに過ぎないともみえてくるからである。私怨を「法」によって隠蔽したのであり、私怨を糧に生きてきたこれまでの頼朝以上に暗い頼朝像がここに彷彿してくることは避けられない。

頭部右側面　頭部左側面

木造源頼朝坐像（甲斐善光寺蔵）（シンボル展「山梨県指定文化財 木造源頼朝坐像」チラシより転載）

すなわち許すとしつつ結局は処分するという大転換があることで、「法」とは何かという問題が鮮明化したということなのである。そうではなかろうか、「法」を「法」として現前させるためには、「法」の導入によって極めたる判定結果の転倒がそこになければならない。そうしてこそ「法」なるものの存在証明がなされる。そのためにも一旦は許すとする地平が是非とも必要だったのである。そのような状況が一度出現したところで、「法」を以て死罪に処したのであり、この無罪から死罪へという極端な転換があるからこそ、「法」なるものの冷厳なパワーをそれ自体として対象化し得たのである。

もう一つ「法」による裁定はそれとして、それをどう執行するのかの問題が残る。というより、それを問題にしているのが真名本『曽我物語』である。頼朝は馬屋番の小平次に五郎を斬らせる心積もりだったが、助経嫡子の犬房の懇望もあって犬房方に五郎を引き渡し、筑紫仲太なる御家人が五郎を斬る。仲太は訴訟のための助力を乞うべく偶々助経のところにきていたのだという。となると子孫たちの相互暴力という連鎖反応を回避すべく「法」が導入されたにもかかわらず、一方でその決定を無効にするかのように、五郎は助経側に引き渡されたようにみえるではないか。

この経緯をどう説明し得るのか。「法」で裁くという手続は絶対に動かない。しかし五郎の死が制度的に処理されただけでは、助経側の人々の恨みや憤りは絶対に癒《いや》されることはないであろう。事実、九歳になる助経嫡子犬房は、憤懣やるかたなく五郎の側に駆け寄って、その顔を扇で叩いたり松の枝で強《したた》かに打ったりもしているのだ。かくしてここに「法」によって裁きつつも、その「執行」は被害者側に任せるという苦肉の策が編みだされたのではなかろうか。

法＝暴力の連鎖を断ち切る最終暴力

以上長々と頼朝と五郎との対決場面をみてきたが、ある意味で恨みを糧に生きる頼朝と五郎とは、これまた一種の分身・鏡像関係にあるのかもしれない。二人がかくも反発しつつも接近し、最後は衝突することで一挙に彼ら各々の人生に結着がついているからである。「法」による五郎の斬首という結末は、頼朝にとっては「法」時代の当来を意味するが、一方の五郎にとっては自爆テロをそれとして完遂させるための最後の一押しになっている。自爆というアナーキズムは「法」によって裁かれることで、異様な輝きをますます放つことになるであろう。そうでもしなければ、助経殺害行為は次の報復行為を惹起するという、陰顕な世界へと堕してしまうだけのことである。また頼朝による「法」裁定にしても、相手が敵討というけざやかな暴力行為だからこそ、そのパワーを十全に開花させ得たのではなかろうか。となると、兄弟の行為と頼朝の裁定とが相即関係にあるのはもとより、暴力なるものに一挙に終止符を打つに至った「法」とは、最後に姿を現したところの窮極の暴力であるとも評し得よう。

二人は対決することで各々の人生をより高次なものへと昇格させるに至っている。頼朝は私怨を生きてきた過去を清算して、「法」を以て事を処する東国の「大将軍」として自らを確立し、一方兄弟は「御霊神」へと祀り上げられ、これまた鎌倉幕府体制を逆説的に護持する役割をいずれ担うことになるであろう。真名本『曽我物語』は、そのような鎌倉幕府成立のドラマを敵討事件一本で見事に語りきっているのであった。

そしてもう一つ、この富士野の巻狩場面と巻一の伊豆奥野での巻狩場面とが向き合っていることを再確認されたい。巻一での流人頼朝は、自身の存在を無視して無法に振る舞う武士たちを前に怒りに震えていたのであった。このように「法」問題が頼朝物語の始発において既に設定されていたのであり、それは物語が頼朝像を造形するにあたって最初に彼に課した難題であった。相撲は巻狩後に余興として催されたものだが、審判もおらずルール（法）があるのでもなく、最後は乱闘となって一触即発の危機的状況に陥っていた。それはからくも治められたようにみえつつも、結局は助通殺害というカタストロフィーが生じてしまったのである。一方富士野では頼朝主催の抑制の利いた巻狩空間が演出されていたものの、敵討によって狩場は血の海と化していたのであり、それは頼朝体制の最大の危機であった。しかし最後の最後に頼朝はこの難局を「法」の導入により見事に乗り切ったことになる。これこそが巻一の問題設定に対してこの物語が巻九に至って出したところの最終解答である。

物語は狩場には暴力なるものが潜在していることを鋭く認識している。新編日本古典文学全集の解説の指摘通り、確かに物語発端をなす助継（助経父、助親異母兄）の死が、「伊藤助継生年四十三と申す夏のころ、狩庭より帰る道にて重病を受けて日数を経るままに、いよいよ重くなる間」（巻一）というように、やはり巻狩との関りで説明されていたことが想起される。助親・助通の親子が襲われたのも巻狩からの帰りであり、そして兄弟による助経殺しも巻狩の場であった。狩場には祀り上げようとしても容易に鎮め得ない不気味な何かが潜伏していることを物語は臭わせており、この何物かが物語世界に対して深いところから作用しているのかもしれない。巻狩場面を次々と繰り出す真名本『曽我物語』だが、どの巻狩にあってもこの得体の知れない何かが人々を操り狂乱せしめているかのようである。そして最後は頼朝と五郎との対決場面を以てしてその物はようよう鎮められたということなのであろうか。本書では巻狩とは何かという厄介な問題には深入りしないが、確かにそれに焦点を当て、そこから物語世界のすべてを照射するという真名本『曽我物語』論も可能であろう。その得体の知れない何物かとの格闘の跡が、物語の展開そのものともいえるからである。

3——平家時代から頼朝の時代へ

訴訟を勧める人々

兄弟敵討という一つの事件を介して東国武家政権の成立を問うテクストとして真名本『曽我物語』を解読してきた。物語はこのような頼朝時代の当来を、平家時代との比較のもとに立体化させており、その厚みのある多声的な物語世界をここではみておく。

十郎は同腹兄である京の小次郎や従兄弟三浦余一に敵討の助太刀を頼むが、彼らは異口同音に時代が変わったとして相手にしなかった。京の小次郎はこの頼朝の時代にあっては、親の敵であろうとも敵討は馬鹿者のすることであり、「訴詔をこそ致し候へ」と訴訟にでることを勧めていた（巻五）。十郎に京の本所の蔵人所に仕えたうえで上皇や帝に拝謁し、院宣・宣旨を頂戴し、そして頼朝公に願い出て、敵を京の記録所に出頭させて訴訟にかけるようにという。しかし頼朝公の寵臣助経が相手では難しいともいう。

三浦余一も訴訟をいわないまでも、「当世は昔に替て、さやうの悪事をする者は狩庭にてもあれ、また旅宿にてもあれ、討勝《うちおほ》せて一歩《ひとまど》なりとも延びてむや。殿原《とのばら》少しも叶《かな》ふまじき事ぞ。今度は思ひ留て後々に私行《わたくしありき》の便宜を伺ひ給へ」（巻六）といっている。やはり時代は変ったのであり、そのような無茶をする者は狩場でも旅宿でも許されず、逃げ延びることもできないとし、今回は思いとどまって助経が私用の時を狙えという。「私行の便宜」とあり密かに殺害することを勧めているのであろう。

また兄弟が非業の死を遂げたことを知った一門の者たちも、「訴詔」（巻五）にでるよう兄弟に勧めるべきであったとあらためて後悔している。しかしなんといっても曽我母の造形が際立ったものとしてある。彼女は夫助通が殺された直後は、「己らが父をば宮藤一郎助経が討つたんなるぞ。未だ弐拾《にじゅう》にならざらむその前に、助経が首を取て我に見せよ（お前たちの父を宮藤一郎助経が殺したのだよ。いまだ二十歳にならない前に助経の首をとって私にみせるのだよ）」（巻二）というように、五歳十郎と三歳五郎前にして二十歳にならぬうちに親の敵の首を取れと檄《げき》を飛ばしていたのである。しかし曽我助信との再婚後には、再三にわたり兄弟の敵討の宿意を咎めている。たとえば母が十郎にいった言葉を紹介する。

……故河津殿の失せし時、童《わらは》が云ひし事をば聞き止めて、かやうの大事を思し立ち給ふか。その時の別の悲しさには、敵の首をば目の前に置て見むとこそ思ひしか。それも一旦の事ぞかし。程も延び年月を隔てぬれば、「由なき事を思ひけり、罪の上になほ罪を重ねて罪業深き人となさんと思ふ事の悲しさよ」と、今はその義も忘れたり。……当時は昔に似たる世ならねばこそ。平家の時は、伊豆・駿河にて敵を討ちぬるものは武蔵・相模・安房・上総へも逃げ越えたれば、今日寄する明日寄するとはいへども、日数も経ればさてこそありしか。当時の世には、東は安久留《あくる》・津軽《つがる》・外浜《そとのはま》、西は壱岐《いき》・対馬《つしま》、南は土佐《とさ》の波达《はた》、北は佐渡《さど》の北山、これらの間は何の処何の島へ逃げ越えたりとも終《つひ》には尋ね出《いだ》されて、罪の軽重に随ひつつ皆御誡めどもあらん。その故は、国々に守護人《しゅごにん》を置きつつ禁しく尋ぬる故は、これ程に怖《おそ》しき世の中にいかにかやうの大事をば思ひ立ち給ふぞ。（巻五）

（河津殿が亡くなった時、私がいったことを聞き覚えていて、このような大事を思いたたれたのか。その当座は夫との別れの悲しみのために、敵の首を目の前に置いてみたいと思ったのです。しかしそれも一時のことです。年月が経ってしまうと、「つまらないことを思ったものです、罪の上にさらに罪を重ねて、亡き夫をさらに罪深き人にしてしまうことのなんと悲しいことよ」と、今はそのような思いも忘れたのです。……今の世が昔のような世ではないからこそ、こんなことをいっているのです。平家の時代は、伊豆・駿河で敵を討ったものは武蔵・相模・安房・上総へ逃げのびれば、追手が今日明日追ってくることがあろうとも、日数もたてばそのままになってしまっていたのです。今の世では、東は安久留・津軽・外浜、西は壱岐・対馬、南は土佐の幡多、北は佐渡の北山、これら広範囲にあってどこに逃れてどこの島に逃げ延びても、最後は捜し出されて、罪の軽重に応じてすべてにお咎めを受けることでしょう。その理由は国々に守護人を置いて厳しく捜索するのですから、これほど恐ろしい世の中でなぜそのような大事を思いたたれたのですか）

故助通を失った当座は悲しみと怒りから助経の首を取れといったものの、今となるとそれも罪の上に罪を上塗りするだけのことであったという。そしてとくに確認したいのは、ここで頼朝時代を好むと好まざるとにかかわらず、秩序あるものとして平家時代との比較のもとに位置づけている点である。平家の時代は伊豆や駿河で何か事を起こしても、武蔵・相模・安房・上総へと逃げ込めばそのまま有耶無耶《うやむや》になったが、この頼朝時代にあってはそうはいかないという。国々には守護人が置かれ、日本の東西南北津々浦々にまでその支配は行き届いており、どこに逃げても逃げ場はないとされているのだ。

訴訟まみれの助経

こうみてくると兄弟の敵宮藤助経が、逆に訴訟まみれの男として造形されていることの意味が気になるではないか。兄弟が助経を討った際に、備前国吉備津宮の往藤内なるものがその場に居合わせていて巻添えを喰らう。彼は平家滅亡後に鎌倉幕府に所領を召し上げられ拘束されていたが、助経に訴訟で助けられて、その御礼もあって帰郷せずにその夜は助経のもとにいたという。また五郎を斬首した筑紫の仲太なるものも、助経を頼って本領の訴訟を起こしていたが、助経の死でそれもかなわなくなり、その腹癒《はらい》せに斬首役を買って出たものと思われる。訴訟の助経、といわんばかりに人々が助経に吸い寄せられるように集まっているのであった。

そもそも助経自身が平家時代から何かと訴訟を起こす人物であった。助親の土地横領を糾弾すべく都で何度も訴訟に起こしていたのだ。では彼は「法」を尊重しているのかというと、決してそんなことはない。本家本宮の令旨と領家の御教書によって、所領を助親と折半すべしとする決して悪くはない裁定を得たにもかかわらず、それでは納得できずに、我こそが伊藤・河津の両荘を相伝すべきとして助親・助通親子殺害を謀るに至る。得とみれば訴訟を起こし、損とみれば結果を無視するだけのことであり、「法」なるものを根っから信用しているのでは毛頭ない。「法」を巧みに利用して世間を渡る男、それが助経である。

それにしてもこの助経なる人物像は特異である。頼朝は兄弟の存在に気づくや即座に殺せといっていたが、そのような陰湿さは助経にはない。彼は稚児の五郎と箱根権現で、そして十郎とは事件直前に初めて言葉を交わしているが、そこでの助経の豪胆な振舞いをみたい。彼は兄弟が自らに殺意を抱いていることを重々承知しているにもかかわらず、上機嫌で彼らを迎え入れている。助通を殺したのは自分ではないし、五郎には「自今以後は常に申し承るべし」（巻四）といい、十郎には「助経程の親類は少くこそ候ふらめ」（巻八）といっており、親戚同士ではないか、これからは頼りにしてくれ、君ら兄弟の面倒は俺がみるといっており、この発言に嘘はなかろう。

既述したように故助通に代わって、自らがお前たちの父なのだと大見得を切っているのである。

人を惹きつける魅力があり、兄弟をも懐柔せんとしており、いわば清濁併せのむ太っ腹な男なのではなかろうか。もちろん十郎に助通を殺めたのは自分でないといいつつも、十郎が立ち去ったところで往藤内相手に助通殺害を得意げに話しており、またそれを十郎に立聞きされてしまってもいる。しかしそれは裏と表を姑息に使い分けるというのではない。事をことさら荒立てる必要もなく、だからこそ十郎には殺してないといい、相手変われば俺がやったと臆面もなくいってのける、そういう図太い現実感覚の持ち主が助経なのではなかろうか。

敵討を黙認する人々

以上のようにこの物語には、「法」を基とする新たな時代の当来をいう人々がいるとともに、一方でそのような時の流れに対して後ろ向きで、兄弟の生き方に同調する者も少なからずいる。とくに目立つのが畠山重忠と和田義盛である。彼らは兄弟の企みを頼朝に注進しようとする三浦余一を捉えて説得する。畠山は、「吉き武士と申《よ》すは、深く哀れを知るべきものなり。……我が身こそ値遇《ちぐう》せずとも、子共の一人なりともまた郎等の一人なりとも差し副へて、などか力をも付けざらむ」（巻六）といい、和田も涙ながらにそれに同調して二人して余一を説き伏せる。

また敵討直前の兄弟を精一杯歓待するのもこの二人である。和田義盛は、「今夜ならずしてはまた何《いつ》の時に会稽の恥をば雪めらるべき」（巻九）といい、畠山重忠も、「今夜ならずは方々（兄弟）の御本意をば何の時にか遂げらるるべき」といっていた。彼らは兄弟が今夜討入を決行することを事前に察知していたのだ。また一方彼らは、「畠山殿の屋形より……和田殿の屋形へ遣しつつ、「この騒動は、曽我の者共が日来の本意を遂げて助経を討たると覚ゆ。これに依て上の御大事は（頼朝公の危険は）候ふまじ」……和田殿よりの御返事には、「義盛もその由を存知して候ふ処に、この御諚《ごじょう》こそ喜び入て候へ。御心中、義盛が思ひも同心なるべし」」（巻九）とあるように、兄弟の行為が頼朝には及ばないであろうことを確認し合ってもいる。換言すれば、二人は兄弟が助経討ち以上の何かを企てる可能性に気づいていたということにもなる。だからこそ兄弟を庇《かば》おうとする両人は、あえてそれをみないことにしているのだ。義盛と重忠の二人は兄弟の敵討に合力するのでもなく、また敵討を正面から認めているのでもない。しかし彼ら兄弟の思いをその深いところで理解し暖かく見守り続けている。

いやそもそも先の曽我母の転向からしても問題含みである。夫助通が殺害された直後は兄弟に敵を討てと命じていたにもかかわらず、その考えを一挙に翻していた。しかしそれを額面通り受けとめてよいのであろうか。いかに敵討を否定しようと、母親の真意は父敵を討てとする最初の一言にこそあるのではないのか。頼朝時代という状況下で曽我助信に再嫁した彼女が、口では敵討を否定するのは当然のことである。しかし曽我母が最初に放つた激した言葉の残響は消え失せていないのではなかろうか。この最初の言葉は確かに後に撤回されるが、撤回されたことでこの最初の一言こそが本心たることが逆説的に強調されているのではないのか。

曽我母は十郎が曽我十郎助成として元服する場面で、「彼らが父だにもこの世にあらば、河津の甲《なにがし》とこそ呼ばるべきに、思ひも寄らぬ外人《よそびと》の名を取る事よ（せめてこの子たちの父親が生きていたならば、河津某と呼ばれるはずであるのに、思いもよらない余所者の名を使うことよ）」（巻四）といって涙ぐんでいる。会田実がこの箇所の問題点をいちはやく指摘しているように、なんと曽我母は息子十郎に河津姓を名乗らせ得ないことを一人嘆いており、彼女が実のところ何を思っていたかが解る。曽我助信にあれほど世話になり、兄弟にも養父助信の恩を忘れるでないと再三教訓しているにもかかわらず、その曽我姓をして「思ひも寄らぬ外人の名」などと蔑んでいる。十郎に曽我姓を名乗らせることは、彼女にとって不本意であり屈辱以外ではなかったのである。

また彼女が先の引用文で頼朝時代をして、「これ程に怖しき世の中」などと嫌悪感丸出しにしている点にも留意したい。口では曽我殿の恩を強調しつつも、一方で「思ひも寄らぬ外人の名」などと舌打ちし、表面上は頼朝時代を認めながらも、「これ程に怖しき世の中」という物言いには棘がある。曽我母は時代は変わったのだと公言しつつも、それをいう言葉の端々からも決してそのことを容認してないことを告白しているに等しい。この二重三重にも屈折した曽我母の厚みのある造形法には含蓄があり、しかも先の引用文が如実に証しているように、登場人物のなかで彼女が最も頼朝時代の何たるかを正確に認識しているのでもあった。

巻六末尾から巻七冒頭にかけて、兄弟が富士野に出発するにあたって、曽我母に別れを告げる場面がある。母はその時も謀叛人助親の孫が狩場の伴をすることが許されるはずもなく、弓矢を携帯してはならぬ、養父助信に迷惑をかけてはならぬ……というように例のごとく世俗の知恵を授けているが、しかしこれが一方で息子たちとの永久《とわ》の別れになろうことを覚悟しており、「形見」の品々を交換し合うのであった。曽我母は「……するではない」として幾項目にわたって禁止事項を挙げているが、暗黙のうちに兄弟の敵討を認めているのであり、口では敵討には反対といいながら、母は実のところ兄弟を後押ししているのであった。曽我助信と新たな所帯をもち、頼朝時代に身を置くことは厳然たる事実でありつつも、一方で夫の敵助経への瞋恚《しんい》の焔《ほむら》を密かに燃やし続ける昔気質の後家の姿がここにある。

このようにみてくるとこの物語が、平家時代から頼朝時代へという歴史の転換期なるものを重層的に捉えていることが解る。確かに頼朝時代は平家時代とは異なり、日本国の隅々までもが統御され秩序化された新たな時代の到来として人々に迎えられんとしていた。そもそも物語冒頭の相撲をめぐっての乱闘騒ぎとその結果発生した殺人事件は、平家全盛時代のことであったことを確認したい。頼朝の時代に入って、このような暴力には暴力を以てする敵討は原始的ラディカリズム以外ではないとする考え方が明らかに浸透しつつあったのである。

とはいえ人々の対応はいまだしバラバラであり、社会全体は明確な意志決定をしておらなかったものと思われる。「法」での解決を勧める者が確かにいるとしても、敵討を黙認する者や、口では断固反対しつつも内心では認めている者もいるし、さらには「法」を逆手にとってよろしくやっていこうとする不届きな輩もいる。いやそもそも敵討が時代錯誤の蛮行と思われつつある時代だからこそ、逆にそれは人々を魅了する英雄的行為と捉える向きも一方に確実にあったのではなかろうか。頼朝の時代に入って何かが決定的に変わりつつあるという予感こそあれ、いまだそれはとば口に過ぎず方向性の定まらぬ混沌たる状況だったのである。真名本『曽我物語』はこのような時代の不安感なり流動相なりを、生き方を異とする様々な登場人物たちの出会いと対立によって多声的に織り上げているのであった。

真名本『曽我物語』は兄弟の敵討事件をこのような難しい時代状況のなかに置いている。しかし富士野の事件によって一挙に結着がついたのである。兄弟の確信犯的アナーキズムは見事に「法」で裁かれることで、彼らは「御霊神」という体制護持のための宗教的装置に祀り上げられ、頼朝は「法」の体現者として「大将軍」たる自らの時代の当来を宣言する。頼朝と兄弟との劇的な対決という荒療治を経ることで、世界はものの見事に一新されたのであった。

第4章……鎌倉幕府創世神話

1――どこから語っているのか

後家の活躍

ところで真名本『曽我物語』は、自らが語るこの物語世界に対していかなるスタンスをとっているのであろうか。私がこのようなことをいい出すのにはそれなりの訳がある。確かにこのテクストは曽我御霊神と大将軍頼朝の誕生という鎌倉幕府成立のドラマをホットに語っており、私ももっぱらそこに焦点を当ててきた。しかし一方でこのような世界を遥か昔の物語として懐かしむような姿勢が、真名本には確実に認められるのではなかろうか。なぜそう感じられてしまうのか。たとえば解りやすいところでいえば、登場人物が和田義盛・畠山重忠・梶原景時・北条時政……というのでは、あまりに役者が揃い過ぎているのではないのか。

物語がどこから語られているかを考えるにあたり、物語世界の終着点を確認しておく。物語最終巻十では富士野での事件の後始末が分厚く語られていて、残された人々の動静が一巻を費やして丁寧に辿られ、最後は十郎の妻大磯の虎の主導のもとにすべてが語りおさめられている。

虎は箱根権現で兄弟の百ヶ日供養を果たした後に出家して、禅修比丘尼と称して全国巡回の旅に出る。西国から始めて関東一円を踏破し、さらに信州善光寺に詣でて兄弟の骨を納める。道中では故往藤内妻や京の小次郎妻という、これまた夫の菩提を弔うべく全国行脚していた後家たちと出会い昔語りに涙する。そして折々曽我の里に戻っては兄弟の一周忌や三周忌、そして十三回忌法要を取り仕切る。また曽我母や曽我助信、さらには兄弟の従者だった丹三郎や鬼王丸の往生をも看取り、そして最後は兄弟が本願通りに御霊神になったことをも確認する。虎は富士野の伊出の屋形跡をみようと駿河国小林郷に入ると、そこには兄弟を祀る社があり、兄弟が富士郡六十六郷の「御霊神」となって浅間大明神の「客人の宮」として崇められていることを知る。そして最後は虎を主とする尼集団が形成され、すべてをし尽くしたところで虎自身が大往生を遂げる。

虎の成仏は六十四歳とされていて、建久四年（一一九三）の事件時に十九歳とあるので、なんとそれから四十五年が経過していることになる。明記されないが、それは嘉禎《かてい》四年（一二三八）のことになるのであろうか。虎の後家としての動向がこのように語られることで物語はようよう完結する。事件後の時の経過が厚みをもったものとして語られることで、あの凄まじい富士野の惨劇が遥か彼方の遠景と化すのであった。

男たちの修羅の世界を語りおさめ、彼らを鎮魂する役を担うのは虎だけでなく、同じく巻十で往藤内妻は夫の「空しき白骨を善知識」として出家したし、京の小次郎の妻も亡夫の菩提を弔うべく全国を行脚している。彼女らが自らの存在を俄然主張し出したのは、後家になってからである点は注意されてよい。またこのことは兄弟敵伊藤助経の妻についても同様であり、彼女の出家についてはいわれないが、「左衛門尉の女房、私候の女房たちも編駄《あんだ》（死骸をのせるあみいた）に取り付きつつ喚《をめ》き叫ぶ有様、喩へ遣るべき方なし」とされ、「曽我の悲しみ、伊藤の歎き、いづれ劣るとも見えざりけり」（巻十）と評されている。助経妻の嘆きも曽我母の嘆きも優劣ないとされており、このように後家たちの動向を漏れなく公平に拾い尽くすのがこの物語の方法である。

因みにこの物語には後家の姿がその他にも散見する。頼朝の巻狩一行を追跡する兄弟は宇都宮にて宿を借るが、その女主人も後家であった（巻六冒頭）。女主人は夫と息子を殺めた敵の首をみた時には天にものぼる喜びだったが、今となるとそれも罪深いことだと身の上話をする。このような女主人を物語がなぜ登場させたのかいささか不可解だが、彼女は兄弟の敵討を密かにとめようとしたのではあるまいか。男世界に対する後家の立ち位置がいかなるものかが示されている。さらに宇都宮の妻もカウントされるであろうか（巻五〜六）。信濃国等での巻狩を終えた頼朝は、これを機会に下野国那須野での巻狩を思い立ち宇都宮に急ぎ準備するように命じ、宇都宮からこの一報を受けた女房は頼朝一行を迎えるべく一夜にして屋形群を新造する。頼朝は瞬く間に準備を整えた宇都宮女房を政子と並び称して激賞する。もちろん女房は後家ではないが、しかし不在の夫に代わって抜かりなくすべてをやり遂げたところに武将の妻のあるべき姿があろう。

しかしなんといっても虎と双璧をなすのは北条政子である。虎が兄弟物語の終りを見届けたように、後家政子の活躍によってこそ頼朝物語も閉じられる。治承二年(一一七八)十一月頃のこと、山木兼隆や伊藤助親に攻められた頼朝は政子とともに伊豆山に立てこもり将来を祈念したところ、政子の言葉に伊豆山権現が感応し、さらに頼朝も政子も夢を授かる。このような政子をして語り手は次のように評している。

されはにや、鎌倉殿世を取らせ給ひつつ日本国を持《たも》ちて十九年なり。廿年と申す正治《しょうじ》元年逝去ありしかば、その後家として、二位家《にいけ》(政子)の御代とて、承久兵乱の時も京方を討ち亡ぼしつつ、後鳥羽の院を取り奉て隠岐《おき》の国へ流し給ふ。その後は隠岐の院と申す。女性《にょしょう》なれども、信力堅固の故に、権現の御利生《りしょう》を立ち処に蒙りけるこそ有難けれ。されば平家に曽我を副へて渡したりけるに、唐人これを披見して、「日本は小国とこそ聞きぬるに、かかる賢女ありけるや」と感じ合へりけるとかや。日本・唐の両州において、賢女の名誉を施して、末代の女人のためには有難かりし手本なり。(巻三)

(このようなことがあったからであろうか、鎌倉殿が世をお治めになられて日本国を統治されること十九年となり、二十年目の正治元年(一一九九)にお亡くなりになられたので、その後家として二位殿政子のご治世として、承久の乱の時も京方を討ち滅ぼされ、後鳥羽院を捕え奉って隠岐国へと流されなさった。その後は後鳥羽院のことを隠岐の院と申し上げる。二位殿は女性ではあったが、固い信仰心をお持ちになられたゆえに、伊豆山権現のご利生をたちどころに得られたのはまたとなく素晴らしいことである。ということで『平家物語』に『曽我物語』を添えて唐国に伝えたところ、唐国の人々がこの書を開き読んで、「日本国は小国と聞いているが、このような賢女がいたのだなあ」と感心し合ったと聞いている。日本と唐国の両国において、ともに賢女の名誉に浴して、これはこの末代の女性にとってまたとない手本である)

三代将軍源実朝暗殺後に承久の乱（一二二一）が出来し、このような鎌倉幕府の危急存亡の機にあって、北条政子が京方を平定したことをして、唐人が日本は小国であるもこのような賢女がいたと称賛したとする記事である。真名本『曽我物語』は今書かれつつある完成途上のテクストであるにもかかわらず、この当の真名本が既に唐国にまで流通したとされていて、合理的に考えればあり得ない話である。しかしあり得ない話であろうとも、後世における政子の賢女の誉《ほまれ》を強調せんがために、先説法的（ジェラール・ジュネットの用語）に唐国での評判を述べているのである。従来この箇所を合理的に解釈するために、今ここで書かれている真名本『曽我物語』の、その前身としての「原曽我物語」の流通をいう説があるが、はたしてそう解釈できるのであろうか。「原曽我物語」の存在を証明したいがための議論としか私には思えないのだが、いかがであろうか。

北条政子は虎と同様に頼朝没後はもちろんのこと、我が子実朝の暗殺後という鎌倉幕府最大の危機を見事に乗り切ったのである。そして後家政子のこのような活躍が語られることで、頼朝時代が鎌倉幕府草創期という過去の物語として位置づけられることになる。もちろんこれは虎についての語りとは異なり、若き政子が伊豆山で夢をみたことに引っ掛けて、政子の将来を語るという不自然な構成になってはいる。しかしこのような構成上の無理をしてまでも、後家政子の男勝りの活躍を語っておく必要があったのである。

虎は曽我母や曽我助信さらに従者丹三郎や鬼王丸の往生をも見届けている。その間にそれとして語られていないが、正治元年（一一九九）の源頼朝の死、元久元年（一二〇四）の二代将軍源頼家（頼朝嫡男）の死、承久元年（一二一九）の三代将軍源実朝（頼家弟）の死があり、源氏将軍家はあえなく断絶する。そして幕府最大の危機である承久の乱を乗り切った北条政子も嘉禄《かろく》元年（一二二五）に亡くなり、最後は一人残った虎の大往生ということになる。そしてなんといっても時の経過を感じさせる決定打は、兄弟が死後に富士郡六十六郷の「御霊神」に祀り上げられていることが、虎によって確認されている点である。真名本『曽我物語』では最後に兄弟物語と頼朝物語とが激突することで最大限の盛り上がりをみせていたが、その各々の物語の後始末が虎と政子という二人の後家により綺麗になされている。さらに他の後家たちまでもが総動員されることで、男たちの血みどろの惨劇は追憶の彼方のものとなるのであった。

将軍親裁時代へのノスタルジー

虎や政子等の後家たちの活躍により、修羅を生きた男たちは鎮魂されんとして物語は完結する。語りの位置がここからみえてくる。それはこの虎の死（一二三八）からさほど遠からぬところに置かれ、そこから物語はあらためて冒頭から語り起こされている――真名本『曽我物語』の実際の成立年時はさらに下る可能性がある――。本書では真名本を、富士野の事件を契機にしたところの大将軍頼朝と曽我御霊神誕生物語として解読してきたが、この世界はかかる語りの遠近法のもとに遥か昔の物語として定位されている。また後家の活躍にしても武家社会における後家の現実がそこにあるというより、虎や政子の人物像が端的に意味しているように、今は失われたあるべき後家像が象られているのであろう。

語りの位置が定められ、しかもこの軸心がまったくぶれることなく、そこから世界を見事に語り切っている点に真名本『曽我物語』の一つの特性がある。歴史認識・歴史語りを可能とするためには、その世界を対象化する語りの位置を確定しておく必要があり、事件の結果が出て世界が完結したと判断された時に、そこを手掛かりにこれは決められるのであろう。そのようなポイントを確定しないと、語り手自身が歴史の奔流に身を任せている以上、何について語ろうとしているのかが曖昧になってしまうのであり、この点についても真名本は優れて自覚的である。

しかも真名本にあってその位置が微動だにしないのである。実のところこの軸心が動いてしまうことの方が一般であり、その意味で大変興味深い例として『太平記』（全四十巻）がある。巻二十一にて吉野の先帝後醍醐は、「朝敵を亡ぼして、四海をして太平ならしめんと思ふ事のみ」と遺言して崩御する。この「四海」を「太平」ならしめんと渇望する後醍醐の遺言の言葉が、『太平記』という書名の直接の由来になっており、かつこの崩御の地点から物語はまずは語り起こされているものと思われる。しかし崩御後の世界についても次々と書き継いでしまったために、語りの位置はどんどん後ろへと送り込まれ、何度かのその据え直しが図られるも、物語の最後になると語ることと語られる世界とがほぼ同時進行するに至り、「中夏無為《ちゅうかぶい》の代《よ》になりて、目出度《めでた》かりし事どもなり」などと突然終ることを余儀なくされている。それはあくまで「中夏無為の代(日本国は自ずからに治まった時代)」なのであって、「太平」の世界の到来ではなく中途半端の感は否定し難い。もちろん『太平記』にみるこのような語る位置の移動は否定的に捉えるべきではなく、このようにしかなり得ようがなかった必然性があり、『太平記』は真名本とは異なる形で歴史記述とは何かという問題を叩き出しているものと思われる。

さて真名本『曽我物語』の語りの位置を以上のように確定したところで、ここで翻って真名本成立当時の鎌倉幕府の実際はどうだったかを粗々確認しておきたい。そうすることで真名本の世界があらためてどうみえてくるのか。『吾妻鏡』から真名本の記述と対応する形で、とくに「法」問題そして「巻狩」についての関連記事を拾ってみる。

まず注目すべきは元暦元年(一一八四)十月二十日に、源頼朝が鎌倉に「問注所《もんちゅうじょ》(訴訟機構)」を設置し、三善康信《みよしやすのぶ》が執事《しつじ》(長官)になったとする記事がある。原告と被告とを対決させて、その結果を記した問注記をもとに頼朝が裁決するのであり、とどのつまり問注所の設置は「将軍親裁」機関の成立を意味する。問注所での審議を経て頼朝御前で対決が行われ、頼朝が直接に訴訟を指導する。しかし二代将軍源頼家の時代になると、周知のように将軍の親裁権は正治元年(一一九九)四月十二日に北条時政と政子によって停止されて、十三人の元老・御家人・事務官僚からなる合議体制により裁決されるようになる。将軍とはいったい何なのか、あらためてその存在に疑義が呈される事態に至ったのであり、後の執権政治成立の素地が整ったともいえる。

源実朝没後の承久の乱後における幕府体制の刷新がなんといっても決定的である。貞永元年（一二三二）に執権北条泰時指導のもとに、鎌倉幕府統治に関する基本法典『御成敗式目（貞永式目）』五十一ヶ条が編纂され（八月十日、編纂作業終了）、朝廷の公家法とは独立した形での御家人相手の法文書が成立する。また七月十日には執権主催の「評定所《ひょうじょうしょ》」も設置されていた。この評定所は立法・行政・司法を兼ねる絶大な権力機関であり、かつての問注所もその下部組織に位置づけられている――いずれ評定所を補佐する「引付方《ひきつけかた》（裁判事務）」も設置される――。「執権」が有力「御家人」の中から「評定衆」を選び、訴訟の理非、幕政すべての重要事項を決定するのであり、将軍の親裁権は完全に執権主催の評定所に移動したのである。しかも源氏将軍が三代実朝で絶えて、その後は摂家将軍や親王将軍という傀儡政権となったことが、執権への権力集中化に拍車を駆ける。さらにはまた得宗政治という北条家嫡流とその身内だけで固められた独裁体制が鎌倉時代末期には成立することになり（霜月騒動。序章第3節）、旧来の御家人たちまでもが粛清される。ここから解るのはとどのつまり将軍権力の撤退と執権勢力の擡頭以外のものではない。その間に将軍なるものを観念的に生きた実朝の親裁という例外があったとはいえ、結局のところすべては北条氏の手に帰するのであり、のみならず北条氏の内部でもさらなる権力の求心化がすすめられていくのであった。

このように『吾妻鏡』の「法」関連記事をあらあら拾ってみるだけでも、真名本『曽我物語』の立ち位置がより鮮明になってくる。物語は「法」を以て兄弟のテロリズムを裁く大将軍頼朝の誕生という形で新時代の到来を寿いでいた。逼塞する流人頼朝、孤児のごとき苦界に喘《あえ》ぐ兄弟、継母に虐げられた政子……そのような地点から血の滲《にじ》むような努力で築き上げた世界でそれはあった。しかし一方で物語は、そのような将軍の親裁政治を二度と現前することのない鎌倉幕府のあるべき始原として懐古しているのではなかろうか。まさにこれこそが幕府創世神話であり、幕府の黄金時代だったというのではないのか。換言すれば今ある鎌倉幕府体制の現実が、いかに絶望的なものであるかが逆説的に表明されていることになる。そうではなかろうか、真名本が成立した時代にあっては、将軍自身による理非判断などというものは夢のまた夢でしかなかろう。『御成敗式目』の条文は武家社会のなかで培われてきた「道理（武家社会の慣習）」と「先例（頼朝以来の判例の蓄積）」を根拠にして作成されており、その意味でこの式目は頼朝時代と確実に連続している。しかしこれは成文化された法体系として、執権主催の評定所で機能する冷厳な法システムの一環としてあり、真名本が宣言する「法」による将軍親裁時代の成立とは遥かにかけ離れたものなのであった。

『御成敗式目』第十条には、「或は子、或は孫、父祖の敵を殺害するにおいては、父祖たとひ相知らずといへども、その罪に処せらるべし。父祖の憤《いきどほ》りを散ぜんがため、たちまち宿意を遂《と》ぐるの故なり」とある。これこそが執権主催の評定所が幅を利かせた時代の「法」の条文である。ここでは父祖の敵を子や孫が討った際に、父祖がたとえそれを知らずとも罰せられるとしている。敵討の当事者は当然罰せられる。それを前提としたうえで事件の責任はどこまで及ぶかが詳細厳密に規定されている。曽我母が兄弟たちの企てを黙認していたものの、建前上は知らないと設定されていたことを確認されたい。『御成敗式目』の条文による限り曽我母も罰せられるのではなかろうか。ここでは官僚的・計量的な法システムが確実に作動している。そしてそれを運用するのは執権という絶対的権力者であり、摂家将軍・親王将軍は蚊帳《かや》の外にある。

しかも真名本にみるこの「法」の誕生物語が、門注所等の幕府の政治機構ではなく、あくまで富士野の狩場を舞台とした将軍と御家人という主従関係のなかから成立している点に留意されたい。そもそも敵討なる蛮行が将軍の陣営で発生したこと自体、そこでの兄弟の立ち回りといい、狩場を舞台とした武士たちのパフォーマンスといい、あるいは裁きの場での将軍の芝居がかった大袈裟な振舞いといい、前時代的風景であるといえなくもない。そのような表象のもとに「法」による将軍親裁制度の成立がいわれているのであり、まさにこれこそ鎌倉幕府黎明期ならではの古き良き時代の原風景なのではなかろうか。

ここで将軍主宰の「巻狩」が、二代将軍源頼家の時代を最後としてそれ以降ないことは注意されてよい（『吾妻鏡』）。頼家は何度か巻狩をしているが、近臣を率いての小振りなものはさておき、なかでも建仁二年（一二〇二）九月二十一日から二十九日にかけての伊豆・駿河での巻狩、同三年六月一日から十日の同国での巻狩が大規模であり、それらは建仁二年八月二日に京より征夷大将軍に補任されたとの報せを受けての開催と思われる。とくに後者の巻狩は兄弟敵討事件と同じく「富士ノ狩倉」を場としていることが明記されており、頼朝の先例に倣ってのことであろう。しかしこの将軍主宰の巻狩はこれ以降は認められず、都市鎌倉の政治機構が整備されるほどに、そんな将軍パフォーマンスは時代遅れのものになっていったのではなかろうか。もちろんだからこそ逆に真名本はそこにこそ将軍神話の何たるかをみたのである。確かにそうではなかろうか、真名本ならではの特異な狩場論を想起されたい（第2章第3節）。そこでは仏教の罪業問題は実質問われることなく、狩が天竺・震旦・本朝のしかるべき王臣武将たちによる「由緒」ある祭事であるなどと持ち上げられていたのであった。

真名本の勇み足

以上のように真名本は頼朝時代への懐古的姿勢で貫かれており、すべての言葉はその方向性のもとに整えられている。ということは語り手や作者が身を置く現在への批判・不満は、過去に回帰せんとする欲望の動機づけにこそなれ、それ自体としては直接表出されないということでもある。現在が北条執権・得宗の時代であることに何か含むところがあろうとも、それがあからさまにいわれることはない。しかし真名本にはそのような現在に向けて思わず物申してしまっている不自然な例外的表現がただ一つあり、ここではそれを紹介しておく。そう、それは今あげたばかりの狩場をめぐってのものであり、真名本にはこと話題が狩場の問題となるとバランスを逸してしまうようなところがある。

狩場の罪業をめぐって頼朝御前での梶原景時と畠山重忠との論争については紹介した（巻五、第2章第三節）。ここではその論争がこの場の論理から著しくかけ離れている点に注目する。そもそも梶原と畠山との意見の対立はどこにあったのか。梶原は多くの例をあげて、「巻狩」はしかるべき王臣武将により催されてきた由緒あるもので「罪業とは覚え候はず」としたうえで、「鷹狩」については「罪業とは承りて候」と結論づけていた。畠山は「鷹狩」も「いかなれば罪業とはなり候ふべき」としたうえで、鷹狩についての夥しい例をあげて「しかれば、ただ鷹狩をも御好みあるべく候」と反論したところ、それを聞いて頼朝や並み居る武将たちは畠山の才覚に舌を巻いたというのであった。

しかし奇妙なのは頼朝は「鷹狩」をしようとしているのではない。「巻狩」開催の是非こそがここでの問題だったはずではないか――この点については既に中澤克昭が問題提起している――。鷹狩云々はどうでもよい話題であり、その意味で巻狩は罪業ではないとする梶原の先の発言だけで十分結着がついていたはずである。その後に梶原と畠山との論争が続くが、それは鷹狩をめぐってのものであり、どうみても余計な議論でしかない。確かに物語は梶原と畠山の論争を前面に押し出し強調しているが、実のところ肝心の巻狩問題については二人の意見は一致しており、その意味で梶原は論争に負けたわけではないし、畠山への人々の称賛も鷹狩についてのものでしかない。にもかかわらず問われもしない無用な鷹狩談義がなぜことごとしくも披露され、畠山が絶賛されているのであろうか。

『吾妻鏡』をみると鷹狩禁止令が御家人に向けて再三発布されている。早いところでは頼朝の富士野の巻狩から二年後の建久六年(一一九五)九月二十九日に出されており、神社への供物や贄のための鷹狩ならばその限りでないという。その後も建暦二年(一二一二)八月十九日等とほぼ同様の禁制が出されており、また北条重時《しげとき》(泰時弟)『極楽寺殿御消息』(一二五六〜一二六一成立)も鷹狩罪業観を説いて有名である。禁止が度重なることからも遵守されなかったことが解るが、なぜそれが「巻狩」でなく「鷹狩」の禁止なのであろうか。罪業をいうならば、鷹を以て雁や鴨等を捕獲する鷹狩以上に、四足を殺生する巻狩の方が深刻であるはずだが、なぜか巻狩については言及されない。鷹狩は大仕掛けな巻狩に比べてはるかにお手軽であるのに対して、巻狩になると将軍クラスでないと実施するに難しいという事情があったのであろうか――それさえ三代将軍実朝以降は認められない――。その理由がいささかはっきりしないが、巻狩が行われることは殆どなかったというのが現実であろう。

私がここでいいたいのは、真名本に展開されている梶原・畠山の論争は、鷹狩が厳禁されている現在時状況に対してコミットしたものではないのかという点に尽きる。真名本『曽我物語』の世界観からすれば、日頃なにかと問題視されている「鷹狩」だとて「巻狩」と同様に、本来はしかるべき「王臣武将」による「由緒」ある祭事なのだと主張しているのではないのか――畠山が引証する夥しいばかりの鷹狩例を本文の方で確認されたい――。確かにこの鷹狩をめぐる論争は真名本にとって不要であり余剰なものというほかない。にもかかわらずこのような論争があえて披露されているのは、鷹狩が御家人たちの日常的な遊びと化しており、それがためになにかと問題視されている現状への憤りがはからずも噴出したためではなかろうか。真名本における狩場への思い入れにはかくも格別なものがある。だからこそ殺生問題を無視して憚らぬという強引な主張をしたかと思うと、このようにテクストの完結性を損なってまでして、鷹狩をめぐる現在に対しての異議申しだてをついしてしまっているのだ。

2——懐かしき人々

和田義盛と畠山重忠そして梶原景時

源頼朝や曽我兄弟の昔が鎌倉幕府創世神話として位置づけられていることをみてきた。武士の後家像が理想的に造形されているのと同様に、さらには和田義盛や畠山重忠等の登場の仕方にしてもいかにも訳ありげである。彼らの役回りがあまりに両武将に相応しいことについて、既に新編日本古典文学全集の解説が、「重忠と義盛は、典型的な坂東武士として知られ、この物語の中では、一貫して兄弟に深い同情を抱き、陰ながら庇護する存在である。そして、その二人は、結局、北条執権のもとにある鎌倉幕府体制から疎外され、葬り去られた人間でもある。……武士が自由に生きられた頼朝登場以前の坂東に、ある種の郷愁を抱いていることは間違いない」と述べている。

確かに和田も畠山も幕府草創期に早々と北条氏により粛清された一族である。畠山重忠は元久二年（一二〇五）六月に北条時政の後妻牧の方の讒言により謀叛の疑いをかけられ、北条義時との戦いに敗れた。和田義盛は序章で触れたように、やはり義時との確執のすえに、建暦三年（一二一三）五月の和田合戦で一族もろとも壊滅した。融通の利かない頑固一徹の古武士たる風貌の彼らだが、だからこそ敵討という前時代的行為にかける兄弟に共感する役回りがふられたのであろう。

そしてそのような姿の彼らを語ることの裡には、これまた古き良き時代へのノスタルジーが確実に胚胎している。頼朝の覇権確立のために尽力した功労者であるにもかかわらず、遠からずして滅ぼされてしまった彼らであり、このような両武将へのレクイエムとして物語は彼らを登場させたのではなかろうか。この両人が富士野の巻狩という晴れの場にあって、最高のポジションを占めていたことも想起される。物語は左右二十番勝負という巻狩のハイライトで、左右の「奉行（総指揮官）」という名誉を彼らに与えている。

この問題は彼らにとどまらない。意外なことに「法」問題を頼朝に進言した梶原景時に対しても物語は同様のスタンスをとっている。彼は頼朝による五郎裁定場面のみならず、巻狩の旅路においても「浅間」「すみだ河」「赤城山」では土地に因んだ歌を頼朝御前で再三披露し（巻五）、また事あるごとに頼朝に意見を具申していた。鷹狩が罪業か否かをめぐっての梶原・畠山論争を紹介したが、そこでは畠山に軍配があがっていたとしても――肝心の巻狩については梶原は論争に負けたわけではなかった――、このような場で蘊蓄《うんちく》を傾けるのが梶原である。那須野の巻狩では、頼朝が瞬く間に屋形を作り上げた宇都宮を激賞すると、梶原はいかにもそれは宇都宮女房の才覚ゆえのものと間髪入れずに応答する（巻六）。

頼朝の側近中の側近、博覧強記の梶原景時、もちろんこの役どころは歴史的に培養された梶原のイメージに依拠したものである。確かに梶原は和田や畠山と比べると、懐かしさや親しみやすさとは無縁の存在であり、毀誉褒貶相半《きよほうへんあいなか》ばする切れ者の能吏《のうり》であり、そのため か讒者《ざんしゃ》梶原という悪評価までもが彼にはついてまわっている。しかしたとえそうだとしても、この物語にあっては彼もまた畠山や和田と同一グループに括られている。梶原も頼朝没後に非業の死を遂げている。正治元年（一一九九）正月、二代将軍頼家に近仕する梶原は、御家人六十六人から弾劾され鎌倉を追放されて粛清される。真名本『曽我物語』は、このような頼朝の懐刀《ふところがたな》たる梶原の昔を記憶にとどめんとしているのではなかろうか。

鷹狩をめぐって畠山と梶原とは対立していたが、思えばこの二人の相性ははなはだ悪かったはずである。『吾妻鏡』の文治三年（一一八七）に、畠山重忠は伊勢神宮領の管理問題で訴えられて鎌倉で拘禁されたことがあった。最後は頼朝に許されるが、その際に梶原は頼朝に、畠山は不満を抱いていて謀叛を起こす可能性があると盛んに吹き込むのであった。真名本『曽我物語』は二人がこのような険悪な関係にあることを知っていたに違いないし、そもそも御家人たちの多くが梶原の讒言により破滅に追い遣られたとはっきり述べている（巻三末）。だからこそ鷹狩をめぐる議論の場でこの因縁の二人を対決させたのであろう。しかし論争に負けた梶原による畠山への意趣返しがあるかと思いきや、この話はこれで終りである。真名本は梶原の讒者として側面を明らかに知りつつも可能な限りそれを抑え込もうとしている。

幕府草創期を彩る懐かしき人々の一人として、物語は梶原をもカウントせんとしているのだ。だからこそ和田義盛・畠山重忠という二人に絡める形で、その存在が呼び込まれているのではなかろうか。そしてなによりも頼朝に「法」問題をアドバイスしたという最も重要な役どころを、この梶原に割振っているところに梶原の昔を顕彰しようとする思いを認めることができよう。

北条時政と地縁・血縁ネットワーク

いやこの問題にはまだ先がある。兄十郎は箱根山から逃亡してきた五郎を、北条時政のもとで元服させ（巻五）、さらにその足で二人揃って母のもとへ行く。しかし亡夫助通の菩提を弔うよう五郎を法師にする心積もりだった曽我母は、元服と知って五郎を即座に勘当する。行き場を失った兄弟だが、十郎は気落ちした五郎を慰めるべく多くの親類縁者のもとへと案内する。それは次のようにはじまる。

打列《うちつ》れて遊ぶ所はどこどこぞ。三浦介義澄は伯母聟なれば、是にても五、六日は遊びにけり。和田左衛門義盛は母方の伯母聟なれば、是にても二、三日は遊びにけり。渋谷庄司重国は母方の従父聟なれば、是にても五、六日、本間・海老名は母方に付て親しければ、これらにても二、三日、渋美は姉聟なれば、これにても十四、十五日、早河は父方の伯母聟なれば、是にても十四、五日、秦野権守は父方の従父聟なれば、是にても五、六日、ここにて遊びかしこにて笠懸《かさがけ》射《ゐ》（騎乗の射芸）なんどせし程に、月の二月三月は馳せ過ぎぬ。伊藤は一門広かりける上、母は渋谷庄司重国の女房の妹なり。本間権守の女房は他腹の姉なれば、秦野権守能常《よしつね》には娘なり。伊豆の国の住人鹿野介茂光には娘の子なれば孫子なり。されば助成・時宗がためには、父方は伊豆の豪家、母方は相模の国の御家人たちなり。また北条殿の昔の姫、鎌倉殿の御台盤所《みだいばんどころ》の御母、時政の先の女房と申すも、これらがためには父方の伯母なり。さてこそ、北条殿も昔の縁《ゆかり》を忘れ給はずして、（五郎を）元服の子となしつつ、かやうに引き立てけり。岡崎四郎義実《よしざね》の女房も、北条の先の女房に御妹なれば、彼らがためには岡崎も伯母聟なり。鹿野介には姫君九人御《おは》しけり。かしこやここに幸ひ給ひし故に、その一門は広かりき。これに依て、北条・早河・鹿野・田代・土肥・岡崎・本間・渋谷・海老名・渋美・松田・河村・秦野・中村・三浦・横山の人々同心して、便宜あらば訴詔を申して引き助けんと思ひ合はるる折節、討死して失せけるこそ悲しけれ。畠山も梶原も、女房方に付て縁ありければ、かく思ひ合はれける。　（巻五）

長々とした引用となったことを諒《りょう》とされたし。兄弟の地縁・血縁関係なるものが、父方・母方一門それぞれに、伊豆から相模にかけてびっしりと張り巡らされていることを確認したかったのである。兄弟がともに遊ぶはどこそこぞ、三浦義澄（父方の伯母聟）のもとに五、六日、和田義盛（母方の伯母聟）のもとに二、三日、渋谷重国（母方の従父聟とあるが伯母聟か）のもとに五、六日、本間権守（曽我母とは腹違いの伯母聟）や海老名（母方の縁とあるが詳細不明）のもとに二、三日、渋美二宮朝忠（兄弟異父姉聟）のもとに十四、五日、早河（土肥）遠平（父方の伯母聟）のもとに十四、五日、秦野権守（父方の従姉聟）のもとに五、六日となっており、兄弟はこれまでは鬱々として楽しまぬ日々をおくっていたが、ここではなんの憂いもなく伸び伸びとした解放感に浸っているではないか。

また岡崎義実（父方の伯母聟）、さらに畠山重忠や梶原景時にしても母方に縁があるというのであり、ここにして巨大な地縁・血縁ネットワークの所在が確認されるのであった。人々は兄弟に積極的に関わるのではないにしても常に好意的であり、またその行く末を暖かく見守っている。北条・早河・鹿野・田代・土肥・岡崎・本間・渋谷・海老名・渋美・松田・河村・秦野・中村・三浦・横山の人々、さらに畠山や梶原も、後に兄弟の討死を知って、よき折りあらば訴訟を勧めようと思っていたにもかかわらず、こんな結果になってしまったとして慚愧《ざんき》し悲しんだということは紹介済みである。

とくに三浦の伯母（助親娘）と早河の伯母（助親娘）夫婦、さらに北条時政に注目したい。三浦の伯母の家は兄弟が安心して身を寄せる場所として再三登場する。兄弟は富士野へ出発するにあたって伯母に暇を乞うと、伯母は、「例ならぬ殿原の物哀れなる気色にて暇を乞ひ給ふこそ怪《あや》しけれ。曽我の女房のさても御在《おはしまさ》む程は、穏便《おだし》くて御合《おはしあ》ふべし。童共までも歎きの怨とはなし給ふなよ（いつもと違ってお前たちがもの悲しげな様子で別れの挨拶をなさるのも怪しい。あなた方の母上が生きて

兄弟の父方親族

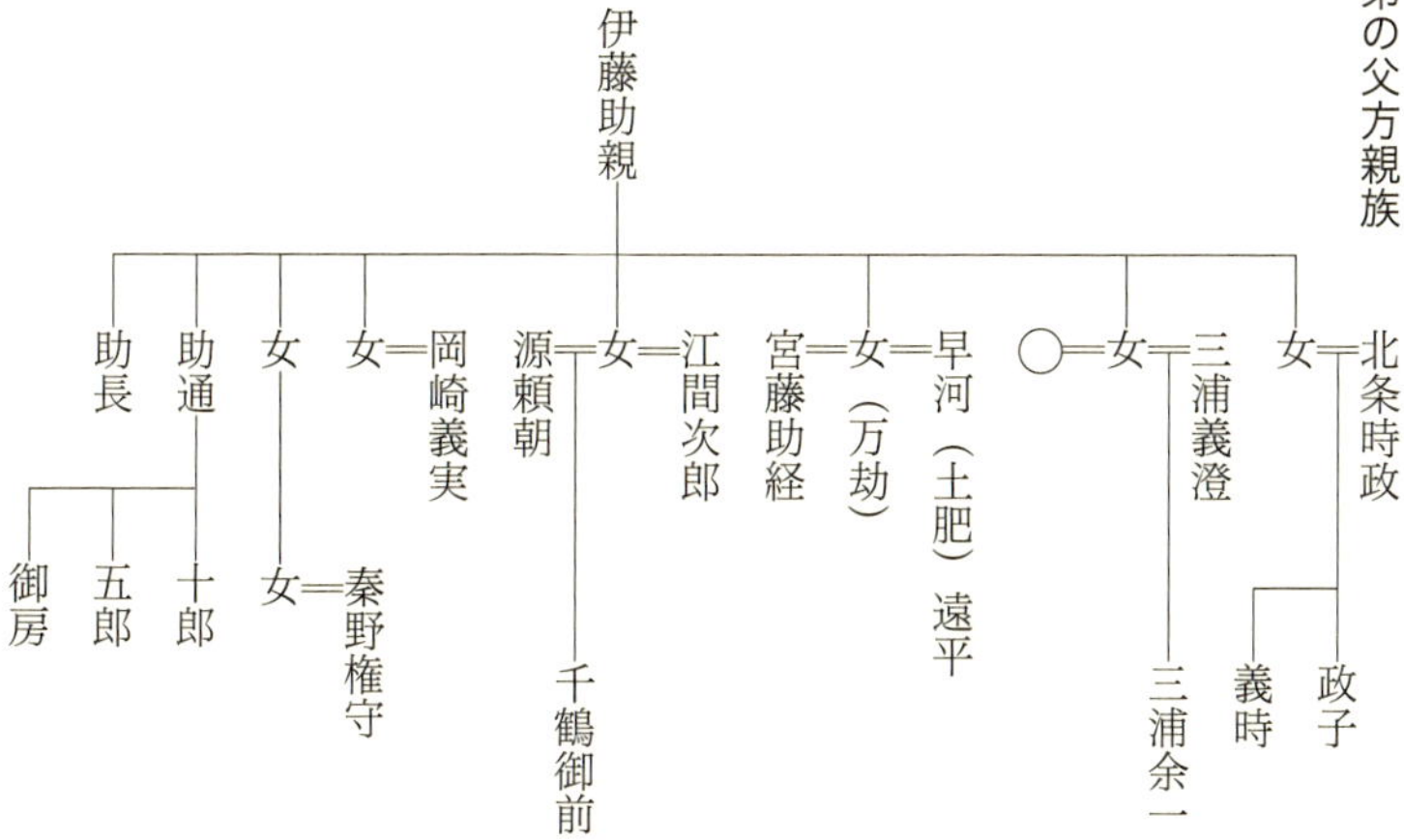

兄弟の母方親族

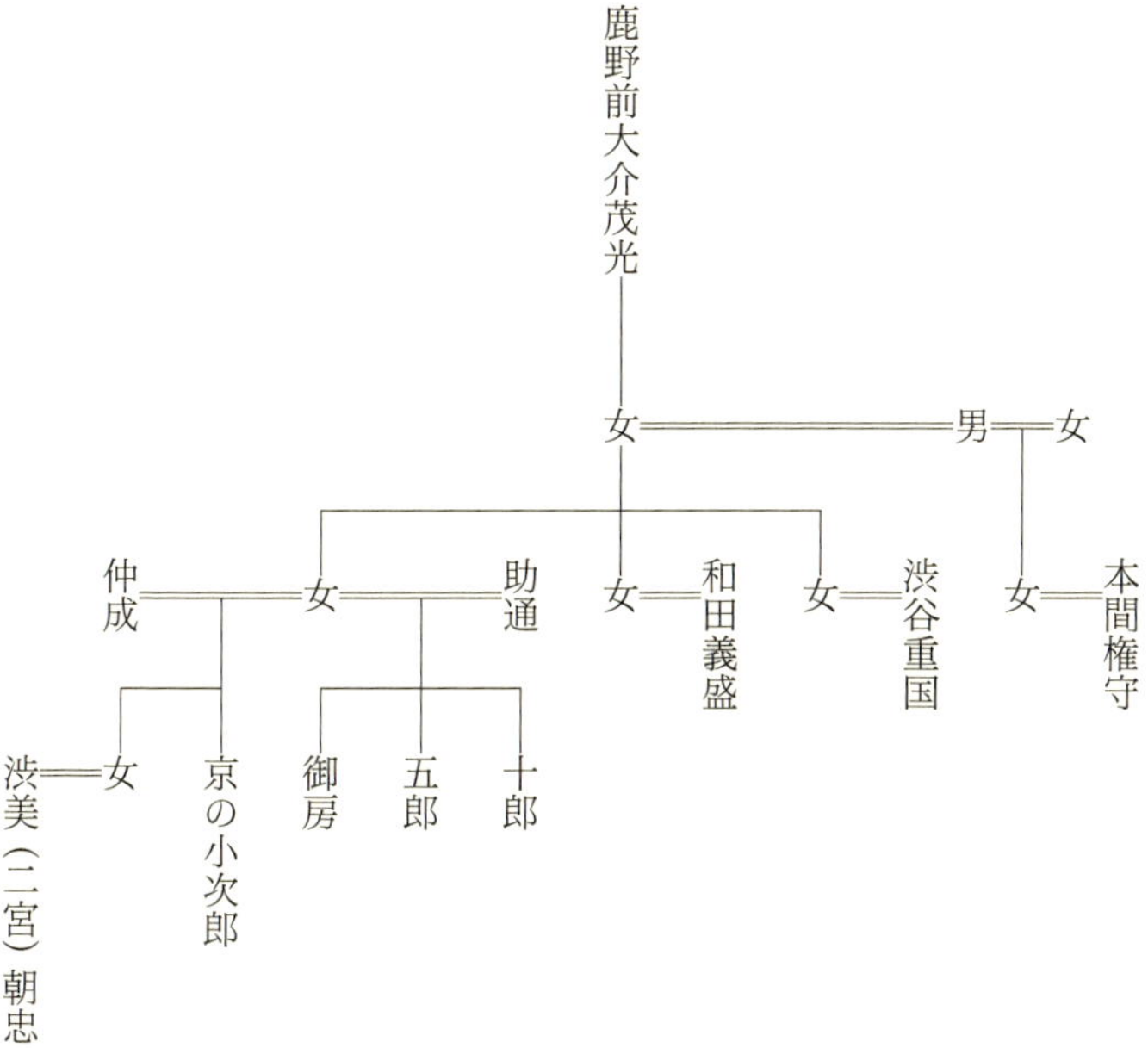

いらっしゃるうちは、おとなしくしていらっしゃい。私ごときものにまで嘆きや恨みをさせなさるなよ）」といっており、兄弟が何かを企んでいるのかを薄々勘ずいている。そして「返す返すも、恋しからぬ程に疾く疾く来給へ、殿原」という別れの言葉をかける（巻六）。

また富士野へ向かう途次、五郎は虎のもとに行った十郎とは別行動をとって、土肥遠平に嫁いだ早河の伯母に別れを告げに行く。母に勘当された身の上の五郎は、巻狩での着替えの衣装があればお願いしたいと申し出たところ、遠平は小袖でも直垂でも鞍でも御用とあらば遠慮するなと大いにもてなすのであった（巻六）。そしてこの早河の伯母、三浦の伯母、さらに二宮朝忠の女房は、討死後に兄弟の「形見」が曽我の里で披露される時にも急ぎ駆けつけている。

そして最も問題なのは北条時政である。時政は五郎元服の際に烏帽子親を買って出たわけだが、それというのも先の引用文傍線部にあるように、時政の亡くなった先女房（政子・義時の母）が助親娘・助通姉との縁があるからだという。時政は「かやうに打憑《うちたの》みて坐《ましま》す事こそ喜び入りて候へ」（巻五）と頼もしく胸をはり、五郎に引出物として「鹿毛の馬」と「白伏輪の鞍」を贈っている。この時政が五郎の烏帽子親になったとする記事は『吾妻鏡』にもあり、兄弟敵討事件における時政黒幕説の一つの根拠となっているが、しかし少なくとも真名本『曽我物語』の文脈による限りそういう読みは成立しない。時政は父を失い母に勘当された当ての無い兄弟たちのために、一肌脱いだということではあるまいか。

時政は河津助通の弟伊藤九郎助長の烏帽子親であったともいい（巻二）、これまた助長が時政の故先妻の弟に当る縁からであろう。この助長は曽我母が夫助通没後に生み落とした御房殿（兄弟の弟）を引き取り（巻二）、さらに父助親が頼朝の命を狙っていると知った時、「只《ただ》北条四郎時政を憑《たの》みて疾《と》く疾く御超えあるべく候」（巻二）と頼朝に至急時政を頼るよう進言している。やはり時政が烏帽子親であったことの縁からこう勧めたものと思われる。

このように時政は故先妻筋の助長や曽我五郎の烏帽子親となり、そのことが結果として頼朝との縁を繋いでいる。時政が逃げ込んできた頼朝をいかに手厚く歓待したかが強調され、これをして「これぞ北条の運の開くる始めなる」と物語は評す。時政は兄弟や助長のみならず、窮地に陥った頼朝をも助けているのであり、少なくとも真名本『曽我物語』では懐《ふところ》の深い人物として造形されている。頼朝と娘との間の千鶴御前を平家に慮《おもんぱか》ってなんの躊躇いもなく殺害したのが助親だが、それに対して時政は、伊豆目代の山木兼隆に娘政子を嫁がせる約束をしつつも、一方で頼朝と政子とが深い仲であることを知ると、なるようにしかならないと見て見ぬ振りをしている。なまじのことでは慌てずに事の成り行きをじっくり見守るような、胆《きも》の据わった時政像を物語は押し出している。

もちろんなかには京の小次郎やら三浦余一のように兄弟に批判的な立場の者もいないわけではなく、そもそも助親と助経との土地をめぐっての諍《いさか》いにしても、まさにこのような地縁・血縁関係が生んだ愛憎劇というほかない。しかしかくもせせこましい世界があるとともに、ひとたび目を転じてみれば、一方には不遇な兄弟に寄り添う多くの親類縁者が東国のあちこちに控えているではないか。そこは兄弟にとって最も安心して身を委ねることのできる憩いの場なのであった。

それにしても彼ら親類縁者たちの兄弟に対するスタンスの取り方は絶妙である。彼らは訴訟を勧めればよかったといっているが、そのような提案自体は兄弟にとってはどうでもよいことかもしれない。しかし兄弟と一緒になって力を合わせずとも、兄弟を暖かく見守り、必要あらば密かに援助するという姿勢こそが本当の優しさであることを物語は強調している。畠山重忠が兄弟の陰謀を頼朝に密告しようとする三浦余一に対して、「吉き武士と申すは、深く哀れを知るべきものなり。……我が身こそ値遇せずとも、子共の一人なりともまた郎等の一人なりとも差し副へて、などか力をも付けざらむ」(巻六)といっていたことが思い合わされる。

真名本『曽我物語』は鎌倉時代も末期に成立した幕府創世神話とでも評すべきテクストである。この世界には和田義盛・畠山重忠・梶原景時・北条時政という幕府草創期のお歴々が配され、そして北条政子に大磯の虎、小次郎の妻や往藤内の妻、さらには曽我母をも含めた後家たちの活躍によって、男たちの迷妄の世界が鎮魂され語りおさめられる。さらにその背後に伯父・叔父・伯母・叔母等の兄弟を暖かく迎え入れる層が部厚く控えており、東国ならではの土地に根付いた大家族主義的人間関係が確実にここに息づいている。懐の深い東国、古き良き東国、あるべき東国の原風景がここにあり、このような世界への郷愁がこのテクスト全体を覆い尽くしている。

第5章……補遺・東国テクストの表現構造

1――東国なるもののガイドライン――鶴岡八幡宮の不在

武門の棟梁頼朝と東国武士団

真名本『曽我物語』が大将軍頼朝と曽我御霊神の誕生という東国武家政権成立の物語を熱く語りつつも、このような世界に対して懐古的スタンスをとっている点を論じてきた。第6章と7章では、真名本がこのような自らを歴史テクストとして定位させる方法についてみるが、その前に「東国テクスト」とこれまで漠然と評してきたことについて説明を補足しておく。この第5章第1節では真名本が東国なるものを全体としてどう捉えているのかを概説し、そのうえで第2節以下では「巻狩」「宗教」「街道」各々についての東国テクストならではの表現構造を検証する。

真名本『曽我物語』は武門の棟梁源頼朝と御家人の関係、後家たちのあるべき生き様、さらに東国ならではの信仰圏や地縁・血縁的人間関係にしか興味を示さないテクストである。巻狩に随従する御家人たちの地盤をみても、武蔵・相模・駿河・伊豆・遠江・三河・下野・上野・常陸・下総・上総・安房・常陸・甲斐・信濃である。また巻狩の舞台は信濃・上野・下野そして伊豆・駿河であり、そもそも巻狩なる場が特化されるのも、頼朝と武士団との熱い絆が最も凝縮的・先鋭的に問われる場としてそれが認識されていたからであろう。

一方このテクストにあっては政治都市鎌倉はなきがごとしである。たとえば石橋山の合戦（治承四年（一一八〇）八月）に敗れた頼朝は、その後安房へと船で逃亡し、上総・下総・武蔵で態勢を立て直して、相模の「鎌倉の郡へ入らせ給へば、国々の源氏たち、我も我もと群参しけり」（巻三）ということになる。それより頼朝は「鎌倉殿」と称されるようになるが、しかし歴代源氏の東国の拠点たる鎌倉入りを果たしたにもかかわらず、この記述はあまりに素っ気ない。もちろんこの段階では鎌倉について語るべきこと多くがあったとは思えない。しかし事件発生時の建久四年（一一九三）には幕府の機構はそれなりに整っていたはずであり、このテクストは都市鎌倉の重要性にはまったく触れずにいる。

とくに鶴岡八幡宮の扱いははなはだ問題含みである。それはかつて源頼義《よりよし》が石清水八幡《いわしみずはちまん》の分霊を鎌倉の由比郷《ゆいごう》に勧請したのを受けて、頼朝が治承四年十月（一一八〇）に鶴岡に遷座させたものであり、いうまでもなく鎌倉の祭祀の中心である。しかし真名本『曽我物語』では八幡信仰そのものについてはそれなりに尊重している風はあるものの、鶴岡八幡については、「かくの如く忝《かたじけな》く御在《おはしま》す垂迹を鶴岳《つるがおか》に崇め奉て、源氏擁護の社壇を高く築いて、玄武《げんぶ》鎮護の垂迹と名づく」

（巻三）等という程度の説明で事済ませている。これでは鶴岡に社が築かれたという事実を述べているに過ぎない。箱根権現・伊豆山権現・三嶋大明神・富士浅間大菩薩という東国在地の神々がしかるべきものとして鎮座しているのに対して、この存在感のなさは異様である。

もちろん中心がなくとも拠点は幾つかあり、先の東国の神々がそれであり、他にも曽我の里、虎の大磯の宿や狩場の数々が物語の舞台となっている。しかし鎌倉という中心不在のために、鎌倉を軸にして放射線状に各地が階層秩序的に配されるようなヒエラルキーを認めることができない。その代りにかかる拠点間を往来する人々の姿の方がクローズアップされている。巻狩のために移動する武士団や、その頼朝一行や助経を追跡する兄弟、街道を往来する人々の束の間の出会いと別れ、そして全国行脚する後家たち……というように、人々の流動相のもとに世界は捉えられている。

しかし本当に中心不在なのであろうか。このような人々の動きが最終的にどこに帰着しているかを確認すれば、このテクストが何をねらっているかがみえてくる。そう、驚くべきことに頼朝主催の富士野の狩場がそれに該当するのではあるまいか。人々の動きがいかに多様にみえようとも、結局のところ最後はそこに収斂し、そこから次の動きが生じている。物語末尾にある後家たちの全国行脚にしても、富士野の事件を契機にスタートしたものであり、かつ彼女らは折ごとに事件現場に立ち戻っているではないか。

そして決定的なのはこの富士野の狩場にこそ、棟梁頼朝を頂点とする御家人たちのヒエラルルキーが可視化されてものの見事に現前している点にある。巻狩では左右二十番勝負として計四十人の御家人たちによる競合の様子が華麗にして緻密に記されており、まさにこれこそが御家人たちの晴れの舞台たり得ている。さらにそこに出現した巻狩陣営は、頼朝犀形を中心に名が知れるだけで百二十名に及ぶ武士たちの宿がそれを囲繞するという形の一大城郭として築き上げられている。この特異な表現構造については次節で詳論するとして、これこそが東国の狩場に俄かに出現した中心であり、このことを強調せんがために都市鎌倉の存在は極力抑え込まれているのではなかろうか。

もちろんこの頼朝城は敵討事件によって無惨にも踏み荒らされてしまうし、そもそも巻狩が終ればそれはたちどころに取り壊される束の間の幻想に過ぎなかろう。しかしそれが富士野に一瞬現出したイリュージョンであろうとも、そこに構築された棟梁頼朝と武士団との団結の姿こそが東国のあるべき形なのだとこの物語は断固主張しているのではあるまいか。それは幻想として語られるほかないものであり、また幻想だからこそ想像力が最大限のパワーを発揮し得てもいる。そもそも「法」による大将軍頼朝の誕生ドラマにしても、鎌倉幕府の政治機構からではなく、狩場というこの東国の草深い原野を舞台として出現した物語だったではないか。

ではこのような東国にとって外部とは何か。ごく稀に外部が問題になることがあっても東国の何たるかを強調するための出《だ》しとして使われるにとどまる。試しに治承四年（一一八〇）四月の以仁王の挙兵から始まり、文治元年（一一八五）三月の平家滅亡に至る源平の攻防についての真名本の記述を辿ってみる。以仁王の令旨が源行家により伊豆の頼朝にもたらされ（巻三）、また後白河の平家追討の院宣も文覚上人により届けられる。頼朝は平家追討の旗揚げをし、伊豆国の目代山木兼隆を討つも、石橋山での大庭景親との戦いに敗れて山中に逃げ込み、真鶴から安房へと船でようよう脱出する。房総で態勢を建て直して坂東武士団を結集し鎌倉入りを果たし、「関東には今、一人として帰伏せずといふことなし」（巻三）となったところで伊豆山より政子を迎え取る。さらに富士川の合戦では平家の平維盛軍を討払い、この時に伊藤助親を死に追い遣っている。

年譜をそのまま字に起こしたような単調な記述であることに注意したいが、さらにその後の平家の都落ちから壇の浦での滅亡に至る過程や、それを追走する義経をはじめとする源氏軍の動向については一切省略されている。わずかに平家が滅んだことの事実確認として、巻一に「去る元暦二年乙巳《きのとみ》年三月廿四日、長門の国壇の浦において一族種《たね》を振て失せ給ひしかば、その子孫一人なし」という一文があるのみである。そして巻三末尾で頼朝時代の到来が突如宣言され、その地点から思い出されたように、亡くなった平家武将たちの名が列挙されるにとどまる。もちろん平家滅亡の詳細については、真名本『曽我物語』に頼らずとも『平家物語』等の他のテクストが語っており、すべてはそちらに任せたということであろう。しかしそもそもこのテクストは、源平の争乱のなどという全国規模の政治的動乱に興味をもっているとはとても思えないのである。もちろん平家時代について言及されることはないのではなかった。とくに頼朝時代になると治安が格段に良くなり、それは「法」時代の当来と評されていたが、そのことはすべて平家時代との比定のもとに説明されていた。しかし精々そこまでであり、東国の新政権誕生によりいかに新秩序が打ち立てられたかを強調すべく、平家時代が悪しき先例として引証されるにとどまる。

いや平家討伐以上にはるかに異様な例がもう一つある。富士野の巻狩のあった建久四年より少し前の文治五年（一一八九）には、頼朝の奥州平泉の藤原氏征戎《せいじゅう》問題があったはずである。奥州合戦は頼朝の人生の総仕上げとして、前九年《ぜんくねん》の役《えき》（十一世紀中頃）での鎮守府《ちんじゅふ》将軍源頼義の事跡を踏襲したものだが、それについての記事は真名本にはない。いや記事がないどころか、この出来事の余韻までもがここには皆無である。わずかに藤九郎盛長が、「左の御足にては、奥州の外の浜を践《ふ》み……」（巻三）というように主人頼朝の夢をみて、それを懐島景義が、「東は残る所なく、秀衡《ひでひら》が館まで御知行あるべき御夢想なり」（同上）と夢解きするところに仄見えるのみである。しかしこれはなんとも妙な話である。奥州平定の事実が予言の言葉の中でのみ披露され――これまた夢告という形をとった先説法である――、またそれ以外ではないのだから。奥州問題については真名本『曽我物語』はなんら語る値しないものと評価していることは間違いない。それは歴史上なかったことにされていて、テクストのどこを捜してもこの事件の痕跡すら認めることができず、頼朝像の造形においても奥州での経験知がまったく欠落しているのである。

このように真名本は全国的規模のもとに東国武家政権成立の意義を問おうとしない。全国を股にかけての平家との戦いや奥州藤原氏との戦闘、そしてそれに勝利したことの社会的・政治的意味にはまったくもって無関心である。なんと武士団を率いての富士野での巻狩や、そこで発生した兄弟敵討事件という、ある意味ですぐれてローカルな出来事にこそ焦点を当てており、しかもそれをして東国政権の成立を画期するものと位置づけているのだ。

上洛記事という例外

ただし都を正面から語っている箇所が一つあり（巻四冒頭部）、これについてはなにほどかの説明を要する。建久元年（一一九〇）十一、十二月の頼朝上洛記事がそれである。頼朝は朝廷より右近衛大将と大納言に任じられ――この両職を関東下向の際に頼朝は辞している――、さらに後白河院は御感のあまり頼朝の随兵二十余人を「靫負尉」に任じ、頼朝には「日本の将軍たるべき由」の勅命を下している。頼朝は再三これを辞するもかなわず、御家人については十人（真名本で実際に名前があがっているのは十一人）に限って兵衛尉・衛門尉への任官を認めている。

随兵たちの任官の経緯についてはほぼ『吾妻鏡』の記述と重なるが、将軍頼朝については周知のように後白河院没後の建久三年（一一九二）七月二十六日に、十二日の除目《じもく》で頼朝が「征夷大将軍」に任じられたとする除書《じしょ》（任官者名簿）が鎌倉に届いている。真名本がこのことを知らないはずがなかろう。にもかかわらずこの「征夷大将軍」の方を無視して憚らず、代わりに登場させたのがこの「日本の将軍」だというのである。

まず真名本は頼朝と御家人たちの任官を同時・同場所でのことにしたかったのではあるまいか。後白河院没後になってから、征夷大将軍の宣下が鎌倉にもたらされたというのではいかにも盛り上がりに欠ける。上洛の際にともに名誉に浴したとすることで、御家人あっての頼朝、頼朝あっての御家人というその絶対的紐帯が、後白河院の権威を借りて強調されていると思われる。ともにここで重要なのは、頼朝が朝廷より賜ったものが征夷「大将軍」ではなく、脂下《やにさ》がった日本の「将軍」でしかないという点である。本書では頼朝が、五郎の「さばかりの大将軍の仰せとも候はぬものかな」（巻九）という挑発的発言を受けて、「大将軍」たり得た物語として解読してきた（第3章）。とどのつまり真名本『曽我物語』は、あの富士野での五郎との対決場面こそが、頼朝が「大将軍」へと成長を遂げた時だとしているのだ。答えはもはや明らかである。だからこそ真名本にあっては、朝廷から賜ったのが日本の「将軍」でしかなかったし、まただからこそ『吾妻鏡』の征夷「大将軍」の方を無視したのである。

こうみてくると都の権威なるものも実質的に空洞化されていることが解る。官職や将軍の任命といっても、将軍と御家人との結びつきを強調すべく都の方こそが東国の箔付けに利用されているということが一つ。そして決定的なのは「大将軍」頼朝はあくまで東国社会の中から誕生したものであって、朝廷から賜ったものではないとしている点である。

もう一つこの上洛については、敵討の裁定の場で五郎が頼朝にいい放った、「一年《ひととせ》君の御上洛候ひし時……京中に入らせ給ひて少しの隙も候はざりしかば力及ばず。四辻町へ出でつつ金吉《かねよき》が太刀を買い取り、年来日来身を放たずして持て候ひつる」（巻九）という言葉との対応がはかられている。五郎は討入に用いた太刀が箱根別当からの贈物であることを隠すために、上洛する頼朝を追跡した際に京で購入した太刀であるといっていた。もちろんこの発言は別当に嫌疑がかからないようにする嘘であるが、この言葉との帳尻を合わせのためにも先の上洛記事は必要だったのではなかろうか。仮に頼朝上洛記がなかったならば、この五郎の発言は宙に浮いてしまうと思われるが、いかがであろうか。

2――幻想の巻狩空間

巻狩二十番勝負の言葉

頼朝主催の富士野の巻狩空間、それをして政治都市鎌倉に代わって東の間出現した東国の中心と述べたが、その特異な表現構造を検証する。東国武士団のパワーが如何なく発揮され、それを統帥する武門の棟梁頼朝という世界がさながらここに現前する。

物語は巻五後半から巻九にかけて、建久四年の巻狩関係の記事で埋め尽くされている。平家を滅ぼし平泉を平定し、前年三月の後白河院の崩御によりその重石もとれた七月に征夷大将軍に頼朝は任じられ、その喪があけたこの建久四年は頼朝得意の絶頂期である。しかし真名本『曽我物語』では、そのような全国規模の政治的動向からこの巻狩を位置づけていないことは述べた。あくまで将軍頼朝と御家人とのローカルな主従関係から巻狩開催の意味が説かれていた。信濃浅間山麓の離山や三原野そして下野那須野での巻狩、最後は富士野の巻狩となるが、巻場が移動するにつれて物語は討入というクライマックス目掛けて盛り上がりをみせる。助経討ちを果たすに相応しい場はどこかという問題がまずあり、兄弟は富士野の巻狩と聞いて俄然敵討の決意を新たにする。また武門の棟梁頼朝なるものもこの巻狩の実施によって名実ともに相応しいものとなる。

頼朝は離山や三原野の狩場を目指して四月下旬に大武士団を率いて鎌倉を出発する。巻狩一行は、武蔵野国の関戸宿、入間川の宿、大倉の宿、児玉の宿、上野国の山名の宿、板鼻の宿、松田の宿、上野と信濃の境の碓氷峠を越えての沓懸の宿、そして三原野の狩場に至る。三原野や長倉等での狩も終わり、再び上野国に出て、大戸、岩氷、三倉、室田、長野で狩り巡りをし、隅田川（利根川）を越えて大渡へ、そして赤城山にて多くの狩場をみる。さらにこれを機会に下野国那須野でも狩が行われ、法皇の宿、品川の宿を通って鎌倉に帰還する。北関東の原野を舞台としての、東国武士団を率いての巻狩開催により頼朝の権力・権威の何たるかが可視化されている。武蔵・信濃・上野・下野の地名が列挙され、騎馬の大軍団が次々とそれを踏破していくのであり、これはまさに頼朝の土地支配の実態をさながら現前させた大デモンストレーションにほかならない。さらにはその場所ごとに土地の記憶が呼び起こされ、頼朝と御家人たちとの確かなる主従関係が確認されている。

北関東での巻狩が終り、その熱気が冷めやらぬままに富士野の巻狩が行われる。ここで注目すべきは左右二十番からなる計四十人の武将たちによる巻狩勝負と、狩場に俄かに出現した頼朝陣営についての表現構造である。前者からみておく。左の奉行は和田義盛、右は畠山重忠という例の二人である。そして源頼朝の嫡子頼家と畠山の嫡子重泰とが相向かい、これをはじめとして以下に二十番勝負が組まれており、一番勝負の言葉をまるごと引用する。

一番には、相模の国の住人に愛敬三郎と本間次郎ぞ出でにける。愛敬三郎がその日の装束は、下には師子《しし》に牡丹の織物の小袖に、上には嶋摺《しまずり》の松原に鶴を飛ばせたる直垂に、大斑《おほまだら》の行縢《むかばき》に生《すず》の絹《し》にて裏打たる竹笠を谷風に一䇳䇳《もみもま》せて、鶴の本白《もとじろ》を以て借染に作いだりける大の鹿矢《ししや》に気装籐《けしょうどう》の弓の真中取て、鴾毛《つきげ》なる馬に黒鞍置て乗るままに、左の岳より出で来る。本間がその日の装束には、下には生裏の小袖に、上には秋の野の直垂に、熊の皮の破合《はりあはせ》の行縢に気張《きばり》にて裏打たる竹笠に、切符《きりふ》の鹿矢に二所籐の弓の真中取て、鹿毛《かげ》なる馬に黄伏輪《きぷくりん》の鞍を置て乗るままに、右の岡より出で来る。かかる処に、上の峰より七つ列《つ》れたる鹿こそ下りけれ。先の三つをば愛敬三郎ぞ射留めける。残りの三つは本間次郎ぞ留めける。二つは遁れで出でけるを、駿河の国の住人に船越・木津輪《きつかわ》の人々の中にて留めけり。（巻八）

相模国の愛敬三郎と本間次郎とが番えられ、彼らの狩装束が逐一詳細に記されている。愛敬の小袖が「師子に牡丹の織物」、直垂が「嶋摺の松原に鶴」、行縢が「大斑」、竹笠の裏打ちが「生の絹」、鹿矢が「鶴の本白」、弓が「気装籐」、馬が「鴾毛」、鞍が「黒鞍」となっている。本間の衣装と武具は愛敬と相対する形で、それぞれ「生絹」「秋の野」「熊皮の破合」「気張」「切府」「二所籐」「鹿毛」「黄伏綸」となっている。この一番に続く以下の勝負でも同様の記述が二十番に至るまで反復されている。参考までに最後の二十番目を引用しておく。

廿番には、同国の住人に望月余一と桃台三郎ぞ出でにける。望月がその日の装束には、下に鈍色の小袖に、上には蛸振《かとふり》付たる直垂に、秋二重毛の行縢に、気張にて裏打たる竹笠に、鴻の羽の鹿矢に繁籐の弓の真中取て、鹿毛なる馬に白鞍置て乗るままに、左の岳より出で来る。桃台がその日の装束には、下には浅黄の小袖に、上には認紺《とめこう》の直垂に、星白の行縢に、練絹にて裏打たる竹笠に、鷹の羽の鹿矢に白籐の弓の真中取て、鹿鴾毛《さびつきげ》なる馬に梨地蒔《なしぢまき》の鞍置て乗るままに、右の岳より出で来る。かかる処に、上の峯より七つ列れたる鹿こそ下りけれ。先の二つをば望月与一ぞ留めける。残りの三つをば桃台三郎ぞ留めける。二つは遁れて出でけるを、小山・宇都宮の中にて留めけり。

信濃国の望月余一の出で立ちは、小袖が「鈍色」、直垂が「蛸振」、行縢が「秋二重毛」、竹笠の裏打ちが「気張」、鹿矢が「鴻の羽」、弓が「繁籐」、馬が「鹿毛」、鞍が「白鞍」であり、同じく信濃の桃台三郎の衣装・武具は、それぞれ「浅黄」「認紺」「星白」「練絹」「鷹の羽」「白籐」「鹿鴾毛」「梨地蒔」である。このように全二十番計四十人、武士たちの名前とその華麗な装束とがまったく同じ形式で列挙されている。

以上のような表現構造をどう考えればよいのであろうか。第1章に紹介した物語巻八の「梗概」をあらためて参照願いたい。この全二十番勝負では、どの武将とどの武将とを番えるかという問題がまずあり、この組合せに込められた意味があるはずである。そのうえで彼らの四十人の衣装・武具各々が、「小袖」「直垂」「行縢」「竹笠」「鹿矢」「弓」「馬」「鞍」という分類項目のもとに、他との差異化をはかりつつ呈示されている。

たとえば「直垂」という項目については、一番勝負では引用文にあったように愛敬の「嶋摺の松原に鶴」と本間の「秋の野」という組合せだったが、二番勝負では渋谷の「趁紺《とめごう》」と中村の「茨摺」、三番では洋津の「萱・葱草摺った練絹」と萱品の「褐地《かち》に白糸の菊綴《きくとぢ》」等々というように無尽蔵に繰り出されている。また「鞍」についても一番では「黒鞍」と「黄伏輪」、二番では「射懸地《いかけぢ》」「黒鞍」、三番では「黄伏輪」と「白伏輪」等々という具合である。さながら狩装束武具合といった趣であり、この箇所を徹底的に注釈することで、いかなる織物が全体として編み上げられているかが明らかになるに違いあるまい。その考察は省略するが、東洋文庫『曽我物語』「注」が全体を図表化しているので参考にされたい。

ところで以上のような表現構造について、新編日本古典文学全集が、「二〇番におよぶ狩のようすが、それぞれの武士の狩装束、馬・鞍などを詳細に記して語られる。その繰り返しが、狩場を華やかな祝祭空間へと仕立て上げて行く。そしてその中で兄弟は敵討を遂げることになるのである」と論じている。狩場をして「祝祭空間」と評している点が興味深いが、いささかの注解が必要である。祝祭といっても様々であり、ここにあるのは隅々まで頼朝により統御された祝祭空間であることを確認したい。巻狩には暴力なるものが潜在していることは既述したが、ここではそれが頼朝により見事なまでに制御され秩序づけられている。そのはてに助経殺しというすべてをご破算にし転覆させてしまうという、もう一つの祝祭が発生する仕掛けとなっている。

しかし私がここで問おうとしているのは、この晴れの行事もしくは祝祭の時空なるものが、いったいどこに存在するのかという一点に尽きる。そもそも真名本『曽我物語』のなかでこの二十番勝負を語る言葉はとびぬけて異質であり、角川源義や東洋文庫の注はこれらをして語り物特有の「揃い物」「名寄せ」表現であると評している。確かにそうかもしれないが、そう評してしまうとそれ以上踏み込んだ分析ができなくなる。ここにある表現構造の特性とは何か。

ここに展開しているのが巻狩という晴れの時空、祝祭の時空であることに異論はないとしても、どのような言葉のカラクリによってそれは可能となっているのか。結論をいえば、それは「……について」語っている言葉ではないという点にあるのではないのか。先に引用した第一番と第二十番勝負の言葉を確認されたい。そこでは語り手の情意の表現は極力排除されている。感動・感嘆の言葉もないし、調子づけの助辞もなく、さらには事態を評価したり意義づけたりする言葉も皆無である。そのために衣装や武具が即自的・即時的・即物的にそこに置かれているといった印象さえするではないか。

換言すれば、この言葉は外部にある何かを指示する記号としてあるのではなく、言葉それ自体が「物」としてあるがごときなのだ。「獅子に牡丹の織物」の小袖、「嶋摺の松原に鶴を飛ばせたる」直垂、「大斑」の行縢、「生の絹にて裏打たる」竹笠、「鶴の本白を以て借染に作いだりける大」の鹿矢、「気装籐」の弓等というように物自体がそこに投げ出されて存在しているではないか。祝祭の時空に「ついて」語っているから祝祭なのではなく、言葉＝物、という表現構造それ自体が祝祭の言葉たり得ているのではないのか。東国武士たちの最高の晴れ姿を文字通り「さながら」出現させる言葉としてこれらは確かに機能している。何もないところに世界をいかに現前させ得るのか、ということはまさに祝祭や幻想の言葉の問題である。通常は「……について」説明したり描写したりすることでその問題を解決せざるを得ないが、しかしここではなんと言葉自体がその物であるとするアクロバチックな表現方法が駆使されているのである。

巻狩屋形の言葉

ところで物語にはもう一つ、富士野の巻狩での屋形配置についての二十番勝負に勝るとも劣らぬ表現がある。討入の直前に十郎は頼朝や助経の屋形位置を偵察しにいき、それを五郎に逐一報告する。それは次のような言葉であり、導入部だけ紹介する。

鎌倉殿の御屋形を中として、二十垣《がき》に小柴を以て築垣《ついがき》としつつ、四方に四門を立て、四つの扉を四門に立て、小路を通し、左右に列を引きつつ、左右に門と門とを相迎へつつ、屋形を並べて諸国の侍共君を守護し奉る。先ず、南門に臨みつつ内陣を見入て通れば、左の列は相州の守護和田左衛門義盛・子息四郎左衛門・弟の朝夷《あさひな》三郎義秀《よしひで》・平六兵衛義村・早良《さわら》十郎義連《よしつら》・土肥次郎実平・置崎《おかざき》四郎義実、屋形を並べてありと見つ。右の列は、武州の守護人畠山次郎重忠・舎弟長野三郎重清《しげきよ》・江戸太郎重長《しげなが》・新貝荒次郎・置部《おかべ》六矢太忠澄《ただずみ》、屋形を並べてありと見つ。外陣を見出でて通れば、左の列は相模の国の住人に秦野馬允《うまのじょう》・海老名小太郎・愛敬三郎・日野小次郎、屋形を並べてありと見つ。右の列は、横山太郎時兼《ときかね》・仙波七郎・手庭賀《てばか》小太良・舎弟小次郎、屋形を並べてありと見つ。西門に臨みつつ内陣を見入て通れば……（巻八）

頼朝の宿所を中心にして、それを囲繞する諸国御家人の屋形が東西南北に配されている。南門を入っての左の内陣は和田義盛を筆頭に多くの屋形が、右の内陣は畠山重忠を筆頭に多くが、また左外陣と右外陣にある屋形それぞれも紹介されている。この発言をスタートとして、以下同様の言葉で、西門・北門・東門の陣容、巽《たつみ》の角、坤《ひつじさる》の角、乾《いぬい》の角、艮《うしとら》の角の陣容が披露され、さらに隅から隅に至るまで細部が説明されている。名前の挙げられている武将だけでも百二十名に及ぶのであり、総勢何人いるのであろうか。ちなみに助経の居所については、「御所の巽の角の御縁の際、妻戸の腋《わき》に当て、敵左衛門尉と吉備津の宮往藤内と一つ屋形に宿したり」とされている。

これは富士野に突如出現した要塞頼朝城であり、頼朝を頂点とする武士団のヒエラルキーが見事に空間化されている。角川源義がこの陣容の図示を試みており本書でも紹介させていただくことにした。確かにこの言葉を読むと図に還元したくなるが、それほどまでにこの言葉は頼朝の権力構造なるものを、屋形配置図という形態において一寸の狂いもなく空間化させているのだ。

これは先の二十番巻狩勝負の言葉と同様に、真名本『曽我物語』が最大限の力をして築き上げた幻想の頼朝城と評すべきものである。双方の表現は相補的関係にあり、かたや頼朝を中心とした東国武士団のツリー状の堅固な秩序世界を築き上げ、もう一方は二人一組というパーツを累々

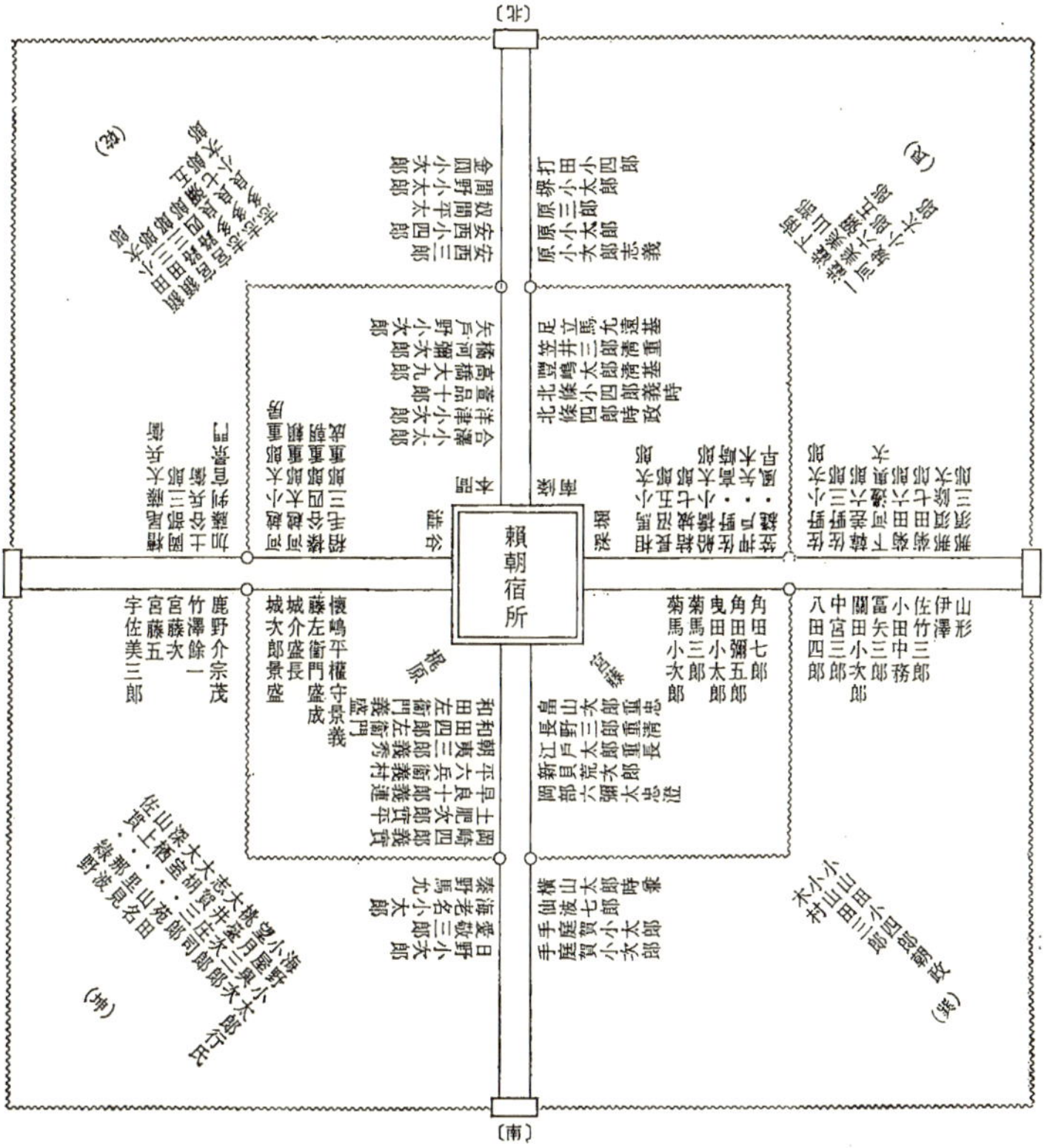

角川源義「巻狩屋形配置図」

と重ねて増殖させることで、個々の武将たちの微細な姿を織り込んだ巨大なタピストリーを出現させている。

　これらは何もない茫漠とした富士野の原野だからこそ可能となった幻想である。もとより狩場に出現した屋形群やそこで展開された二十番勝負は、巻狩が終れば瞬く間に消失してしまうはずのものである。しかしまさにそうだからこそ、そのことを逆手にとって何もない索漠とした空間に、物語は頼朝権力の理想形と東国武士団の華麗な晴れ姿とを全身全霊を以て束の間出現させたのである。繰り返すが幻想とは存在しないものをあるがごとくに現前させることの謂いであり、それはひとえに言葉の力の賜物というほかない。真名本のなかで言葉の何たるかが鋭く問われ、幻想がもっとも花開いた部位がこれではなかろうか。まさに都市鎌倉を押さえ込んで出現したところの東国の中心なのであった。

　私は先に五郎の恨みの情念をして「抽象的情熱」と称し、それはその自転運動の結果自爆に至るほかないものと論じたが、そもそもそのように解釈されることこそが言葉の力の問題だったのかもしれない。抽象的情熱なるものがアプリオリにあるのではない。頼朝殺害が目的だったとか、首を刎ねるがよろしいとか、悪霊・死霊にならんとか、孝養の敵討だとか……そのように時に応じて変幻自在に吐かれる五郎の言葉がかかる情念の所在を明かしていたのであり、決してその逆ではない。それはそうではなかろうか、それは抽象的であるがゆえにそれ自体としては空無であるほかないではないか。言葉が空転し限りなく上滑りし、とめどもなく消費・消尽されていくという、そのような言葉の自転運動こそがかかる情熱の在り処をかろうじて象っているのである。言葉それ自体の力の何たるかが限りなく対象化されているのであった。

ところでもう一つ問題にしたいのは、この言葉が頼朝陣営の客観的俯瞰図であるにとどまらず、あくまで十郎による五郎への報告の言葉である点である。この言葉により討入直前の兄弟にとって、立ち向かう相手がいかに巨大な権力たり得るかが自覚される仕組になっている。五郎が「いかに破り難き陣頭なりとも、我ら二人だにも躵ひ崎《よ》り、思ふ敵を仕勝《しおほ》するものならば、恒沙《ごうさ》の兵ありとも物の数ならず。何事に依てか恐るべき（どんなに破り難い陣の座であろうとも、我ら二人だけでも狙い迫って、思うところの敵を討ち果たしたならば、あとは数多の兵があろうとも物の数ではない。いったい何を以て恐れる必要があろうか）」と豪語しているように、まさにこれが難攻不落の要塞だからこそ彼らは奮い立っているのである。

頼朝陣営の客観的表現でありつつ、兄弟にとっての主観的表現でもあるという二重構造がここにある。これが偵察に出た十郎の言葉であるとしても、彼がこの巨大な屋形配置の全体像を把握することはまず不可能である。また討入の実際をみても、すべての武将たちか酔い潰れた深夜に兄弟は容易に敵助経の首を取っており、二人がこのような陣容の全貌を前もって知ることに戦略的な意味があるとも思えない（巻九梗概）。その後に周囲を叩き起こして一戦構えるにしても、頼朝屋形のごく近いところでの戦いに終始しており、助経の居場所が解りさえすれば十分ではないのか。

しかし巻狩陣営の全体像を十郎が把握するという展開にたとえ無理があろうとも、そのことで彼ら兄弟の闘争心を一挙に高めることができたし、さらには東国武門の棟梁頼朝の権力構造の全貌を現前させることが可能となったのである。これまで私は兄弟討入によって狩場が血で汚されたという評し方をしてきたが、兄弟が破壊したものとは、まさしくかくのごとき頼朝得意の城郭だったのである。真名本『曽我物語』は頼朝物語と兄弟物語とが並走し交差し衝突することで漸増的に盛り上がりをみせている。伊豆に閉塞する頼朝と兄弟の苦難の物語からはじまり、巻狩では頼朝一行とそれを追跡する兄弟の動きは連動し、頼朝と五郎との対決を以て完結する。そしてこのような頼朝の巻狩陣営について語る言葉一つにしても、客観的に頼朝世界を俯瞰しつつもそれを兄弟側から主観的に位置づけるというように、表現のかかる二重構造によってこの両物語はがっちり嚙み合っているのであった。

3——東国の信仰圏

人々の篤き信仰心

東国のあるべき信仰圏が真名本ではすべて網羅されている。箱根権現・伊豆山権現・三嶋大明神・富士浅間大菩薩等という在地の信仰、さらに源氏の氏神八幡大菩薩までもが加わり、この目配りには漏れがない。ここでまず明らかにしたいのは、このような信仰の問題が物語世界の環境としてアプリオリにあるのではない点である。たとえば次のような例を参照されたい。

・そもそも当山と申すは、走湯権現これなり。その御本地《ごほんち》を尋ね奉れば、千手千眼広大円満《せんじゅせんげんこうだいえんまん》の観世音菩薩《かんぜおんぼさつ》これなり。……女躰《にょたい》はまた無量寿仏《むりょうじゅぶつ》これなり。……。雷殿《らいでん》はまた八大金剛童子《はちだいこんごうどうじ》これなり。御本地は如意輪観音《にょいりんかんのん》にて御在す。……拳《こぶし》の童子と申すは、御本地大聖不動明王《だいしょうふどうみょうおう》これなり。忝《かたじけな》くも毗盧遮那仏《びるしゃなぶつ》の教令輪身《きょうりょうりんしん》、大日如来《だいにちにょらい》の変作なり。……岩の童子と申すはまた、御本地は忝くも当来導師《とうらいどうし》の弥勒慈尊《みろくじそん》これなり。……塔の本、桜童子と申すはまた、本地地蔵《じぞう》菩薩これなり。……中堂権現と申すはまた、本地薬師《やくし》如来これなり。……我ら夫婦、倶に精進潔斎にて丹精を神前に至して、降伏《ごうぶく》を宝殿に乞ふ。大幸を冥道《みょうどう》に受けて、諸国を永代に預らむ。もしまた愛夫頼朝の果報拙《つたな》くして、この願成就すまじくは、事を起さぬその前に自らが命を召せ。　（巻二）

・南無帰命頂礼、筥根三所権現と申すは相模の国大早河の源上《みなかみ》、駒形《こまがた》の大嶽、湖の傍《そば》において万巻《まんがん》上人の難行苦行の功に由りつつ、三人異躰の形にて上人に託して云はく、我ら三人は即ち、この山の主《あるじ》なり。即ち筥根三所権現と号して三人異躰なる事は即ち法躰俗体女躰三形《ほったいぞくたいにょたいさんぎょう》これなり。しかして後、三人同音に唱《とな》へて云《のたま》へり。池水清浄《ちすいしょうじょう》に日月浮びて意の如し。精進《しょうじん》の天衆《てんしゅ》三人来りて、同じく倶《とも》にこの山に住す。有情《うじょう》結縁して菩提をなす。これに依て藤原筥王丸も志を御宝前に運びて、怨敵降伏の願望を遂げん。親父讎敵《しゅうてき》の首を取て亡父戦苦の身代に立て替へ、黄泉中有《こうせんちゅうう》の闘諍を助けて快楽《けらく》菩提の彼岸に至らしめん。そもそも三所権現の御本地どもを申せば、佐尾鹿《さをしか》の八つの耳を振り立てて委《くは》しく聞こしめせ。法躰は忝くも大聖文殊師利《もんじゆしり》菩薩これなり。……俗躰と申すはまた弥勒菩薩これなり。……女体と申すはまた観世音菩薩これなり。吉祥《きつしよう》駒形と申すは、また本地は金剛界の大日なり。……これ程の宿願をばなどか御納受なかるべき。もし敵助経が躰《すがた》を見せしめ給ふまじくは、ただ今御宝前において忽《たちまち》に命を召せ。　（巻四）

それぞれ伊豆山権現と箱根権現の縁起を述べた言葉であり、長文ゆえに抄出となった。様々な言葉の引用からなる真名本『曽我物語』のなかでこれまた特徴的な文体であり、研究史的にも典拠として各種縁起の言葉や、『神道集』との近い関係がいわれている。しかしこのような縁起の言葉の引用が地の文ではなく、先の巻狩屋形配置の言葉と同様に登場人物の発話の言葉としてある点に留意したい。地の文としてならば物語世界の宗教的環境作りの一環としてこれがあるという説明で十分だが、ここでの引用法はもう一歩踏み込んでおり、かかる縁起の言葉を紡《つむ》ぎ出している主体は北条政子や五郎という登場人物なのである。

前者は伊豆の目代山木兼隆と結婚させられそうになった北条政子が、山木の屋形を脱出して伊豆山に逃げ込み、そこで落ち合った頼朝とともに伊豆山権現に将来を祈念した言葉である。この伊豆山の由来を説くことからはじまる政子の激越な言葉は以下延々と続き、傍線部のように夫頼朝による平家討伐と諸国平定を祈願し、それが成らぬならば私（政子）の命を召すようにという。そして政子が、「つもり行く五重《いつへ》の雲はあつくとも祈る心に月を宿さん（私たちの前途にたちはだかる障害は五重の雲のように厚いものだとしても、私たちの祈る心により雲が払われて月が照らすことでしょう）」と詠んだところと、伊豆山権現が示現して、「あまくだり塵にまじはるかひあれば玉ちるばかり物な思ひそ（私伊豆山権現が地上に降りたって俗塵に交わっていることの甲斐があるはずですから、魂が散るほどに嘆くことはないのです）」として歌を返してくる。

後者の例も箱根権現の縁起が客観的に呈示されているのでなく、これも曽我五郎の祈りの言葉

伊豆山神社

箱根神社

それ自体としてある。政子の祈りの言葉と同様に、我らが宿願をご納受くださらぬならば、すぐさまこの宝前で私の命を召してくだされとまでいっている。そしてその後に、「泣く涙露けき袖は朽《く》ちぬべしさやけく照らせ夜半の月影（流す涙でただでも露に濡れている袖は朽ちてしまいそうです、煌々《こうこう》と照らしてください、夜更けの月よ）」という五郎の歌が詠まれ、神もそれに感応して、「泣く涙斎垣《いがき》の玉となりぬれば我もろともに袖ぞ露けき（お前の泣く涙で神社の垣根も露の玉で濡れている、私も一緒になって涙で袖を濡らしている）」と歌を返してくる。

五郎と箱根権現、政子と伊豆山権現というのが真名本『曽我物語』における信仰の要である。五郎も政子も神々に拝跪《はいき》し、荘厳な縁起の言葉を滔々《とうとう》と語り、最後は和歌の言葉を以てして神々とダイレクトに交信している。その力強い直向《ひたむ》きな態度が神々を感動せしめ、双方は感応し合うこととなり、かくして彼らの人生は神々のご加護のもとにあることになろう。このように信仰問題はアプリオリにあるのでなく、登場人物個々の篤き信仰心こそが神々の存在を必然化ならしめている。

ここで紀貫之《きのつらゆき》『古今和歌集』「仮名序」（延喜《えんぎ》五年（九〇五）成立）の、「力をも入れずして天地《あめつち》を動かし、目に見えぬ鬼神《おにがみ》をもあはれと思はせ、男女の仲をもやはらげ、たけき武士《もののふ》の心をもなぐさむるは歌なり（力をいれないで天地を動かし、目にはみえない鬼や神をも感動させ、男女の仲をも和らげ、勇猛な武士の心をもなごませるのは歌ならではのことである）」が自ずと想起される。私はなにも突飛な連想をしているのではない。真名本は紀貫之歌を凡河内躬恒《おおしこうちのみつね》歌と番えて二度にわたって引用しており、とくに貫之への思い入れには格別のものがある。そう、和歌の呪性を唱える歌聖貫之の言語観をさながら体現しているのが、ほかならぬ東国テクストであるとする矜持がここに認められるのではなかろうか。

さてこの政子の伊豆山信仰には頼朝も関わり、真名本は伊豆密厳院の「卿の律師」とは頼朝の「御師匠」であるともいっている（巻三）。『吾妻鏡』にも頼朝と伊豆山との関係が多く認められ、とくに治承四年（一一八〇）七月五日には「文陽房覚淵《ぶんようぼうかくえん》」との感動的な出会いが語られているが、この人物こそ真名本の「卿の律師」に該当するのであろうか。しかしたとえそうでも真名本では頼朝と伊豆山の関係は、政子のそれには遠く及ばないとされている。

また頼朝なる存在は箱根山の方にもそれとなく埋め込まれている。箱根に預けられていた稚児五郎は、将軍二所詣に随行して当地に来ていた敵助経に遭遇するが、となると直接顔をみせないまでもその場に頼朝は確実にいたことになる。また以仁王からの令旨を戴いた頼朝について、「伊豆の山より根通りと名づけて筥根へ伝ひつつ、三嶋の大明神を伏し拝み、毎月三度の御奉幣怠り給はず」（巻三）とあり、その時より伊豆山から箱根山そして三嶋というルートを通る奉幣使の「月詣」が行われるようになったとされている――阿部美香はこれをして将軍二所詣の起源説話としているが、そうみるにはあまりにあっさりし過ぎているのではないのか――。頼朝の主信仰は源氏の氏神八幡大菩薩にあることは間違いない。しかし二所三嶋という信仰圏の問題とすり合わせながら、東国の頼朝なるものが徐々に形をなしてきているのであり、つきるところ真名本は東国の中に頼朝なるものを取り込まんとしているのだ。

　さて頼朝の八幡信仰についてだが、ことあるごとに頼朝は、「帰命頂礼八幡大菩薩、願はくは頼朝が思ふ本意を遂げしめ給へ」（巻二）、「大悲《だいひ》権現八幡大菩薩、頼朝が思ふ宿願を、遠くは三年、近くは三月の内に成就せしめ給へ」（巻三）、「大悲権現八幡大菩薩……先ずは山木を亡ぼして、次には伊藤を討たん」（巻三）等と八幡大菩薩を念じており、彼の人生の劇的な転換は八幡のご加護によることが暗示されている。また八幡縁起の言葉は巻二に頼朝の祈りの言葉のなかで、さらに巻三巻末に地の文としても長々と披露されている。

　しかし真名本は八幡信仰については本来的には外部のものとして捉えているようである。頼朝と政子が伊豆山に逃げ込んできた時に、卿の律師は二人の保護を大衆たちに要請すべく、伊豆山権現と八幡大菩薩との浅からぬ因縁を説いている（巻三）。おそらくそのことで八幡信仰は、この東国の信仰圏にかろうじて取り込み得たのではあるまいか。律師の言葉は伊豆の大衆を説得するためであるとともに、真名本という東国テクスト内にしかるべきものとして八幡信仰を定位させるべく機能している。また北条政子をして八幡信仰の祭神の要である神功皇后《じんぐうこうごう》に喩えているところもあり（巻三）、そうすることでこれまた八幡と東国との浅からぬ縁を強調しているのであろう。ただしご当地鎌倉の祭祀の中心たる鶴岡八幡宮に対してははなはだ素っ気なく、このテクストが政治都市鎌倉の重要性をまったく評価してないことは述べた。

　また三嶋大明神の縁起も「当社明神と申すは、神威掲焉《いちはやく》、天地感動して神火大海を焼きしより

三嶋大社

以来《このかた》、人王《にんのう》四十代天武天皇の御宇《ぎょう》……」（巻七）では じまり、「仰ぎ願はくは、大明神、思ふ敵を討せて賜べ。伏して乞ふ、王子眷属《けんぞく》、敵助経が首を我らが手に懸けさせ給へ。もしこの思ひ叶はずんば、御前にて我ら二人を怨鞠《あだまり》に挙げて跳《け》殺し給へ……」というように、敵討成就を祈る兄弟の祈りの言葉としてあり、とくに「怨鞠」なる言葉のイメージは強烈無比である。しかし神は示現しない。三嶋は駿河国の国社ということから一応尊重されてはいるが、箱根山や伊豆山と比べると影が薄い。

『吾妻鏡』の治承四年八月十七日に頼朝は伊豆目代山木兼隆の首級をあげることで、平家打倒の緒戦を飾るが、その日が「三嶋社ノ神事」に当るとされている。また平維盛率いる追討軍を富士川の合戦で打ち破った頼朝は、十月二十一日にわざわざ三嶋社に詣でて神領を寄進しており、挙兵を成功へと導いたとして三嶋大明神に篤く帰依している。しかしこのような頼朝と三嶋社との縁を真名本は一切汲み上げておらず、恐らく真名本の成立事情（箱根山・伊豆山で編纂されたか）と関わる問題なのかもしれないが、これ以上の言及は控える。

以上のように伊豆山と政子、箱根山と五郎、三嶋と兄弟、八幡と頼朝、さらには兄弟の死に場所が富士山というように、登場人物ごとに各信仰圏が住み分けした形で出揃っている。そしてそれを前提としてさらにそれらをクロスさせるかのように、伊豆山に八幡信仰を関連づける卿の律師の言葉や、頼朝と東国の神々との関係、さらには政子と八幡との関りも記されている。いわば東国の信仰圏を基盤としつつ、八幡信仰をそのなかに絡めとる形になっている。木村朗子は「あらゆる神々を八幡神の下位に位置づけていこうとする『曽我物語』の意志でもある」と論じているが、はたしてそのような解釈が成立するのであろうか。それは頼朝物語だけに焦点を当てた恣意的解釈であると思われもするが、いかがであろうか――私と真逆な解釈なのでここにあえて紹介させていただくことにした――。

繰り返すが神々は物語世界の宗教的環境としてアプリオリにあるのでなく、登場人物個々の真摯な信仰心のなかから出現している。その縁起の言葉でさえ登場人物の祈りの言葉として出現したものであり、しかも神々は政子や兄弟の信心に確かに応答しているとしても、彼らに寄り添い涙するまでのことであり、はなはだ遠慮がちな示現というほかない。実際に神々はそれとして解るようなあからさまな力添えを彼らにしているのではない。いやちこに神々が示現して、現世に生き泥《なず》む人々の窮地を救い、彼らの本願を成就せしめるという類の霊験譚となっているのではない。物語はあくまで頼朝・政子・兄弟の現世の生とその篤き信仰心を語るだけのことであり、彼らが望むような結果が出ていたとしても、神々の霊験の何たるかはその向こう側に暗示されるにとどまる。人々は孤独と絶望のままに立ち竦《すく》むばかりであり、運命はまさに自身の努力によって積極果敢に切り開いていかねばならないのである。富士山を前にしての兄弟の絶望的な叫びも印象深い。そこでは「御霊神」たらんことを欲し、敵討を「報恩の合戦」「謝徳の闘諍」と位置づけ、「修羅」「地獄」からの救済までもが祈念されており一歩踏み込んだものがあるが、逆にであればあるほどに彼らの行く末は一層定め難いものとして放置されたままである。

真名本は縁起物ではない

縁起物の言葉は以上のように様々な形で引用され解体化されているのだが、それにしても人生の辛酸を嘗《な》め尽くした兄弟が、最後は「御霊神」に祀り上げられているところをみると、縁起物の前生譚《ぜんしょうたん》・本生譚《ほんじょうたん》との関係が否定し難いもののように思われてくる。というのも真名本のこのような物語展開は、先掲「赫屋姫伝説」やそれと同内容の『神道集』「富士浅間大菩薩の事」のように、神々の前身を語る縁起物そのものではないかと思われるからである。敵討に至る兄弟の苦涯の生とは、いずれは「御霊神」となる彼らの「前生譚」に該当するという訳である。しかしはたしてどうであろうか。縁起物とは日本の神々をインド由来の仏・菩薩の化身として位置づけることを目的とし、仏が神々となって垂迹するためには、人間として様々な苦難を経験し尽くすことが必須の条件とされる。そしてこのような縁起物という観点からする真名本『曽我物語』論は既にあり、これをどう考えればよいのか。

ここで曽我兄弟の御霊神問題はひとまずおいて、先の北条政子や源頼朝の物語にしても既にして濃厚に縁起物の前生譚的である点を確認したい。頼朝との仲を裂かれようとしていた彼女の受難の人生とは、とどのつまり継母牧の方（北条時政後妻）の虐待によるものとされる（巻三）。北条時政が大番（京都の守護が任務）で上洛中に、頼朝は政子と密かに情を通じるが、継母はそれを妬んで我が娘と頼朝との結婚を画策する。一方の京の時政は伊豆国目代の山木兼隆に娘政子を嫁がせる約束をし、二人連れだって伊豆の国府に帰り、そこから後妻牧の方宛に山木との婚姻のために政子を至急国府に送り届けるよう手紙を出す。継母は政子と山木が結婚すれば、我が娘を頼朝に嫁がせることができると喜び、政子にただちに国府に行くよう命ずる。「実の母ならば、これ程に情なき事は、よもあらじ」というのが頼朝に心惹かれる政子の無念の涙であった。そして政子は山木の邸を出奔し、卿の律師を頼って伊豆山へと逃亡、そして伊豆山権現への祈念というように続くのであった。その剣呑《けんのん》な山路を女房たちと逃亡する政子は、「御足も欠け損じて、叢《くさむら》ごとに血に染めば、薄紫とも謂《い》ひつべし」（巻三）と語られており、まさに流離する神の痛ましくも凄惨な姿がここにある。

しかもこの政子受難の話が、『神道集』巻二「二所権現事」にみる箱根権現・伊豆山権現という垂迹神たちの前生譚・本生譚と重なっているのである。『神道集』を紹介しよう。インドの斯羅奈国《しらないこく》の源中将尹統《これまさ》と、その故先妻との子の常在御前《じょうざいごぜん》、そして後妻との子霊鷲御前《りょうじゅごぜん》というのがその前生譚における人物構成である。源中将が都の「大番」で留守中に、継母による常在御前虐めが熾烈を窮める。霊鷲御前は終始姉の味方をするも、常在御前は何度も命の危機に見舞われる。しかし最後はこの腹違いの姉妹は、隣国波羅奈国《はらないこく》の太郎と次郎王子に救われてそれぞれの后となる。一方源中将が東国に帰ると二人の娘は既になく、出家しその行方を求めて遍歴の旅に出る。そしてめでたく娘に再会し得た父入道は娘夫婦の波羅奈国で幸せな生活を送ることになる。しかし継母が大蛇となって攻めてくることを知り、父入道は娘夫婦ともども仏法の盛んな日本へ渡る決意をする。かくして父入道と太郎王子と常在御前は「箱根三所権現」として顕われる。父入道の法体は文殊菩薩、太郎王子の俗体は弥勒菩薩、常在御前の女体は観音菩薩であるという。一方の次郎王子と霊鷲御前は「伊豆山権現」として顕われ、次郎王子の法体は文殊菩薩、俗体は無量寿仏、霊鷲御前の女体は如意輪観音であるという。

京の大番による父の不在という設定、その間の継母による継娘の虐待、娘の流離と父の帰郷という展開において、真名本と『神道集』とは相同関係をなし、しかも北条政子は「常在御前」ならずの「万寿御前」と呼称されている。また真名本『曽我物語』の継母牧の方の造形は『神道集』の継母像とあまりに近似している。となると常在御前が苦難の前生を経たことで、箱根三所権現として顕われたこととパラレルに、万寿御前（政子）もいずれは某《なにがし》かの神へと転身するものとも思えてくる。

さらに真名本『曽我物語』が北条政子を神功皇后に喩えている点も気になる。物語は神功皇后について、「夫の仲哀《ちゅうあい》天王の別を悲しみて遺跡を尋ねつつ、女性なれども世を取らせ給ひつつ、日本国の皇帝とはならせ給ひぬ」としたうえで、それと並んで伊豆山に逃亡する政子をして、「今の北条の妃も女性なれども、日本秋津島、鎌倉の受領仁《じゅりょうじん》、将軍家の宝位・玉床に御身を宿し給ふべき御瑞相《おんずいそう》にや」（巻三）と評している。八幡大菩薩が、「仲哀・神功・応神」（巻四）という「本朝三代の皇帝」として顕われたとするのもこれまた真名本なのだが、このような神功皇后と並んで政子が顕彰されており、これからも政子の神への転身が暗示されてもいよう。

浅見和彦は真名本『曽我物語』が引用する『神道集』の箱根権現・伊豆山権現の縁起譚のなかでは、神々の前生譚の部分がまるごと省略されている点に着目し、政子の人生こそが縁起の前生譚に相当する以上、それら神々の前生譚まで語ることとのバッティングを避けたと論じており妥当な見解であろう。また助親に命を狙われ、蛭ヶ小島より北条時政のもとに脱出、さらに伊豆から石橋山そして安房へと流離する源頼朝の姿をみると、これまたいずれ某かの神へと転身するものとも思えてくる。

縁起物の言葉やその世界観はこの物語世界に確実に内在している。人と神とが交信する媒体として縁起や歌の言葉が呪的パワーを発揮し、人々は神々の庇護のもとにあり、さらに縁起物の言葉は折り返して彼ら登場人物たちが将来神に転身するであろうことを暗示しており、確かに彼らの人生は神々の前生譚のごとき相貌を呈しているのだ。

しかしたとえそうだとしても真名本『曽我物語』は縁起物ではない。そもそも真名本は登場人物たちの受難の生を語ってはいるが、政子も頼朝もしかるべき神に転身しておらず、したがって彼らの人生は神々の前生譚として位置づけられているのではない。政子や頼朝が死後にどうなったかは一切明らかにされておらず、このことは真名本を考えるうえで決定的である。縁起物とは神への転身というしかるべき「結果」が出た地点から、「事後的」にその根拠を彼らの「前生譚」という形で語るのであり、当然そこではその前生がいかに苛酷なものであったかの一点を強調することにかけられ、またそのことが神に転身するための条件とされる。

『曽我物語』では方向性は逆であり、政子や頼朝の将来についての肝心要の結論は出ておらず、彼らの生き様は神へ転身するであろうことを暗示するにとどまり、あくまで語りの目的はこの人間界における政子や頼朝の生き様それ自体にある。頼朝や政子なるものはその置かれた歴史的・社会的条件のもとで念入りに分厚く造形されており、縁起物とは力点の置きかたが正反対である。そもそも伊藤助親一族への私怨を抱いていた頼朝が、最後は「法」を以て世を治める大将軍に成長したなどという物語、あるいは北条政子が夫亡き後の承久の乱でいかに京方に対して勝利をおさめたかという物語にしても、縁起物の論理からすれば場違いな力点の置きかたでしかなかろう。

では兄弟についてはどうなのか。確かに彼らは「富士の郡六十六郷の内の御霊神」、「富士浅間の大菩薩の客人の宮」（巻十）として祀られたのであり、これをどう考えるべきか。ここで重要なのは彼らは生前から、「名をば後代に留めて」（巻七）、「悪霊・死霊とも成て御霊の宮とも崇められめ」（巻六）等というように、自らが死後に「御霊神」たらんと欲していたという点である。先の五郎による赫屋姫伝説の引用も富士浅間の本生譚を確認することで、兄弟はその世界を自分たちの行動指針としていたのである。討死目指して自己完結的に生きんとする兄弟にとって、そのような人生に具体性を付与するものとしてそれがあった。ということは登場人物たる彼らが、自ずからの結果として御霊神になったのでなく、縁起物の前生譚的人生を自己目的化して生きた結果神々に転身したことになるわけであり、その意味で真名本は縁起物それ自体ではないのである。政子・頼朝の将来実現したであろう神への転身は語られておらず、また兄弟は御霊神に転身することを人生の目標に掲げて今現在を生きていたのである。とどのつまり物語は彼らの現世の生それ自体を語ることにすべてを懸けており、この意味において縁起物の前生譚は見事に吸収咀嚼され解体化されてしまっているのであった。

4――街道論

出会いと擦れ違い

街道を往来する人々の姿が真名本ではクローズアップされ、その動きは事件現場の富士野の巻場に収斂し、またそこを起点に次の動きが生じている旨は述べた。この街道なるものが物語論としてどう機能していのかをさらにみておく。

頼朝の巻狩一行が北関東そして富士野へ向かう道中にて次々と地名が列挙されていた。そしてその頼朝一行を追跡する兄弟の前にも地名が次々と繰り出され、それにより土地に因んだ故事なり記憶なりが手繰り寄せられていた。さらに巻十では虎と曽我母による兄弟の死への道行を追体験する箱根への旅路が語られ、そして最後には頼朝の巻狩一行の旅と向き合うように大磯の虎等による全国行脚の旅が語られて物語は閉じられていた。

いわばここでは街道での追跡・追走行為が幾重にも重畳することで、先行する旅路の表現を上書きする形で、後続の表現が益々厚みを増してくるというメカニズムがある。土地支配の証としての地名列挙、討死覚悟の今はの際にみえてくる風景、故人追慕に涙する旅路の景、そして死者の菩提を弔う行脚というように、これほど旅に因んでの想像力を多角的・多重的に叩き出したテクストはほかになく、大変興味深いものがある。

しかしここでは追跡・追走という同一方向の運動ではなく、人々の出会いと擦れ違いという双方向的ドラマを演出する街道について考えてみよう。和田義盛と畠山重忠という例の二人が、富士野の巻狩を控えて、まずは一風呂浴びて英気を養うために三浦を目指していたところ、鎌倉に馳せ参じようとしていた三浦余一とばったり出会うという場面がある（巻六）。十郎が余一に敵討に合力するよう頼んだところ、それを相手にしなかった余一を五郎が馬鹿者と罵ったために、立腹した余一が兄弟の企みを頼朝に通報すべく馬を駆っていたのだ。和田と畠山は余一を捕まえて説得する。とくに畠山の、「吉き武士と申すは、深く哀れを知るべきなり（良い武士と申すものは、深く哀れを知らなければならないものである)」という言葉に説得されて余一は思いとどまるのであり、これは先にも紹介した。

和田と畠山とが余一に出会ったといっても彼らは徒歩《かち》ではない。畠山が「怪《あや》しき者かなとして」として、「余一が乗たりける馬の轡《くつわ》の七寸《みづつき》(轡の両端にある手綱をつける金具)を引き返して「いかに何事ぞ」」というと、和田も「余一が馬の鼻に打塞がり給ひぬ」となり、「余一は力及ばずして馬の鼻を引き返しつつ」となる。このように馬上の二人が同じく疾駆する馬上の余一をかろうじて搦めとめており、間一髪で事なきを得ているのであった。「曽我の人々のその日の首をば、畠山殿ぞ継がれける(曽我の兄弟はその日の首を畠山殿によって繋がれたのであった)」と評されているように、これは兄弟の計画が事前に頼朝に漏れてしまう可能性を孕んだ緊張感のある場面であり、畠山・和田が余一と偶然出会い、かつ余一を抑え込むことがなかったならば、兄弟は即刻梟首《きょうしゅ》されたことであろう。出合った場所も「鐙摺《あぶみずり》(逗子から三浦に通じる葉山の海岸という)」であり、この言葉は馬上の三人の過激な出会いを暗喩しているのかもしれない。

兄弟の計画が漏洩してしまう可能性はこれまでもあった。十郎は敵討に同心するよう京の小次郎を誘ったこともあり、そのため母に計画を知られてしまう(巻五)。しかしこの余一の話ではさらに一歩進めて、街道での偶然の出会いによって、危機的状況が未然に回避されるという場面に仕立て上げられている。人々の行き交う街道なるものの特性を十二分に生かして、それを秘密漏洩阻止の場として機能させているのであった。さらにこの場面を踏まえて、兄弟が富士野への途次で異父姉夫の二宮太郎朝忠と出会うという似たような場面がもう一つある（巻七）。十郎はここでも朝忠に敵討の与力を頼もうとするが、これまでに懲《こ》りてなんとかその気持ちを抑え込む。狩場から引き返してきた朝忠は、狩場は人が多すぎて面白くないといい、十郎は話の種を仕入れるために行くのだといって世間話で終始する。ここでも敵討に与するよう十郎がまたも弱気な態度をみせるかと思わせつつ、結局は何もなかったという形でもう一捻り加えられている。

虎と街道

しかしなんといっても、虎のいる大磯の宿で兄弟と宮藤助経とが鉢合わせするかもしれぬという場面が最もスリリングなものである（巻五）。熱海から三浦へと向かう和田義盛一行が、途中大磯の宿で一休みということで虎を呼び寄せる。その場に十郎と五郎も居合わせて酒盛りとなるが、今しがたまで鎌倉へ上る敵助経の一行がこの大磯で休息していたことが解り、兄弟は急いで助経を追いかけるも、相手は多勢でなんともならなかったという。まさに兄弟と助経とが大磯の宿で出くわしたかもしれないという間一髪の場面であり、助経を討つなら、私用の時を狙えと三浦余一がいっていたことも想起される。確かにこれは助経討ちの絶好の機会だったのである。街道が人と人との出会いの場であることから、先の例が秘密漏洩阻止の舞台としてあったが、ここでは敵討の場としての街道が問われている。物語は兄弟が富士野の巻場で敵討を果たすまで、双方が接近する場面を他にも設けており――箱根権現での助経と五郎との出会い（巻四）、討入直前に助経の屋形内に十郎が案内される場面（巻八）――、なかでもこれは最も際どい作りのものとなっている。

大磯の遊女虎というと、物語の語り手の問題として注目されるのが殆どだが、その設定は街道文学論としても絶妙であることが解る。かつて五郎は十郎に妻帯を勧める際に、相手が傾城ならば男の身に何があろうとも咎められることもないし、また伊豆と鎌倉を往還する助経を狙うに良い便宜であるともいっていた（巻五）。またその後に十郎は家に虎を迎えたいといったが、五郎の反対でそれはならなかった。なるほど先の物語展開にしても虎が大磯の宿の遊女と設定されているからこそそのことであった。

このテクストではこの虎だけでなく京の小次郎妻や往藤内妻をも含めて、東国武家社会ならではの後家たちのあるべき生き様が、ノスタルジーをこめて語られていることは述べた。煩悩深き修羅闘諍の世界を生きた男たちの霊を慰撫するのはもちろんのこと、巻狩一行によって踏み荒された土地を穏やかな自然へともう一度回帰させる働きもしている。ここでは彼ら後家たちの全国を股にかけてのこのような活躍が、彼女たちの街道での出会いの物語として立体化されている点を確認しておきたい。

虎は兄弟の百ヶ日供養を果たしたところで出家して諸国修行の旅に出るが（巻十）、その後にいくつかの出会いの物語が構えられている。西国修行の旅路において虎は、熊野、叡福寺、当麻寺、笠置寺、吉野金峯山寺、粉河寺と巡り、四天王寺では尼姿の故吉備津宮往藤内妻と出会うのであった。虎は彼女を往藤内が死んだ富士野へと案内し、さらに駿河国の寺々をともに巡り歩く。そこで二人は別れて虎は三嶋社から箱根権現にさらに曽我の里へと移動するが、往藤内妻の方は都へ上って行ったものと思われる。また虎は兄弟の骨を納めるために、大蔵、児玉、山名、板鼻、松井田、そして碓氷峠を越え踏懸を経て、目的地の善光寺に参る。そしてその帰途の松井田の宿にて故小次郎の妻と出会う。小次郎妻も夫の遺骨を善光寺に納めたその帰りに、当宿の家主にとめられてそのまま住んでいるという。虎はしばし小次郎妻とともに昔を偲んで涙する。

後家同士の街道での出会いの物語として語られていることの効果は抜群である。兄弟と往藤内との関係は加害者と被害者の関係にあり、また十郎が敵討の同心を頼んだ際に、敵討は馬鹿者のすることだと嘲ったのは小次郎であった。このような男たちの過去の因縁が、後家同士の出会いによって解消され水に流されているのだ。さすがに虎と助経後家との出会いは語られないが、助経妻が夫の遺体に縋って嘆き悲しむ様子が語られていることからも、もう一歩進めて虎と尼姿の助経妻との出会いが実現していても不自然ではない。

そしてこれらの邂逅によって、各後家たちによる幾筋もの全国行脚の旅が同時進行していたことが解るのであり、物語に一挙に奥行が付与されることになる。なるほど巻十では物語は虎一人に焦点を当てているのだが、この出会いによって他の後家たちも事件後に各々が固有の人生を歩んでいたことが解る仕組になっている。故往藤内や故小次郎の妻にしても、夫亡き後にどのような苦労を強いられ、またいかなる旅をしてきたのか。しかもこの出会いは束の間のことであり、虎と別れた後の彼女たちの行く末ははたしてどうなったのであろうか。王藤内妻は西国の方をもっぱら廻っているようだが、その後の彼女は行く末は。あるいは松井田の宿にて定住を決めこんだ小次郎妻はそのまま人生を全うしたのか。

第II部　歴史への欲望

第6章……真名本『曽我物語』という歴史テクスト

1――「形見」＝歴史記述の証拠資料――テクストの自己言及

従来の「形見」論

真名本『曽我物語』は「物語」を名乗っているがゆえに、いわゆる歴史テクストとして扱われることはほとんどない。物語というジャンルとしてあることが「史実」と馴染まないとする常識が前提にあるのだろう。しかし真名本はこの物語ならではの方法で、自らが純然たる歴史テクストであることを断固主張しているのではないのか。そもそも彼ら兄弟は「後代に名を留め」て「御霊神」たらんと欲していたのであり、このような欲望そのものが歴史に足跡を残すことにほかならない。もちろん本書では史実なるものを問題としないし、真名本の記述が史実か否かという議論も一切してこなかった。私がここでいっている「歴史」もあくまでテクスト論の範疇の問題としてである。

ここで第1章「真名本『曽我物語』入門」に紹介した各巻の梗概をあらためて参照されたい。そこでは討死した兄弟の「形見」となるであろう物を□で囲んでおいたが、ご覧の通りの夥しいばかりの量であり、真名本は敵討事件を語りつつも、それと同時進行しつつこれら兄弟の「形見」の生成過程を語っている。これをどう考えるべきか。

これらの「形見」について言及した代表的な先行研究として、福田晃の論（『曽我物語の成立』）と阿部泰郎の論（「真名本『曽我物語』の世界像――「文」と「日本国」をめぐりて」、『国文学解釈と鑑賞』別冊――曽我物語の作品宇宙』所収）とがある。まず福田は「語りの場」にこれらの「形見」が置かれていたとし、そのことで当の語りの「真実性」が保証されるとする。まさしく慧眼であり、当の語りの何たるかを根拠づけるものとしてこれら「形見」は確かにある。しかしはたしてその真実性は語りの場に還元されるべき質の問題なのであろうか。私としても福田論に異論があろうはずもないが、そもそも語りの場をいうならば、その前に真名本『曽我物語』のなかに、このような「形見」が陸続と登場してくることの真名本自身にとっての意味が問われるべきではなかろうか。真名本が「形見」の生成をあくことなく語ること自体が、自らの記述に信憑性を付与するための「自己言及」なのではあるまいか。おそらくそれは真名本自身が歴史テクストたらんと欲していることと関わるであろう。

また阿部泰郎は多くの「形見」のなかでもとくに兄弟が人々に残した「太なる巻物二巻」（巻九）という文書に着目して、これを真名本『曽我物語』の「内部に蔵されたもうひとつの物語テクスト」と捉え、「全て兄弟自らの手で書かれていたという設定、しかもそれが母はじめ女たちに託された兄弟の本願が理解され物語の宗教的プロセスが完成し、物語イデオロギーも唱導されて全体が完結に至る仕組みである」と結論づける。阿部のいうように、多くの「形見」のなかでこの文字テクストが物語の構造を決定づける最大のモチーフであるのは確かであり、本書でもこの文書に焦点を当てることになる。しかしその文書を、「内部に蔵されたもうひとつの物語テクスト」というように入れ子型物語として捉えているにもかかわらず、そのことの意味が今一つ論じ切れていないのではないのか。入れ子型にある「もうひとつの物語テクスト」は、真名本とパラレルな対応関係にあるはずであり、したがってこの小物語について語ることは、これまた真名本自らについての「自己言及」なのではあるまいか。このことの意味が明確化されねばなるまい。

「自己言及」というパラドックス

ところでこれまでテクストの「自己言及」という言い方を何度かしてきたので一言補足しておく。真名本『曽我物語』は敵討事件の顚末を語っており、これまでそれがいかに語られているかのテクスト論的分析に多くの紙数を割いてきた。しかしその水準では何についてどう語っているのかの分析たり得ていても、それではそのように語っている当の真名本自身とは何かという問題は依然として問われないままであった。通常の論理では、そこでテクストの外部なるものを招来することで、かかる真名本がどのような基盤上にあるのかを検証するであろうし、私もそのような作業を否定しない。しかしその前に真名本というテクスト自体に、その問題への解答が孕まれているというのが私の見通しである。敵討事件の顚末について真名本が熱く語れば語るほどに、それを語る真名本自身とは何かという問題が徐々に顕現してしまうのではなかろうか。一般的にはそれは事実確認的発言に対する行為遂行的確発言（パフォーマティブ）ということになるのだろうが、私はまさにそれをしてテクストの自己言及と評している。

テクストの自己言及、それは一つのパラドックスである。それは自らが自らについて語ることを意味しない。確かにテクストが自身の何たるかを正面に据えて語る場合も自己言及に違いないし、いやそれどころかそれこそ文字通りの自己言及であろう。しかしテクストが自身について語る言葉ほど信用できないものはない。どういう動機で何のために書いたとか、自らがどういうテクストであるとか、そして誰宛に書いたのかという成立事情等が明かされればされるほど、その言葉はいいかがわしくもあり信じ難いものともなる。というのも自身について語れば語る程、言葉の中に象られてある自己と、語っている自らとの間に乖離が生じてしまうからである。それをして言葉の中の私と、それを語る私とは別物であるとする言語論的分裂が露呈した事態と評すこともできよう。確かに自らが自らについて語ることは偽善的・虚構的・捏造的行為というほかないし、あるいは大真面目で自身を語ったとしても、そうすればするほど自身から益々遠ざかってしまうのではなかろうか――もちろんそれはそれとして興味深い問題であるが――。本書では他について語ることこそが、逆説的に自己について語ることに繫がるという間接的な迂回路の方にか到達できない代物なのではなかろうか。

賭けることにしたい。語っている自己なるものとは、他について語るという言語行為を介してし

「水茎の跡」

「名を後代に留める」として兄弟が富士野での討死を覚悟した巻六以降に、「形見」は次々と登場し物語終末部ではそれらが堆く蓄積される。敵討事件を語る以上に、討死した兄弟の「形見」の成立を語ることの方が目的となっている。兄弟と人々との間で様々な「物」の「贈与」と「交換」が行われ、それらが討死した兄弟の「形見」として回収されていく。ではかかる「形見」の生成の経緯を確認しておく。第一章の梗概を適宜参照されたい。

兄弟の「形見」というからには、そのあらかたは彼らの死が問題となって以降の登場となるのだが、それ以前のものとしては次がある。箱根権現で五郎が助経に初めて出合った際に、助経は将来は箱根別当になるよう五郎を後援するといい、「赤木の柄に銀にて鮰金したる差刀」（巻四）を贈与している。また巻五で箱根山から逃亡してきた五郎は北条時政のもとで元服し、その折に烏帽子親時政から引出物として「鹿毛なる馬」「白伏輪の鞍」を贈られる。巻六冒頭部で兄弟は狩場に出発する際に、宇都宮の宿の女主人に帰るまでの保証として「上の小袖」を預けている。

次に富士野の巻狩が計画されて以降の「形見」を確認する。富士野への途次、十郎は大磯の虎のもとへ、五郎は早河の伯母（伊藤助親娘、土肥遠平妻）のもとへ別れを告げに行く（巻六）。五郎は

鎌倉殿の巻狩の供をするので着替えを頂戴したいと申し出たところで、土肥遠平は「小袖」「直垂」「鞍」もあるとして五郎を歓待する。一方大磯の虎と会った十郎はともに曽我の里へ行き、敵討の本意を果たす覚悟であることを仄めかす。十郎は自らの「形見」として「鬢の髪」を切り、虎はそれを小袖の懐に入れ、また互いの「歌」を「形見」として交換する。さらに虎は大磯に帰るにあたって、「上着の綾の小袖」を自らの「形見」として十郎に与え、十郎は「日来着馴れし目結」の小袖を脱いで虎に与える。そして十郎は虎を馬に乗せて送り、別れ際にその「馬」「鞍」を「形見」として虎に残す。

同じく巻六、その後に落ち合った兄弟は曽我母のもとに行き、十郎は五郎の勘当を解くよう母を説得し五郎は許される。富士野に出発する際に十郎が、「これに候ふ小袖が余りに見苦し気に候。吉からむ小袖一つ借させ給へ」と小袖を乞うたので、母は兄弟の着古した小袖を受け取るのと引き換えに、「連銭付たる浅黄の小袖」を十郎に、「白き唐綾の小袖」を五郎に与える。ただしこれらについては、夫曽我助信が兄弟に用立てしたのではと心配するかもしれないので、狩場から帰ったら直ちに返すよう注文をつける。また五郎は母と「扇」を交換する。曽我母は兄弟が脱ぎ置いた「小袖どもをば、さばかり熱きに二つながら引き負ひつつ、「これをば女房たちにこそ取らせたけれども、童が着飽きて後に取らせむ」とて、御身に引纏ひ給ふも哀れなり」（巻七）とあるように、兄弟の温《ぬく》もりを愛しむ。

さらに五郎は、「後の世まで朽ちせぬ形見に、水茎の筆の跡こそあんなれ（後の世までも失せることのない形見として、筆の跡がよろしかろう）」といい、また同じく十郎も、「なからむ跡の形見に御覧じ候ふべし（私が亡くなった後の形見としてご覧ください）」ということで、母宛にそれぞれ歌を詠んで「檀紙」に記し、「玉手箱」の「懸子（箱の内部を二段組にするためのもの）」に入れて、母がすぐにそれと気づくよう蓋をしないでおく。十郎の歌は、「今日出でてめぐりあはずは小車《をぐるま》のこの輪のうちになしと知れ君（今日お別れして、再びお会いすることがなかったならば、輪廻転生するこの輪の内に私たちはいないものと理解してください）」、五郎の歌は、「定めなきうき風いとど思ひ知れ弔《と》はるべき身のはんたびには（老少不定の定めない辛い風が吹いていることを是非解っていただきたい、私たちに弔われるべき身の上の母上が、私たちを弔うたびごとに）」というものであった。ともに死を覚悟しての富士野への旅立ちであることをうたう。

そして兄弟は箱根権現の別当のところに立ち寄る（巻七）。別当は十郎に「黒鞘巻の小刀」を、五郎に「兵庫鎖の太刀」を与える。後者は源義経が木曽義仲追討のために権現に寄進した太刀であり、別当は鎌倉殿には京の町で購入したというように注文をつけたことは紹介済みである。別当は兄弟の決意の程を見て敵調伏の祈禱をし、兄弟の後世を弔うことを約束する。

「太なる巻物二巻」

次にカウントされるのは、富士野で討入直前の兄弟が母宛に記した「太《まう》なる巻物二巻」である（巻九）。十郎は、「そもそも、我らが心の内をば母も争《いかで》か知し《しろ》し食《め》すべき。ただ打任せて俄に思ひ立たるとや思し食すらむ。思ひ初めし日より最後の今夜に至るまでの事を、文に具《つぶさ》に書て見せ奉らむ（そもそも我々の心の内を母がどうしてご存知のことがありましょうか。俄かに敵討を思い立ったものと思われることでしょう。敵討を決意した日から最後の今夜に至るまでのことを、文に細かく書いておみせ申し上げましょう）」と提案する。母親が我らの心の内を知るはずもなく、俄かに思い立っての気まぐれの敵討と思われてしまうかもしれない、そう誤解されないためにも敵討を決意してから決行直前の今晩に至るまでの詳細を記して母親に献上しようというのである。

五郎も賛同して、「紙を続《つ》ぎつつ二人額を合せて油を高賀《たからか》に打立てさせて、遥かに夜深《ふ》くるまで、九つ七つの年より思ひ立ちし言の葉を書き集めたれば、太なる巻物二巻ぞ候ひける（紙を貼り継いで、二人額を合わせてすっかり夜が更けるまで、九歳や七歳の頃より思い立った言葉を書き集めたところ、太い巻物二巻になったのであった）」となる。そしてこの十郎と五郎の文がそれぞれ紹介されている。真名本『曽我物語』を考えるうえでの最も重要な箇所なので全文引用する。

・十郎が文に書きけるは、「畏《かしこまっ》て申し候。御前の女房たち申して賜び候へ。五郎と助成は生年五つや三つの年よりは孤子《みなしご》に成て母御前一人を憑《たの》み進せつつ年月を送りし事の悲しさに、仏神三宝に祈り白《まう》して敵助経に合せ給へと祈念せし故にや、鎌倉殿狩庭廻りの候ひしかば、上野・下野に至るまで付き廻り奉りしかども叶はず。これまで付き廻りつつ、今夜本意を遂げんずる言の葉、大磯の虎に最後を誂《あつら》へし事もただ推し量らせ給ふべく候。物の数にて候はねども膚の守りをば母御前へ進する。着馴らしてこそ候へども膚の小袖をば乳母の讃岐の御局へ奉る。鬢の髪の候ふ一把をば二宮の姉御前へ進候。一把をば三浦の伯母御前へ進せ候。一把をば早河の伯母御前へ進せ候。中にも讃岐の御局には、助成幼少竹馬の時より乳房を含ませられ奉りて、その高恩をば報ぜずして先立ちつつ、歎かせ奉らむ事こそ返す返すも心に懸て候へ。たとひ、生命こそ替り候ふとも叢魂《くさむらたましい》の影にて守護神となり奉るべし。馬・鞍をば曽我殿へ進せ候」と、委しく書き留めて、「たらちめはかかれとてしも育てじに我が身は野辺の土となるかな　藤原助成、生年廿二才にして、建久四年癸丑《みづのとうし》五月廿八日の夜半には、駿河の国富士山の麓伊出の屋形において、慈父報恩のため命を失ひ畢《をは》るなり」と。追手《おって》書には「今年七ヶ年の間、毎日六万反《ぺん》の念仏をば母御前の後生菩提に進する。これを以て逆修《ぎゃくしゅ》の善根として一仏浄土の縁となさせ給ふべしと云々」。　（巻九）

（十郎の文に書いてあったことは、「畏まって申し上げます。お側の女房たちよ母上に申し上げてください。五郎と私助成は五歳、三歳から孤児となって、母上一人をお頼み申し上げて年月を経てきたことの悲しさに、仏神三宝に敵助経に会わせてくださいと祈念した結果なのでしょうか、鎌倉殿の狩場巡りがございましたので、それは良い機会とばかりに上野や下野に至るまでつけ回り申し上げましたけれど、敵討することは叶いませんでした。この富士野にまでつけ回り、今夜敵討の宿願を遂げようとするその思い、そして大磯の虎に死後の供養を頼んだことをもただ推し測っていただきたく思います。たいしたものではありませんが、肌身離さず持っておりますお守りを母上に差し上げます。また着古したものではありますが、肌着の小袖を讃岐の乳母に差し上げます。鬢の髪一束を二宮の姉上に、また一束を三浦の伯母上に、また一束を早河の伯母上に差し上げます。なかでも讃岐の御局には、助成が幼少の頃より乳を飲ませていただき、その厚恩に報いることなく先立って、嘆かせ申し上げることこそ返す返す残念でございます。たとえ死んだとしても、草葉の蔭からでも守護神となりましょう。馬と鞍とを曽我殿に差し上げてください」と、詳しく書きとめてあって、「母上はこんなことになれと思って育てたわけではなかろうに、我が身は野辺の土くれとなってしまうことよ　藤原助成、生年二十二歳にして、建久四年癸丑五月二十八日の夜半には、駿河国富士山の麓の井出の屋形で、慈父への報恩のために命を捧げた」と。追手書には「今まで七年間、毎日唱えた六万遍の念仏の功徳を、母上の後世菩提のために進上します。これを生前果たした善根として極楽往生なさる際の機縁になさってください」）

・五郎が文に書きけるは、「畏て申し候。御前の女房たち、母御前に申して賜び候へ。生　年三つの年より孤子になりつつ母御前ばかりを憑み進せて過ぎ行きし心の内、喩へ遣るべき方もなし。十一の年より筥根に候ひしに、一年《ひととせ》鎌倉殿の御二所詣の候ひし時、敵の助経を一目見候ひしより以来《このかた》、片時《へんし》も父の御事が忘られ候はざりしかば、本意を遂げんために男に成て候ひしかば、則《やが》て御不審を蒙て候ひしかども、鎌倉殿の御狩庭廻りと承て候ひしかば大きに喜びつつ、信濃の浅間の巓の麓、離山の腰、上野・下野に至て十郎殿と列《つ》れ奉て躬ひ候ひしかども叶はずして、富士野の御狩と承りつつ打出で候ひしに、御勘当を免され進せて罷り出で候ふ事こそ後生まで畏り入りて候へ。筥根へ参り候ひて別当に後生を誂へ奉りし言の葉。中にも幼少の時より伊予の御局に育《はごく》まれ奉り乳房を賜りしその恩をば報ぜずして先立ち進せつつ、歎きを与へ奉らむ事こそ返す返すも心に懸て悲しく覚え候へ。たとひ生命こそ替るといへども叢魂の影にて必ず守護神となり奉らむ。一把の鬢の髪をば母御前に進せ候。一把をば早河の伯母御前に進せ候。一把をば三浦伯母御前に進せ候。一把をば二宮の姉御前へ進せ候。一把をば伊予の御局へ奉る。馬・鞍をば曽我殿へ進せ候」なんど委しく書き留めて、「思はずよ花の姿をひきかへてあらぬ「かたみ」を残すべしとは　藤原時宗、生年廿歳にて建久四年癸丑五月廿八日には駿河の国富士の山の麓、伊出の屋形において、慈父報恩のため命を失ひ畢んなり」と。追手書には、「生年十六才より毎日六万反の念仏をば母御前の後生菩提に進する。これを以て逆修の善根として一仏浄土の縁となるべしと云々」

（巻九）

（五郎の文に書いてあったことは、「畏まって申し上げます。お側に仕える女房たちよ、母上に申し上げていただきたい。私は三歳より孤児となって、母上だけをお頼り申し上げて生きてきましたその感謝の思いは、喩えようもないものであります。十一歳の時から箱根にいましたところ、先年に鎌倉殿の御二所詣でがありました時に、父の敵助経を一目みてからというもの、片時も父のことが忘れられなくなりましたので、本望を遂げるために元服いたしましたところ、すぐさま母上の御勘気を蒙りましたけれど、鎌倉殿の狩場めぐりのことを聞いて大いに喜び、信濃浅間山の麓、離山の裾、上野国や下野国に至るまで十郎とともにつけ狙いましたが敵討は叶わず、今度は富士野の巻狩と聞いて出発せんとした時に御勘当を解いていただきましたことは、あの世に行ってもたいへん恐縮なことと存じております。箱根へ参り別当に後世のことをお願い申し上げた言葉。なかでも幼少の時から伊予の御局に育てられ乳を飲ませていただいたご恩に報いることなく先立ち、嘆きを加え申し上げることとなるのは返す返す気にもなり悲しいことでございます。たとえ死んだとしましても、草葉の蔭からでも必ず守護神となりましょう。鬢の髪の一束を母上に差し上げます。一束を早河の伯母上に差し上げます。一束を三浦の伯母上に差し上げます。一束を二宮の姉上に差し上げます。一束を伊予の御局に差し上げます。馬と鞍とを曽我殿に差し上げます」などと委しく書き留めて、「思いもしなかったことであるよ、若い盛りの花の姿を消し去って、空しい形見だけを残すことになろうとは　藤原時宗、生年二十歳、建久四年癸丑五月二十八日、駿河国富士の山の麓、伊出の屋形において、慈父への報恩のため命を捧げた」と。追手書には、「十六歳の時から毎日唱えた六万遍の念仏の功徳を、母上の後世菩提のために進上します。これを生前果たした善根として極楽往生なさる際の機縁になさってください」）

かなりの長文だが、兄弟が実際に書いた「文」は、これよりもはるかに大部のものだったと思われる。「紙を続ぎつつ……九つ七つの年より思ひ立ちし言の葉を書き集めたれば、太なる巻物二巻ぞ候ひける」というのだから、その分量たるや当の真名本『曽我物語』に匹敵するほどのものだったのではないのか。しかしここに紹介されているのは、兄弟のこれまでの人生についての記述の方は省略されており——それは真名本自身が語っている——、兄弟の「形見」を誰に何を渡すべきかを指示した巻物の末尾だけが紹介されている。

十郎は「膚の守り」を母親に、「膚の小袖」を乳母の讃岐の局へ、「鬢の髪」の「一把」を二宮の姉へ、「一把」を三浦の伯母へ、「一把」を早河の伯母へ、そして育ててくれた讃岐の乳母の「守護神」とならんとまでいう。さらに継父の曽我助信には「馬」「鞍」を贈るという。五郎の文では、箱根に稚児として預けられたその半生を記した後に、同じく伊予の乳母の「守護神」となることから始めて、「鬢の髪」の「一把」を母に、「一把」を早河の伯母に、「一把」を三浦の伯母に、「一把」を二宮の姉に、「一把」を伊予の乳母へとし、やはり継父には「馬」「鞍」とが残される。多くの「形見」が遺漏なく分配されるよう、「太なる巻物二巻」という母宛の手紙がしたためられている。この巻物自体が兄弟の「形見」であるのはもちろんだが、この巻物には他の「形見」についての細かい指示がなされており、さながら「形見」の「目録」といったところである。

そして兄弟はこの「太なる巻物二巻」とここに記されてある「形見」を、丹三郎と鬼王丸という供人に託して、彼らを曽我の里へと送り出す。彼らは兄弟の敵討に合力し得ないことを知って涙するが、物語の論理としてはかかる「形見」を故郷へと無事届ける役が是非とも必要なのであった。敵討の助太刀を減らしてまでして、「形見」を無事に配達する者の確保が急がれており、敵討事件の実行とその証拠品を残すこととが等価であると知れる。そもそも十郎は京の小次郎やら三浦余一に何度これまで敵討の仲間に入るよう誘っていたことか。兄弟二人だけでは心許ない、協力者が欲しいとしていたにもかかわらず、この二人の供人をあっさり手放してしまっているのだ。兄弟がこの二人を曽我の里に送り出す際の言葉も紹介しておく。

> 我らは今夜父のために命を捨つるなり。己らを相見む事も只今ばかりなり。……己らは曽我に返てこの文どもをば母御前に奉るべし。我らが小袖どもをば必ず返せと仰せられしかば、こ

れらをも同じく文に副へて母御前に進すべし。二疋の馬・二口の鞍をば曽我殿へ奉る。弓矢・沓・行縢においては、己ら取て後の「形見」にもせよ。（巻九）

（我らは今夜亡き父のために命を捨てるのである。お前たち顔を合わせるのもこれが最後のことである。……お前たちは曽我に帰ってこの文等を母上に差し上げるように。母は我々の小袖を必ず返すようにとおっしゃったので、これらを文に添えて母上に差し上げるように。二匹の馬、二つの鞍を曽我殿に奉れ。弓矢・沓・行縢はお前たちが取って、我々の形見とするように）

二疋の「馬」と二口の「鞍」を継父曽我祐信に渡すようにとする指示は巻物のなかにもあった。また使いの二人にも「弓矢」「沓」「行縢」という兄弟の「形見」が残されている。ここで登場する「小袖」は、先に母が返すようにと注文をつけていた例の「連銭付たる浅黄の小袖」「白き唐綾の小袖」のことであり、抜かりなく曽我母のもとに戻されたことが解る。そして丹三郎と鬼王丸が富士野から曽我の里にもち込んだ多くの「形見」の品々も、その「太なる巻物二巻」に指示してあった通りに人々に配達される。二人の使者が里に到着したところ、母も曽我助信も、そして乳母讃岐の局も伊与の局もその場に居合わせていて、さらに二宮の姉・早河の伯母・三浦の伯母も駆けつけてくる。彼らは兄弟の討死を知り、兄弟「形見」の品々を前にして涙する。そしてその「太なる巻物二巻」は人々の前で読み上げられる。

このように兄弟の「形見」が多く残され、かつ誰に帰属したかについて物語は執拗に拘る。語りの場に「形見」を置くことで語りの真実性が保証されるとしたのが福田晃論だったが、それ以前の問題として真名本『曽我物語』の記述それ自体の信憑性・真実性を裏づけるものとしてこれらの「形見」がある。兄弟の敵討事件は何の根拠もないところで書かれているのでなく、彼らの残したこれら多くの「形見」を証拠にしたうえでの記述だとしている。敵討事件を語ることと連動して「形見」の生成が語られざるを得ない所以であり、「形見」の顛末を記すことは真名本が信用すべき「歴史テクスト」たることを証する「自己言及」としてある。

2――文字テクストとしての「形見」

討死現場で消尽される「形見」

問題はこれらが兄弟没後に「形見」としてどう機能しているのかという点であり、これらは決して等価にあるのではない。まず気になるのは兄弟が討入現場に持ち込んだ物の行方ではなかろうか。それこそ兄弟の討死の実態を伝える最高の「形見」たり得るはずのものと思われる。しかしなぜか真名本ではそういうことになっておらず、現場に持ち込まれた物は、まさにそれゆえに現場で消尽されてしまったものとされている――仮名本『曽我物語』は逆に現場使用の刀剣に着目しており、それについては第九章で述べる――。

例えば討入の際に十郎は、「赤銅作りの太刀」（この太刀の来歴は不明）と箱根別当から賜った「黒鞘巻の小刀」とを佩《は》いている。五郎は同じく別当からの源義経寄進の「兵庫鎖の太刀」と、助経からの「赤木の柄に銀にて胴金したる差刀」を持っている。そして五郎はこの「差刀」を以て助経討ちを果たしたと思われるし——となると皮肉なことに助経は自らの贈物で斬られたことになる——、さらに十郎の「黒鞘巻の小刀」「赤銅作りの太刀」、五郎の「兵庫鎖の太刀」も討入現場で十二分の働きをしていたであろうが、しかしそのことについて一切明かされていない。

しかもこれらの刀剣が結局どうなったかがあらかた不明である。「兵庫鎖の太刀」については五郎が頼朝陣営に斬り込もうとした際に、「腰の刀を捜れども運の尽きぬる上はいづれの戦にや落したりけむ、腰にはなかりけり」（巻九）とあるように、それをどこかに落としたことに気づいており、そのために五郎は捕縛されてしまう。そして頼朝との直接対決の場で、その太刀は京で購入したものだと五郎が抗弁しているところからすると、この太刀は頼朝に回収されてしまったのであろう——それは義経霊が憑依しているかもしれぬ太刀であり、五郎のみならず義経も最後は頼朝に回収されたことになり、大将軍頼朝の強運をさながら物語るエピソードである——。換言すれば、落としたからこそこの宝刀は歯零《はこぼ》れすることなく無事残されたのであり、また頼朝に回収させるためにこそ紛失したとされたのであろう。ということは他の太刀や小刀は現場で消尽されたことを暗に意味していることになる。ただし「赤銅作りの太刀」については十郎の首実検の場でもう一度登場してくる。しかしこれとて実検後にその役目は終ったとして始末されてしまったと思われる。

以上の事情は兄弟が母から頂戴した「連銭付たる浅黄の小袖」と「白唐綾の小袖」の扱われ方

からも明らかである。それらを兄弟は富士野の巻狩の晴れ姿として着用していた。巻狩初日の彼らの装束は、母からの「連銭付たる浅黄の小袖」を十郎が着し、五郎も母からの「白唐綾の小袖」を着た上に、早河の伯母からの「神無月の木本に鹿の妻恋の躰に蔦の落葉を付たる直垂」をつけていて、これは彼らの門出を寿ぐに相応しい晴れ姿である。しかし討入の際に十郎は大磯の虎と交換した「綾の小袖」を、その上に「村千鳥の直垂」（この直垂の入手事情は不明）を着ており、そして決定的なのは兄弟は母から賜った「連銭付たる浅黄の小袖」と「白唐綾の小袖」とを着ていないのである。というのも既述したように巻狩後にそれらを返すよう母親が注文をつけていたからである。しかし母のもとにこれら小袖が返却されたからこそ討入現場で消尽されることなく、それは兄弟の最期を偲び、事件の何たるかを再現するための「形見」たり得ることになる。五郎が「兵庫鎖の太刀」を紛失した事情と同様に、物語の論理としては兄弟の「形見」として後代に残すべく、曽我母にかかる注文をつけさせたことになる。

その他として十郎首実検の場に「赤銅作りの太刀」があったことは紹介したが、「村千鳥の直垂」もそこにあり、おそらくこれも実検後に始末されたのであろう。また十郎が討入時に着用していた虎からの「綾の小袖」はどうなってしまったのか。また兄弟の首と火葬骨は曽我の里へとかろうじて届けられて、これらはいずれ虎により善光寺に埋葬されることになる。このように真名本の記述を辿ると、討入現場に持ち込まれたものでなく、討入直前に人々にあらかじめ分配された物の方が、事件を再現するに相応しい「形見」として扱われていることになる。現場で使用されたもので明らかに最後まで残ったのは、五郎紛失の義経伝来の「兵庫鎖の太刀」や彼らの骨だけであろう。

真名本＝「太なる巻物二巻」

討入直前に人々に分配された「形見」が、事件を再現するに相応しい証拠品である。なかでも「太なる巻物二巻」が最も重要な「形見」としてある。というより、これが最重要な「形見」であることを強調すべく、討入現場に持ち込まれた「形見」の方は抹消されても構わなかったというのではなかろうか。

この「太なる巻物二巻」を前にして、曽我母は「(十郎の文を)一行読ては顔に押当てて絶え入り、二行読ては絶え入り……読み了《は》てて巻き収めつつ、その後また五郎が文を取て、これをも一行読ては悲しみ、二行読ては悲しみ、起き挙《あが》りては打伏し、打伏しては起き挙り給ひ、終《つひ》に消え入り給ひぬ」(巻十)であったという。読もうとしても読みえず、最後は三浦の伯母が皆に読んで聞かせることで、母宛のものであったが曽我の里に集まった者たちにその全容が披露されることになる。さらに母は曽我を訪ねてきた虎にこの文を、「これこそ富士野よりの十郎が手跡よ」(巻十)といってみせており、虎は「胸に当ててぞ焦《こが》れける」となる。この「太なる巻物二巻」が物語最大の「形見」と思われるが、その理由はこれが「文字テクスト」であるからにほかならない。

文字テクストの「形見」として、既に兄弟が母宛に「檀紙」に記した「水茎の跡」があった。

それを読んだ曽我母は後にこの歌を十郎の「形見」として虎に贈っており、それに対する虎の返歌が、「見るからに心も空に迷ひけりあかぬ別れの水茎のあと（十郎様の筆の跡をみると、あの名残尽きない別れのことが思いだされて心は空に迷って茫然としております）」（巻十）とある。そしてこの「水茎の跡」は「開題供養の御経の裏はこの人々の手跡なり」（巻十）とあるように、箱根権現での兄弟供養経典の裏地に利用されている。この歌文が「玉手箱」に収められているのも意味深長であり、徳江元正のいうように玉手箱は箱根を連想させ、最後は収まるべきところに収まったのであろう。因みにこの供養の際には十郎が虎に与えた「馬」「鞍」が「お布施」に充てられている。

しかしそれ以上に「太なる巻物二巻」の方には、兄弟のこれまでの人生史が詳細に記されており、このことの重要性ははかり知れない。極論すれば真名本『曽我物語』の歴史記述そのものが、この兄弟自筆の「太なる巻物二巻」という「形見」を最大の根拠資料にしているのであろう。真名本は何もないところで記されたのではなく、多くの「形見」を証拠としていることを繰り返し述べてきたが、ここではさらに一歩踏み込んで討死直前に現場で記した兄弟の自分史たる「太なる巻物二巻」を基に、真名本が成立したというのであろう。兄弟自身の日記、しかも書かれた時といい場所といい、これほど信用の置ける現場に密着した一等級文字資料はなく、真名本は自らが完璧な歴史テクストたり得ていることを、この文書を根拠に主張している。その意味で真名本の原作者は兄弟ということになる。

そもそも真名本『曽我物語』自身が「紙」として存在しているという当り前の事実を確認した

い。この「太なる巻物二巻」や「水茎の跡」が他の多くの「形見」とは一線を画する所以もそこにあり、これら文字としての「形見」はそのまま真名本本文へとスライドされ得るのである。もちろん討死現場で消尽されてしまった「形見」についてはともかくとして、曽我の里に持ち込まれた「膚の守り」「膚の小袖」「鬢の髪」「馬」「鞍」「弓矢」「沓」「行縢」等にしても、兄弟が残した生々しい「形見」であるに相違ない。しかし私は先に「太なる巻物二巻」をして「形見」の「目録」と評していたことを確認されたい。これらの物としての「形見」は、文字を評価し歴史テクストたることを目指す真名本にあっては、結局のところこの目録の中の文字上の存在へと転換されてしまい、かくしてそれらが有していたであろう熱気は、冷却されてしまっているのであった。

「太なる巻物二巻」の全貌とは

この兄弟の「太なる巻物二巻」が真名本『曽我物語』と張り合うような大部の文書だったのではないかと述べたが、その全貌がどのようなものだったのか。巻十に曽我母と虎が丹三郎と鬼王丸を引き連れて兄弟供養のために箱根権現に旅立つ場面がある。その際に鞠児川にて曽我母と虎がそれぞれ、「たまさかに行き交ふ道の涙川波の立居《たちゐ》に袖朽ちぬべし（思いがけなくも兄弟たちと同じ道を通ってこの鞠児川を渡ると、子供たちのことが思い出されて涙が溢れ、そのために袖が朽ちてしまいそうです）」、「契あらばいかで歎きをつげやらん死出の山路の休み処へ（あの方との宿縁があるならば、なんとかして私の嘆きをお伝えしたいものです、死出の山路の途中で憩っているあの方のもとへ)」という歌を詠む。これはかつて富士野への途次で兄弟が同河を前にして詠んだ十郎の、「五月雨に浅瀬も見えぬ鞠児川浪の争ふ我が涙かな(五月雨のために浅瀬もみえない鞠児川、波しぶきと争うように砕け散る我が涙であることよ)」(巻七)と、五郎の「渡るより深くぞ頼む鞠児河親の敵にあふ瀬と思へば(鞠児川を渡るやいなや深く頼みにされることですよ、親の敵に会える機会と思うと)」(巻七)とを踏まえた歌である。

それにしても曽我母と虎がなぜ兄弟の死への道行の歌を知っていたのか。真名本の本文では「波に諍ふ我が涙かな」と十郎が詠みける歌の心、「今日は敵に合ふ瀬と思へば」と五郎が詠みける歌の心、今更思ひ合はされて、曽我の女房は泣く泣く……これを聞きも敢へず、虎は流るる涙を押へて」というように、彼女たちが兄弟の歌を知っていることを自明のこととしている。この箇所について不審に思う向きもあったようで、たとえば訓読本『曽我物語』(新編日本古典文学全集)の本文は、丹三郎と鬼王丸が曽我母たちに兄弟と同道した時のことを話して聞かせたとしたうえで、二人の歌が詠まれている。しかしこれは真名本を理解し損ねたのではあるまいか。「太なる巻物二巻」には、このような兄弟の歌までもが収録されていたのだと思われる。だからこそ曽我母と虎はそれを踏まえた歌を詠むことができたのであろう。そして曽我母のみならず虎までもがこの「太なる巻物二巻」の内容を知っていたのは、既述したように箱根に出発するにあたって曽我母がそれをあらかじめ虎にみせていたからであった。かくして箱根路で二人は兄弟の気持ちに寄り添うように歌を唱和することができたのである。

「湯坂の手向」にさしかかると、曽我母も虎もこの峠から兄弟たちと同様に故里の方へと思いを馳せ、さらに「矢立の杉」では兄弟がかつてここで矢を射た時のことを追想している。これらにしても彼女たちは兄弟の死出の道行について知るよしもないはずだが、それを知っているのは既に兄弟の巻物を読んでいたからであり、「太なる巻物二巻」の全貌がいかなるものであるかがここでも暗示されている。確かにそれは『曽我物語』というテクストと張り合うほどに大部なものだったのである。

因みにこの「太なる巻物二巻」は兄弟の百ヶ日の追善仏事に供養された経典の裏地となったと解釈されることが多いが、それは兄弟が曽我の里で記した「水茎の跡」の方である。このことは供養の場で引用されている「問はるべき身の問はむ度には」（巻十）という文言が「水茎の跡」のものであることからも明らかである。こちらの「太なる巻物二巻」が最終的にどうなったかは明記されていない。

もちろん私はこの「太なる巻物二巻」や、その他の「形見」にしても実際に存在したか否かを問題にしているのではない。本書の目的は真名本『曽我物語』テクスト論であり、このような「形見」が実在していたかどうかは私の議論と関わらない。しかし真名本が自らを真正歴史テクストたらしめるべく、このような「形見」の存在を必要とし、かつそのためにもそれを実在の文書のごとくにみせていることは確かである。その意味からすればこのような文書は逆に実在しなかった可能性の方が大なのではあるまいか。

そもそもこの「太なる巻物二巻」の登場の仕方は大変不自然である。討入直前に兄弟は、「そもそも、我らが心の内をば母も争か知し食すべき」というように、自分たちが何を考えているのかを母が知らないので誤解ないようこれらを記したとあったが、母は子供たちが父の敵の命を始終つけ狙っていることを重々承知しており、だからこそその思いを絶つように何度も諭していたではないか。曽我母が事情を知らないどころの話ではない。しかも討入り直前にこんな大部の文書をしたためる時間的・心理的余裕が兄弟にあろうはずもなく、物語はかくも無理をしてまでもこの巻物を登場させたかったのであり、それは真名本が自らを権威づけるためにする捏造文書というほかない。

となると真名本『曽我物語』は「形見」を以てその歴史叙述の信憑性を保証したとしたが、その当の証拠品が捏造だとすると、自らの正当性をいわんがために偽の証拠品作りにせっせと励んでいることになる。突きつめるとこのことは、真名本自体が偽の歴史テクストたることを自らの意図に反して明かしていることになるではないのか。歴史作りというといかにも真っ当な営みのようではあるが、一皮剝けばそれは贋作《がんさく》作りの欲望でしかないのかもしれない。なんともいかがわしい狂信的なエネルギーが歴史なるものを支えているのかもしれず、真名本『曽我物語』は歴史テクストにはこういう厄介な問題が孕まれていることをはからずも暴露している。

3――事件の「当事者」が「事前」に歴史評価するという狂気

自らを「御霊神」に祀り上げげんとする狂気

「太なる巻物二巻」という文字資料の「形見」が、真名本『曽我物語』の記述を支える根拠資料であることをみてきた。ここではもう一つこれら兄弟の生産する「形見」のあらかたが彼らの目論見どおりに配達されていることの意味をあらためて考えたい。どうなったか消息不明の「形見」もあるが――北条時政が元服した五郎に与えた引出物や、兄弟が宇都宮宿に預けおいた物等――、想定外の所に届いた「形見」は頼朝に回収された義経由来の太刀以外にはない。例の「水茎の跡」も兄弟供養の経紙となってしかるべき場所に落ち着き、「太なる巻物二巻」は母たちのもとに確実に届けられて、この文書を基に兄弟の事跡が後世に遺漏なく伝えられていくであろう。『曽我物語』はご丁寧なことに「形見」の配達人までをも用意していたのである。

真名本『曽我物語』におけるこのような「形見」の配達事情をみると、「形見」なる証拠品をして自らの歴史記述を根拠づけるのみならず、「歴史評価」のあるべき形についてもう一歩踏み込んだ認識を示しているものと思われてくる。さらに「形見」論を展開する。

兄弟は「事前」に「事後」を想定して「形見」を用意し、それらは事前に想定したとおりの効果を事後に発揮していた。しかしよくよく考えてみるに、このようなことは世の常の論理とは著しくかけ離れている。なんの物証も証拠もない出来事というのはよくある話であり、そのために事件の存在すら疑われることもある。あるいは証拠はあっても、それらは偶然残った素姓の解らぬものでしかないことの方が一般である。その場合は出来事の何たるかは不完全な形でしか再現し得ない。

以上のような問題があることを真名本『曽我物語』は鋭く認識している。だからこそこの問題を異常な努力を以て解決せんとしている。物語は「形見」を多く残すことで、いかなる痕跡もとどめ得ない事件という問題をまずは克服した。とはいえ偶々残ったような不完全な「形見」、さらには第三者が無責任に残した「形見」ならば、それを基に復元された歴史は継ぎ接ぎだらけで、かつ兄弟にとって不本意な歴史である可能性がある。そのような「形見」では事件発生の経緯を正確に再現し得ないし、兄弟たちの行為もいかなる酷評を受けるか知れたものではない。だからこそ兄弟は事件が生起してない段階で、自分たちが後代にどう評価されるべきかを見越したうえで、しかるべき「形見」を自らの責任において用意したのである。これこそが兄弟自筆日記「太なる巻物二巻」という現場に密着した文字テクストという最高の証拠品が生成されるに至った最大の裏事情である。

しかしそこまで周到に用意してもイレギュラーな事態が生ずる可能性はまだある。どうやってこれら「形見」を確実に後代に配達することができるのか。とんでもない所に配達されたならば、「形見」を用意した兄弟の苦労も水泡に帰すであろうが、これまたよくある話でもある。だからこそ真名本はこれらアクシデントの発生を未然に防ぐべく、万全を期して富士野から曽我の里への「形見」の運搬者を登場させたのである。かくしてそれら「形見」は予定通りに作られて配達され、当初の目論見どおりの効果を発揮し、さらにそれは真名本の歴史記述そのものに即反映されることになり、ここにして一本の筋道が見事に貫徹する。

しかも兄弟は死後に希望どおりに富士浅間大菩薩の「客人の宮」として「御霊神」に祀り上げられており、この御霊神こそが物語の最後に姿を現したところの窮極の「形見」である。もちろんこれについても念が入ったことに虎という生き証人が設けられている。いや窮極の「形見」をいうならば、この「客人の宮」とともに真名本『曽我物語』という文字テクストが兄弟の窮極の「形見」ということになるのであろう。

かくのごとく真名本『曽我物語』はその歴史記述を支える「形見」の問題を極限にまで突きつめており、事件を起こした当の兄弟が、事前にその行為の歴史的評価までをもしてしまうという異形のテクストを生成せしめている。ここにあるのは尋常ならざるエネルギーであり、偽の証拠作りという欲望が歴史を支えている可能性についてはは述べたが、それと同質の狂気がある。人生は「今・ここで」ではなく、歴史に名を残すために生きるという倒錯した人生観がまず認められる。そして決定的なのは「今・ここ」の「行為者」が、「事後」の「認識者」の役割をも即自・即時・即事に果たすという点にそれは認められる。はたしてこんなアクロバットが可能なのであろうか。それがいかに困難な企てなのか、物語の展開そのものがそれを証している。兄弟は長大な「太なる巻物二巻」を、討入直前の混乱の最中に死後を想定しながら無理して書き上げざるを得なかったし、多くの「形見」をどこに配達するかを逐一差配しなくてはならなかったのである。これでは敵討に邁進するどころの話ではない。討入と討死後の双方を睨んでまったく異質な二つの行動を同時に起こさなくてはならず、なんとも忙しい引き裂かれた生き方を兄弟は余儀なくされている。にもかかわらず彼らはそれを見事にやり遂げたというのである。

そもそも自身の「形見」を後代のために残すこと自体が不遜な営みである。「形見」は後人にとっての「形見」である以上、それを「形見」とみるか否かは後人の判断に委ねられてしかるべきであり、その意味で兄弟の試みは僭越《せんえつ》の窮みというほかない。

このことは最大の「形見」たる例の「御霊神」問題に顕著に表れている。非業の死を遂げた者は悪霊・死霊となって祟るとされ、それは霊能者の口を介して生前の苦悩を語り、生者はそれを共有することでその鎮魂が果たされるという。とどのつまり御霊神とは残された者たちが祀り上げたもの以外ではないはずである。そしてかかる死者の荒ぶる魂は、権力者によって共同体の安定化のために政治利用されることもあるだろう。しかし真名本にあってはなんと当事者たる兄弟が、勝手に祀ってもらっては困るといわんばかりに、祀られるか否かは自分たちが決めるとしているのだ。もちろん恨みが高じて怨霊ならんと憤死した例は古来より多くあるも、ここでは「御霊神」として自らが敬神されることが願望されており、しかも彼らは親孝行のための敵討などと嘯いてもいるのである。確かにこんな身の程知らずの増上慢は前代未聞のことである。

もちろんだとしても兄弟が御霊になるか否かは兄弟没後のことである以上、それについて彼らは最終的には関知し得ず、またその意味からも祀る者の存在は欠かせない。しかし真名本ではそれについての説明を一切省略している。兄弟が富士郡六十六郷の「御霊神」となり「客人の宮」として崇められていることを虎が認めるが（巻十）、それは兄弟の願望どおりの結果が出ていることの確認に過ぎない。どのように彼らが祀られたかの具体的経緯についてはなんら言及されていない。それというのもそれは祀った者の存在を隠蔽するためであり、そうしてこそ「御霊神」に祀られたのが兄弟の意志に拠ることが自ずと強調されることになる――仮名本では源頼朝が兄弟を祀っており、真名本の最も重要な主張を否定している（第9章第2節で後述）――。

歴史評価とはどうあるべきかという大問題を真名本『曽我物語』は正面に据えて、以上のような極論を打ち出している。歴史評価とは対象との距離があってのことならば、後代の第三者による評価が妥当である。もちろん当事者が己が昔の所業を顧みることもあるだろうが、その場合は時の流れが対象との距離を保証する。そして歴史評価とはすべてが終ったと判断された時点でなされるのが常のことでもあろう。にもかかわらず真名本『曽我物語』は、当事者が事前に事件の証拠を用意し、さらにその行為の評価までをもしている。さらには真名本の記述のあらかたが「太なる巻物二巻」に依拠しているならば、兄弟こそが真名本『曽我物語』の真の作者なのだといわんばかりではないか。外部に一切頼ることなく、自分たちだけですべてを賄い切っている。それはあまりに自己完結的に過ぎて、ここに披露されてある歴史はいかがわしいことこの上なく、狂気の相をも帯びている。それはある意味での歴史テクストの臨界点とでもいうべき水準に達しているのではなかろうか。敵討を自爆テロとして貫徹せんとする欲望、証拠を捏造せんとする欲望、思いどおりの評価を歴史に刻まんとする欲望、自らが自らを御霊神に祀り上げんとする欲望……、これら諸々は自己陶酔・自己劇化の極地という意味で同じ方向を向いている。

真名本『曽我物語』にみるこの恐ろしく独我的・独断的・独善的な歴史論は、日本文学・思想史上に例をみないものである。繰り返すが歴史記述とは、後世の第三者が過去の事件を復元すべく証拠資料を取捨選択し、それを根拠に世界を再構成して評価を下すという類のものである。事件の行為者・当事者が歴史記述を請け負うことはあり得ないし、ましてや事件が起きない段階でその歴史評価がなされるなどということはあろうはずもない。真名本『曽我物語』にみる歴史テクストとしてのかかる異形性については、巨視的観点からのさらなる議論があってしかるべきである。

抽象的情熱と「形見」

ところで兄弟を敵討行為へと駆りたてた当のものが、五郎において顕著だったように抽象的情熱だったことを想起されたい。となると行為しつつ即自・即時・即事に歴史的痕跡を残さなくてはならぬとする困難な営みは、抽象的でしかない情熱に具体性を付与するという意味でも困難だったことにもなる。本書では敵討を討死のための討死という、抽象的情熱の自転運動の窮まったはての行為と捉えてきたのであり、この文脈から「形見」の問題を説明するとどうなるのか。

　抽象的情熱がなぜ抽象的なのかの確認から入る。敵討行為を推進する原動力は五郎の敵討にかける抽象的情念の発露だったわけだが、それは父の「形見」一切が残されていないことに拠る。五郎には父の記憶もその喪失体験もなく、敵助経や源頼朝をも具体的に知らなかった。その五郎がなぜ十郎以上に過激な討死の人生を全うするに至ったのか（第2章第3節）。五郎の助経憎しの思いが噴出し、敵討への決意が固まったのは巻四のこと、箱根にて他の稚児には父からの手紙が送られてくるも、「父の御文とて未だその手跡をも見ぬことこそ口惜しけれ。これに付けても敵の助経こそ恨めしけれ」とあるように、自分には父を偲ぶ「形見」すらないと涙していた。彼にとって父は最初から不在であり、その不在の父を「事後的」に穴埋めするしかないにもかかわらず、そのための父の手跡までもが彼から奪われていた。このように助経への恨みを根拠づけていたものは父の「文」の不在にあるとされ、いわばエクリチュールの重要性がその不在性において逆説的に強調されるとともに、五郎の情念が抽象的たらざるを得ない所以もそこにあった。父の「形見」を介して事後に現実を追体験しようにも、それすら叶わないところに五郎の位相があった。しかも五郎の恨みの情念はかくも現実的契機も他者性も欠いているために、純粋敵討とでも評すべく情念の自転運動のはてに自爆テロとして完結するほかないのものでもあった。

　こうみてくると物語発端部における「形見」の不在を批判的に超克すべく、物語は結末に至って「太なる巻物二巻」等の「形見」を量産したのだとも説明し得る。いわば物語発端部の父の死が「形見」の不在だったのに対して、結論部での兄弟の死は「形見」の蓄積と位置付けられており、このような点においても物語は首尾照応している。そして兄弟は「形見」を残すことで自分たちの生を歴史に刻むのみならず、忘却の彼方に消えたはずの父助通の名までをも歴史に回収するに成功したことになる。

となると「形見」の不在ゆえに抽象的たらざるを得なかった情熱だが、一方で兄弟は歴史に足跡を残すべくそのような情念の軌跡を「形見」として具現化する必要に迫られていたことになる。かつて五郎が己の行動に方向性を付与せんとして、必死に不在の父や敵の面影を手繰り寄せようとしていたのに対して、ここでは逆にその行為がいかなる行為だったのかを「形見」に還元することで存在証明しなくてはならなくなっている。もちろん自爆テロという形で完結するほかない純粋敵討が、その自転運動の果てに辿りついた「御霊神」たる富士浅間「客人の宮」が兄弟最大の「形見」ともいうべき歴史遺産ではあった。とともにそのゴール目掛けて疾駆している最中にも、折々ごとに立ちどまっては多くの「形見」を残さなくてはならない。討入直前の混乱の最中に一方で死後を見越して「形見」を数多用意していたことは紹介済みである。

抽象的情念は自らの存在証明をかけて、それを「形見」として物化させて排泄し続ける。その情念が抽象的であればあるほど、それを現実に還元することは困難を窮め、かつまたオブジェと化したその情念は異様なまでの存在感を発揮する。兄弟が通り過ぎた後に残されたこれらの抽象的情熱の分泌物はどれもこれもが単なる物ではない。討入直前に兄弟の思いを吐露した文とは、彼らの武具とは、彼らの馬や鞍とは、彼らの衣装とは、彼らの髪の毛や鬢は、そしてその骨と首とは……である。遺族たちはこの物を介して兄弟の肉声・肉体を感じ取り、兄弟の惨劇現場に参入し、兄弟の断末魔の叫びを聞くことになる。これらオブジェは「今・ここ」で繰り広げられた現場の熱気をさながら凍結したフェティッシであり、解凍される機会を密かにうかがっているものと思われる。

　ところで兄弟物語における「形見」の重要性はそれとして、それと双璧をなす頼朝物語にあって「太なる巻物二巻」に相当するような重要文書はないのであろうか。あえていえばそれが「法」ではあるまいか。もちろんそれは頼朝の発言のなかから誕生したばかりの「法」であって、『御成敗式目』のような法体系の文書ではない。「法」の誕生を寿ぐ真名本と北条執権時代の法テクストとの間には絶対的な断絶があることは既に述べたところである（第4章第1節）。しかしだとしても暴力の無限連鎖を断ち切るべく敵討を禁止するという法則は、曽我兄弟事件という個別的・一回的事例をも越えたルールとして、何度も参照されて「反復」されることになるであろう。となるといわばそれは実質書かれたテクストとしての機能を果たしており、これこそが頼朝物語が鎌倉幕府繁栄の礎として残した歴史遺産ではあるまいか。

　最後にもう一つ『義経記』にも『源義経日記』なるものが登場していることも紹介しておく。奥州平泉に潜伏する源義経は今はの際に臨んで、「これは一期《ご》の日記にて候。御身を離たれずせられ候へ（これは私の一生涯の日記でございます。どうかお側から離さないように大事になさってください）」（巻八）といって、この「一期の日記」を民部権少輔《みんぶのごんのしょう》藤原基成《もとしげ》なるものに手渡している。なぜ義経生涯の自筆日記が物語末尾に登場しているのか。義経日記という一等級資料の所在によって、それを踏まえたものとして『義経記』の記述の信憑性が保証されるという自己言及的記述としてこれがあり、真名本『曽我物語』と同様の方法がとられていることが解る――『義経記』は『曽我物語』の方法を踏まえているか否かは明らかでない――。ただしこの『源義経日記』の登場はいかにも唐突であり、真名本のように前々から周到に準備されたものではない。真名本とは異なり、とても本気仕立ての構想とは思えないのであり、ある種の冗談でこんなテクストを招来したのではなかろうか。またこういうところに『義経記』ならではの味わいがあるものと思われるのだが、いかがであろうか。

さらにはこの日記が藤原基成に託されている点も意味深長である。基成は平治の乱で失脚した信頼の一門に属し、奥州に遠流《おんる》せられて、その娘が藤原秀衡《ひでひら》の妻となって泰衡《やすひら》等を産んでいる。この基成に手渡された『源義経日記』が『義経記』の成立に関わっているとされており、地味ではあるが『義経記』のなかである意味で最も重要な登場人物ということになる。一方真名本『曽我物語』にもこの基成が目立たないながもやはり重要な働きをしている（巻五）。大磯の虎の出自を、この基成の乳母子宮内判官家長が都落ちの際に平塚の遊女夜叉王に産ませた娘としているのだ――仮名本には基成は登場せず――。このように基成は『義経記』でも真名本でも物語世界を支える裏人脈の要に位置しており、このようにして両テクストは密かに繋がっている。『義経記』

は『曽我物語』の世界を踏まえていることを明かしていないが、暗々裏に両者は冥合しているところがあり、『曽我物語』とは関係ないところで成立したテクストとは思われない。『義経記』と『吾妻鏡』、そして『曽我物語』との相関関係をどう捉えるかは、これまた鎌倉幕府の文学論の課題として残されている。

平安朝物語文学と真名本『曽我物語』

「形見」を抹消する平安朝『竹取物語』

真名本が歴史テクストたる所以を「形見」論として展開したが、私がこのような観点から真名本を考えるようになったのにはそれなりの訳がある。私の専門は平安時代の文学であり、実は平安朝物語文学とは、出来事を根拠づける一切の「形見」を抹消した地点から物語がはじまるテクストなのである。このような世界に馴染んできた私にとって、真名本の世界はあまりに異質というほかなく、この問題を一度は正面から考えてみたいという思いが、本書執筆の最大の動機であった。閑話休題として双方の関係について一言述べることをお認めいただきたい。

「物語の出《い》で来《き》はじめの祖《おや》」（『源氏物語』「絵合《えあわせ》」巻）なる『竹取物語』（九世紀最末期成立）を俎上にのせる。この物語にあっても、かぐや姫が月に昇天するにあたり地上にはその「形見」が多く残される。しかし『竹取物語』では、最後にそれら「形見」を次々と解消させてしまうという、『曽我物語』とは真逆の結末を迎えている。しかもこのような物語構成を『竹取物語』が偶々とっているのではなく、これは平安朝物語文学における一つの「範例」となって、以後の『源氏物語』（一〇〇八年頃にはあらかた成立）や『狭衣物語《さごろも》』（十一世紀末成立）の物語構造をも支えている。

かぐや姫が地上に残した「形見」として、「不死の薬」「文（翁媼宛・帝宛の二通）」「ぬぎおく衣《きぬ》」等がある。かぐや姫自身は天人の招来した「不死の薬」を食して不死を獲得し、さらに「天の羽衣」を着ることで地上の「記憶」を喪失して天上へと帰還する。一方の地上の者たちは、かぐや姫が残した「不死の薬」「文」「衣」等を一切否定する。翁夫婦はそんなものは不要として顧みず、帝は富士山頂でそれらを焼却してしまう。彼らは死ぬべき人間としての運命を選び、またかかる「形見」の棄却によって、いずれかぐや姫についての記憶も失われていくことであろう。富士山頂の煙はかぐや姫の火葬の煙のごとくに立ち昇る。かぐや姫の降臨により天上と地上とは最大限接近したが、最後は二つの世界はきっぱり弁別されて物語は終る。

「文」「衣」「不死の薬」等の「形見」が抹消されたことは、かぐや姫がかつて地上に存在していたことの証拠なり痕跡なりが無くなったことを意味し、かくしていずれかぐや姫についての記憶も失せてしまうことであろう。火葬の煙とともにすべてが無に帰すのであり、この最終地点から「今は昔、竹取翁といふものありけり……」として物語は語り起こされる。物語の冒頭とは結末の何たるかを所有している地点から語り出されるのが物語の常である。かぐや姫の物語とは、「文」等の「形見」を証拠として語られたものではなく、「純粋記憶」に基づく口頭の語りだとする物語文学論がここに展開されている。

このことは平安朝物語文学が「フィクション」である点と関わる。かぐや姫の実在性を証する「形見」が数多あったにもかかわらず、それらを抹消した地点から物語は語り起こされており、自らの語りがいかに根拠薄弱なものであるかが殊更標榜されていることになるからである。しかも何もないところから語られるこの物語は、音声に即還元される「仮名」という実体のない言葉を以てして語られており、漢文という典型的な書記言語ではないことにも留意したい。「形見」は消去されるのみならず、仮名という音声は空中に散布されて消失してしまうのであり、あとには一切合財何も残らない。

もちろん物語文学とは、「今は昔、竹取翁といふものありけり」という語り手の口上にしても、それは音声自体、口承の言葉それ自体ではない。仮名文字がたとえ音声に還元されるとしても一方で文字は文字として残存するのであり、である以上いわば仮名文字は「偽音声」「フィクションとしての音声」とでも評すべき水準のものである。また語り手の語る物語にしても、それは口承物語それ自体ではなく、「偽装の口承物語」という書かれた物語の言葉というほかない。その語り手の声は実体としてあるのでなく、物語テクスト内のフィクションとしての語りの声である。

また文字通りの口承物語であるならば、そこには数多の語り手しかいないが、書かれた物語である物語文学にあっては、語り手の裏側には「作者」がいる――平安朝物語文学は口承物語それ自体でないのはもちろんのこと、口承されたものを書記し編集したものでもない――。しかしだからこそ物語世界にあっては、作者は身を隠して、あたかも純粋記憶に基づく口頭の語りたることを装っているのである。「書かれた口承物語」というのはパラドックス以外ではなく、ここにこそ平安朝物語文学のアイデンティティがある。確かに物語の通時的展開とともに物語世界内には様々な「形見」が蓄積されることは避け難い。しかしだからこそそれらは物語が終らんとする時に、綺麗に始末しておく必要があったのである。

『源氏物語』の終り方

そしてこの『竹取物語』の達成が一つの範例となって、『源氏物語』や『狭衣物語』等の以下の物語文学の系譜が形成されていく。『源氏物語』が開示した地平を若干紹介して、平安朝物語文学なるジャンルの何たるかを見通しておく。

『源氏物語』正篇世界（光源氏の物語、「桐壺《きりつぼ》」巻から「幻《まぼろし》」巻までの四十一帖）のフィナーレは、『竹取物語』の方法を基本的に踏襲しながら、より重層的な物語構造を有している。「幻」巻の源氏は、前年「八月十五日」（「御法《みのり》」巻）に火葬された紫の上が残した手紙等の身辺文書のことごとくを焼却する。文書の火葬である。そして空に立ちのぼる煙は、遠からず火葬されるであろう源氏のこれからを暗示しており、そこまでは『竹取物語』の世界をそのまま踏襲している。

しかしはたしてどうなのであろうか。確かに光源氏や紫の上等は火葬されることで、彼らの生の痕跡は抹消され、またその地点から「いづれの御時《おほむとき》にか女御《にようご》・更衣《かうい》あまたさぶらひ給ひけるなかに……」というように『源氏物語』の冒頭は語り起こされてはいる。しかし偶然にも火葬を免れた物が、物語続篇（光源氏没後の世界であり、「匂宮三帖《におうのみやさんちょう》」と、「橋姫《はしひめ》」巻から「夢の浮橋」巻までの「宇治《うじ》十帖《じゅうじょう》」とからなる）の「宇治十帖」の世界に配達され、かつそのことで新たなる物語世界が開示されることになる。その物語は宇治の地を舞台として、源氏の弟宮八の宮と、源氏の息子薫との出会いから始まる。京ではなく周縁の地が選ばれ、かつ八の宮も薫も源氏体制からの疎外者である。八の宮は冷泉帝（源氏と藤壺との密通による皇子）の皇太子時代に、その対抗馬として朱雀院の母大后（弘徽殿《こきでん》女御）になまじ担ぎ出されたために政治的に失脚した人物である。また薫が源氏晩年の正妻女三の宮と柏木との密通による子であることもいうまでもない。光源氏直系から大きく外れた場所と人物とを基点に続篇世界はスタートする。

この宇治の地に八の宮が流離することになったのも、「住み給ふ宮焼けにけり」（「橋姫」巻）というように京の家屋敷が「火災」になったためとされている。八の宮が宇治で欝然たる気分で詠んだ歌を紹介しておく。「見し人も宿も煙になりにしをなにとて我が身消え残りけむ（妻も我が家も煙となってしまったのに、どうして我が身だけが消えずに残ったのだろうか）」（「橋姫」巻）であり、京の屋敷も「火災」にあい北の方も「火葬」の煙となり、我が身だけが消えずにいることが嘆かれている。自身がとっくに火葬の煙となってもおかしくないにもかかわらず、生き残ってしまったことの絶望がうたわれている。また一方の薫だが、彼のもとには実父柏木が女三の宮宛に書いた約二十年前の手紙が届く。その手紙は八の宮家に仕える老女房弁《べん》（故柏木の乳母子）が大事に保管しておいたものであり、弁は「焼きも棄てはべりなむ」（「橋姫」巻）と思ったこともあったというが、かろうじて薫のもとに配達されたのである。この「焼失」をかつがつ免れた手紙の束により、物語はそこで途絶えることなく、続篇世界としてさらに展開していくことになる。

源氏周辺の文書類はすべて抹消されたはずだが、消去しようにもしきれない傍流の文書類が残り、それが物語を持続せしめるというシステムがここにある。このように『源氏物語』が『竹取物語』の方法を踏襲しつつより重層的な構造の物語になっているのだが、それは正篇世界から続篇へという物語展開の方法にとどまらない。『源氏物語』は最終巻「夢の浮橋」で物語世界を完結させるにあたっても、同様の問題を判断停止のままに再提起している。物語最後の女主人公浮舟をめぐる物語状況がそれである。

彼女は手習《てならい》や手紙等の多量の文書に囲まれた存在としてあり、また彼女自身が書かれたテクストとなって物語世界を流通している。多くの登場人物たちが様々な欲望なり、思惑なりを彼女にかきこみ、またそうすることで浮舟なるものを媒体として互いにコミュニケーションをとっている。そしてそのような状況下で生きるに窮した浮舟は、入水を図り、手紙等の文書類を始末し、自身が生きた痕跡一切を抹消せんとする。もし仮にすべてを消去することに浮舟が成功したならば、『源氏物語』は『竹取物語』さながらの結末を迎えることになるであろう。しかしやはりここでもそうはならずに、浮舟は死のうとしても死にきれず、彼女が始末したとされる文書類も多くが残されてしまう。そしてそれに追い打ちをかけるように、比叡山西麓小野に素姓を隠して密かに住む浮舟を目掛けて、周囲が以前にも増して俄然動きだすのであった。浮舟をめぐって多くの手紙（横川僧都の二通の手紙、薫の手紙等）が行き交い彼女は徐々に追いつめられていく。彼女はもはや死ぬことも許されず、出家してもそれは何の解決にもならず、その素姓が明かされるのも時間の問題であろう。

そして物語は唐突に終わる。そこで終わることの意味とは何か、という問いを『源氏物語』は最後に我々に突きつけている。『竹取物語』のように「形見」を消去することで物語を終らせることも可能であるが、ここでは「形見」を抹消しようとしてもしきれないという状況、物語が終ろうとしても終わり得ない状況を次々と出来させている。そのうえで物語をいったいどこまで書き継ぎ得るのかの臨界点が摸索されているものと思われる。

『竹取物語』／「赫屋姫伝説」

平安朝物語文学と真名本『曽我物語』との極めたる対応関係が認められる。「形見」を抹消し、パロール（音声言語）を以てして語る点にフィクションたる平安朝物語文学の存立根拠があるならば――『源氏物語』の終わりも「形見」の解消をあくまで志向している――、真名本『曽我物語』では自らが歴史テクストたるべく「形見」を残すことを目的化しており、その意味で表音にして表意文字である分厚いシニフィアンたる漢字の使用は必然的でもあった。「形見」の抹消か「形見」の蓄積かという点を分水嶺として、フィクション／歴史、パロール（仮名テクスト）／エクリチュール（漢字テクスト）、都／東国……というような幾多の対立関係がここに現象する。真名本が仮名文字ではなく、ごつごつとした擬漢文体で記されているのも歴史テクストであるという問題と密接に関わる。それは今を記録にとどめて後の時代に伝え、さらには自らも後の時代に残り続けるテクストであることの殊更な態度表明としてある。音声に即還元されて雲散霧消してしまうのでなく、物化して残るのが漢字という強靭なメディアである。

以上をどう対象化すべきか。『竹取物語』から真名本『曽我物語』へと至る文学史的系譜を問題にするにしても、これは一筋縄ではいかない。そもそも『竹取物語』の成立はその前提として、「形見」という証拠品を基とする歴史語りを一方の極として知っていたはずであり、だからこそそれを対象化したところで『竹取物語』というフィクションが定位されたのである。また真名本も実際に平安朝『竹取物語』を知っていたか否かは解らぬまでも、竹取的な物語構成のテクストを否定媒介して成立していたのも確かである。となるとことはかなり厄介であり、文学史の実態は時系列的に点から点へと至る直線的な系譜ではなく、重層的に展開しているものと思われる。実際に平安朝物語文学史の系譜のなかでも、『狭衣物語』のように多くの「形見」を生成させて自らが事実談であるかのごとく装うテクストもいずれ成立するようになる。

また平安朝物語文学と東国成立の『曽我物語』という時空間まったくかけ離れたところで成立したテクストが、直接の影響関係がないところで、かくのごとく対立的であることの意味を問うこともできる。これにはかなりの力技が要求されるし、はたしてどういう議論になるのであろうか。

最後にこの真名本『曽我物語』のなかにも東国伝来の「赫屋姫伝説」（巻七）が語られているので一言述べておきたい。平安朝『竹取物語』と真名本との関係を論じた以上、この真名本所収の「赫屋姫伝説」との関わりにも言及しておくのが筋であろう。頼朝の巻狩一行を追跡する途次にて五郎が富士山を仰ぎみて披露した物語がそれであり、梗概も紹介済みなので（第2章第3節）、ここでは粗々の確認にとどめる。富士郡に住む子供のない老夫婦に報恩するために富士山よりおりてきたのが赫屋姫である。姫は駿河国司と結婚し翁も官吏に登用され、翁夫婦は最後に大往生を遂げる。姫はこの世の縁も尽きたとして夫に仙女たる自らの素姓を明かし、「返魂香（焚くと死者が姿を現すとされている香）」の籠る「筥」を残して富士山の仙宮へ帰る。国司は妻恋しさのあまり富士山頂の池に筥もろともに身を投げる。かくして筥から漏れでる「返魂香の煙」を人々は富士の煙と称するようになったという。

『竹取物語』とはなんの関係もない「赫屋姫伝説」であるようだが、異界と人間界との関りを両テクストとも問題にしている点、そしてその捉え方が対極的である点を確認すれば、両テクストは一挙に接近してくる。『竹取物語』の世界では異界（月世界）と人間界とは、かぐや姫の地上での誕生により接近したようにみえつつも、結局のところ最初から最後まで折り合うことがなかったといえる。五人の貴公子による難題求婚譚にしても、かぐや姫にとっては結婚を断るための時間稼ぎでしかなかったし、最後かぐや姫は未婚のまま地上から去ってしまうのである。そしてみてきたように彼女が地上にいたことの痕跡たる「形見」までもが最後は抹消されて終りなのである。いわば双方の世界の絶対的異質性が確認され、またそうすることで月世界に対する人間世界の独自性がみつめられていることになる。

それに対して「赫屋姫伝説」では、異界と人間界とははるかに融和的にして融通無碍の関係にある。子のない翁夫婦の老後を看取るべく求婚譚を経ずに赫屋姫は駿河国司とすんなり結婚し、翁夫婦の大往生を確認したところで富士山に帰還する。『竹取物語』のかぐや姫が老夫婦の最期を見届け得ないことを嘆いていたことと好対照をなす。「赫屋姫伝説」とは翁夫婦への報恩の物語であり、富士浅間大菩薩が衆生済度のために人間の姿（赫屋姫と駿河国司）に応迹示現した物語であった。

『竹取物語』と「赫屋姫伝説」とは以上のような関係にあるのだが、ここで留意すべきは、異質な両テクストをリンクさせるのが富士山に立ち昇る煙であるという点である。双方ともに富士山の煙に最後は焦点をあてることで、これぞ竹取物語・伝説の風景そのものだといわんばかりである。そして決定的なのはその富士山の煙というモチーフの機能が、『竹取物語』と「赫屋姫伝説」各々の物語構造と対応している点である。富士山から立ち昇る煙、それは『竹取物語』では、かぐや姫がこの地上にいたことを根拠づける「手紙」「不死の薬」等の「形見」を抹消するための火葬の煙であった。しかし「赫屋姫伝説」の煙は、赫屋姫と国司として人間界に垂迹した浅間大菩薩が、かつては固く結ばれた夫婦だったことを証だてる「反魂香」の煙となっている。この違いは決定的であり、「形見」を否定する「煙」に対して、「赫屋姫伝説」では「煙」そのものが夫婦の「形見」と化している。記憶の消去どころか、人々はこの煙を目にするごとに、富士浅間大菩薩がかつて応迹示現したという過去をまざまざとそこに認め得ることであろう。

「形見」の有無をめぐって、平安朝『竹取物語』と真名本の関係をみてきたが、真名本内の一挿話である「赫屋姫伝説」においても、このように『竹取物語』との間に同様の対応関係を認め得る。真名本は自らの何たるかを主張するにあたって、この入れ子型にある「赫屋姫伝説」というもう一つの物語の細部をも実に丁寧に仕上げている。真名本が『竹取物語』の世界を知っていたか否かは解らないし、それは必ずしも問題ではない。しかし少なくとも平安朝『竹取物語』と真名本、そしてこの真名本収録「赫屋姫伝説」とは、「形見」をめぐる物語として対極の位置関係にあることは確かであり、「赫屋姫伝説」もこれまた自らが歴史テクストたることを堂々と主張しているのであった。

ただし「赫屋姫伝説」をして東国の竹取物語と評してきたが、これが『神道集』「富士浅間大菩薩の事」ときわめて近似した内容の縁起物であるとはいえ、これが東国におけるスタンダードな竹取伝説であるかの確証はない。京から鎌倉への貞応《じょうおう》二年（一二二三）の旅日記である『海道記』に、やはり富士山を眼前にして「昔採竹翁といふ者ありけり。女《むすめ》をかぐや姫といふ。翁が家の竹林に、鶯の卵、女形にかへりて巣の中にあり」としてこの物語が紹介されている。こちらでは平安朝『竹取物語』と相同の物語展開を示していて、求婚者たちが登場し最後に帝が登場するも、結局は天上にかぐや姫は帰還する。そして残された「不死の薬」と「歌」という「忘れ形見」を帝は富士山頂で焼くという結末になっている。この『海道記』の所収の物語は『竹取物語』に近いものがあり、これをどう考えるべきか。とはいえこれを京伝来のものだと一蹴してしまうことには躊躇われるものがあり、とくにかぐや姫が「鶯の卵」から誕生したとする設定はたいへん興味深くもう少し考えたい。

第7章……『吾妻鏡』／真名本『曽我物語』

1――両テクストはリンクする

「書状」(『吾妻鏡』)＝「太なる巻物二巻」(真名本)

多くある「形見」のなかで兄弟自筆の母宛「太なる巻物二巻」という文書が、真名本『曽我物語』の歴史記述を支える最重要モチーフであることをみてきた。さてこの兄弟の母宛の巻物が、『吾妻鏡』においても真名本と張り合うように「書状」として登場していることをどう考えたらよいのであろうか。しかも『吾妻鏡』でも、この書状がこの事件を記録するうえでの極めたる根拠資料とされている。となると両テクストは、「書状」＝「太なる巻物二巻」、というようにこの資料を介してリンクしていることになる。

両テクストの関係論については、双方の記述をダイレクトに比較し、その影響関係を探るという実証的方法がとられてきた。しかしここではこの「書状」「太なる巻物二巻」というモチーフの方に焦点を当てて、両テクストの関係論を一挙に立ちあげる。『吾妻鏡』建久四年五月三十日の記事を紹介する。

……祐成・時致（真名本の助成・時宗）、最後ニ母ノ許ニ送ル書状等ヲ、召シ出ダサルルノトコロ、幼稚ヨリ以来、父ノ敵ヲ度《はか》ラント欲スルノ旨趣、悉《ことごと》ク之ヲ書キ載ス。将軍家御感涙を拭《ぬぐ》ヒテ之ヲ覧《み》、永ク文庫ニ納メラルベシト云々。

（助成と時宗は最後に母のもとに書状等を送っていた。それを召し出されたところ、幼い時から、父の敵を討ちたいと思っていたという趣旨がことごとく書きのせられていた。将軍家はご感涙を拭いながら、これをご覧になり、永く文庫に収めおくよう命じられたという）

頼朝と五郎の対決そして五郎の梟首は二十九日のことであり、ここに紹介したのはその翌日の『吾妻鏡』の記事である。兄弟が母宛に「最後」に記した「書状」を頼朝が取り寄せたところ、そこには「幼稚」より今に至るまで父の敵討を果たしたいとする思いの「悉ク」が記されていたという。母宛に「最後」に送った「書状」とされていて、この「最後」がいつのことを指すのか曖昧だが、真名本『曽我物語』と同様にやはり敵討を決行する直前に書いた「書状」であろう。

それを読んだ頼朝はいたく感動し、この「書状」を永く「文庫」に収めおくよう命じたという。真名本と同様に、兄弟からすれば突如思いたった敵討ではなく、子供の頃からの宿意であることを母に理解してもらうべく書いたのだろう。頼朝もこの「書状」によって兄弟の境涯を初めて知り得たのであり、だからこそ涙したのである。さらにまたこの「書状」により母親がこの事件に一切関与していなかったことも証明されたのであり、頼朝もそれを確認するためにこの「書状」を取り寄せたのであろうか。

この『吾妻鏡』の「書状」が、先の真名本『曽我物語』の「太なる巻物二巻」に当ることをまず確認したい。また真名本では曽我母のもとに送り届けられたこの「巻物」が、『吾妻鏡』ではその後は頼朝に召し上げられて、最後は「文庫」の所蔵に帰したとされる。ただし両テクストを合理的に接続させようとするといささか無理が生ずる。

『吾妻鏡』『曽我物語』も討入は五月二十八日深夜から二十九日にかけてのことであり、頼朝と五郎との対決は二十九日の夜明である。そして真名本では二十八日の討入直前に兄弟が書いたこの「巻物」を二人の従者が持って、曽我母のもとに出発し、そして母・乳母・伯母たちもそれを涙しながら読んでいる。そして曽我母は九月八日に箱根で開催される兄弟百ヶ日供養に出発する際に、虎に「これこそ富士野よりの十郎の手跡よ」といってみせている。しかしそれ以降この「巻物」が最後にどうなったかは解らない。供養での経典の裏地になったと一般には解釈されているが、先にも述べたようにそれは「水茎の跡」の方である（第6章第2節）。箱根出発に際してわざわざ登場していることから、供養のための何かに使われたように解釈されることが多いが、そうではなく箱根への道行において母と虎とを兄弟の死出の旅路の心境に寄り添わせるために、この「巻物」をあらかじめ彼らに披露しておく必要があったのであり、このことも既に述べた。

一方『吾妻鏡』では、兄弟がこの「書状」を「最後」に書いた現場については何も記されておらず、三十日に頼朝が曽我母から取り寄せるというかたちで、初めてこの「書状」が登場している。そしてそのタイミングでこの「書状」は兄弟が「最後」に母宛に書いたものとの説明されている。『吾妻鏡』では、頼朝が曽我母から取り寄せたこの「書状」を読んだのは三十日となっているが、合理的に考えればこれは苦しい。曽我母たちが「巻物」を読んだのが二十九日だとする真名本の記述を『吾妻鏡』が踏まえているならば、翌日にはこの「書状」は富士野の頼朝のもとにとんぼ返りしなくてはならないからである。いやこれはこれで不可能な話でもある。真名本では九月になってもいまだそれが曽我母のもとにあったとされていたではないか。そもそも翻って考えてみるに頼朝はなぜこのような「書状」の存在を知っていたのであろうか、これまたはなはだ疑問である。

以上いささか胡乱《うろん》にして些末な議論をしてきたが、なぜこのようなことに私が拘るのかというと、『吾妻鏡』も真名本『曽我物語』の方法を踏襲して、この「書状」を己の当該記事を裏付ける根拠資料たらしめんと、いかに苦心惨憺しているのかを浮彫りにしたかったからである。『吾妻鏡』からすれば、なんとしてもこの「書状」を曽我母から頼朝のもとへと移動させなくてはならず、かくして無理があろうとも強引にそれで押し切ったのではなかろうか。

確かに真名本と同様にこの「書状」は『吾妻鏡』の自己言及とも評すべく、事件の記述の資料的根拠を明かしている。たとえば二十九日の条に、「此ノ兄弟ハ、河津三郎祐泰（祐親法師ノ嫡子）男ナリ。祐泰サル安元二年十月ノ比、伊豆奥狩場ニオイテ図ラズモ矢にアタリ命ヲ墜ス。コレ祐経ノ所為ナリ。時ニ祐成五歳、時致三歳ナリ。成人ノ後、祐経ノ所為ノ由コレヲ聞キ、宿意ヲ遂グ。オホヨソ此ノ間、狩倉ゴトニ、御供ノ輩ニ相ヒ交ハリテ、祐経ノ隙ヲ伺フ。影ノ形ニ随フガゴトシト云々（この兄弟は、祐親（『曽我物語』の助親）法師の嫡男祐泰（助通）の子息である。祐泰はさる安元二年十月の頃、伊豆の奥の狩場で思いもかけず矢に射られて命を落とした。これは祐経（助経）の仕業であった。時に祐成（助成）五歳、時致（時宗）三歳であった。彼らは成人した後にこれが祐経の所為であることを聞き、宿意を遂げたのである。おおよそこの間に狩が催されるたびごとに、お供の人々のなかに交って、祐経の隙を狙うこと、影の形に従うがごときであったという）」という箇所がある。

兄弟の父助通が安元二年（一一七六）十月に伊豆奥の狩場で助経によって射殺されたこと、その時の兄弟の年齢までもが記されている。さらに成人後の兄弟は巻狩があるごとに頼朝の供に紛れ込んで、助経討ちの機会を狙っていたことまでもが記されている。頼朝と五郎との対決場面において、「祐成九歳、時致七歳ノ年ヨリ以降、シキリニ会稽ノ存念ヲ挿《はさ》ミ、片時モ忘ルルコトナシ（祐成九歳、時致七歳の年から以降、常時敵討の思いを抱き続け、片時たりとも忘れたことはありません）」というような五郎自身が明かした過去の事情説明もあるが、それ以上の情報が明かされている。

『吾妻鏡』は兄弟の過去についての情報源は、先の「書状」にあることを暗示しているのではないのか。その意味でそれは、「太なる巻物二巻」を擁する真名本『曽我物語』の方法とパラレルな対応関係にある。もちろん再三述べてきたように私は本当にこのような「書状」が存在し、これが『吾妻鏡』の当該記事に利用されたなどという議論をしているのではない。「太なる巻物二巻」と同様にそれは確かめようもないし、こんな「書状」なぞなかったと考える方が自然である。これが幕府文庫の重宝になったとしており、それをいうことでこの文書がいかに重要資料たるかを強調しているわけだが、かえってそのことがいかがわしさを倍増させる。

そもそもこの文庫とはいかなるものか。その実態は意外にもよく解らないのであり、承元二年（一二〇八）正月十六日に、「問註所入道名越《なごゑ》ノ家焼亡ス。シカルニ彼ノ家ノ後面ノ山際ニ、文庫ヲ構エ、将軍家ノ御文籍、雑務文書、ナラビニ散位倫兼《さんにともかね》日記已下《いげ》ノ累代《るいだい》ノ文書等ヲ、納メ置クノトコロ、悉ク灰燼《カイジン》トナス（問注所入道の名越の家が焼失した。ところでこの家の背後の山際に文庫が構えられていて、将軍家のご文書や雑務文書、ならびに散位倫兼の日記以下の累代の文書をそこに収めおいてあったところ、ことごとくが灰燼に帰してしまった）」とあるのがその文庫のことなのか。問注所執事の三善康信の名越邸が焼失し、文庫も灰燼に帰したことがいわれ、そのなかに「将軍家ノ御文籍」があったとされているが、これが幕府の文庫ということになるのか。

しかもはたしてこの焼失した文庫に兄弟の「書状」が収められていたのか否か。仮にそうだとしても承元二年には文庫は焼失したというのだから、かかる「書状」も事件後遠からずして無くなったことになる。ましてや『吾妻鏡』成立時にはこの文書は実在すべくもないのである。焼失した幻の文庫の重宝ということ、いかにもそれらしくあり過ぎるのではないのか。

従来の両テクストの関係論

国文学や日本史学でも『吾妻鏡』と真名本『曽我物語』との関係は様々論じられている。しかし、「書状」＝「太なる巻物二巻」、というように両モチーフが重なることに着目した研究はないようである。このようにモチーフの共有によって、両テクストが接続していることのテクスト論的な意味を問わなくてはならない。

繰り返すがこれまでの研究でも、両テクスト間の直接の引用関係は検証されてきた。『吾妻鏡』五月二十八日の事件当日の記録、二十九日の五郎が裁かれる場の記録と、真名本のそれとを較べてみれば各々のテクストが無関係に成立したとは思えない。『吾妻鏡』五月二十八日の記事では、兄弟による助経殺害のみならず、吉備津宮の往藤内が巻き添えをくらった事情説明がなされ、手越の遊女少将と黄瀬川の亀鶴が助経等に近仕していたことや、雷鳴轟く闇夜に父の敵を討ったと兄弟が大声を上げたため周囲は大混乱に陥ったこと、さらには兄弟が傷を負わせた面々や殺害した者についても逐一実名が記され、そして最後兄十郎は新田忠常に討たれ、五郎が頼朝御前を目掛けて突進してきたために頼朝が応戦しようとするも大友能直にとめられ、また五郎も小舎人童五郎丸に絡め捕らえられてしまったという。逐一実証しないがこれら一連の経緯を記す『吾妻鏡』の行文が、真名本のそれと相同であり、このことは二十九日の記述についても同様である。五郎が引き出された裁きの場のしつらいや居並ぶ武将たち、頼朝との直接対決を望む五郎の言動等々である。

さらには事件処理の記事も多くが重なり、とくに大磯の虎の動向までをも『吾妻鏡』は律儀に記している。六月十八日には、虎が箱根山別当行実の坊で、十郎の二十一日供養を行い、仮名の「諷誦文《ふじゅもん》」を捧げ、十郎が残した「葦毛の馬一疋」を「唱導師」のためのお布施にあてており、それについて「祐成最後ニ虎ニ与フル所ナリ」と説明している。この箇所は、真名本『曽我物語』で十郎が「馬」「鞍」を「形見」として虎に与え（巻六）、それが箱根での百ヶ日供養でのお布施になっていたことを踏まえたものであろう（巻十）。『吾妻鏡』と真名本の間には何日の法要なのか等の微細な異同はあるが、『吾妻鏡』が物語の記述を引き受けたものである点は動かない。ここにある「祐成最後ニ虎ニ与フル所ナリ」と記す『吾妻鏡』の情報源は、真名本以外には考えられない。そして『吾妻鏡』では虎はその後に出家して信濃国善光寺に向かったとされている。また『吾妻鏡』建久元年九月七日の北条時政のもとで五郎が元服したという記事なども、真名本を参考にしているのであろう。

しかもここで確認しておきたいのは、両テクストともども互いに引用関係にあることを一切明かしてない点である。『吾妻鏡』は自らの記事が真名本を踏まえているとはいわないし、逆もまたしかりである。そして引用されているテクスト名は、実在すらもが怪しい兄弟の母宛の「書状」「太なる巻物二巻」という文書の方なのである。本書の序章第2節で、『吾妻鏡』「源実朝伝」が参考とした第一級資料が『金槐和歌集』であるにもかかわらず、この実朝歌集について一切触れてないことの意味について論じたが、それとほぼ同様の事情があろう。『吾妻鏡』が編年体の記録書としての体裁をとっている以上、その記述は現実世界に対して直接開かれているべきであって、他文献を踏まえた間接的なものであるとする訳にはいかないのである。引用テクスト名を明示したならば、自らは二次資料となってしまい記録書・歴史書としての価値は一挙に下落するに相違ない。だからこそ実際には多大な影響を受けた重要文書であろうとも、そのことには口を噤《つぐ》んでいるのである。

一方母宛の「書状」「太なる巻物二巻」は現場から発信された第一級の生資料であり、だからこそこれみよがしに堂々と登場させているのであった。もちろんこの「書状」「巻物」は捏造された資料である可能性は大いにあるわけだが、しかしそれが捏造資料であろうなかろうと、両テクストが自らを歴史テクストたらしめんとするためにも、このような生資料なるものがどうしても必要だったのである。

また真名本『曽我物語』と『吾妻鏡』との間の直接の引用関係が以上のようなものであるとしても、どちらが先行するのかという議論もある。『吾妻鏡』の曽我事件の記述は真名本を踏まえていることは認められている。ただしその場合現存する真名本でなく、それ以前の「中間的真名本」の記述を踏まえたとする説が有力であり、確かに『吾妻鏡』の踏まえた真名本が現存本そのままかというと、そこまでいう勇気は私にもない。しかし現行真名本そのものでないにしても、やはりそれは真名本であると認定しても別段問題はないのではなかろうか（第1章第1節）。

では一方の真名本『曽我物語』は『吾妻鏡』とはなんの関係もないところで成立したのであろ

うか。真名本から『吾妻鏡』へという一方的な動きではなく、双方の間にはかなり込み入った成立事情があるのではなかろうか。『吾妻鏡』の成立も真名本の成立も鎌倉時代末期といわれているとともに、先の例からも真名本の方が先行していたことは確かめられるわけだが、しかし問題とすべきは、テクストの成立は何年何月を以てして一挙に纏め上げられたなどという類のものではなく、それ相応の長い時間が要されていたのではないのか。『吾妻鏡』や真名本が成立するまでに双方のテクストは相互交渉しつつ徐々に整えられた段階が想定されるし、またいわゆる成立後にもテクストはいまだ流動的だったのではなかろうか。真名本が『吾妻鏡』編纂の際の資料として利用されたとしても、現行の真名本も『吾妻鑑』の記述を踏まえて整えていったという逆の動きも否定できない。とくに真名本は物語でありつつも年時の記載に執拗に拘っているのであり、その際に『吾妻鏡』が参照されていると思われる箇所がいくつもある。となると相互に影響を与えつつ各々のテクストは徐々に生成されていったものと思われるのだが、いかがであろうか。『吾妻鏡』は「書状」に、一方の真名本『曽我物語』も「巻物」に焦点をあわせつつ、そこを軸心として二つのテクストが徐々に向き合うような本文の熟成過程をも想定し得るのではあるまいか。

2――『吾妻鏡』における富士野の巻狩

二代将軍源頼家の不吉な門出

『吾妻鏡』と真名本『曽我物語』はともに母宛文書という第一級文字資料を己の内に吸収することで、自らの記述の事実性を内側から保証しようとしているわけだが、問題とすべきはこの極めたる根拠資料を接点として両テクストがリンクしていることの意味である。同一資料に依拠しつつも『吾妻鏡』と真名本各々が独自の世界を打ち立てており、そのことで双方は相互補完的に作用し合って鎌倉幕府成立のドラマを多角的・総合的に現象させているのではなかろうか。

では『吾妻鏡』が富士野の巻狩をどう位置づけているかを検証してみよう。それは「将軍家督《かとく》ノ若君」たる源頼家のデビューを飾る場としてである。五月十六日に愛甲季隆《あいこうすえたか》のサポートよろしく頼家が初めて鹿を射とめるに成功する。頼朝は喜びのあまり狩に成功したことを「山神《やまがみ》」に謝すべく「矢口《やぐち》」の祭を行い、その式次第が『吾妻鏡』に詳細に記されている。

しかし問題なのは、この頼家の門出を祝うはずの儀式が滞りなく進行したのではなかった点にある。この神事では、頼朝と頼家の御前に配された「矢口ノ餅《もち》」を、頼家が鹿を射た際に側近くにいた射手の工藤景光《かげみつ》・愛甲季隆・曽我祐信（助信のこと）の三人が賜ることになっていた。陪《ばい》膳役《ぜんやく》は梶原景季・工藤祐経（助経のこと）・海野幸氏《ゆきうじ》であり、餅を用意したのは北条義時である。

この餅は黒・白・赤の三種であり、長さ八寸、幅三寸、厚さ一寸であるという。

　まずは工藤景光が御前に進み出て、「山神」に供する三色の餅を重ねて臥木《ふせぎ》の上に置き、また自らも食す。愛甲季隆も同じ所作をし、最後は曽我助信となるのだが、その時に頼朝は「一、二口ハ殊ナル射手ヲ撰ビテコレヲ賜フ。三口ノ事ニオイテハ何様《いかさま》タルベキヤ（一の口、二の口には優れた射手を選んで賜った。三の口についてはどのようにするのがよろしかろう）」という。助信はその発言の真意が理解できずに、前の二人の作法を踏襲してそのまま餅を食べてしまう。それに対する頼朝の反応が、「三ノ口ニオイテハ、将軍聞コシ召サルベキノ趣、一旦定メテ答ヘ申サムカ、ソノ礼ニ就《つ》キテ興アルノ様ニ御計《はから》ヒアルベキノ旨、思シメシ儲《まう》クルニ依リテ、仰セ含メラルルノトコロ、左右ナク自由セシムルノ条、頗ル無念ノ由、仰セラルル（三の口においては将軍がお召し上がりくださいと、まずはきっと答え申すのではなかろうか、その礼儀に乗って興あるように図ってやろうと、かねてから考えていたので仰せ含められたところ、助信がなにごともないように勝手に食べてしまったのは、たいへん残念である旨を仰せられたという）」とある。

　頼朝は「山神」を祀るこの儀式に自らも「餅」を食して参画し、嫡子頼家の門出を祝おうとしたのだが、助信がそのような頼朝の真意を理解できずに無粋に振る舞ったことに大層不快な思いをしたという。巻狩で頼家は見事にデビューを果たし、「矢口」祭が厳かに執行されていたにもかかわらず、それは結局のところ頼家の不吉な門出でしかなかったことが暗示されているのではないのか。しかもすべてを台無しにしたその無骨者がなんと兄弟養父の曽我助信というのだから、なにをかいわんやである。

それで終らない。二十二日に息子の活躍にいまだ興奮さめやらぬ頼朝は、梶原景高《かげたか》（景時息）を使者として、鎌倉の御台所《みだいどころ》（妻政子）に頼家デビューの朗報をもたらす。しかし政子は、「アヘテ御感《ぎょかん》ニ及バズ」ということで、使いの者はかえって面目を失ったという。政子は、「武将ノ嫡嗣《ちゃくし》タルニ、原野ノ鹿鳥ヲ獲ルコト、アナガチニ希有《けう》トスルニ足ラズ。楚忽《そこつ》ノ専使頗ルソノ煩《わづらひ》アルカ（武将の嫡嗣として、原野の鹿や鳥を獲たところで、とくに珍しいこととも囃すべきではない。いい加減なことで使いを出すのもたいそう煩わしいことである）」といい放つ始末であり、いかにも素っ気ない。

ここはたいへん有名な箇所であり様々な解釈があるが、少なくとも政子は嫡子頼家が鹿を射とめたとして大興奮している頼朝に冷水を浴びせかけたのは確かであり、さらにこのエピソードは頼家の将来が決して安穏たり得ないことを予示しているのではないのか。いずれ二代将軍となった頼家の悲惨な末路について確認の必要もなかろうが、浮かれきっている頼朝よりも政子の方がはるかに冷静沈着であり、先を見通しているかのようである。もちろんこの記事はその後の頼家の最期を知る立場から置かれた後付記事であるのだが。

一方真名本『曽我物語』では既に論じたように（第5章第2節）、武門の棟梁頼朝と東国武士団の活躍こそがこの巻狩のテーマであって、頼家の将来を寿ぐ矢口の祭等の神事についての言及は一切ないし、ましてや北条政子への報告云々の話もない。確かに真名本にあっても頼家は畠山重忠の嫡子重泰と番えられて、鹿を見事に射とめているのだが、それは以下に続く巻狩二十番勝負のためのトップを飾るというに過ぎず、どうみても頼家は登場人物の一人というほかない。真名本にあってはこの二十番勝負を語ることの方がメインであり、かくして彼ら東国武士たちの晴れ衣装や武具やらを詳細に記していたのである。逆に『吾妻鏡』の方はそんなことにはまったく興味を示さず、頼家が鹿を見事に射とめたことで、その日の巻狩は即刻取りやめになったとして、矢口の祭の記述へと移っていくのであった。ここにみる両テクスト間の差異は決定的である。

『吾妻鏡』の記述をさらに辿る。この富士野の巻狩が助経にとって修羅場となるであろうことも、これまた予示されていた。建久四年（一一九三）正月五日、「工藤左衛門尉祐経ガ家ニ怪鳥飛ビ入ル。ソノ号ヲ知ラズ。形雉《きじ》ノ雄ノゴトシト云々。卜筮《ぼくぜい》スルノトコロ慎ミ軽カラズ。ヨッテ祈請ヲ廻ラスト云々」というのがそれであり、また四月十九日には、「工藤左衛門尉祐経ガ宅焼亡ス。他所ニ及バズ。コレ去ヌル比新造シ、移徙《いし》以後三十八ヶ日ヲ経ルナリト云々。主ハ将軍家ノ御供トシテ下野国ニ下向スト云々」という記事もある。前者が助経邸に雄雉の形をした怪鳥が飛び込んだというのであり、占ったところ慎みは軽くなく祈禱を行ったという。次は新造されて間もない助経邸が、主人の巻狩の留守中にあっけなくも焼失したという記事である。怪鳥が飛び込んだために邸をわざわざ新造したにもかかわらず、今度は瞬く間に火事になったというのであろうか。以上のように『吾妻鏡』の富士野の巻狩をめぐる記述には、頼家の決して明るくないその前途や、助経の無残な末路を暗示する出来事が様々埋め込まれている。

そして決定的なのは、この富士野の巻狩での頼朝の判断がことごとく外れるか翻されるかしている点である。頼朝の喜びを何ほどのこともないとして突き放した政子だけの話しではない。翌二十七日の記事では、「無雙《むそう》ノ大鹿一頭」が頼朝に突進してきた際に、先の工藤景光がそれを射とめようとするが、なぜかこの百戦錬磨の射手にしてことごとく射損じてしまう。景光は呆然自失の体であり、鹿は「山ノ神」の乗り物に違いあるまい、後日思い当ることもあろうと口走り、挙句のはては病気になってしまうのであった。頼朝は頼家が狩に成功したことを「山ノ神」に謝すべく矢口の祭りを催行したが、神はそれを納受しなかったということではないのか。さすがの頼朝も、「コノ事モツトモ恠異《かいい》なり。狩ヲ止メ還御《かんぎょ》アルベキカ（このことははなはだもって奇怪である。狩を中止して帰るべきであろうか）」として巻狩の中止を考えざるを得ない。しかし宿老たちの助言があって判断を翻してしまうのであった。坂井孝一がいみじくもいうように、中止にしておけば二十八日の敵討事件は出来すべくもなかったはずである。

「法」の欠落

『吾妻鏡』の五月二十九日、例の頼朝と五郎との対決場面での二人の態度も問題である。五郎は、「……次ニ御前ニ参ルノ条ハ、マタ祐経御寵物《ちょうもつ》タルノミナラズ、祖父入道御気色ヲ蒙リ畢《をはん》ヌ。彼トイヒ此トイヒ、ソノ恨ミ無キニアラザルノ間、拝謁ヲ遂ゲテ、自殺センガタメナリ（次に御前に参上いたしたことにつきましては、祐経が頼朝公の御寵愛を受けていたというだけでなく、祖父の祐親入道が頼朝公のご勘気を蒙ったこともあり、あれやこれやと恨みがありましたので、頼朝公に拝謁を遂げて自決するつもりでおりました)」と述べたてる。一方の頼朝の対応は、「五郎殊ナル勇士タルノ間、宥《ゆる》サルベキカノ旨、内々御猶予アリトイヘドモ、祐経ガ息童(字ハ犬房丸)泣イテ愁ヘ申スニヨッテ、五郎(年二十)ヲ亘《わた》サル。鎮西中太ト号スルノ男ヲ以テ、スナハチ梟首セシムト云々(五郎はとくに勇士であるので許すとしようかと内々に躊躇われたが、祐経の子息で字が犬房丸というものが泣いて訴え申すによって五郎の身を渡された。五郎は二十歳であった。犬房丸は鎮西中太と号する男に梟首させたという)」となっている。

一見したところ真名本『曽我物語』の記述とは重なっているようだが、微細にみればみるほど根本的に異なる。真名本にみる二人の熾烈な対面場面と比べると、『吾妻鏡』のこれがかなりにトーンダウンしたものであることは否み難い。まず頼朝だが、彼は五郎の物怖じしないあっぱれな態度に感心して許そうとするが、助経子息の犬房丸が泣いて訴えるので、五郎の身柄を引き渡すことにしたという。そして犬房丸は鎮西中太なるものに五郎を梟首させている。

そう『吾妻鏡』にあっては、真名本『曽我物語』があれほどまでに強調した「法」問題がすっぽり抜け落ちてしまっているではないか。確かに犬房丸に五郎を預けたという限りでは双方の結論は同じようにみえる。しかし真名本では五郎を裁いたのは、梶原景時のアドバイスがあったとはいえ、あくまで「法」に基づく判断だったのである。確かに頼朝はいったん許すと判定したわけだが――それでは私情による裁定にすぎない――、敵討を認めてしまうと暴力の無限連鎖を招くとする梶原の言に納得して裁いたのであった。そして一度は許すとした地平を全面的に覆したことで「法」なるものの存在が可視化されたのである。そして犬房サイドによる処刑も真名本

『曽我物語』では「法」の「執行」を頼朝は彼らに任せたということであり、それは『吾妻鏡』のように助経の遺族が執拗に泣き叫んでいるので、彼らに復讐の機会を与えたのとは異なる。また『吾妻鏡』の五郎の陳述もいかにも精彩を欠く。彼は頼朝への恨みがないわけではないとしつつ、頼朝に拝謁したうえで「自死」するつもりであったという。真名本『曽我物語』の五郎も本当に頼朝殺害を考えていたのではなかったことは述べた。しかし彼は頼朝を挑発し、頼朝殺しが目的だったとあえて公言して憚らなかったではないか。そして頼朝殺しが目的だったにもかかわらず、それに失敗したとする自爆テロこそが彼の窮極の目的であり、そのためにする強面の発言であった。しかし『吾妻鏡』の五郎は、頼朝殺しは考えていなかったとぼそぼそ呟《つぶや》くのみであり、ここには自爆テロを自己目的化して生きる情念の発露は微塵も認められない。

3――双方向的テクスト論

物語の言葉／歴史の言葉

平家を滅ぼして奥州平泉を平定し、後白河院没後の建久三年には晴れて征夷大将軍となった頼朝の人生は順風満帆《じゅんぷうまんぱん》そのものである。あとはいかに代替わりに向けての地盤固めをするかである。頼朝にとって建久四年の富士野の巻狩とは、嫡男頼家のデビューを飾る場として鎌倉幕府の盤石な体制を喧伝《けんでん》するはずのものだったが、その目論見はことごとく外れ、様々な問題を叩きだすだけのことになってしまった。矢口の神事は頼朝の思うようには進行せず、頼家の門出を寿ぐ思いは妻政子に冷笑され、巻狩を中止する機会があったにもかかわらずそれを生かしきれず、挙句のはて頼朝陣内は兄弟に荒されて、その権力基盤の脆さを露呈させてしまった。裁定の場でも頼朝の判断は右往左往して定まらず、五郎を許すとしつつも犬房丸に最後は預けてしまっている。

『吾妻鏡』ではこの富士野の巻狩の前後にも多くの不穏な出来事の記事で埋め尽くされている。事件直後の六月には常陸国の御家人八田知家《はったともいえ》が、富士野の事件を口実に同国御家人多気義幹《たけよしもと》を陥れるという事件があり、八月には源範頼《のりより》（頼朝の異母弟）が謀叛の嫌疑をかけられて伊豆に流され、その数日後には京の小次郎（兄弟同腹の兄）が範頼に縁座して処刑される。さらに甲斐源氏の安田義定《よしさだ》・義資《よしすけ》父子という頼朝にとって厄介な有力者たちも、理由にならない理由で、それぞれ建久五年八月と同四年十一月に梟首されている。いやそもそも頼朝舅の北条時政の動きもなにやら不自然といえば不自然である。時政は巻狩の準備のために富士野へ前もって出発しているが（建久四年五月二日）、そもそも彼は曽我五郎の烏帽子親だったではないか（建久元年九月七日）。

周知のように史家の多くが、この巻狩の前後に頻出するこれらの記事を適宜組合わせて解釈し、敵討事件は表面化した出来事の一つに過ぎず、その裏にはさらなる陰謀が渦巻いていたであろうことを論じている。私としては史実をめぐる正否について論ずべき言葉をもたないし、どのような説があるのか十分把握しているのでもないが、確かにこの『吾妻鏡』の一連の記述をみると、事件の背後で何かが企まれている気配が濃厚にする。表面化した出来事があり、それらを繋ぎ合わせることで背後にある一連の動きを想定していくのも確かに可能である。しかしここでは最低限、源範頼の謀叛も安田父子の斬首も、これらは頼朝の後継たるべき頼家のための体制固めがなされておらず、いかに流動的にして混沌たる状況にあったかを証するための記事というにとどめたい。巻狩という頼家の門出に不吉な影が差していたことと連動する形でそれらの記事がある。

以上のように『吾妻鏡』と真名本『曽我物語』における事件の位置づけには大きな隔たりがあり、この違いをどう考えるべきか。とともにこうみてくるならば、前者が編年体の史実の「記録」であり、後者が「物語」であるというジャンル論的差異についても検討の余地があるとも思われてくる。真名本は物語でありつつ自らが歴史テクストたることを標榜していたし、また『吾妻鏡』をして編年体の記録などと評して済むのであろうか。

たとえば『吾妻鏡』の編年体にしても日々の記録の自ずからの蓄積としてあるのでなく、結果を知る立場からする「事後的」編纂であるという点が問題ではなかろうか。そう、私はこの編年体をして「偽装」の編年体・年代記とでも評しておきたい。まず編年スタイルの典型的記述というと京の男性官人たちの漢文日記のことが想起されるのであり、そこでは日々の記事の自ずからの蓄積として、整理されないままに混沌たる相貌のもとに並んでいる。それを解釈して歴史的に立体化するのは我々読み手の作業に任せられている。かくして某月某日に生じた出来事はそのまま自己完結してしまうことは稀であり、何気なく記してある事象がいずれ生起するところの出来事の原因になることもあるし、また意外にも過去の事件と関わりでその日の出来事が俄然意味をもってくることもある。

しかしながら『吾妻鏡』はそのような文字通りの編年記ではない。解りやすいところで先に紹介した助経関係記事で考えてみる。建久四年正月に鎌倉助経邸に怪鳥が飛び込み、四月には巻狩で主人留守中の助経邸が焼失したとする記事があった。時系列的に解釈する限り、怪鳥の出現は助経の無残な末路をはからずも予兆した出来事であり、その予兆は当たったという順序になるわけだ。しかしこの時系列は実のところ事後的産物であり、その日にあったことがそのまま記されているのでなく、助経の惨死という結果を知る立場から予兆記事として置かれているに過ぎない。そして結果を知るがゆえにその予兆等は必ず当るのである。これこそが「事後的」であることの意味であり、まさしく結果を知る地点から置かれた予兆・予告・前兆なるものは、物語の言葉としか評しようがないのである。物語の言葉とはまさに真名本がそうだったように、結果が何であるかが確定したところを起点として、あらためて時間を遡及して語り起こされるのであり、その始発とは結論が出たところからする事後的認定だったのである。一見したところそのような物語の言葉は、『吾妻鏡』の年代記とは著しくかけ離れているようではあるが、その記述の根底には確実に物語の言葉が潜在している。

事後的に整理された編年体という問題域はこの助経邸焼失記事にとどまらない。さらに大きく捉えて巻狩記事全体が二代将軍頼家の悲惨な最期を知る立場からのものである。頼家の門出にまったく興味を示さない政子や、巻狩で思惑をことごとく外してしまう頼朝像にしても、頼朝や政子の実際がそうだったという以上に、いずれ失脚するであろう頼家のその後を念頭に置いたところからの後付記事ではあるまいか。さらには先の範家や安田父子の陰謀発覚にしても、頼朝後継問題がいまだ定まらぬ幕府の不穏な状況がうかがわれるという読みが一般だろうが、論理は逆でそのような状況を立体化するべく、『吾妻鏡』はそれらの記事をしかるべきところに配しているのかもしれない。

さらに細かい点に着目すれば物語の言葉の引用はここかしこに認め得る。先に安田父子が理由にもならない理由で失脚したとした。安田義資が永福寺《ようふくじ》での薬師供養の際に聴聞所の女房に艶書を投げ入れたことを契機とするが、はたしてこんなことで梟首されるのであろうか。とはいえ「女房」に「艶書」という小道具が揃うと、ある意味での説得力があるともいえる。そう、男女の秘め事が文により露顕するという、物語（もしくは「説話」）の常套的パターンがここに認められるからである。これに限らず『吾妻鏡』には重要場面を構える際に、物語の言葉を以てしてディテイルを仕上げる傾向がままある。有名なところで建仁三年（一二〇三）九月二日に、病床の源頼家と舅比企能員《ひきよしかず》による北条氏追討の謀議が洩れてしまうという場面がそれである。なぜそうなったのか。「尼御台所（政子）、障子ヲ隔テテ、潜ニ此ノ密事ヲ伺ヒ聞コシメサシメ給フ」とあるように、政子が障子越しに二人の謀議を盗み聞きしたことに拠るというのだ。しかしはたしてこんなことがあるのだろうか。陰謀が露顕したことは確かだろう。しかしその手段が「政子」による「障子」越しの「盗み聞き」というのでは、これまた物語ならではの秘密漏洩の典型的方法ではないか。このような物語の言葉の引用をどう捉えるべきか。そのことは必ずしもマイナスではなく、かえって妙に生々しくも卑近にしてリアルな現場感覚が再現されているとも評し得るのであり、これまた『吾妻鏡』における物語的方法の一つとしてカウントし得るのではなかろうか。

兄弟敵討事件の背後には不穏な動きがあるとする史家の論について紹介したが、なかでも有名なものとして、この敵討事件を黒幕北条時政による頼朝暗殺未遂事件とする大正時代の三浦周行以来の説がある。確かに『吾妻鏡』建久元年（一一九〇）九月七日に兄十郎が当時「筥王」と号していた童形の五郎を北条時政邸に連れて行き、烏帽子親をつとめた時政が五郎に鹿毛の馬一頭を賜ったという記事にはなにか引っ掛かるものがある。十郎と時政との関係は以前からのものとされ、五郎もこの元服で時政家の傘下《さんか》に組み込まれたことになる。さらにまた時政は頼朝の巻狩のための準備として、建久四年五月二日に駿河国に前もって下向して宿舎等を整え、また十五日には頼朝を迎えて食事を差し上げている。曽我兄弟との関係といい狩場の事前の整備といい、これだけでも時政黒幕説は説得力をもつ。

しかしはたしてそうであろうか。いずれ元久二年（一二〇五）に後妻牧の方に口車にのせられて、畠山一族を讒言して陥れた時政であり、さらに同年に牧の方とともに娘婿平賀朝雅（京都守護）の将軍擁立を画策して失脚した時政である。このことが『吾妻鏡』編者の念頭にないはずがなかろう。何を仕出すかしれたものではない曰《いわ》くありげな時政なる爺像を、既にしてこの段階でそれとなく小出しにしているのではないのか。

そもそもこの時政烏帽子親の件は真名本『曽我物語』の記事を借用したものと思われる。真名本では北条時政の前妻（政子・義時母）が伊藤助親女（助通姉）であることの縁から、彼は五郎の元服を買って出ている。既に論じたように兄弟を暖かく見守る地縁・血縁物語の一環として、このような親分肌の時政像が造形されているのである（第4章第2節）。「かやうに打憑みて坐す事こそ喜び入りて候へ」（巻五）というのが烏帽子親を引き受けた時政の言葉であった。『吾妻鏡』はこのような真名本のコンテクストを一切無視して、事件を起こした兄弟の裏には黒幕時政がいるかのような政治ドラマをことさらでっちあげたのではなかろうか。

とくに『吾妻鏡』では時政が五郎を元服させるについて、「祐親法師ハ、二品《にほん》ヲ射タテマツルトイヘドモ、ソノ子孫ノ事、今ニオイテハ沙汰ニ及バズ。……然レバ今夜ノ儀強《あなが》チニ御斟酌《しんしゃく》ニ及バズト云々」という真名本にはない記事が付加されている点が気になる。かつて兄弟の祖父助親が二品（源頼朝）に矢を射たが、今となってはその子孫のことは問題にするに及ばないし、五郎元服の儀を時政が行ったことに頼朝もとくに気にもとめなかったとしている。見方を変えれば『吾妻鏡』はこのようにあえて頼朝の存在をここに呼び込むことで、時政が五郎の烏帽子親をつとめるというたんなる血縁的人間関係でしかなかったものに、一挙に政治的意味を持ち込んだのではなかろうか。頼朝は五郎の元服を意に介さなかったが、それが迂闊《うかつ》だったのであり、この時点で頼朝は十二分に気をつけていたならば、あのような惨劇はなかったとするサブストーリーが透視される。助経邸に怪鳥が飛び込んだ記事と同様に、これまた事件を知る立場からする事後的記事以外でなく、また「雷雨」の日に敵討があったことと照応するかのように、「甚雨」の日に元服が設定されているのも意味深長である——真名本には天候の記述はない。『吾妻鏡』のこの大雨について既に坂井孝一が問題にしている——。

もう一つ『吾妻鏡』の時政の影には常に牧の方の姿が揺曳しているのも優れて物語的・作為的ではないのか。敵討事件については牧の方の姿はないとしても、畠山一族の粛清や平賀朝雅将軍擁立事件の裏にも牧の方がいる。牧の方の実際がどうだったかという問題ではなく、彼女の人物造形の方法そのものが物語的な想像力の産物である。北条時政の後妻にして、義時・政子の継母という設定さえあれば十分である。ここで真名本『曽我物語』が、『神道集』の継母による常在御前虐めの物語と言葉を共有することで、継母牧の方による継子万寿御前（北条政子）虐めの物語を構えていたことを再確認したい（第5章第3節）。『吾妻鏡』にあっても、『神道集』や真名本と相同関係をなすべく、継母牧の方が造形されているのではなかろうか。もちろんすべての事件の最大の責任者を北条時政を通り越して継母牧の方一人に被せんがためにである。

もちろん私は史実なるものを否定しているのではない。敵討事件も範家の謀叛等もなかったなどと暴論を吐こうとしているのでもない。『吾妻鏡』は編年体という記録の体裁を取りつつも、その裏には物語的想像力なるものが確実に発動していることをいっているに過ぎない。そもそも『吾妻鏡』が文字通り日々の記録の蓄積としてあるならば、それぞれの記事は整理不能なまでに混沌とした状態にあるに違いない。そこには意味があるのかないのか見当もつかない断片的記事が散在してあり、それらを取捨選択しつつ、時にそれらを繫ぎ合わせながら問題の所在を探っていくという方法を我々は踏まざるを得ないであろう。

しかし『吾妻鏡』にみる編年体の記録というのはあくまで表看板であり、京の男性漢文日記のように日々の記録が未整理のままに雑然としてあるのでなく――この点も漢文日記個々により違いがあり、整理されたものもある――、不自然なほどに整合性がとれていて、余分なもの余剰なものがなさ過ぎる。そもそも日次とはとても評し得ないその隙間だらけの記事の並びに問題があろう。日々の記録の自ずからの集積とは程遠く、諸資料を駆使しながら、無理を押して年代記的記述を捏造しているところがありはしないものか。そしてその根底には物語的認識枠としか評しようがない何かがあり、ある日とある日の記事とが、予言とその実現という形で照応する場合もあれば、因果関係で結ばれることもあり、またそれらが同時進行的に並走する場合もある……というようにそれら個々の記事があまりに緊密に連動し過ぎている。さらにまた現象の背後に何かがあるような訳ありの記事もあれば、一見したところ客観的記述のようにみえつつ本当のところ何が問題なのかをそれとなく暗示している記事もあるというように、ここに並んでいる記事には既にしてある種のバイアスがかけられているのだ。『吾妻鏡』には自らがどう読まれ解釈されるべきかを計算し尽くしているところがあり、我々はその誘導に乗ってしまっているところがありはしないものか。『吾妻鏡』はそのような仕掛けを多く孕みもつ偽装の記録であり、そのような言葉のカラクリを明らかにしていく必要があるだろう。

　このような傾向は実は本書の序章で扱った『吾妻鏡』「源実朝伝」においてとくに顕著であり、そこは『吾妻鏡』のなかで最も物語仕立ての部位なのかもしれない。鶴岡八幡での右大臣拝賀の儀式で惨殺された実朝、そのゴールがすべてを意義づける基点（結果）としてあり、そこから誕生から死にいたる人生史まるごとが再構築されている。『金槐和歌集』なるテクストにあっては、そのゴールに至る間に幾つかの人生の節目が設けられ（和田合戦もその一つ）、将軍実朝の一生がすぐれて物語的に象られているのではあるまいか。そもそも本書では「T字型」と称して、まずはこの『金槐和歌集』と『吾妻鏡』との関係論を俎上に載せ、そして本論（奥行）として『吾妻鏡』と真名本の関係論を展開してきたのであり、となると結局のところ双方の論述の接点たる『吾妻鏡』とは何かという問題が最後に浮上してくることになる。そう、『吾妻鏡』テクスト論の必要性があり、いずれこの問題を正面から論じようと思っている。

　そして一方真名本『曽我物語』は、物語でありつつも多くの「形見」という証拠品に基づいた歴史テクストであることを強調していたし、また「年時」にも拘り、ことあるごとにそれらを逐一記していた。真名本にみるこの年時への固執は、真名本が物語であることからあまり注目されてないが、このテクストを時系列的に再構成してみると実に緻密に仕上げられていることが解る。出来事それ自体の孕む因果律を以て真名本という物語は組立てられつつも、一方でそれらを歴史的時間軸上に置こうとする年代記的な方法意識をも強烈に有している。その意味でも真名本は物語形式を取りつつも、限りなく歴史テクストたらんことを欲望している。

こうみてくると、記録としての『吾妻鏡』と、物語としての『曽我物語』という弁別は実質無効化されていることが解る。『吾妻鏡』から入るか真名本から入るかというように入口はまったく異なるが、ともども物語と歴史との相関を根源的に問うたテクストである点で変わりはない。年代記的記述のなかに物語の言葉はどう組み込まれているのか、物語という形式による歴史テクストはいかにして可能なのか……、このような難問解決のための格闘の跡を両テクストはとどめている。

源氏将軍家の始原と終焉

『吾妻鏡』と真名本『曽我物語』が、片や歴史から物語へ、片や物語から歴史へという双方向的運動相のもとに、ジャンルとは何かということを問題提起しているのをみてきた。のみならずそのことと対応するように両テクストが、「書状」＝「太なる巻物二巻」、という重要資料を共有しつつも、事件の位置づけが著しく異なっていたのであり、このことはどう解釈し得るのか。資料が同一でありつつ解釈は様々というのが歴史であるとする認識がまずあり、一つの資料を介して両テクストが連繫することの批評的意味はそこにある。どちらかの真偽を問う二者択一の議論ではなく、異なる主張が衝突すること自体が目的化されている。

その際にみるべきは両テクストの事件解釈も双方向的軌跡を描いている点である。『吾妻鏡』では源頼朝から頼家への家督譲渡が滞り、遠からず訪れるであろう源氏将軍家凋落の兆《きざ》しとしてこの事件を捉えていた。一方の真名本では過去を振り返るという語りのパースペクティブのもとに、討入というマイナス要因を逆手にとって、大将軍頼朝物語と曽我御霊神誕生物語とを屹立せしめていた。源氏将軍家の暗澹たる「未来」を予見するという方向性と、東国武家政権誕生という黄金の「過去」を幻視する姿勢とがこの一事件をめぐってクロスしており、かくして見事なまでの双方向的軌跡がここにも認められる。もちろんそれは同時に巻狩なるものをどう評価するかの問題でもある。巻狩を将軍たるに相応しいパフォーマンスとして手放しで称賛する真名本に対して、『吾妻鏡』では息子の活躍に興奮冷めやらぬ頼朝を政子が冷笑したように、幕府の政治システムのなかでそれを時代遅れの遺物とみるような認識が一方にあることが示されていた。

『金槐和歌集』と『吾妻鏡』との関係では、がっぷり四つに組んで相手に欠けたるものを補塡し合い、実朝歌の世界と将軍実朝の生涯とが映発し合って包括的な実朝像が定位されていた。一方ここでは一つの事件の評価をめぐって、正反対を志向する運動が交錯・交差することで、全方位的に鎌倉幕府のあるべき始原と不吉な未来とが一挙に遠望される仕掛けになっており、これこそが『吾妻鏡』と真名本『曽我物語』とがドッキングすることではじめて現象し得た世界ということになる。

ところでここに第三テクストの存在が自ずと想定される。この富士野の敵討事件が東国でしか通用しないローカルな出来事でしかない可能性を述べたし（第5章第1節）、既に指摘があるようにこの両テクスト以外にはこの事件を録した同時代資料がないという事実がある（坂井孝一・大川信子・村上美登志「鼎談――曽我物語の作品宇宙」、『「国文学解釈と鑑賞」別冊――曽我物語の作品宇宙』所収)。京都の男性漢文日記等にこの事件の記録がなく、その噂すら記されていないのである。京の公家たちがこの事件を知らなかったのか、もしくは知っていたとしても無視したのか、いずれにしてもたいした違いはなかろう。知らないなら彼らにとってその程度の事件でしかなかったのであり、無視したならば無視しても差支えない事件だったのである。将軍主催の巻狩というデモンストレーションの場で発生した事件、そんなものは都世界からすれば東国武士団の世界でしか通用しないこけおどし田舎芝居にすぎないのかもしれない。

このように同時代の京にあってこの事件についてのいかなる記録もないという事態をして私は第三テクストと称している――後代における上方での仮名本の流行は別問題である――。となると『吾妻鏡』と真名本とはスタンスこそ大いに異なり、また巻狩を肯定するか否定的にみるかの違いがあろうとも、ともに東国の原野で発生したこの事件に東国武家政権の命運を読み解く鍵があるとしている点で共通していることになる。確かにこの事件を現実に還元すれば東国の荒涼たる草深い原野で発生した乱闘騒ぎに過ぎなかろう。しかし両テクストともども東国テクストの沽券《こけん》にかけて、それを単なるローカルな一事件として処理することなく、頼朝体制に亀裂をはしらせた時代を画期するような大事件たらしめんとしているのであった。

二つの東国テクスト

『吾妻鏡』も真名本『曽我物語』も紛うかたなき東国テクストである。両テクストがどう重なり、かつ住み分けされているかについて若干説明を補足しておく。『吾妻鏡』は治承四年（一一八〇）四月九日、二十七日の記事からはじまる。伊豆で二十年もの流人生活を送っている源頼朝のもとに、以仁王（後白河院第二皇子）の平家追討の令旨が源行家によりもたらされる。頼朝は衣装を改め、京の「石清水八幡宮」を遥拝したうえで、恭しく「令旨」を拝謁し、早速に「北条時政」にその令旨をみせる。そして頼朝の人生に大転換をもたらした令旨の言葉それ自体がまるごとそこに引用されている。五味文彦はこの冒頭部に『吾妻鏡』の何たるかが凝縮的に表れているとしており、確かに「八幡信仰」を軸に、「朝廷」を権威に戴き、「北条氏」の後援によって、「征夷大将軍」にまでのぼりつめる源頼朝のその後の人生の幕開けたるに相応しい冒頭部である。

『吾妻鏡』のこのような冒頭部を一瞥するだけで、真名本『曽我物語』との基本的スタンスの違いが明らかである。次の『曽我物語』の一節をみたい。『吾妻鏡』のようなスタンダード（?）な公的テクストを向こうに回して、自らのアプローチがそれとどう異なるかを端的に表している。

世を取り給ひては、伊藤・北条とて左右の翅《つばさ》にて、執見に勝劣はあるまじけれども、北条殿の御末は栄えて目出けれども、伊藤の末の絶えけるこそ悲しけれ。その由緒をいかにと尋ぬれば、兵衛佐殿、当国に配流せられ給ひて後は伊藤・北条を憑《たの》みて過ぎ給ひける程に、伊藤次郎助親には娘四人候ひけり。……中にも三の妃は美女の聞えあり。兵衛佐殿忍びてこれを思し食され

ける程に、年月久しく積りて若君一人来り給へり。（巻二）

（鎌倉殿が世をお治めになられるに際しては、伊藤といい北条といい左右の翅として政治を補佐するうえで優劣があるはずもなかったけれど、北条殿のご子孫は栄えてめでたいのに、伊藤の子孫が絶えてしまったのはなんとも悲しいことだ。その原因が何かと考えてみると、兵衛佐殿（頼朝）は当国に配流されてからは伊藤・北条を頼ってお過ごしになられていた時に、伊藤次郎助親には娘四人がいた。……なかでも第三女は美女との評判が高く、鎌倉殿はお忍びでこの姫をご寵愛なられていたところ、長い年月がたって一人の若君がお生まれになられた）

真名本『曽我物語』は伊藤と北条とを伊豆国を支配する両翼と位置づけたうえで、もともと両家に優劣などなかったにもかかわらず北条が栄えて伊藤が絶えたことについて、「その由緒をいかにと尋ぬれば」といって以下明らかにするとしている。

引用文最後に「若君」とあるのが頼朝と助親娘との子であり、これまで何度か言及してきた千鶴御前のことである。伊藤助親は平家全盛時代にあってこの関係を認めず、千鶴を殺して娘を頼朝から奪い返し、さらに頼朝の命を狙うに至ったことも既述した。助親の子助長が頼朝に急を告げ、北条時政を頼るようにと頼朝を逃がす。一方の時政と義時は頼朝を暖かく迎え入れ、かくして物語は「これぞ北条の運の開くる始めなる」（巻二）というように、このことが伊藤から北条へと運が転ずるに至った画期と評している。助親に助親娘との子を殺された頼朝は、このような辛い経験をへたうえで北条政子と出会うことになる。北条時政は助親とは異なって頼朝と娘の仲を見て見ぬ振りをする。

以上のように真名本『曽我物語』は、『吾妻鏡』が頼朝と北条氏との協力関係を既定のものとしているのとは異なって、北条と伊藤の両統による伊豆国支配の実態をおさえたうえで、兄弟物語の方法と同様に、その分厚い地縁・血縁関係のなかに頼朝を丁寧に位置づけることからはじめている。しかも真名本は頼朝と助親娘との関係という頼朝の人生の裏面の方にあくまで焦点を当てる。娘と頼朝との関係を認めなかった助親と、娘と頼朝との仲を容認した時政や義時との対比関係のもとに、伊藤が没落し北条が擡頭し得たことの理由を探っている。また頼朝と政子との関係にしても、真名本は世にでる以前の二人の馴れ初めの物語という、これまた彼らの裏面の人生史を語っている。かくして頼朝はこのような辛酸を甞め尽くした末に武士団の棟梁たる大将軍に成長したとされており、東国の土壌が育て上げた東国の覇者として造形されているのだ。

また先の『吾妻鏡』冒頭部で頼朝は石清水八幡を遥拝していた。それを受けて『吾妻鏡』はこの八幡を勧請した鶴岡八幡を東国祭祀の中心として位置づけている。八幡の鎮座する都市鎌倉を要としつつ京との往還を主とし、諸国から飛来する情報を次から次へと貪欲に取り込んで、幕府がそれにどう応じたのかの流動相を逐一記している。刻々と移り変わる全国の政治的動向のなかに鎌倉の動きをビビッドに捉えている。

『吾妻鏡』は伊豆山権現・箱根権現・三嶋大明神等に対してもそれなりの敬意を払ってはいる。蛭ヶ小島に逼塞していた頼朝が全国制覇をなし得たのもこれら在地の神々のバックアップがあってのことであり、その経緯についても記している。しかし序章で述べたように、『吾妻鏡』は二所詣のための精進やその出発日そして鎌倉への帰還日について律儀に記しているものの、将軍を追いかけて伊豆山・箱根山・三嶋での祭祀の実態について述べることはない。将軍が東国在地の信仰圏に身を置いている以上、そちらに任せておけといわんばかりに将軍不在のガランとした鎌倉の方に拘り続けている。

そもそも『吾妻鏡』の記述が鎌倉から動かないなどということはない。二度にわたる上洛や奥州平定の際には頼朝に同道して現場での動向を詳細に記しとどめており、将軍に随従しない二所詣の記述の方が例外に属する。ここには伊豆・箱根・三嶋等の在地の神々といかに住み分けるかというデリケートな問題があり、相手の領分に踏み込むことに遠慮しているのであろうか。しかし見方を変えれば、それは東国の神々と都市鎌倉とは一線を画するとする倨傲な態度だといえなくもない。たとえ将軍があちらに身を置こうとも我関せずの態度であり、東国の祭祀の中心はあくまで鶴岡八幡であるとして頑として譲らないのが『吾妻鏡』なのではあるまいか。

このような『吾妻鏡』の世界観は、真名本『曽我物語』が八幡信仰をそれなりに認めつつも、鶴岡八幡や都市鎌倉に対していたって素っ気なかったことと好対照をなす。真名本では東国の中心たる鎌倉が不在であり、鶴岡八幡にしてもその社が建てられたという程度の記述しかなく、箱根・伊豆山・三嶋・富士浅間等という幾つかの宗教的拠点や狩場、そしてそのような拠点間を往来する人々という東国ならではの縹渺とした原野がそこにはあるのみであった。さらには頼朝上洛に少々筆を割くことがあろうとも（第5章第1節）、奥州にはまったく無関心であり、結局のところ東国武士団とそれを束ねる棟梁頼朝という在地の人間関係にしか興味を示さないのが真名本であった。以上のように真名本と『吾妻鏡』とはともに東国テクストを標榜しつつも、見事なまでに世界の切り取り方が異なるのであり、このような両テクスト間の関係論はさらに検討されるべき問題と思われる。

第Ⅲ部　真名本『曽我物語』とその周縁

第8章……「曽我語り」「唱導」の問題

1――上方曽我語り

実例

一般に『曽我物語』は真名本・仮名本ともども「曽我語り」との関係が自明のようにいわれている。また上方成立の仮名本の方が真名本よりもはるかに流通して後代に大きな影響を与えており、仮名本についてもなんらかの言及が必要であろう。これまで一切触れなかったこれらの問題について、この第Ⅲ部では私なりの見解を示しておきたい。ただし語り論や仮名本論それ自体を展開するというよりも、それと相対させることで真名本『曽我物語』というテクストがあらためてどうみえてくるのかという点に議論をしぼり込みたい。

「曽我語り」の問題から入るとして、先行研究で既に紹介済みの実例をまず紹介する。『曽我物語』が語られていたことを伝える最古の記録は、醍醐寺《だいごじ》（京都市伏見区《ふしみく》）の僧が寺内の雑事を記録

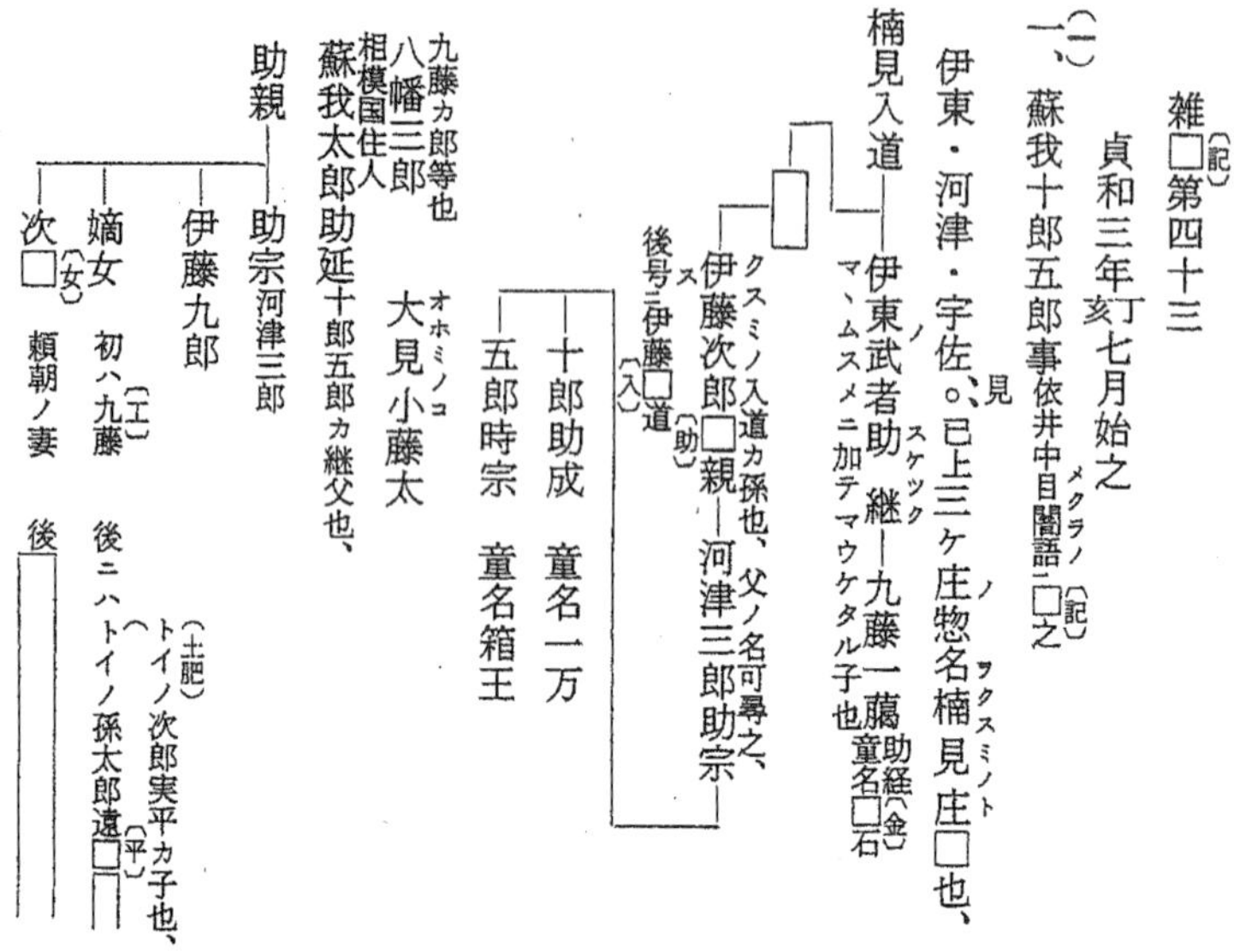

『醍醐寺雑記』

した『醍醐寺雑記《ざっき》』（藤井学翻刻「醍醐寺雑記」、『室町ごころ　中世文学資料集』所収）である。そのなかの偶然残った一冊（第四十三冊）は、貞和《じょうわ》三年（一三四七）七月から翌年八月にかけての記録であり、そこに「一、蘇我十郎五郎事　依井中目闇語□之」として伊藤一族や曽我兄弟の系図が記されている。筆者は語りを聞いたうえで、すべてを系図に還元することで物語理解の一助にしたのであろうか。系図に起こす際に真名本か仮名本かは不明にしても文字テクストを参照したのかもしれない。物語のどの箇所が語られていたかについて、決定的なのは「八幡三郎」「大見小藤太」という系図に収まらない兄弟父助通の刺客名があえて記されている点にあり、敵討場面ではなく助通殺害事件という物語の発端部が語られていたことになる（巻一・巻二）。語り手は「井中目闇」とあり、田舎から来た盲人であり性別は不明、「井中」とは「東国」であろうか。

一休宗純《いっきゅうそうじゅん》『自戒《じかい》集』は寛正《かんしょう》二年（一四六一）から応仁《おうにん》元年（一四六七）の成立であり、法兄養叟《ようそう》への一休の罵詈雑言《ばりぞうごん》で全篇成り立つ。師たる華叟《かそう》からのお墨付きを得ているとして得意げな養叟の態度を、「ヱトキガ琵琶ヲヒキサシテ、鳥帚《とりははき》ニテ、アレハ畠山ノ六郎コレハ十郎五郎ナンド云フニ似タリ」などと揶揄《やゆ》している。畠山六郎重保《しげやす》（真名本では重泰）と兄弟が並んであげられていることからも、富士野の巻狩場面であろう。重泰は源頼家と二人一組での対決場面で登場し、また討入直前の十郎が畠山重忠に歓待された際に重泰も同席している。しかし真名本による限りなぜ兄弟と重泰なのかいささか不審ではある。仮名本で活躍する重泰か御伽草子の重泰像に近いのかもしれない。養叟の態度から、絵解きと呼ばれた芸能者が「琵琶」を弾きさして、「鳥帚」で「絵」を指しながら得意満面に語っている姿が彷彿してくる。晴眼の絵解法師である。徳田和夫はこの『自戒集』に物語からの引用がもう一箇所あることを指摘している（「室町期の民俗社会と曽我物語」、『国文学解釈と鑑賞』別冊――曽我物語の作品宇宙』所収）。一休の詩文の中に猪の逆さ乗りをした「ニタノ四郎」が登場しており、これは十郎を討った新田四郎忠経のことを指す。

謡曲『望月《もちづき》』は応永《おうえい》年間（一三九四～一四二七）の成立といわれる。信濃国の安田荘司友春《ともはる》は従兄弟の望月秋長《あきなが》に討たれる。友春女房は子の花若《はなわか》を連れて出国し、近江《おうみ》の守山《もりやま》にて宿を借りる。宿

『七十一番職人歌合』「女めくら」

の主人はかつて友春に仕えていた小沢刑部友房《ぎょうぶともふさ》であった。おりしも夫の敵望月もこの宿に居合わせていた。望月は友春殺害により所領を没収されていたが、都で所領を安堵されて帰国の道中にあった。友春女房は、小沢の「今ほどこの宿にはやるものは盲御前《めくらごぜ》にて候」という提案を受けて「盲御前」のふりをし、花若に引かれて望月の宴席にでる。女房が「ここに河津の二郎が子に一万箱王とて兄弟の人ありけれるが、五つや三つの頃かとよ、父をいとこに討たせつつ、すでに日行き時来って、七つ五つになりしかば、いと幼なかりし心にも、父の敵を討たばやと、思ひの色に出づるこそ、げにあはれにぞ覚ゆる」とうたい、花若は鞨鼓《かっこ》を打ち、小沢は獅子舞《ししまい》を舞う。酔い潰《つぶ》れた望月は小沢・花若に討たれる。もちろんこれは「盲御前」による曽我語りそのものでなく、それに扮してのものである。しかし近江の守山の宿では女盲による曽我語りが流行していた、もしくは流行しても不自然でない状況であったことは確かである。

『七十一番職人歌合』は明応《めいおう》九年（一五〇〇）の成立。百四十二種の職人が左右に分かれて、七十一番にわたって歌を競うというフィクションとしての歌合である。二十五番は右「琵琶法師」、左「女めくら」という組合せであり、琵琶法師は『平家物語』「福原落《ふくはらおち》」の一節を語る。左は垂《すい》髪《はつ》の巫《ふ》装束の盲目の女性芸能者「女めくら」が鼓を打ちながら、「宇多《うだ》天皇に十一代の後胤《こういん》、伊東が嫡子河津三郎とて」と語る。近江で流行の女盲の曽我語りと同じく、街道の宿駅で旅人たちをこのような語りで歓待したのであろうか。盲人芸能者を束ねる「座」も組織されていたであろう。それにしてもこの瞽女《ごぜ》が伊藤助親・助通父子のルーツを、「宇多天皇に十一代の後胤……」などと説明しているところが面白い。盲人組織たる座は自らを権威づける始祖として皇胤を置くのを常としており、「仁明《にんみょう》天皇」「光孝《こうこう》天皇（仁明帝皇子）」というところがその定番である。しかしここではそこからわずかにずらされて光孝帝皇子の「宇多天皇」が招来されており、それが助親・助通父子のルーツとされているのだ。語り手たちにとって兄弟は自分たちと始祖を同じくする同族であることが体感されており、このことが彼らが兄弟について特権的に語り得ることの絶対的根拠となっているのであろうか。

盲人語りとは

謡曲『望月』の一節は真名本・仮名本の本文にはないし、さらにこの『望月』には五郎が「不動明王《ふどうみょうおう》」に対して、「ふどう」を「くどう」と混同してそれを討とうする挿話もあるが、このような場面も本文にはない。また『七十一番職人歌合』の「女めくら」の「宇多天皇……」という文言も本文になく、助親・助通親子の素姓説明として間違ってさえいる（兄弟は「藤原」姓を名乗っている（巻四、九）。『尊卑分脈』によると藤原南家乙麿《おとまろ》流とのこと）。一休宗純『自戒集』の例では富士野の巻狩場面が取り上げられていたことは解るが、物語本文とぴったり重なる箇所はない。ただし『醍醐寺雑記』の系図情報は非常に詳細であり、語りの向こう側に『曽我物語』の本文があるかと思われもするが、しかし語り手が「目闇」であることをどう考えるか。また系図に還元するところがいかにも晴眼者による記録である。

『曽我物語』は随分と自在に語られていたのであり、このことを最低限確認しておく。語られているのは真名本か仮名本かという議論、あるいは語りの言葉と文字テクストの異同はどうかという議論も一般にあるが、しかしこのような発想法そのものが文字テクストに囚われていることの証左である。そもそも語りの前提に成文化された『曽我物語』がはたしてあるのか。

確かに上方語りの時代には真名本は確実に成立しているし、仮名本も『醍醐寺雑記』の時代はともかくとして成立していたであろう。しかしかかる文字テクストが前提にあったとしても一言一句それと違わずに語ることはあり得ないし、本文に縛られる必然性もない。語る行為とはその語りがいかにこれまで「反復」されてきたものであろうとも、語りの場における「今・ここ」での一回的言語行為でしかあり得ようがない。本文が前提にあったとしても、そこから限りなく離反して、語りの現場ですべてを燃焼し尽くすというのが語る行為ではなかろうか。語りの前提として本文はなきに等しい。

そもそもこれらの語り手が『自戒集』登場の晴眼の絵解法師を除いて、すべて「盲人」である点が決定的である。文字テクストが語りに先行してあったとしても、彼ら盲人にとってそれは読む対象ではなく、聞くことでしか享受し得ない。本文があっても彼らにとってその言葉は視覚の対象ではなく「声」として「耳」から入り、「鼓膜」の振動を介して「身体」にそれが刷り込まれ、かつ声なる「音波」として外へ放出されるほかないものである。このような「振動テクスト」とでも評すべき身体的記憶装置をして、はたして文字テクストと同定し得るのか。

兵藤裕己の有名な語り論もあるが、ここでは盲人とは何かについて松田修の、「視力を欠落するがゆえに、彼らはより多くを聞き、より多くを語り、より多くを伝えた。つまりはより多くをまさに見たのである」という示唆的言及を紹介しておく。そう、文字に依拠する晴眼者の方がそれに安住しているがゆえに物がみえていないのである。なまじ視覚が利くために聞くべき音声とそれ以外とをあらかじめ篩《ふるい》にかけているし、また音源がどこにあるかを空間的に測定している。さらに文字情報でありさえすれば、ただそれだけで無批判に尊重し、それに盲従してしまうのは晴眼者の陥る穽《おとしあな》である。

しかし盲人の場合、視覚による統制を受けないことで耳はすべてに平等に開かれた器官としてあり、様々な音声が鼓膜の振えを通じてまるごと身体内に雪崩れ込んでくる。晴眼者が賢しらからあらかじめカットした音声までもが聞こえるのであり、それは死者の声、過去からの声、遠隔地の声、動植物の声、雑音とも紛う声……となる。さらにその音声が自らの鼓膜や身体と共振動することになるので、自他の境界がたやすく撤廃されることにもなる。例えば鼓膜を振わせながら霊界からの声が身体に伝導してくるやいなや、それに共振動した形で語りの声が波動として即放出されるのである。彼らにとって文字なる視覚テクストはどこにも介在せず、文字テクストに軸心を置いた語り論は意味をなさない。

なるほど先の「絵解き」法師の場合は晴眼者の語りであった。しかしここでみるべきは、そこに置かれているのがあくまで「絵」である点である――絵は何枚かの連作として置かれているのであろう――。この絵を中心として語りの言葉は編成されるのであり、このことは何を意味するのか。それは物語内容を縮小要約した絵だったり、物語から中心場面を切り取った絵の場合もあるだろう。しかも相手は絵ということで大変解りやすく、記憶するにも便利ときている。文字に依拠したならば、とんでもない分量となる難解このうえもないテクストが絵に還元されることで、はるかにお手軽な物語享受が可能となる。確かに絵解き法師は晴眼者であり、その前提に本文があっても不思議ではない。しかしすべてが絵に収斂することで、本文なるものはこれまた自ずからに解体されてしまうのである。

2――東国曽我御霊語りと真名本

研究史概略

上方曽我語りを紹介したが、その前身たる東国の語りについてはその実態を証拠づけるものはなく、また真名本『曽我物語』の成立事情を明かす資料も『吾妻鏡』以外にはない。あらかた真名本という文字テクストから帰納された議論でしかないことをあらかじめ確認しておく。

ただし先掲『醍醐寺雑記』をして曽我語りが上方に伝播したことを証する資料としたが、この語り手について「井中」の盲人とあり、東国出身ではあるまいか。しかもここで語られているのは物語の発端部であり、物語の結末を知ったうえでこのように部分を切り取って享受することがあったと知れる。何を語るかについて様々な入り方があり、既にして分厚い語りの伝統があったことが解る。となると東国発祥の曽我語りが貞和三年に京に伝来したことを証する頗る重要な資料なのではあるまいか。東国の語りの所在を証する唯一資料として、『醍醐寺雑記』を積極的に位置づけることも可能である。

東国曽我語りについて従来の説をあらあら紹介する。それは柳田國男による「御霊信仰」なるものの問題提起からはじまる。非業の死を遂げた者の魂は怨霊となって祟りをなし、流行病や災害をもたらすとされ、それを鎮撫すべく「御霊神」として祀ったことは紹介済みである（第2章）。死霊は霊能者の口を借りて生前の苦難を語り、生者たちがそれを共有することで鎮魂されるとする。曽我兄弟は確かに御霊神として祀られており（巻十）、語り手の面影を濃厚に宿した虎なる存在もあり、曽我語り発生の経緯を真名本に認めることは首肯され得る。また折口信夫は熊野信仰の分派である箱根権現・伊豆山権現を本拠として、「遊行巫女《ゆぎょうみこ》」「瞽巫女《ごぜ》」による女語りから発生し、関東で語り継がれていたと一歩具体的に論じている。

そしてこの柳田・折口説を受けて角川源義や福田晃等の研究が続き、かかる曽我語りから真名本『曽我物語』という文字テクストが生成される経緯までをも論じている。角川源義『妙本寺本曽我物語』は敵討事件からまもなく、箱根山に身を隠していた木曽義仲の軍師信救得業覚《しんぎゅうとくごうかく》明《みょう》（『箱根山縁起』著者）を作者の一人として「原曽我物語」が成立したとする。また十三世紀初めの箱根山と伊豆山が、天台宗《てんだいしゅう》の安居院《あぐい》流《りゅう》唱導《しょうどう》（藤原信西《しんぜい》の子澄憲《ちょうけん》を始祖とする）の聖覚《しょうかく》（澄憲の子）の支配下にあったことに着目して（『門葉記《もんようき》』（十二世紀前半から十五世紀前半にかけての延暦寺青蓮院の記録集成）の建永元年（一二〇六）、それをきっかけに安居院流の唱導は関東に進出することになったという。実際に安貞《あんてい》元年（一二二七）七月二十五日に聖覚は北条政子の三回忌供養の導師を鎌倉勝長《しょうちょう》寿院《じゅいん》でつとめている（『吾妻鏡』）。そして伊豆山密厳院にてその唱導の流れを汲む別当覚淵《かくえん》（真名本登場の密厳院「卿の律師」（巻三）がそれに当るか）のもとで「中間的真名本」（『吾妻鏡』が依拠した本文）が成立し、さらには箱根山にあった福田寺の時衆《じしゅう》教団によって管理され「十巻真名本」として最終的にまとめられたという。角川説の特徴は、「原」「中間」「十巻」というように真名本の成立を段階的に捉えている点と、その成立に安居院唱導や時衆教団による積極的関与があったと具体的に論じている点にある。例えば刑場おくりにされた五郎が、我を縛するは「善の縄」であり「善の縄に手を懸けよや」と叫んで、我と結縁してともに往生するよう人々に呼びかけるという場面があり、それをして私は「本朝報恩合戦謝徳闘諍集」という「表看板」などと評したが（第2章第3節）、角川はこれなども時衆の浄土教思想の影響下にある記述としている。ただし角川論は妙本寺本『曽我物語』という本文の成立経緯を明かすことに主眼があるため、柳田や折口の語り論についての言及は控えめである。

福田晃は折口そして角川の研究を踏まえたうえで、最も体系的にして詳細な論をかまえている。福田は事件後すぐに成文化されたのではなく、折口の指摘をふまえて胎動期という曽我語りの世界をまずは分厚く想定する。死霊を口寄せする遊行巫女の口頭に発生し、具体的には箱根山駒形修験比丘尼《しゅげんびくに》と、箱根権現と関係深い大磯高麗寺《こうらいじ》の修験比丘尼との間で成長し、それらが時衆・勧進聖《かんじんひじり》・念仏聖・念仏比丘尼の曽我語りとしてさらに展開し、そして箱根山・伊豆山の唱導僧の手によって様々な唱導・説話・物語などの資料、あるいは東国の武家の伝承などが導入されて、元亨《げんこう》元年（一三二一）から元弘《げんこう》三年（一三三三）までに真名本『曽我物語』が成立したとする。福田論は真名本『曽我物語』における幾層からなる言葉の襞々に、語りの発生から本文化に至る歴史の経緯そのものを読み込んでいる。東国語りや真名本成立に関する根拠資料がほぼないことは述べたが、福田論はそれを重々承知のうえで、そのような限界性を物ともせずに真名本一本から中世東国唱導文学の宇宙を構築した気宇壮大な力技である。

真名本は「語り」では説明できない

以上が東国曽我語りから真名本成立に至る経緯を論じた研究史の素描であり、幾つかの問題点がここからみえてくる。まず先の上方の語りとこの東国御霊語りとの関係をどうみるかという問題もあるが、私が問題としたいのは、かかる従来の研究に対して本書の真名本『曽我物語』テクスト論がいかなるスタンスを取るべきかという点である。

ただし前者について一言述べるならば、東国の曽我語りが箱根権現・伊豆山権現を本拠とする御霊信仰を基にした「瞽巫女」の語りから発生したならば、上方のそれは街道筋の客相手の芸能としか評しようがない代物である。東国から離れたことでその信仰的基盤を喪失したことは間違いなく、上方の語りは原初的な東国語りと比べて、遥かに降った時代の産物でしかない。しかし一方そう評してしまうことにも躊躇われるものがある。たとえば『七十一番職人歌合』のような鼓を打ちながら語る垂髪巫装束の「女めくら」の場合どうだろうか。あるいは夫の敵望月を討つために、宴席に盲御前さながらの姿で登場する女房の迫真の語りはどうだろうか。確かにこれら芸能語りは東国の「瞽巫女」の原初的な御霊語りとは、時代も場所もかけ離れたものでしかない。しかし客観的にはそうだとしても「今・ここ」での語りの言葉の衝迫力こそがすべてであり、盲人ならではの身体的言語行為にあってはそのような現実的制約を容易く突破してしまうのではなかろうか。そこが東国であれ上方であれ、この語りの場に兄弟の霊が一挙に顕現してくることがないとはいえないと思われるが、いかがであろうか。

さて東国御霊語りと真名本という文字テクストとの関係についてだが、私は上方盲人語りと本文の関係について展開した先の議論を、ここではより強調した形で繰り返さざるを得ないのである。音声なる波動により刻まれた身体文字と空間的に配置された視覚文字とは直結せず、本文が仮にあっても語りはそれを前提としないとしか評しようがない。確かに柳田・折口・福田がいうように東国の原初的な語りの存在を、真名本の世界に透視することは可能である。怨霊鎮魂をこととする箱根山・伊豆山を中心とした宗教的環境のなかで曽我語りが生成されたとする解釈には説得力があり、よくいわれるように諸国遊行する大磯の虎等に語り手の面影を重ねることもできよう。この虎こそが兄弟が御霊神に祀られていたことを認めた生き証人であり、かつ彼女は十郎の霊と感応し得るような存在でもあった（巻十の虎の往生場面）。御霊信仰が真名本世界における最も重要な宗教的バックボーンとしてあるのは確かであり、さらに語り手の存在までもが認められる以上、曽我御霊語り論がここから帰納されるのは当然のことであった。

しかしたとえそうでも、このような語りの言葉は真名本本文とは一直線には繋がらない。あえていえば真名本に認められるのは語りの「痕跡」とでも評すべき水準のものであり、御霊語りの世界を真名本本文に読み込むことは可能だとしても、だからといってそのことが当該真名本の説明にはならない。兄弟御霊が巫女（虎）の口を通して語るのは一人称語りの言葉であるかもしれないが、そのような言葉で真名本ができているのでもないし、またかかる語りの世界からすれば、東国武士団の生き様や「法」の導入による大将軍頼朝の誕生物語などというものは、どうみても余剰な物語でしかない。さらには当事者自らが御霊神たらんとする真名本の世界が、いわゆる御霊信仰そのものでないことはもちろんのこと、そのパロディ的展開相があまりに異様なのではあるまいか。周囲が彼らを祀り上げるどころか、彼ら兄弟は自ら進んで御霊神にならんとしているのであった。

角川・福田両氏の強調されている「唱導」との関係についてはどうか。安居院流唱導が十三世紀に関東に進出してきたことは確かであり、唱導の言葉が真名本に多量に引用されているのも事実である。しかしその前に唱導とは何かを明確にしておく必要がある。唱導の語義が拡大解釈されて、「語り」と同義であるがごとくに併用されている現状には違和感があり、このことが議論を混乱させているのではないのか。

永井義憲は唱導とは、「首尾整った宗教儀式」（『日本の説話　3　中世Ⅰ』）であると定義づけている。「法会」には「導師《どうし》（法会の遂行者）」と「施主《せしゅ》（法会の主催者）」がいて、唱導の目的とはその法会の場をいかに演出して荘厳化するかにかかっている。導師が修辞を凝らした漢文の「表白文《ひょうびゃくもん》（法会を開催することの功徳を讃える文）」を朗唱することからはじまり、「願文《がんもん》（施主が法会の趣旨を述べた文）」「諷誦文《ふじゅもん》（お布施に添える文）」等がそれに続く。またそのための参考書たる安居院流の『言泉《ごんせん》集《しゅう》』『転法輪鈔《てんぽうりんしょう》』等という唱導テクストも残されている。そしてさらに「説教《せっきょう》」「論義《ろんぎ》」が展開されることもあるのであろうか。唱導とは漢字音による朗唱と、振鈴《しんれい》や鐃鉢《にょうばち》という副音響、さらには身体的パフォーマンスをも駆使した総合芸術であり、儀礼は一つの法悦空間たるべくあらしめられている。唱導とは声技には違いないが、美文仕立ての漢文テクストを節回しをつけて誦み上げるものであり、語りの言葉とは根本的に異なる。当時の文化的ヒエラルキーでいえば、語りの対極にあるような極度に洗練された宗教儀礼が唱導である。確かに「説教」「論義」については、例話として物語が披露されたかもしれないが、それにしても唱導システムの一環としてそれはあり語りではない。

かかる唱導の言葉と真名本『曽我物語』の関りが顕著な例として、角川・福田が挙げるように兄弟の百ヶ日法要場面の言葉がある（巻十）。導師は箱根山別当（『吾妻鏡』では別当行実）、施主は曽我母と大磯の虎であり、そこで披露された「表白文」がまるごと引用されている。その出だしの部分だけを紹介する。

それ生死《しょうじ》は道異《こと》にして音信《いんしん》いづれの方にか通ぜん。分段は境隔てて拝勤いづれの時をか期《ご》せん。弐拾余年の春の夢、暁の月空《むな》しく暮れぬ。千万端《せんばんたん》の秋の心、暮の嵐独り冷《すさま》じ。雲となり煙と昇て後は恋慕の涙乾く時なく、旬月《じゅんげつ》の愁へ未だ息《や》まざるに、百ヶの忌景《きけい》ここに満ちぬ。かの後《のち》江相公朝綱《ごうしょうこうあさつな》は澄明《すみあきら》に後れて書き給ひける願文こそ肝に銘じて覚え候へ。……（巻十）

ここにあるのは表白文の言葉それ自体であり、これはさらに続く。福田はこれらの言葉の典拠を逐一あげて、聖覚撰『言泉集』等の唱導テクストとの関係を論証している。その限りでまったく問題はないが、ただしここでみるべきはこの一連の言葉が法要の場において披露された表白文の言葉である点である。単純な話、法会の場面だから表白文が引用されているのであろう。もちろん角川・福田はこの場面のみならず、さらに徹底して真名本のあらゆる箇所に「唱導的叙述」が張り巡らされていることを論じている。確かに唱導の言葉がかくも多く真名本に認められる以上、その成立に安居院流唱導が関わっていた可能性は大であり、その意味からする真名本論の必要性は認められるわけだが、しかし私が繰り返し強調したいのは、それにしても唱導一本で真名本を包括的に捉えるのは難しく、また真名本テクストは唱導のための何かではないという点である。

真名本の言葉と縁起物集成『神道集』の言葉とが重なりつつも、決定的にずれていたことも想起されたい。北条政子の物語が『神道集』「二所権現事」の前生譚と響き合い、曽我五郎によって語られた「赫屋姫伝説」が『神道集』「富士浅間大菩薩事」と近似していた。しかし一方で真名本は政子や兄弟の人生を縁起物の前生譚として語っているのではなかったし（第5章第3節）、また殺生に関する主張が双方似つつも根本的に異なっていることも論じた（第2章第3節）。この点からも真名本『曽我物語』は『神道集』という唱導テクストとは一直線に繋がらないのである。

そもそも『神道集』には「安居院作」という署名があるが、小峯和明は安居院唱導が縁起に関わることはないと断じている。また安居院でなくとも『神道集』を東国唱導テクストとして認定する向きもあるが、確かに「首尾整った宗教儀式」が唱導であるならば、そのシステムの中に縁起物が入ることには無理があるような気もする。また縁起物（神社仏閣の創設や沿革そして霊験等を説くテクスト）と一口にいってもその形態は実に多様であり、その現実的用途にしても様々である。国家に提出するために作成された公的な縁起もあれば、神社仏閣が自らの権威づけのために秘蔵する縁起テクスト、さらには縁日・祭日に絵解きとして披露される縁起等というように整理不能なまでに多岐にわたる。また『神道集』のような縁起の「集成物」とは何なのか。神社や寺院がその名を冠した縁起を各々もつことは当然のことであり、いわば神社寺院の数だけ縁起テクストは存在するであろう。しかしその集成物はいったいいかなる必要性のもとに編纂されるに至っているのであろうか。『神道集』と真名本の世界とは確かに一直線に繋らないのだが、一方で東国なるものをトータルに捉えんとするような志向性において共通しているのであり、今後この水準における両テクストの関係論があってしかるべきであろう。

3――真名本＝窮極の文字テクスト

語りと文字テクストとの離反性

語りと文字テクストの関係に話を戻すとして、双方の言葉が互いに馴染まない異質なものであるとしたが、このことは真名本『曽我物語』についての本書のこれまでの論述からも既にして明らかである。「形見」論に顕著であるようにその言葉は窮極の文字テクストとしてあり、それ以外ではなかった。真名本が単に「紙」としてあることをしてそう評しているのではない。真名本が「太なる巻物二巻」という文字資料を最大の根拠にした歴史テクストであることが問題であった。また物語の展開を動機づける敵助経への恨みが、亡父助通を偲ぼうにも父の「文」すらないという五郎の絶望により根拠づけられていたように、文字テクストとしての重要性がその不在性により逆説的に強調されてもいた。

『平家物語』に真名本をそえて唐国に送ったところ、それを読んだ唐人が北条政子を絶賛したというエピソードも参考になる。この箇所は語りの位置を測定するために紹介したが（第4章第1節）、ここでは真名本が将来いかに読まれるべきかをアピールした箇所として取り上げる。北条政子が「日本・唐の両州」において「賢女の名誉」を得たというが、真名本が完成途上のテクストである以上それはあり得ない話であった。しかしそれは真名本がいかに享受されるべきかを先取りした自己言及的記述であった。そして政子の名が日本史上稀にみる女傑として唐国で評価されたのも、書かれたテクストとして真名本があるからであり、だからこそそれは時空の限界を越えて唐国にまで配達されるのである。

兄弟もまた富士の郡に屍を曝して「御霊神」となって、「名をば後代に留めて、和漢の両朝までも伝えん」（巻七）と豪語していた。兄弟の名が唐国にまで響きわたるためには、これまた真名本が唐国まで流通しなくてはなるまい。もちろん兄弟が「御霊神」になったのを確認したのは虎であるが、実際に「御霊神」となったこととの最大の根拠資料は虎の見聞を記した真名本『曽我物語』そのものである。唐国での政子や兄弟の名誉、これらは真名本が紙上の産物であることの意味を最大限強調するためのエピソードである。

真名本はこのように「今・ここ」で消滅する「音声（パロール）」ではなく、文字テクストならではの効果と価値とを強烈に押し出し、またそうすることで自らが正統歴史テクストたることを断固主張している。もちろんこの真名本を前にして、ある部分を切り取って語りの種本などとして再生利用することは可能である。しかし真名本それ自体は何々のためのテクストとしてあることを峻拒しており、窮極の文字テクストとして自己完結している。本書が「語り」の問題を度外視したところからはじめた所以である。またこの問題は真名本であろうと仮名本であろうと本質的な違いはないようだが、実はそうではなく仮名本は真名本のかかる方法に対して無自覚であり、仮名本のそのような特性については次章で述べる。

文字テクストの審級

それにしても一方に語りの場があり、一方に真名本という文字テクストが自己完結してあるという事態はどう解釈されるのか。双方はなんら関係ないところで成立した別現象であるということなのか。しかし真名本が語りの現場とまったく無関係に成立したテクストとは思われないし、伊豆山や箱根山の宗教的環境のなかで徐々に生成された本文である点はやはり動かないであろう。であるにもかかわらず、なぜ真名本はかくも自己完結してあるのか。私には角川・福田両氏のように、何某の集団とかいかなる宗派なのかという具体的な議論を展開することはできないが、ここで真名本という文字テクストと語りの言葉とがなぜかくも離反しているのかという問題について、私なりの見通しをたてておきたい。

まず折口信夫の曽我語りについての、「盲巫覡の幻想の口頭に現れ始めた物語で、元は定本のなかったものと見てよい」という発言を絶対的なスタートとしたい。「盲巫覡」の「口頭」の「物語」には元々「定本」はないとするこの指摘は鋭く、最初に「語り」ありきである。とはいえこのような語りが「反復」されるようになるといささか事情が変わってくる。確かに語りは「今・ここ」での一回的言語行為に違いないが、語り手が何度も反復して語ることで徐々に言葉が蓄積され、それが固定されていったことであろう。しかも語り手は多くいるはずであり、その語りの反復作用による言葉の蓄積は膨大な量になるものと思われる。もちろん語りの反復ということには、語り手同士の横関係だけでなく技の相伝という縦関係までもが含まれている。となると実際に文字テクストが成立していなくとも、このような語りの「反復」による言葉の「蓄積」「固定化」が文字テクストの成立を促す動因になることは間違いない。そう、それは身体に刷り込まれた潜在的文字テクストとでも評すべき記憶装置であり、だからこそその語りは反復可能なのでもあった。かくしてここに本文が生成される前提部が整ったのである。

しかし実際に本文が成立するためにはもう一押しが必要である。多くの語り手がいてその語りが反復されるだけでは何かが不足している。そもそも彼ら語り手たちは盲人であり、彼らにとって文字テクストは結局のところ外部のものでしかなく、振動テクストとでも評すべき身体の記憶装置が可動しさえすれば十分だったはずである。晴眼者の語りであろうとも根本的に変わりはなく、すべてが声技一つにかかっている以上本文は邪魔物でしかない。文字テクストが成立すべき条件は整っていても、このような語りの現場から内発的に本文が生成されるのではない。

となると文字テクストの成立を促すものとして、当然のことながら晴眼者の論理という外部からの力作用をここに想定せざるを得なくなる。かかる語り手たちを束ねる組織の問題が必然的に浮上する。先の角川・福田両氏の議論を再確認されたい。そこでは本文の成立・生成を論ずるにあたって、天台宗安居院流唱導とか時衆教団等というように知らず知らずのうちに組織の問題が導入されていたではないか。換言すれば語りの現場に密着し続ける限り、物語が成文化されたことの所以を説明し得なかったということである。

ここには文字を権威として振りかざす晴眼者の論理の暴力的介入が認められる。かつまた文字テクストの誕生によってその組織の何たるかも同時に保証されることにもなる。語り手たちの身体に刻まれた文字痕跡は視覚に還元されることで、そこを磁場に様々な文字情報が吸引せられてテクストは徐々に織り上げられていったことであろう。語りの場では兄弟討死に至る経緯が物語の核心部を構成していたはずだが、文字テクストはかかる語りの場から限りなく離反して、その組織を権威づける秘本（「正典」「聖典」「証本」?）に昇格するまでに荘厳化されていく。

語りと本文との関係とは以上のように粗々整理し得るのではあるまいか。語りは反復されることで言葉は固定化されるも、そこから文字テクストが成立するのではないし、いやそれどころか文字テクストが成立しようものならそれへの拒否反応が一挙に噴出する。そのような本文が組織にとって価値があろうとも、個々の語り手にとっては意味をもたない。一方文字テクストはその淵源が語りの場にあったとしても、結局は語りとは徹底的に袂を分かってそれ独自の論理をひた走ることになる。身体に刷り込まれた生々しい振動テクストは、文字という視覚化された空間テクストへと変換されており、双方はまったくの別物である。現場に密着したホットな身体テクストは、文字なる記号により冷たく整理整頓し直され、またただからこそこの文字テクストは語りの現場を離れて遍く流通し得たともいえる。

　それにしても真名本『曽我物語』は、東国の粋を集めた間然するところのないテクストである。それは兄弟敵討事件を語るにあたって、語りの位置をしっかり固定し、その語りのパースペクティブのもとに鎌倉幕府誕生物語を立ち上げるに成功している。しかも数多の資料を総動員した歴史テクストとして自らを定位させるのみならず、この敵討事件の歴史評価までをも自らが請け負ってしまってもいて、これなどもすべてを自身の責任のもとに完結させせんとする意志の表われではなかろうか。兄弟物語と頼朝物語を衝突させるドラマティカルな作劇法も見事であり、東国の信仰や武士団の世界観にも通暁し、後家の活躍という点はジェンダー論としても注目すべきであろう。はては縁起や唱導の言葉、巻狩現場や屋形群を現前させる幻想の言葉、頼朝と五郎の言葉の応酬等というように、様々な言葉の織物としてこれはあり、まさに中世東国を代表する範例的・普遍的テクストたり得ている。

　繰り返すが以上のような真名本の達成は、文字テクストとしてあることがそれを可能にさせた絶対条件である。書くことの論理は「今・ここ」の時空の限界性を突破するのであり、そのような想像力の窮まったはてに真名本のごときテクストが生成されたのである。北条政子が唐国でも高く評価されたとして、上方での曽我物の流行どころか、真名本は自身のあるべき読者層は唐国の人たちだと豪語していたことは述べた。その意味で真名本の擬漢文体とは、たとえ東国習のきついローカルな表記であろうとも、世界言語として定位されているのではなかろうか。そして自らが海の彼方に向けて発信されたメッセージである以上、そのことは真名本自身の問題に即跳ね返ってくるのである。真名本には唐国の故事が再三引用されていて、北条政子が伊豆山に逃亡する場面では、なんと「漢の李夫人」「王昭君」「楊貴妃」という錚々たる女傑たちの例が引証されている（巻三）。これは政子なるものを象るに唐国の人名がたんに引用されているというにとどまらず、逆に唐国の文字テクストに北条政子の名が引用されるだろう未来が熱望されているのではないのか。ここにあるのは尽きるところ唐国の典籍と互角に張り合わんとする野望であり、このことが真名本の生成を極限にまで突き詰める結果になったものと思われる。かくして真名本は自らの存立根拠をかけて、日本を代表する窮極の文字テクストとして、このほかならぬ東国産『曽我物語』があることを強烈にアピールせんとしているのではなかろうか。

第9章……仮名本『曽我物語』という「物語」

1――仮名本「形見」論

伝奇的・呪的モチーフ

真名本にみる「形見」の量産は自身を歴史テクストたらしめる自己言及としたが、実はこの「形見」論にはその先がある。真名本の世界内でも既に「形見」が有効活用されていた。「水茎の跡」は兄弟百ヶ日法要での経典の裏地となり、十郎の「馬」「鞍」もお布施となっていた。そして兄弟の残した最大の「形見」たる「太なる巻物二巻」にいち早く目をつけたのが『吾妻鏡』であり、『吾妻鏡』はそれを母宛「書状」として再登場させることで自らの記事に信憑性を付与させるのはもとより、幕府文庫の重宝にまでそれを格上げさせていた。また福田晃は伝承の真実性を保証するために、これら「形見」が語りの現場に実際に置かれていたと論じた。さらに謡曲の曽我物をざっとみるだけでも、『小袖曽我』では母が別れに臨んで兄弟に与えた「小袖」が作劇の中心モチーフとなり、『夜討曽我』には「手跡に勝る物あらじ」として、例の討入直前に母宛に書いた「文」が登場し、さらに五郎の「肌の守り」も繰り出される。『元服曽我』では箱根別当から兄弟が賜った例の「太刀」が重要な役割を果たしている。こうみてくると「形見」なるものを核とする曽我物の系譜を構想することも可能であろう。

「形見」論による曽我物の文学史を全面的に展開する用意は私にはないが、ここではとくに仮名本『曽我物語』が真名本を踏まえつつも「形見」についての独自見解を示しているので紹介しておきたい。ここにこそ仮名本テクスト論の可能性が孕まれているのではなかろうか。能や歌舞伎等の一連の曽我物の系譜において、仮名本がその系譜を支えているという事情もあり、最後に仮名本についても必要最低限の見通しをたてておく。

仮名本は真名本『曽我物語』の「形見」のあらかたをそのまま拾っている。しかし仮名本の「形見」の扱い方には、歴史テクストたらんとする真名本的方法を認めることができない。たとえば真名本の最大の「形見」は「太なる巻物二巻」であり、仮名本にもそれに該当する「形見」が確かに登場する。それはやはり討入直前に、「十郎いひける、「いざや、この暇に、幼少よりの思ひし事をくはしく文にかきて、曽我へまゐらせん」「しかるべし」とて、おのおの文をかきける」ということで仕立て上げられた「大なる巻物一つづつ」であった（岩波古典文学大系『曽我物語』巻九）。しかしこの「大なる巻物一つづつ」にしても、真名本の「太なる巻物二巻」が物語の根幹を支える重要モチーフであるのに対して、その文内容が概説されるにとどまり、文の言葉それ自体が引用されているのではない。

しかも兄弟それぞれが書いたはずの文だが、それらを逐一紹介するのが煩瑣だったのか一本にまとめている。そしてそのうえで、「十郎のことばの末、五郎にかはりたるは、大磯の虎の事也」、「五郎のことばの、十郎にかはりたるは、箱根の別当の事なり。さては、いずれもおなじ文章也」等と説明して事済ませているのだ。兄弟の母宛の文のあらましは同一内容としたうえで、十郎の文には虎のこと、五郎の文には太刀を賜った箱根別当のことが記されている点で異なるとしている。真名本と比べてはるかにぞんざいな扱いであるのは明らかであり、仮名本はこの文をまったく重視していない。

仮名本には「形見」を歴史記述の根拠とするような方法を明らかに認めることができない。では仮名本の「形見」とは何か。真名本のそれを一応踏まえているようでありながら、そこから逸脱した異形の「形見」が仮名本には陸続と登場してくる。そう、兄弟が討入の現場で使用した太刀・小刀がそれである。

まず真名本のそれを再確認しておく（第6章）。十郎が「赤銅作の太刀」と箱根別当から賜った「黒鞘巻の小刀」を、五郎が別当からの「兵庫鎖の太刀」と助経からの「赤木の柄に銅金したる差刀」とを佩いていた（巻九）。そして五郎の「兵庫鎖の太刀」についてのみ、「一年九郎太夫の判官殿（義経）の木曽（義仲）追罰のために上洛し給ひし時、祈禱のために権現に進せて通り給ひし太刀なり」（巻七）とその来歴が記されていた。また真名本では討入に際して兄弟がこれらをどう使用したかが曖昧であった。二人がかりで「太刀」で助経に斬りかかり、とどめを五郎が刺していることからも、「赤銅作の太刀」「兵庫鎖の太刀」が使用され、「赤木の柄に銅金したる差刀」でとどめを刺したのだろうが、そのことは明記されていない。

そして事件後に残ったと思われるのは、十郎の「赤銅作の太刀」と五郎の「兵庫鎖の太刀」である。前者は十郎の首実検の場に持ち込まれ、「兵庫鎖の太刀」については頼朝御前に乱入した際に五郎はそれをどこかに落としたとされている。なぜ紛失したとされるのか、討入現場で消尽されることなく頼朝に無事に回収させるためである。五郎は京でそれを購入したと頼朝に弁明していたが、頼朝の手許にそれがあることを前提にこのような発言がある。紛失したことで、この義経伝来の宝刀だけが無傷で頼朝の管理下に置かれたのである。また十郎の「黒鞘巻の小刀」と五郎の「赤木の柄に銅金したる差刀」の行方は解らない。この二本も実は頼朝に回収されたのだと解釈したくもなるが、しかし「兵庫鎖の太刀」については無事に残すべく五郎が現場で紛失したとされていたのであり、そのような条件一切が明かされていない以上、現場で消尽されてしまったものと思われる。

一方仮名本でも十郎が「赤銅づくりの太刀」と箱根別当からの「黒鞘巻（鞘巻一腰）」（巻九）を、五郎が別当からの「兵庫鎖の太刀」と助経からの「赤木の柄の刀」を帯びており、スタートは真名本と同じである。しかし仮名本では各々の刀に由緒正しい来歴がことごとしく付与され、かつそれらが討入現場でどう使われて、最後はどうなったかを執拗に追い続けている。しかも事件後にもそれらは異様な存在感を発揮し続けている。

十郎の「黒鞘巻」について仮名本の箱根別当は、「此刀と申すは、木曽義仲の三代相伝とて……第三に、此刀也。名をば微塵《みじん》といふ。とほらぬ物なければなり。されば、此宝を秘蔵してもたれたり。御子清水御曹司、鎌倉殿の聟になり給ひて、国の大将軍給て、海道をせめ上り給ひ候よしきこえければ、かの宝をいのりのためとて、此御山へまゐらせらる」（巻八）と説明している。真名本の「黒鞘巻」については別当からの賜り物という以外いかなる由緒もなかったが、仮名本では「微塵」と命名されたこの腰刀は、木曽義仲より頼朝婿となったその嫡子清水冠者に相伝されたものだという。また十郎がもう一本携行していた「奥州丸」という名の「赤銅づくりの太刀」についても、真名本にはなんの素姓説明もないが、屋島《やしま》の合戦で平知盛《とももり》が船中に置き忘れた太刀であり、それを曽我助信が義経に献上したところ、義経から助信に下賜され、十郎元服の際に養父助信から賜ったものだとしている（巻十）。

そして極め付けは五郎の「兵庫鎖の太刀」であり、真名本では義経が義仲追討のために箱根に奉納したのがこの太刀だとしていたが、仮名本の太刀の由緒来歴はそれどころの話ではない。箱根別当は、「此太刀と申すは、昔頼光の御時……頼光、てうかとなづけてもたれたり。それより、河内守頼信のもとへゆづられぬ。……虫ばみとぞつけられける。それより、頼義のもとへゆづられたり。……かかる不思議をしたりければ、毒蛇《どくじゃ》となづけて、もたれたり。それよりして、八幡殿へゆづられける。……此太刀、姫切《ひめきり》となづけて、もたれたり。其より、六条判官為義のもとへゆづられたる。……されば友切《ともきり》となづけて、もたれたり。……嫡子左馬頭義朝の手へ渡りけるに……。つたふべき人なかりしに、義朝の末の子九郎判官殿（義経）、いまだ牛若殿にて……いかにして聞き給ひけん、折々、毘沙門《びしゃもん》にまゐり……祈念申されければ、多聞《たもん》、あはれとやおぼしけん、この太刀をくだしたまふと、夢想をかうぶり、よろこびの思ひをなし、いそぎまゐりて見たてまつり給へば、現《うつつ》に御戸ひらき、此太刀あり。……十九の年……西国の大将軍にて、発向せられけるに、今度の合戦にうちかたせ給へとて、此御山へまゐらせられたまひて候」（巻八）というように実にくだくだしく説明している。

源頼光より頼信、頼義、義家、為義、義朝、そして義経の所有に帰したとされ、そのうえで平家追討の際に義経によって箱根権現に奉納されたものであるという。しかも持ち主が変わるごとに様々な霊威を顕し、それに応じて名前の方も「てうか」「虫ばみ」「毒蛇」「姫切」「友切」というように変遷してきたというのだ。このように歴代源氏のことごとくが相伝した源家の至宝であることが、多くの怪異譚・霊験譚とともに披露されているのであった。

しかも仮名本では、これらの刀が助経殺害現場でどう使用されたかを逐一再現している。助経を斬る際に五郎の「兵庫鎖の太刀（友切）」に焦点が当てられ、とどめを同じく五郎が助経から賜った「赤木の柄に胴金入たる刀一腰」により刺している。「箱根に祈誓申、御前にて助経を見そむるのみならず、一腰の刀をえたる、今とどめをさしたる刀、是也。権現の御めぐみとて感じける」（巻九）というように五郎は箱根権現への感謝の気持ちを表している。もちろん助経討ちの経緯は真名本も同様だったろうが、少なくとも真名本はそれを明らかにしていなかった。そして「兵庫鎖の太刀（友切）」については真名本の五郎は途中で紛失したが、仮名本の五郎は修羅場のなかで最後までそれを使いきり、また十郎の「赤銅作りの太刀（奥州丸）」は新田四郎忠綱との死闘の最中に鍔《つば》本から折れたとされている。

さらに頼朝による五郎裁定の場に「兵庫鎖の太刀（友切）」が、そして十郎の首実検の場に「黒鞘巻（微塵）」「赤銅作りの太刀（奥州丸）」が登場してくる。この「兵庫鎖の太刀（友切）」を前にした頼朝について、「「先祖重代の太刀、箱根の御山にこめしよし、かねてよりつたへ聞、いかにもして取いださばやと思ひしを、神物《じんもつ》になる間、力およばざりつるに、ただ今、頼朝が手に渡事、ひとへに正八幡大菩薩の御はからひとおぼえたり。かやうの事なくは、いかにして二度主になるべき」とて、みづから御頂戴《ちょうだい》ありて、錦の袋にいれ、ふかくをさめたまふ。御重宝のその一なり。代々つたはりけるとかや」（巻十）というように語られている。

頼朝がこれまでこの「兵庫鎖の太刀（友切）」に抱いていた思いが一挙に吐露されている。頼朝は箱根にこの源家の家宝があることを前々から知っていたが、神の重宝ゆえになす術がなかったという。しかしここに至ってとうとう源氏重代の太刀は自らの所有に帰したのであり、すべては八幡大菩薩のご加護によるものだとしていたくご満悦である。さらにこの太刀は幕府の「御重宝」となり、「代々つたはりけるとかや」とまでいわれる。『吾妻鏡』では幕府文庫の宝となったのは「書状」（真名本「太なる巻物二巻」）だったが、仮名本ではこの「兵庫鎖の太刀（友切）」が重宝になっており、この違いは決定的である。

同じく回収された十郎の「黒鞘巻（微塵）」と「赤銅づくりの太刀（奥州丸）」二本についてももはや説明は不要であろう。前者が義仲の子清水冠者伝来の小刀、後者が平知盛旧蔵の太刀であることは述べたが、これまた由緒ある刀ゆえにそれの孕む呪力が当の刀を延命させたというのであろう。「赤銅作りの太刀（奥州丸）」についてはここでは鍔本より折れた形で回収されているが、このことは決してマイナスにはならない。それは十郎の討死がいかに過激にして壮絶だったかを証する血刀だからである。これほど現場を生々しく再現し得る「形見」は他にはなかろう――繰り返すが真名本「赤銅作りの太刀」も首実検の場に登場するがそれ以上ではなく、また「黒鞘巻」の行方は不明――。「兵庫鎖（友切）」と同様にこの二刀も源家の宝になったであろう。

真名本と仮名本のような「形見」の位置づけの相違を確認してくると、仮名本とは何かという問題が大略みえてきたのではなかろうか。「形見」を世界の中心に置く点では真名本も仮名本も同じだが、そこから立ち上がる物語世界は両テクスト間で著しく異なる。自らが歴史テクストたることを標榜する真名本は、あくまで「太なる巻物二巻」「水茎の跡」という「文字テクスト」に絶対的価値を置いていたのであり、太刀・小刀という「形見」は消尽されても構わないものだったのである。逆に仮名本は「兵庫鎖の太刀（友切）」「黒鞘巻（微塵）」「赤銅づくりの太刀（奥州丸）」の方に焦点を当てて、それらを物語という「虚構空間」を構築するための「伝奇的モチーフ」「呪的モチーフ」として機能させているのではないのか。

確かにそうではなかろうか。これらの太刀・小刀には由緒来歴が分厚く刻み込まれ、過激な討入現場でもしぶとく生き延びて、事件後も異様な光彩を放ち続けているではないか。あたかも刀それ自体が生き物であるがのような不気味な相貌を呈している。極論すれば仮名本にあっては、敵討物語の真の主人公は兄弟ではなく、この歴代源氏の魂が凝縮的に刷り込まれた太刀・小刀というオブジェの方なのかもしれない。それこそが呪的なパワーを発揮して兄弟を敵討に駆りたてている。ここにあるのは優れて物語的想像力というほかない何かであり、このような仮名本からすれば他の文書等の「形見」などというものは所詮取るに足らない地味なものでしかない。

「形見」の唯一性とは

しかしそれにしても「形見」をめぐって発動する想像力が、真名本と仮名本でかくも異なることの意味とは何か。ここで仮名本の「兵庫鎖の太刀（友切）」等の来歴があまりにいかがわしい点にあらためて留意したい。源頼光より歴代源氏のことごとくを経たうえで五郎を一旦経由して最後は頼朝に収められたとされ、しかも様々な霊威・怪異を出現させてきたという。このように源氏累代の呪的重宝であることが強調されればされるほど、逆に物語の信憑性はますます損なわれてしまうのではなかろうか。

そもそも真名本であろうと仮名本であろうと、兄弟の「形見」とはその物の「唯一性」に根拠を置くモチーフである点で変わりはない。これら「形見」は討死した兄弟の遺物であることからも、それは本来的に異様な輝きを放っているはずのものである。それらは兄弟の身体の一部だったのであり、それを介して過去の時空がさながら蘇り、さらにそこに兄弟が降霊してくることもあろう。そしてそれがかくも禍々しくも強力な呪的モチーフたり得るのも、その物の唯一性がそれを保証しているからである。でなければ、それらは単なる「太刀」「文」「髪」「鞍」「馬」「骨」「首」等のガラクタ紛いのものに堕してしまうことであろう。

しかしここで問題なのは、世の中にたった一つしか存在しないことには、それが「偽物」かもしれぬとする可能性が常についてまわるという点である。しかもどこまでいってもそれが本物であるとする証明は絶対の不可能事ではなかろうか。しかし一方そうであるからこそそれらが蠱惑《こわく》的なオブジェたり得てもいるのである。

「形見」にはかかる厄介な問題が孕まれていることを真名本も当然認識しているものと思われる。既に論じたように（第6章第2節）、「形見」の歴史的正当性を強調する真名本の力技はかえって不自然であり、真名本の意図に反してそれが「偽物」かもしれぬとする疑いを生じさせかねないものであった。この事情は『吾妻鏡』も同様であり、幕府文庫の重宝となった例の「書状」にしても、それはいかにも重要文書として丁重に扱われてはいるが、胡散臭いことこのうえなかったではないか。

しかし歴史テクストたることを強調する真名本や『吾妻鏡』は、だからこそ「形見」に潜むこのようないかがわしさから極力目を逸らし、あくまで由緒正しい証拠としてとくに文字資料に価値を置いたのである。まして現場使用の刀に拘わることは、それが魅力的オブジェであればあるほどかえって偽物めいてみえてくる。もし仮名本のようにこの血塗られた刀に執着したならば、自らの歴史テクストとしての格調の高さは一挙に吹き飛んでしまっていたことであろう。現場使用の凶器がいかに魅力的であろうとも、それには眼を瞑り精々義経所持の太刀を頼朝に残す程度にとどめたのである。

一方の仮名本はその「形見」の機能からも明らかなように、真名本のごとく歴史テクストとしての根拠を問うておらず――仮名本は鎌倉幕府創世神話を語っていないし、頼朝時代を懐古する語りのパースペクティブとも無縁――、それゆえ文字資料を特別視しなければならない理由もない。助経殺害の太刀・小刀という現場の凶器を、物語想像力を解放させる唯一無二のフェティッシュとして最大限有効活用すればよいだけのことである。他の「文」「鬢」「馬」「鞍」等は討入前に整えられた「形見」にすぎないし、逆に「骨」「首」は亡くなった兄弟の残滓に過ぎなかろう。

文字資料ではなく現場使用の刀剣の方に価値を置くという、この真名本から仮名本への重心移動は、たんに「形見」が移動したという次元にとどまらず、以上のように「歴史」から「物語（フィクション）」への質的大転換を意味しているのであった。となると、次のようなパラドックスがここにあることになる。仮名本の「形見」は伝奇的モチーフであり、それは自らがフィクションたることを明かしているのだが、にもかかわらず――まさにそうだからこそ――この仮名本の

「形見」の方が討入現場の血腥《ちなまぐさ》さをさながら現前させているという意味で、真名本以上の迫力を有していることになる。その毀れた切っ先やこびりついた血潮は助経や御家人たちを斬った跡そのものにほかならない。

一方真名本は文字資料を根拠にした歴史テクストたり得ていても、そのことの代償として、兄弟討死という惨劇は「文字」の中の出来事へと翻訳され去勢化されてしまったことになる。先に「太なる巻物二巻」という最大の文字資料をして、「形見」の「目録」と評したことを確認されたい。真名本にも物としての「形見」が当然あったわけだが、それらもこの目録に登録されることでそれの有していた生々しさが洗い流されてしまっていたではないか。そう、まさにフィクションたる仮名本の方が、「物」をめぐる想像力を全面的に開花させるに成功しており、物語ならではのリアリティを逆説的に獲得し得たとも評し得るのである。またこそ仮名本のこれらの「形見」こそが、仮名本という枠をも越えて四方八方に向けてその力を放散し続けることになったのである。実際曽我物の系譜にあっても仮名本経由の「形見」を受け継いだものが殆どであり、嘘とも真とも知れぬ「形見」の孕む呪的起爆力に着眼したテクストが陸続と生産されるようになる。なお軍記物全般における刀剣伝承の一環として、とくに仮名本のそれを位置付けた鈴木彰（「源氏重代の太刀と曽我兄弟・源頼朝」、武久堅編『中世軍記の展望台』所収）や渡瀬淳子の論もあり、是非そちらも参照願いたいが、本書では真名本から仮名本への「形見」の質的転換の意味をまずは確定しておきたかったのである。

箱根神社には箱根別当から兄弟が賜った「微塵丸」「薄緑丸（膝丸・蜘斬丸・又吼丸とも）」、五郎が助経から頂戴した「赤木柄短刀」が収蔵されている。この箱根の重宝にしても、仮名本『曽我物語』の「形見」に刺激されての想像力の産物ではなかろうか。助経から五郎が賜った小刀が真名本ではどう使われたかは明らかでなく、仮名本では一歩踏み込んでこれで助経のとどめを刺しているにしても、しかしその後どうなったかは曖昧なままだったが、今は箱根神社の所蔵に帰するという。箱根神社の「微塵丸」は仮名本の「微塵」に該当するのだろうし、五郎の太刀「薄緑丸」は例の源氏歴代所有の宝刀「兵庫鎖の太刀（友切）」のことだと思われる――なぜここで「薄緑丸」と命名されているかは不明――。これらすべては事件後に頼朝から箱根に奉納されたものとされており、仮名本『曽我物語』の世界と若干齟齬《そご》がなくもないが明らかにそれを踏まえている。これらは現在にまで連綿と引き継がれてきたところの仮名本を発祥とする刀剣伝承の現実である。

2――仮名本の物語構造

頼朝物語一本

真名本と仮名本の相違については、その他に仮名本では巻狩二十番勝負の言葉や縁起物・唱導の言葉が大幅にカットされているという問題もある。これらは真名本を真名本たらしめている重要な部位であり（第5章第2節・3節）、これを遠慮会釈なく削除して憚らない仮名本が上方成立と思われる所以でもある。しかしここでは両テクスト間にみる物語構造上の決定的な差異を明らかにしておく。

本書では真名本テクスト論をはじめるにあたり、頼朝物語と兄弟物語とが並走し接近し衝突していることの確認から入ったが、その最も重要な物語の基本構造が仮名本ではまったく異なる。結論をいえば仮名本では両物語が対等に張り合うのでなく、結局のところ頼朝物語一本が基幹であり、それに兄弟物語は併呑《へいどん》されてしまっている。そしてそのことと関わるが頼朝物語も兄弟物語もなんとも起伏に乏しい平坦な物語になっている。

たとえば真名本の頼朝物語では苦労を重ねた末に「法」の導入により頼朝が大将軍に成長することをテーマにしていたが、仮名本の頼朝物語はそのような波乱万丈の物語ではない。仮名本の頼朝が五郎を裁いた際の言葉を参照したい。

なんぢが申所、一一《いちいち》に聞《きき》ひらきぬ。されば、死罪をなだめて、めしつかふべけれ共、傍輩《ぼうはい》是をそねみ、自今以後、狼藉たゆべからず。その上、祐経が類親《るいしん》おほければ、その意趣のがれがたし。しかれば、向後のために、なんぢを誅すべし。うらみをのこすべからず。（巻十）

この頼朝の言葉をどう解釈すべきなのか。最後は真名本と同じことをいっているようではある。おまえの申していることは一々納得して聞いた。本来ならば死罪を許して召し使いたいところだが、そうすると朋輩たちがそれを嫉んで今後暴力沙汰が絶えないだろう。また助経には親類が多くその恨みか消えるのも難しかろう。よって今後のためにおまえを誅するという。敵討を認めると暴力の無限連鎖を招くとして、それを切断するべく処罰するといっているのだから、ここに真名本と同様に「法」問題が導入されているようではある。またその意味で「法」なるものを一切欠落させた『吾妻鏡』とはやはり一線を画してもいる。しかしそれにしても真名本と比べると、「法」の導入といってもあまりにメリハリがないのではなかろうか。

真名本のドラマティカルな展開を確認する（第3章第1節・2節）。頼朝は五郎の物怖じしない態度に感動して許すとしたのであり、そのようにすべてを白紙にするという地平がいったん開示されていたことが重要であった。だからこそ梶原景時の助言もあって、一挙にそれを翻しての梟首という鮮やかな逆転判決が意味を持ったのであり、そのような形において「法」なるものもつ厳格性・暴力性がそれ自体として可視化され明確化されたのである。頼朝が私怨に任せて即兄弟を殺したならばそれまでのこと。「法」に則《のっと》るとして躊躇うことなく誅したならば実は「法」を隠れ蓑に私怨を晴らしただけのことかもしれない。とはいえ兄弟を許すというのでは頼朝の兄弟祖父助親へ私怨が解消されたことを意味するのだろうが、それまたたんなる私情の発露にすぎなかろう。このような諸々の問題を一挙に超克すべく、「法」の導入による新たなる世界の生成が鮮やかに象られていたのであった。

さらに真名本ではこの五郎の裁定場面が巻一の巻狩場面と呼応してもいた。流人頼朝は相撲の場で自らの存在を無視して「無法」に振舞う武士たちをみて怒り心頭に達していたあの場面である。その時に頼朝は東国秩序の確立を目指して再起することを密かに誓っていたのであり、それへの回答がこの巻九における「法」の導入問題だったのである。

一方仮名本では、このような東国秩序の確立等というテーマ設定はまったく認められず、それはいかにも扁平な物語であるとしか評しようがない。確かに五郎は「法」らしきもので裁かれるが、物語は「法」を正面に据えているのではない。先の頼朝の裁定の言葉を確認されたい。頼朝の一連の思考の流れのなかでそれらしきものに突き当たっているに過ぎないのであり、「法」それ自体が明確に対象化されているのではない。解釈次第では五郎を梟首することを正当化すべく「法」が招来されているようにもみえる。

しかも仮名本にあっては物語劈頭の伊豆奥野の巻狩も相撲も、流人頼朝の無聊《ぶりょう》を慰めるために開催されたとさせている（巻一）。これは仮名本を考えるうえで決定的な事柄ではなかろうか。そして相撲を契機としてあわや乱闘にならんかとした時に、頼朝の発した一言によって場が治められているのだ。山西明の指摘が既にあるように、仮名本では流人頼朝といえども既にして源氏の貴種として丁重に扱われ、頼朝の号令のもとに武士たちは統率されていたのである。

兄弟の「御霊神」問題にしても、仮名本では富士の裾野に兄弟の「瞋恚執心《しんいしゅうしん》」が残って人々に災いをもたらしていたので、「ようぎやう上人」の勧めもあって、なんと頼朝が彼ら兄弟を「勝名荒人宮《しょうめいこうじんぐう》」（巻十二）として体制護持の装置として祀ったというのであった。このように仮名本の頼朝は不遇の境涯にあっても栄華の絶頂を極めていても常に東国の権威として君臨している。

相撲の場の混乱を鎮めることからはじめ、五郎を躊躇いなく裁くのみならず、はては兄弟をしかるべき形で祀り上げてさえいる。仮名本の頼朝には逼塞した境涯から身を起して、無法地帯東国を「法」を以て統御するなどという大栄達物語の軌跡を認めるべくもないのであった。

このような仮名本頼朝物語にみるメリハリのなさは兄弟物語の構造の問題でもある。仮名本では頼朝が兄弟を御霊に祀り上げていたことが決定的であった。兄弟の人生は権力者頼朝により意義づけられて、幕府体制護持のための装置にされているのであり、それでは真名本兄弟物語は実質脱臼されてしまったに等しい。真名本兄弟は自分たちの歴史評価を後代に任せずに、自分たちが望む評価を確実に得るために事前に多くの「形見」を用意し、その窮めつけが「御霊神」たらんと欲することにあった（第6章第3節）。仮名本はこの真名本を真名本たらしめていた歴史評価の問題をまったく引き受けていないし、おそらくそのことは仮名本では「形見」が物語的・伝奇的モチーフとしてあり、歴史評価の問題として機能していないことと関わる。仮名本からすれば兄弟にとって「形見」や御霊神問題がかくも重要なモチーフとは思われなかったのであり、そもそも権力者が怨霊を祀り上げるのが常のことである以上、頼朝にその判断を委ねてしまう方がはるかに自然な物語展開だったのである。もちろん御霊にならんと自ら欲した真名本兄弟といえども、いずれは体制護持のための御霊として頼朝なる権力に回収されてしまうのは必須だが、そのことは真名本では一切語られていないのであった。

真名本では頼朝物語と兄弟物語という並立する両統が激しくバッティングし、かたや大将軍かたや御霊神という形で結着がつけられていた。彼らはともに苦界に身を置くことから人生をスタートさせ、最後は一挙に現世を突き抜けた地平へとともに駆け上る。そしてこのようなアクロバチックな大出世・大転身物語が可能となったのも、両物語が富士野の狩場で激突したからであり、このことで新たなる地平が瞬時に開示されたのであった。もちろん仮名本にも敵討はあるし頼朝も命を狙われていた。しかし仮名本では頼朝は最初から最後まで世の中心に居座り、しかもこの不動の一本が座標軸となって物語世界すべてを睥睨《へいげい》していた。大局的には敵討事件も頼朝の人生を彩る出来事の一つでしかなかったし、結局のところ兄弟物語は頼朝物語に吸収されて終る。純粋敵討を自己目的的に生きた真名本的兄弟物語を、仮名本は実のところ平板で生温い物語へと去勢化してしまっている。そもそも仮名本の五郎には化粧坂《けはいざか》の遊女という馴染がいることが決定的ではなかろうか。真名本五郎が童貞性をとことん突きつめて生きるという、その純粋性のはてに自己を滅却させるに至った経緯と比べると雲泥の差がある。

メタファー優位の倒錯物語

とはいえ仮名本にはそれ独自の論理がある。いわゆる物語の構造という点では真名本に比べてはるかに緩くとも、仮名本についてはしばしばいわれるように和漢の故事や故実が多量に引用されており、このような表現構造の特性が評価されてしかるべきである。

そもそも故事・故実の引用とは何か。それは眼前の事象を捉えるに、それと「相似」の別事象を以てするメタファー（隠喩）による認識方法ということになる。当時の貴族社会における先例主義的発想法にしても尽きるところこれに当る。そしてこのような表現方法は軍記物なるジャンルにも広汎に取り込まれていて、著名な『平家物語』の冒頭部をみるだけでも、「……遠く異朝をとぶらへば……近く本朝をうかがふに……」というように、「異朝」と「本朝」の例を挙げることで平清盛像なるものが立体化されている。また『太平記』にあってもこれがこのテクストの特徴をなす表現方法として駆使されており、とくに異朝の例が模範とすべき範例として、本朝のそれが揶揄すべき先例として引用されている。またこれまで触れてこなかったが、真名本『曽我物語』にもこのような喩表現は少なからずあり、本書で扱った範囲でいえば、とくに宇都宮宿の女主人が兄弟の敵討をとめようとするための身の上話や（巻六）、既に高木信による「保昌《やすまさ》誕生説話」（巻二）の引用法をめぐっての問題提起をも含めて（「曽我物語の構成」、『国文学解釈と鑑賞』別冊――曽我物語の作品宇宙』所収）、物語の展開と真向から対立する例証話の引用という特徴ある方法が認められる。これをどう考えるべきか、ここではこれ以上踏み込まない。

しかし仮名本にはこのような表現が桁違いに多いのみならず、些細などうでもよいと思われる事柄についても多用されている。ぴったり重なる例、微妙に異なる例、正反対の例、まったく共通点のない例……という水準の引用ならば理解可能なメタファーである。そのことで対象の何たるかは確かに多角的・多面的に現象するであろう。しかしそれにとどまらず、枝葉末節な語釈的・注釈的な例証話、さらには必要性のまったく認められない例証話……というように不可解なメタファーがこのテクストには遍満しており、引用過多にしてあまりに賑々しい。仮名本では刀が呪的・伝奇的モチーフとして機能していることも、おそらくこのメタファーの問題と関わる。太刀・小刀は討入のための武具として用意され使用されて役目を終えるのであり、合理的にはそれさえ果たせれば十分のはずである。しかしここではそれにとどまらず、源氏歴代の将軍たちがそれに憑霊し、様々な霊威・怪異譚がそこから立ち上がるというように、刀はデコレイティブに荘厳されているのであった。

そのために仮名本『曽我物語』では、先へ先へと進む肝心の物語の通時的展開（メトニミー・換喩）の方はしばしば中断されてしまっている。喩による例証話が幾重にも繰り出されて、いわば横太りしたような奇形的相貌を呈している。いやそれどころか、このメタファーによる横太りにより、物語の展開は遮断されるのみならず、完璧に呑みこまれてしまっているかのようなのである。仮名本『曽我物語』における起伏のないのっぺりとした物語展開ということも恐らくこのことと関わるであろう。以上の意味において仮名本は物語として倒錯した構造を有しているのだが、逆にこのようなところに仮名本ならではの物語論の可能性が秘められているのではなかろうか。

あらためての問題提起

真名本から仮名本への転換とは何か。真名本が「東国」成立の「擬漢文体」テクストであることと、「上方」成立の仮名本が「仮名」テクストであることの意味とは何か。それはたんなる表記の問題であろうはずもない。これまでみてきた真名本の異例な達成にしても、突然変異の成立であるはずもなく、『神道集』等の東国漢文圏の伝統がどのようにそこに参与しているのであろうか。

一方仮名本にみる「フィクション」や「メタファー」という問題にしても、平安時代から中世にかけて仮名文というエクリチュール（物語・日記・歌学書・注釈書等）が伝統的に担ってきた表現スタイルを発展させたものであろう。仮名本には語釈的・注釈的な例証話がしばしば披露されているとしたが、片桐洋一の指摘があるように、そのような表現法は『古今和歌集』『伊勢物語』の中世古注釈書の方法を踏襲したものである。古典テクストについての「注釈」という物語の外部の言葉だったものが、仮名本では物語テクストを構成する内部の言葉として取り込まれている。仮名本は注釈・注解の言葉をも引用することで新たなる物語テクストの生成を摸索しているのかもしれない。このように仮名本『曽我物語』の表現は、仮名文の分厚い伝統を踏まえつつ練り上げられたものであり、そのことの意味を検証すべきであろう。

さらには上方でこの物語が隆盛を極めた根本的要因とは何か。この真名本から仮名本への流れは、東国発祥の曽我語りが上方へと伝播するに至った事情と無関係とは思えない。本書では語りと文字テクストとの関係について懐疑的立場をとってきたが、それにしても上方で曽我語りが流行したことと、上方で仮名本が生成された事情とはなんらかの意味でパラレルな対応関係にあろう。いやさらに翻っていえば、東国の文学が上方でも流行するようになったのは稀にみる現象であり、これをどう考えるべきか。このような大局的な観点から『曽我物語』論があってしかるべきであろう。

本書は序章で将軍実朝の歌を京都（とくに後鳥羽院歌壇）との関りのもとで論ずることからはじめたが、この問題にしても東国から京へという逆方向の動きを考えてみてる必要がある。承久の乱後成立の藤原定家撰『新勅撰《しんちょくせん》和歌集』（天福《てんぷく》二年（一二三四）六月に後堀河院《ごほりかわいん》に奏覧）には実朝歌が二十五首も収録されており、全体として微温的にして穏当な都風の歌が撰ばれているが、それでも「世の中はつねにもがもな渚漕ぐ海人《こ》の小舟《をぶね》の綱手《つなで》かなしも（世の中はいつまでも変わらないでいてほしいものだよ、波うち際を漕ぐ漁夫の小舟の引き綱を見ているとなんとも悲しくなってくることよ）」や、先掲の「山は裂け海は浅せなむ世なりとも……」という二首が入集している。この二首の選択は画期的なことではなかろうか。時代を下げて室町時代あたりまでくると、実朝歌の世界を正面から受けとめた歌が都でも詠まれるようになるし、そもそも序章第1節で取り上げた柳営亜槐本『金槐和歌集』（足利義尚編）そのものが『金槐和歌集』の都での享受の実態を語ってあまりある。政治家実朝の評価は総じて芳《かんば》しくないが（慈円《じえん》『愚管抄《ぐかんしょう》』等）、歌の世界では実朝なるものが都でも徐々にではあるが確実に浸透してきている。また六代将軍として十一歳の時に鎌倉に迎えられ、十四年過ごした挙句に京へ送還された宗尊親王の和歌活動なども東西文化交流の足跡として論じてみることもできよう。

『曽我物語』が上方に伝播したことの意味をあらためて問題提起する必要がある。本書では東国の曽我語りから上方芸能語りへ、真名本から仮名本へという質的転換について論じてきたが、しかしその分析ではまだ何かが足りないとすべきであろう。兄弟の敵討は富士野の巻場で発生したローカルな出来事でしかなく、この事件の現場記録は真名本と『吾妻鏡』以外にはなかったのである。にもかかわらずこの物語が上方でも人気を博すようになったことの根源的理由とは何か。確かに真名本は真名本自身が望んだように唐国にまで流通することはなかったまでも、この敵討事件のどこに上方での隆盛を促すような力が孕まれているのであろうか。

そしてとくにみておきたいのは、その際に真名本『曽我物語』がそのままの形で上方に移動したのではないという点である。真名本が真名本としてあり続けたならば、上方でもて囃されることはなかったであろう。真名本から仮名本への翻訳、そこにある落差は当時の東国と上方との文化的ギャップそのものを表しており、その落差を解消すべく仮名本という上方スタイルのテクストの成立は必須だったのである。そしてこの仮名本の成立によってこそ上方での『曽我物語』の流行はもとより、あらためて上方にとっての東国という問題が再提起されたものと思われる。

例えば相国寺雲頂院《しょうこくじうんちょういん》の禅僧万里集九《ばんりしゅうきゅう》（一四二八～一五〇三？）に、「手越少将ノ旧居」と題する七言絶句《しちごんぜっく》がある（『梅花無尽蔵《ばいかむじんぞう》』）。文明十七年（一四八五）に江戸の太田道灌《おおたどうかん》に招かれた万里集九の東海道中での作詩であり、「手越ノ旧居荊杞《けいき》ノ籬《り》」とあるように、そこでは遊女手越少将の旧居が（手越は安倍川西岸の宿場）、今やすっかり荒れ果てて籬《まがき》が雑草に覆われているではないかと嘆じている。この手越少将というのは「妓手越、蓋《けだし》虎御前ノ姉也」という注記があることからも、仮名本

『曽我物語』の少将である。虎が手越少将をして「我姉にてましまし候」(仮名本巻十二)といっている箇所があり、また仮名本では「(少将は)駿河国手越の宿をたちいでにける」(同上)としてその宿にまで言及している。真名本の手越少将には事件の夜に助経の側近くに控える役しかふられていないが、仮名本では十郎を密かに助けたり、最後は尼姿となって虎とともに仏道修行に励んでおり大いに活躍している。

万里は仮名本等から仕入れたこれら手越少将の情報を心に焼きつけて東海道を旅しており、その旧居は名所の一つであるがごとき扱いを受けている。いや、そもそもそれを名所にしたのは仮名本の言葉の力によるものであろう。まさにこれこそが、仮名本が培養した上方ならではの東国幻想の実態ではなかろうか。東国で発祥したものが上方に受けとめられて上方風にアレンジされ、その言葉がもう一度東国へと送り返されているのである。

上方での流行があったればこそ、曽我兄弟敵討のテーマは普遍化し得たのである。曽我物が全国展開するためには、仮名本・上方語りへの翻訳が必要不可欠だったのであり、このことの文学史的重要性ははかりしれない。でなければ真名本『曽我物語』は孤高の東国テクストとして自己完結し、挙句のはては埋没し散逸してしまっていたに違いなかろう。

参考文献

本文・注

真名本『曽我物語』は青木晃・池田敬子・北川忠彦編『東洋文庫　真名本曽我物語　1』（平凡社、一九八七）、笹川祥生・信太周・高橋喜一・福田晃編『東洋文庫　真名本曽我物語　2』（一九八八）を使用。角川源義編『貴重古典籍叢刊3　妙本寺本曽我物語』（角川書店、一九六九）を参考にした。妙本寺本の影印として山岸徳平・中田祝夫解題『真名本　曽我物語』（勉誠社、一九七四）がある。

訓読本は『曽我物語』は梶原正昭・大津雄一・野中哲照校注・訳・解説『新編日本古典文学全集　曽我物語』（小学館、二〇〇二）を使用。

仮名本『曽我物語』は市古貞次・大島建彦校注・解説『古典文学大系　曽我物語』（岩波書店、一九六六）を使用。

『神道集』は近藤喜博校訂『神道集東洋文庫本』（角川書店、一九五九）を使用。近藤喜博・貴志正造『貴重古典籍叢刊1　赤木文庫本神道集』（角川書店、一九六八）、貴志正造抄訳『東洋文庫　神道集』（平凡社、一九六七）を参考にした。

『吾妻鏡』は『新訂増補　国史大系　吾妻鏡　第一～四』（吉川弘文館）を私に訓み下して使用。現代語訳『吾妻鏡』全一六巻（同）を参考にした。

定家所伝本『金槐和歌集』は『私家集大成　中世I』（明治書院）を使用。斎藤茂吉『朝日古典全書　金槐和歌集』（朝日新聞社）、小島吉雄校注『日本古典文学大系　山家集　金槐和歌集』（岩波書店、一九六一）、片野達郎他『鑑賞日本古典文学　新古今和歌集　山家集　金槐和歌集』（角川書店、一九七七）、樋口芳麻呂校注『新潮日本古典文学集成　金槐和歌集』（新潮社、一九八一）、『鑑賞日本の古典　新古今和歌集　山家集　金槐和歌集』（尚学図書、一九八二）、鎌田五郎『金槐和歌集全評釈』（風間書房、一九八三）、井上宗雄校注訳『新編日本古典文学全集　中世和歌集』（小学館、二〇〇〇）、今関敏子『実朝の歌、金槐和歌集訳注』（青簡社、二〇一三）を参考にした。

その他、『竹取物語』は室伏信助『角川ソフィア文庫　新版竹取物語』、『源氏物語』は『新潮日本古典集成　源氏物語』、『新古今和歌集』は赤瀬信吾・田中裕校注『新日本古典文学大系　新古今和歌集』（岩波書店）、『十六夜日記』は森本元子『講談社学術文庫　十六夜日記・夜の鶴』（講談社）、『御成敗式目』『極楽寺殿御消息』は石井進・笠松宏至校注『日本思想大系　中世政治社会思想　上』（岩波書店）、『海道記』は石田吉貞・玉井幸助校注『朝日古典全書　十六夜日記　東関紀行　海道記』（朝日新聞社）、『とはずがたり』は福田秀一校注『新潮日本古典集成　とはずがたり』（新潮社）、『増鏡』は井上宗雄全訳注『講談社学術文庫　増鏡　上中下』（講談社）、『太平記』は兵藤裕己校注『岩波文庫　太平記　㈠〜㈥』（岩波書店）、『義経記』は梶原正昭『新編日本古典文学全集　義経記』（小学館）、謡曲『望月』等は『日本古典文学大系　謡曲集』、『狂雲集』は中本環校注『新撰日本古典文庫　狂雲集・狂雲詩集・自戒集』（現代思潮社）、『梅花無尽蔵』は市木武雄著『梅花無尽蔵注釈』（続群書類従完成会）。

著書

三浦周行『日本史の研究』新輯二（岩波書店、一九八二。初出一九一六）
柳田国男『定本　柳田國男全集　第五巻』（「一目小僧の話」、筑摩書房。初出一九一七）
折口信夫『折口信夫全集　第一巻』（「国文学の発生（第四稿）」、中央公論社。初出一九二七）

斎藤茂吉『斎藤茂吉全集　第一九巻』（岩波書店、一九七三）は茂吉の実朝論を一冊にまとめたもの。
荒木良雄『中世文学の形成と発展』（ミネルヴァ書房、一九五七）
古川哲史『王朝憧憬の思想とその伝統』（福村書店、一九五七）
小木喬『鎌倉時代物語の研究』（東寶書房、一九六一）
森山重雄『中世と近世の原像』（新読書社、一九六五）
石井進『日本の歴史7　鎌倉幕府』（中央公論社、一九六五）
塚本康彦『抒情の伝統――日本文学における浪曼精神』（晶文社、一九六六）
筑土鈴寛『中世藝文の研究』（有精堂出版、一九六六）
塚崎進『民俗民芸双書42　物語の誕生』（岩崎美術社、一九六九）
佐々木八郎博士古稀記念論文集『軍記物とその周辺』（早稲田大学出版部、一九六九）
片桐洋一『中世古今集注釈書解題　二』（赤尾照文堂、一九七一）
吉本隆明『日本詩人選12　源実朝』（筑摩書房、一九七一）
中野孝次『実朝考――ホモ・レリギオーズスの文学』（河出書房新社、一九七二）
安井久善『藤原光俊の研究』（笠間書院、一九七三）
永井義憲・貴志正造編『日本の説話　3　中世I』（東京美術、一九七三）
磯田光一『邪悪なる精神』（冬樹社、一九七三）
鎌田五郎『源実朝の作家論的研究』（風間書房、一九七四）
石井進『日本の歴史12　中世武士団』（小学館、一九七四）
千葉徳爾『ものと人間の文化史14　狩猟伝承』（法政大学出版局、一九七五）
桜井徳太郎・萩原龍夫・宮田登校注・解説『日本思想大系　寺社縁起』（岩波書店、一九七五）
桜井好朗『神々の変貌――社寺縁起の世界から』（東京大学出版会、一九七六）

松田修『蔭の文化史』（集英社、一九七六）
岡見正雄博士還暦記念刊行会編『室町ごころ　中世文学資料集』（角川書店、一九七八）
志村士郎『金槐和歌集とその周辺』（桜楓社、一九八〇）
塚崎進『曽我物語幷ニ曽我物の研究』（笠間書院、一九八〇）
福田晃『中世語り物文芸――その系譜と展開』（三弥井選書、一九八一）
『国文学　解釈と鑑賞　特集・寺社縁起の世界』（至文堂、一九八二）
松本寧至『中世女流日記文学の研究』（明治書院、一九八三）
林正彦・徳田和夫『伝承文学資料集第十一輯　絵解き台本集』（三弥井書店、一九八三）
村上學『曽我物語の基礎的研究――本文研究を中心として』（風間書房、一九八四）
福田晃『神道集説話の成立』（三弥井書店、一九八四）
丸谷才一『忠臣蔵とは何か』（講談社、一九八四）
徳江元正『室町藝能史論攷』（三弥井書店、一九八四）
松永伍一『実朝游魂』（中央公論社、一九八五）
兵藤裕己『語り物序説――「平家」語りの発生と表現』（有精堂出版、一九八五）
志村士郎『東国文学圏の研究』（桜楓社、一九八六）
黒田彰『中世説話の文学史的環境』（和泉書院、一九八七）
諏訪春雄『聖と俗のドラマツルギー――御陵・供儀・異界』（學藝書林、一九八八）
五味文彦『大系日本の歴史5　鎌倉と京』（小学館、一九八八）
志村士郎『日本の作家21　悲境に生きる　源実朝』（新典社、一九九〇）
入間田宣夫『集英社版　日本の歴史⑦　武者の世に』（集英社、一九九一）
村上學『日本文学研究大成　義経記・曽我物語』（国書刊行会、一九九三）

『岩波講座　日本文学と仏教　第9巻　古典文学と仏教』（岩波書店、一九九五）
村上美登志『中世文学の諸相とその時代』（和泉書院、一九九六）
國学院大学『特別展観　中世の貴族』（続群書類従完成会、一九九六）
井上宗雄『鎌倉時代歌人伝の研究』（風間書房、一九九七）
栃木孝惟・長谷川端・山下宏明・梶原正昭編『軍記文学研究叢書11　曽我・義経記の世界』（汲古書院、一九九七）
本多隆成・荒木敏夫・杉橋隆夫・山本義彦『県史22　静岡県の歴史』（山川出版社、一九九八）
村上美登志『太山寺本　曽我物語』（和泉書院、一九九九）
志村士郎『実朝・仙覚――鎌倉歌壇の研究』（新典社、一九九九）
湯之上隆『三つの東海道』（東海道双書一）』（静岡新聞社、二〇〇〇）
今関敏子『『金槐和歌集』の時空――定家所伝本の配列構成』（二〇〇〇）
五味文彦『増補　吾妻鏡の方法――事実と神話にみる中世』（吉川弘文館、二〇〇〇。初出一九八〇）
坂井孝一『曽我物語の史実と虚構』（吉川弘文館、二〇〇〇）
山西明『曽我物語生成論』（笠間書院、二〇〇一）
湯之上隆『日本中世の政治権力と仏教』（思文閣出版、二〇〇一）
福田晃『曽我物語の成立』（三弥井書店、二〇〇二）
村上美登志編『「国文学解釈と鑑賞」別冊――曽我物語の作品宇宙』（至文堂、二〇〇三）
軍記と語り物の会『軍記と語り物――特集『曽我物語』の誕生』四〇号（二〇〇四）
会田実『『曽我物語』その表象と再生』（笠間書院、二〇〇四）
西沢正史監修／葉山修平翻訳『現代語で読む歴史文学　曽我物語』（勉誠出版、二〇〇四）
坂井孝一『物語の舞台を歩く　曽我物語』（山川出版社、二〇〇五）

大津雄一『軍記と王権のイデオロギー』（翰書房、二〇〇五）
村上美登志『中世文学の諸相とその時代Ⅱ』（和泉書院、二〇〇六）
武久堅編『中世軍記の展望台』（和泉書院、二〇〇六）
箱根神社編『二所詣――伊豆箱根二所権現の世界』（箱根神社、二〇〇七）所収の田辺旬・阿部美香論文等。また阿部には「伊豆峯行者の系譜――走湯山の縁起と真名本『曽我物語』」（『説話文学研究』三七号、二〇〇二）もある。
関幸彦・野口実『吾妻鏡必携』（吉川弘文館、二〇〇八）
木村朗子『乳房はだれのものか――日本中世物語にみる性と権力』（新曜社、二〇〇九）
二本松康宏『曽我物語の基層と風土』（三弥井書店、二〇〇九）
小峯和明『中世法会文芸論』（笠間書院、二〇〇九）
浅見和彦『東国文学史序説』（岩波書店、二〇一二）
三木麻子『コレクション日本歌人選51　源実朝』（笠間書院、二〇一二）
世界遺産登録推進三館連繫特別展企画委員会『武家の古都・鎌倉』（神奈川県立歴史博物館、二〇一二）
前田雅之『古典論考――日本という視座』（新典社、二〇一四）
坂井孝一『源実朝――「東国の王権」を夢見た将軍』（講談社選書メチエ、二〇一四）
坂井孝一『曽我物語の史的研究』（吉川弘文館、二〇一四）
五味文彦『源実朝――歌と身体からの歴史学』（角川選書、二〇一五）
渡瀬淳子『室町の知的基盤と言説形成――仮名本『曽我物語』とその周辺』（勉誠出版、二〇一六）
福田晃『安居院作『神道集』の成立』（三弥井書店、二〇一七）
渡部泰明『中世和歌史論――様式と方法』（岩波書店、二〇一七）
小川剛生『中世和歌史の研究――撰歌と歌人社会』（塙書房、二〇一七）

中澤克昭『中世の鷹狩に関する研究の動向と課題』（九州大学学術情報リポジトリ、二〇一八）
伊藤邦彦『「建久四年曽我事件」と初期鎌倉幕府――曽我物語は何を伝えようとしたか』（岩田書院、二〇一八）
新井恵美子『私の『曽我物語』』（展望社、二〇一九）
渡部泰明編『源実朝――虚実を越えて（アジア遊学24）』（勉誠出版、二〇一九）
神田龍身『平安朝物語文学とは何か――『竹取』『源氏』『狭衣』とエクリチュール』（ミネルヴァ書房、二〇二〇）
高木信『亡霊たちの中世――引用・語り・憑在』（水声社、二〇二〇）
松尾葦江編『軍記物語講座 第四巻 乱世を語りつぐ』（花鳥社、二〇二〇）
兵藤裕己『物語の近代――王朝から帝国へ』（岩波書店、二〇二〇）
中川博夫『中世和歌論――歌学と表現と歌人』（勉誠出版、二〇二〇）
深沢徹『日本古典文学は、如何にして〈古典〉たりうるか？――リベラル・アーツの可能性に向けて』（武蔵野書院、二〇二一）
木村尚志『中世和歌の始まり――京と鎌倉をつなぐ文化交流の軌跡』（花鳥社、二〇二一）
佐伯真一『軍記物語と合戦の心性』（文学通信、二〇二一）
呉座勇一『頼朝と義時――武家政権の誕生』（講談社現代新書、二〇二一）
清水眞澄『安居院の研究――能説の系譜と水系の信仰』（三弥井書店、二〇二二）
『刀剣画報 曽我物語 源氏をめぐる陰謀と真実』（ホビージャパン、二〇二二）
藤井貞和『物語史の起動』（青土社、二〇二二）
小井土守敏『流布本 曽我物語』（武蔵野書院、二〇二二）
橋村勝明『中世真名軍記の研究』（汲古書院、二〇二二）

前田雅之『戦乱で躍動する日本中世の古典学』（文学通信、二〇二四）
翻訳文献として、ジェラール・ジュネット『叢書記号学的実践18　パランプセスト　第二次の文学』（和泉涼一訳、水声社、一九九五）をあげておく。

図版写真一覧

あとがき

『鎌倉幕府の文学論』をここに提唱するに至った経緯を述べておきたい。

拙著『平安朝物語文学とは何か――『竹取』『源氏』『狭衣』とエクリチュール』（ミネルヴァ書房、二〇二〇）の執筆が一つの切っ掛けとなった。平安朝物語文学における「形見」論を摸索していた当時、一方で真名本『曽我物語』の「形見」の機能がそれと正反対であることを知り、そのことが気になって仕方なかったのである。平安朝物語文学では、物語を語り終えるにあたり、物語世界内に生成された「形見」を次々と抹消し、またそのことが「パロール」や「フィクション」という問題域と関わるのに対して、真名本という「エクリチュール」にみる「形見」の大量生産が、自身を「歴史テクスト」たらしめる「証拠」の捏造なのではあるまいか、という趣旨の展望を前著の「あとがきにかえて」に記した（四三四～四三六頁）。さらに曽我兄弟が残した「太なる巻物二巻」という「形見」を介して真名本と『吾妻鏡』とがリンクしていることや、真名本における「法」「御霊神」問題についても若干言及した。本書『鎌倉幕府の文学論は可能か!?』は、この前著の問題提起を全面的に引き受けて書下ろしたものである。だからこそ本書でもあらためて、

「閑話休題」として真名本と平安物語文学との関係を正面に据えた論を設けた次第である。

前著の問題提起以降、本書の刊行に至る間にも幾つかの論を発表してきたので本書との関係を記しておく。真名本と『吾妻鏡』との相互補完関係については、「鎌倉幕府文学論なるものは可能か」（『学習院大学人文科学研究所報　二〇二一年度版』）という小論が既にあり、本書第7章に吸収した。また和洋女子大学大学院人文科学研究科講演会（「『源氏物語』の終わり方――浮舟というエクリチュール」二〇二二年三月三日）、学習院大学文学部退職講演会（「鎌倉幕府の文学論なるものは可能か！」二〇二三年三月十一日。『金槐和歌集』と『吾妻鏡』の日付の接続に注目した論）、愛知淑徳大学文学部講演会（「真名本『曽我物語』「形見」論――歴史の当事者が即時・即自に歴史評価するという狂気」二〇二三年十二月八日）という三本の講演会での発表内容は、それぞれ本書の閑話休題・序章・第6章に解体し取り込んだ。

また学習院大学文学部での演習授業で『金槐和歌集』をこれまで三回、真名本『曽我物語』を一回とりあげたことがあり、受講生の皆さんから多くのヒントをいただいた。「馬琴の会」（四十年以上つづく曲亭馬琴の研究会）で真名本を読む機会を得たことも大きい。また先の愛知淑徳大学の講演会では二人の学生さんから質問をいただき、私の論の筋道が誤解を招くものであることが解り原稿を大幅に書き換えることにもなった。さらに法律文化社編集部の田引勝二氏、青土社編集部の菱沼達治氏からも原稿段階で有益なアドバイスをいただいた。

本書で繰り返し述べたように、『東洋文庫　真名本曽我物語　1・2』（平凡社）、『新編日本古

典文学全集　曽我物語』（小学館）という両注釈書から実に多くの学恩を得た。また真名本の研究となると、平安朝文学の研究に比して量的にはるかに少ないものの、なかなかマニアックな力作論文が多いのには驚かされた。一つあげるならばやはり故福田晃氏の一連の研究であろう（とくに『曽我物語の成立』）。氏のスタイルは私のとは凡そ異なるが、妖気漂うその筆力には人を惹きつける魔力があり、吸い込まれるようなそのパワーに抗いながら氏の論文を読み通すのに大変難儀させられた。また主要参考文献は一覧にした。本来は各論稿に対して拙論とどう重なり異なるかを注記すべきだったが、頁数削減のため明示し得なかったことをお詫びしたい。読むべき文献、とくに雑誌掲載論文や歴史家の論が多く落ちていることは間違いなく、この点についてもご教示願いたい。

本年七月三十日にチューリッヒ大学のセバスティアン・バルメス氏の「ナラトロジーと日本中世文学――物語論の諸問題と『神道集』の「物語的縁起」を中心に」（早稲田大学総合人文科学研究センター角川柳作記念国際日本学研究所主催）という講演会を聞く機会を得た。真名本の語りの問題をより立体的に捉えるべく幾つかのヒントをそこから得ることができたが、本書に生かす時間的余裕がなかった。また序章で扱った『金槐和歌集』と『吾妻鏡』との関係論については、論の導入部の紹介だけで終ってしまったが、ミネルヴァ評伝選『源実朝』の方でそれの全面的展開を試みるので今回はご容赦願いたい。

本書の執筆は私にとって大変スリリングな経験であった。曽我兄弟が後世に残した「形見」、なかでも討入直前に記した「太なる巻物二巻」がこの物語世界を支える最有力モチーフであることを繰り返し論じたが、これらのモチーフが命を得たかのように俄然動きだし、物語世界を内側から活性化させるのみならず、当の真名本『曽我物語』の何たるかをも暴きだすがごとくに自己主張しているように感じられたのである。外側からスタティックに論ずるのではなく、テクストの内部に潜り込み、内側から外に向けて言葉を発信していくという感触を得ることができた。

思えば「鎌倉幕府の文学論」なるものを構想したいという思いはかなり以前からあった。おそらく大学・大学院生時代に故石井進氏の『日本の歴史7　鎌倉幕府』（中央公論社、一九六五）と『日本の歴史12　中世武士団』（小学館、一九七四）を読んだことに起因するのであろう。前著はその最終章を「東への旅・西への旅」と題しての街道文学論であり、後者は冒頭の章を「曽我物語の世界」と銘打ち、中世武士団の世界観のなかにこの物語をものの見事に据えている。これは歴史家による稀有な文学論であり、かつ各々の著書の最初と最後にそれらが配されていることの効果が抜群であった。このような東国文学論が可能なのだということを知り大変感銘を受けたものである。

本書を書き終えての心残りが一つある。本書では真名本『曽我物語』を訓み下した東洋文庫本を引用本文としたが、仮に真名本（表紙カバー、第一章に写真掲載）そのものを使用したならば、どういうことになったのか。異様な字体の漢字で埋め尽くされた東国習のきつい擬漢文体、それを基に立論したならばはたして本書のような論述になったであろうか。疑問なきにしもあらずである。表記は単なる表記ではなく、それはテクストの内部にまで深々と浸透しているはずのものだからである。

本書は諸事情あって出版社がなかなかみつからず、お蔵入り原稿になることを覚悟せざるを得なかった。にもかかわらず日の目をみることになったのは、勉誠社社長吉田祐輔氏と副社長武内可夏子氏のお蔭である。有益なアドバイス、そして私の面倒な注文をも聞いていただいたのはもとより、とにもかくにも私の原稿を喜んで受けとっていただいたことが、感謝にたえないのである。また本書掲載の写真は、職場の同僚の山本政人氏と小島和男・みくご夫妻と旅行した際に、小島夫人が撮影されたものである。本書は学習院大学文学会研究成果刊行助成を受けており、ここにあつく御礼申し上げる。

最後になるが、本書を私の大学院時代の恩師早稲田大学名誉教授中野幸一先生に捧げる。中野先生の余剰なものを徹底的に排した明晰この上もない硬質文体、これこそ研究論文のあるべきスタイルではなかろうか。九十二歳の先生は現在でも旺盛な研究活動を続けていらっしゃる。私も先生にならってまだまだ頑張りたいと切に思っている。

二〇二四年十月

神田龍身

著者略歴

神田龍身（かんだ・たつみ）

学習院大学名誉教授。東京実業高等学校非常勤講師。

早稲田大学大学院文学研究科博士課程後期退学。

単著として、『物語文学、その解体』（有精堂出版、1992年）、『偽装の言説』（森話社、1999年）、『源氏物語＝性の迷宮へ』（講談社選書メチエ、2001年）、『紀貫之』（ミネルヴァ書房、2009年）、『平安朝物語文学とは何か』（ミネルヴァ書房、2020年）、『神田龍身初期論文集』（学習院大学研究叢書、2021年）などがある。


鎌倉幕府《かまくらばくふ》の文学論《ぶんがくろん》は成立可能《せいりつかのう》か!?

真名本『曽我物語』テクスト論

著者　神田龍身
発行者　吉田祐輔
発行所　㈱勉誠社
〒101-0061 東京都千代田区神田三崎町二-一八-四
電話　〇三-五二一五-九〇二一㈹

二〇二四年十月二十五日　初版発行

印刷 製本　中央精版印刷

ISBN978-4-585-39045-9　C1095

挑発する軍記

「いくさ」を描いた物語は、いまなお、なぜ読まれ、語り継がれていくのか。「死」と「生」の物語のもつ魅力と意義、そして可能性をあざやかに解き明かす。

大津雄一 著・本体三八〇〇円（+税）

歴史叙述としての平家物語

『平家物語』の歴史叙述とは、いかなるものなのか。何を語るべく成立したものなのか。あらたな角度から史実と虚構を含みこんだ『平家物語』の歴史叙述の相貌を照射する。

塩山貴奈 著・本体八〇〇〇円（+税）

日本人にとって教養とはなにか
〈和〉〈漢〉〈洋〉の文化史

奈良時代以前から現代にいたるまで、日本人が「人としてどう生きるか」を模索してきた歴史を、〈和〉、〈漢〉、〈洋〉の交錯の中から描き出す画期的な一冊。

鈴木健一 著・本体三五〇〇円（+税）

うつほ物語大事典

平安時代中期に成立した長編物語『うつほ物語』。その基本的な事項の説明から画期的な新見解まで幅広く掲載した初の総合事典。

学習院大学平安文学研究会 編・本体一八〇〇〇円（+税）